Ivan Klíma

Warten auf Dunkelheit, Warten auf Licht

Aus dem Tschechischen
von Anja Tippner

Carl Hanser Verlag

Titel der Originalausgabe:
Čekání na tmu, čekání na světlo. Český spisovatel, Prag 1993

2 3 4 5 99 98 97 96 95

ISBN 3-446-17819-8

Satz: Fotosatz Reinhard Amann, Aichstetten
Druck und Bindung: Clausen & Bosse, Leck
Printed in Germany

Erstes Kapitel

1.

Am unteren Ende des Platzes wurde die Menschenmenge immer dichter. In der Mehrzahl waren es junge Leute. Einige von ihnen kannte Pavel von ähnlichen Gelegenheiten. Er hatte ein gutes Gedächtnis für Gesichter – er kannte auch ein paar von denen, die nur vom Bürgersteig aus zusahen und regelmäßig zu solchen Anlässen erschienen. Wahrscheinlich hatte sie, genauso wie ihn selbst, die Pflicht hierhergeführt, wenn auch eine Pflicht anderer Art. Nicht weit von ihm, vor einem Schaufenster mit Schuhen, stand noch ein Mann mit einer kleinen Kamera; er kannte ihn nicht, obwohl er die meisten Vertreter seines Gewerbes kannte. Vielleicht ein neugieriger Ausländer, ein Amateur oder jemand, der die Aufgabe hatte, die Gesichter der Demonstranten für die Archive der Staatssicherheit festzuhalten. Für wen hielten er und seine Leute diese Ereignisse fest? Für die Fernsehzuschauer? Von dem, was er aufnahm, würden sie sowieso nichts zu sehen bekommen, beziehungsweise würde das, was man ihnen zeigte, nur wenig mit der Realität zu tun haben. Vielleicht arbeitete er ja für die Zukunft?

Was war das – die Zukunft?

Die Zukunft war eine Zeit, die alles in Frage stellte, was ihr vorausgegangen war.

Auf dem Bürgersteig standen einige uniformierte Volkspolizisten. Wie immer verlief alles friedlich, keiner schrie Parolen, keiner machte Anstalten, Steine in Schaufenster zu werfen, Autos umzukippen oder die uniformierten Aufpasser anzugreifen. Und doch lag in den meisten Gesichtern, die er in seinem Sucher beobachtete, eine Anspannung oder wenigstens eine unruhige Erwartung dessen, was kommen würde: der Zusammenstoß, der nach genau festgesetzten, wenn auch nicht nachlesbaren und wenig anständigen Regeln ablaufen würde.

Warum kamen diese Leute, was wollten sie beweisen, was ändern? Woran glaubten sie, daß sie sich bereitwillig schlagen, einsperren, kündigen ließen? Setzten sie sich all dem aus irgendwelchen höheren Beweggründen aus oder im Gegenteil aus Mangel an irgendwelchen Interessen, an irgendwelchen Emotionen, also aus Langeweile?

Er müßte sie fragen, er würde sie gerne fragen, gleichzeitig aber nahm er die unüberwindbare Grenze zwischen sich und ihnen wahr, eine Grenze, die durch die Aufschrift auf dem Übertragungswagen und durch seine Kamera gezogen wurde, eine Grenze, die ebenso deutlich war wie der doppelte Drahtzaun, der dieses Land von den übrigen Ländern trennte, zumindest von den Ländern, in die er einmal ohne Erfolg zu fliehen versucht hatte. Von Zeit zu Zeit wurde er sich einer unbestimmten Besorgnis darüber bewußt, daß er stand, wo er stand, und empfand gleichzeitig Befriedigung darüber, daß ihn weder jemand schlagen noch verhören und ihn auch niemand mit einem Wasserstrahl beschießen würde.

Die Menge wurde nun ein wenig dichter, auch wenn es immer noch nicht mehr als ein paar hundert Menschen waren. Eine junge Frau schwenkte über dem Kopf ein weißes Stoffband mit der Aufschrift: *weniger Rauch, mehr Luft*. Er filmte den bemalten Stoffetzen und studierte eine Weile Gesicht und Hände der Frau.

Die Hände waren klein, fast kindlich, mit unlackierten Fingernägeln, und zitterten ein wenig. Das lag wohl am Wind, der dem Stoff zusetzte, den die Frau über ihren Kopf hielt. Auch das Gesicht der Frau hatte etwas Kindliches, etwas unbescholten Kindliches. Für einen Augenblick erinnerte sie ihn an Albína. Wo war sie jetzt wohl, was machte sie gerade? Vielleicht stand sie auch irgendwo auf dem Platz mit über dem Kopf erhobenen Händen. Wie lange hatte er nichts von ihr gehört! Was würde er zu ihr sagen, wenn sie hier auftauchte? Was würde sie zu ihm sagen, wenn sie ihn auf dem Bürgersteig sähe, wie er versuchte, sie und ihre Anwesenheit hier auf einem Videoband einzufangen?

Würde sie sagen: Wie kannst du nur? Oder würde sie gar nichts sagen? Warum sollte sie sich überhaupt mit ihm unterhalten?

Er sah sich in der Menge um. Aus professionellem Interesse – vielleicht hatte er irgendeine neue Parole übersehen – und weil er vielleicht sie übersehen hatte, natürlich war sie nicht hier, nur die uniformierten Männer auf dem Bürgersteig waren da. Vom oberen Ende des Platzes näherte sich langsam ein Wasserwerfer. Die Menge hatte jetzt jene Dichte erreicht, bei der sie eine eigene Stimme bekommt, sie klang wie ein Bienenschwarm oder wie eine sich nähernde Gewitterwolke.

Er merkte, wie die Erregung vor dem nahenden Zusammenstoß wuchs. Er würde genauso unsinnig sein wie alle vorhergehenden, aber es würde unausweichlich dazu kommen, alle wußten das. Die, die schlagen, und die, die geschlagen werden. Gerade diese Unausweichlichkeit machte aus der rohen Entschlossenheit etwas, das einem Naturgesetz ähnelte, dessen Wirkung jeder vernünftige Mensch anerkennt. Auch er ertappte sich dabei, daß er wünschte, es hätte schon begonnen; nicht, daß er nach Gewalt lechzte, eher wünschte er, daß das, was unvermeidlich war, schon vorbei wäre, daß er schon geleistet hätte, was von ihm erwartet wurde, und daß er gehen könnte.

Vom oberen Ende des Platzes näherte sich jetzt ein weißgelbes Fahrzeug mit einem großen Megaphon. Die Stimme, die eher gelangweilt als drohend klang, warnte, die Versammlung sei nicht genehmigt, und forderte die Menge dazu auf, sofort und ruhig auseinanderzugehen. Der Lärm wurde immer größer.

Er filmte das Fahrzeug mit dem Megaphon und warf noch einen Blick auf die Frau mit dem fast rührend unschuldigen

Transparent. Der weiße Stoff in ihren Händen zitterte zusehends mehr.

Als alles vorbei war, ging in er in die Seitenstraße, in der er seinen roten Sportwagen geparkt hatte. Er betrachtete ihn wie immer mit Vergnügen, stieg ein und fuhr los. Die Straße war immer noch naß, ebenso wie der Bürgersteig, sogar die Wände der Häuser waren naßgespritzt, die Fußgänger aber ahnten vermutlich nicht, was sich hier vor kurzem ereignet hatte. Er arbeitete sich, so schnell er konnte, aus dem Stadtzentrum heraus. Er wäre gern weit weg gefahren, so weit weg wie möglich von allen Leuten, Demonstrationen und Wasserwerfern, aber er hatte Eva versprochen, am Abend zu kommen, und ihrem Sohn, daß er am Stadion vorbeischauen würde. Evas Sohn war Torwart bei den älteren Schülern, ein lieber Junge, für den er zumindest ein bißchen Vater spielen mußte. Es war entschieden angenehmer, auf diese Art Interesse zu zeigen, als sich abends mit ihm über die Schule zu unterhalten. Vor allem mußte er zuerst im Studio vorbeifahren, um das Filmmaterial abzuliefern und sich anzusehen, was er aufgenommen hatte.

In der Redaktion sagte die Sekretärin, der Chef habe heute zweimal nach ihm gefragt. Sie vermutete, daß es um den Geburtstag des Präsidenten gehe. Auf der Konferenz sei darüber gesprochen worden, der Präsident hatte einen runden Geburtstag, irgend etwas müsse gemacht werden, und wem sonst hätten sie das aufhalsen können als ihm und Sokol?

Er äußerte sich nicht zu dieser Vermutung. Insgeheim jedoch war er stolz darauf, daß sie ihn mit einer so verantwortungsvollen Aufgabe betrauten, und verkündete laut, daß ihn eine Sache mit dem Staatsoberhaupt verbinde: sie seien beide im selben Jahr aus dem Gefängnis entlassen worden.

Im Schneideraum war es wie gewöhnlich heiß, die verbrauchte Luft roch nach Rauch und billigem Kaffee, und obendrein war der kleine Raum überfüllt mit Leuten, die sehen wollten oder mußten, was wirklich auf dem Platz vor sich gegangen war. Auf dem Schneidetisch standen zwei Weinflaschen und Gläser. Irgendwer feierte irgendwas, es fand sich immer ein Grund zum Feiern. Er zog einen Geldschein aus dem Portemonnaie und warf ihn zu den anderen, die dazu dienten, weitere Flaschen zu kaufen, goß sich ein Glas ein und übergab erst dann die Filme dem Chefredakteur, der von seinen Vorfahren einen passenden Namen geerbt hatte: Halama, der Bengel. Der legte den Film ein und verfolgte mit Interesse das Geschehen auf dem Bildschirm, das Gesicht der jungen Frau, die weniger Rauch und mehr Luft atmen wollte, und erst jetzt bemerkte er den jungen Mann, der unweit von ihr stand, einen dünnen, baumlangen Kerl in einem karierten Hemd mit einem blassen, ein wenig verträumten Gesicht. Der junge Mann sah für einen Augenblick direkt in die Kamera, und dabei fiel Pavel sein unfreundlicher Blick auf. Er hat blaue Augen wie ich, dachte er, überhaupt ist er mir ähnlich, mir vor fünfundzwanzig Jahren. Würde ich auch so dort stehen, wenn ich fünfundzwanzig Jahre jünger wäre?

Der junge Mann verschwand aus dem Bild, ein Lautsprecherwagen fuhr vorbei, die Menge lärmte und rührte sich nicht, aus der Seitenstraße kam eine Bereitschaftseinheit mit Schlagstöcken. Die Menge bewegte sich, begann zurückzuweichen, dabei schrie sie: »Seid auch Menschen, seid auch Menschen!«

»Das hier muß ganz raus, unbedingt!« ließ sich Halama zornig vernehmen. Das klang, als ob das übrige bleiben könnte. Er bemühte sich in diesem Moment, das Mädchen mit dem Transparent wiederzufinden, aber es gelang ihm nicht, dafür bemerkte er jetzt den jungen Mann mit dem karierten Hemd, der sein Gesicht mit den Händen schützte. Knüppelschläge, Schreie und Flüche. Jemand hinter ihm schluchzte. Er drehte sich überrascht um. Halamas Sekretärin rieb sich die Augen, sie schüttelte schnell den Kopf: »Schon gut, schon gut«, sagte sie, als wolle sie sich dafür entschuldigen, daß sie störte.

Aus dem Wasserwerfer kam nun ein genau gezielter Strahl. Von neuem Geschrei und Flüchtende. Eine Detailaufnahme eines nassen Gesichts. Nasse Haare, geblendete Augen.

Er sah Halama an. Die schmalen, zusammengekniffenen Lippen und das graue Gesicht drückten Widerwillen aus. Über das, was da vor sich ging? Eher darüber, daß es allzu offen gezeigt wurde. »Das kannst du vergessen!«

»Warum gehen die da hin?« flüsterte die Sekretärin hinter ihm. Vielleicht war die Frage gar nicht an ihn gerichtet, aber es war die gleiche Frage, die er sich selbst gestellt hatte, doch erst jetzt, als sie von jemand anderem formuliert wurde, fiel ihm die Antwort ein. Er wandte sich um und sagte ebenso leise: »Sie wollen etwas anderes.«

»Aber so erreichen sie es nie.«

»Vielleicht geht es ihnen ja gar nicht darum, etwas zu erreichen.«

Er konzentrierte sich wieder auf den Bildschirm. Ihm war eine Totale der flüchtenden Menge gelungen. Die Demonstranten zogen sich so geordnet zurück, daß es wie eine fehlerlos arrangierte Szene wirkte.

Bald sind es dreißig Jahre, daß er selbst geflohen ist. Nicht, daß sie ihn mit dem Knüppel gejagt hätten wie diese Leute hier; zu demonstrieren hatte damals keinen Sinn, keiner wäre gekommen. Warum war er geflohen? Darauf wüßte er keine eindeutige Antwort zu geben. Vielleicht, weil der Vater die Mutter verlassen hatte und er glaubte, es in der halbleeren Wohnung nicht auszuhalten. Außerdem wollte er reisen. Die Indianer sehen, Yucatán und die Pyramiden. Er war zur mexikanischen Botschaft gegangen und hatte sich erboten, in Mexiko kostenlos irgendwelche Arbeiten zu erledigen. Sie fragten, was er könne. Er konnte fotografieren und ein bißchen Spanisch. Von dieser Sorte gebe es leider viele, sagten sie. Wenn er wenigstens Arzt wäre. So entschied er sich zu fliehen, und Petr mit ihm.

Petr hatte er zufällig kennengelernt, beide hatten sie im Zoo im Schlangenhaus fotografiert. Was war das für eine

Idee, gerade Schlangen zu fotografieren? Sie kamen miteinander ins Gespräch: er würde gerne einen Film über wilde Tiere drehen: Löwen in der Wüste, Tiger im Urwald, Känguruhs im Busch, Klapperschlangen oder Sandottern, die sich auf Felsen sonnten, Petr interessierten die Schlangen als Symbol. »Aber die Schlange war listiger als alle Tiere auf dem Felde, die Gott der Herr geschaffen hatte.« Sie habe den Menschen zur Neugier und zur Sehnsucht nach Allwissenheit verführt und sei dafür zum Symbol des Bösen und des Willens des Satans geworden. Wenn auch nicht überall und für alle – Petr belehrte immer gerne –, einige ägyptische Pharaonen trügen eine bronzene Schlange auf der Stirn, sie glaubten, daß diese sie vor dem Bösen bewahre, während manche Afrikaner und Indianer die Schlange oder sogar eine geflügelte Schlange als Gottheit betrachteten. Petr wollte Theologie studieren, ihn interessierte alles, was mit dem Verhältnis von Mensch und Gott zu tun hatte oder mit irgendeiner Ahnung von überirdischen Kräften. Seine Redeweise hatte tatsächlich etwas Predigerhaftes, so, als hätte er immer etwas Dringendes mitzuteilen, aber seine Stimme war zu hoch, als daß man ihm gern zugehört hätte. Sie hätte ihn bei seinem Predigerberuf vielleicht behindert, aber bei ihren Gesprächen war das unwichtig. Viel wichtiger war, daß auch er den Wunsch hatte zu reisen, daß er das Heilige Land und Rom, Athen, Korinth und Ephesos besuchen wollte und die Tempel in Luxor ebenso wie die in Palenque. Gleich beim erstenmal teilten sie sich gegenseitig ihre geheimen Wünsche mit, und jeder versuchte, den anderen mit seinem Wissen zu verblüffen. Sie hatten jedoch beide keine Hoffnung, irgend etwas von dem zu sehen, wonach sie sich sehnten, nicht einmal irgendwie über die Grenze zu kommen, die mit Stacheldraht gesichert war. Der Draht erschien ihm ebenfalls als Symbol. Kann man denn das ganze Leben in einem mit Stacheldraht umgebenen Land verbringen, dort etwas lernen, etwas schaffen? Sie begannen Fluchtpläne zu schmieden, zunächst nur zum Vergnügen, langsam aber erlagen sie mehr und mehr der magischen Wirkung ihrer Vorstellungen, perfekt kombinierten Schritten, die doch schließlich zum Ziel führen mußten. Wer verführte wen mehr zu der Tat, die ihrer beider Leben so sehr veränderte? Er war sachlicher und hatte bei weitem mehr praktische Einfälle, jedoch auch mehr Vorbehalte und Ängste. Petr war sorgloser, außerdem glaubte er – wenn das in Hinblick auf ihr Vorhaben auch lasterhafter Hochmut war –, daß die Gnade Gottes und seine schützende Liebe sie begleiten würde. Sosehr er sich auch getäuscht hatte, was den Schutz und das Wohlwollen betraf, die ihnen zuteil wurden, Petr erreichte, daß auch Pavel an etwas zu glauben begann.

An was glaubte er damals eigentlich?

Daß der Mensch nicht ziellos dahinleben darf, daß der Mensch sich über die Folgen seiner Handlungen Rechenschaft ablegen muß, und daß er leben soll, ohne jemand Schaden oder Leid zuzufügen. Und daß er irgendeine Spur hinterläßt: diese Spur konnte ein Werk sein. Er war sich damals nicht sicher, worin dieses Werk bestehen würde, aber er war sich sicher, daß er genug Kraft haben würde, dieses Werk zu schaffen.

Der Fluchtplan schien genial einfach. Sie wollten die Grenze irgendwo im Norden überschreiten, dort gab es keinen Stacheldraht, sie würden bis zum Meer fahren, und von dort ginge es schon per Schiff weiter. Sich als blinder Passagier auf ein Schiff zu schleichen, schien ihnen leichter, als den Draht durchzuschneiden, über eine Mauer zu klettern oder einen Fluß zu durchschwimmen. Leider war das auch nicht so einfach, wie sie es sich vorgestellt hatten. Gott, der in Petrs Vorstellung seine schützende Hand über sie hielt, war offensichtlich beschäftigt mit Sorgen und Vorhaben von so kosmischen Ausmaßen, daß für sie darin kein Platz mehr übrig war.

Der Film war zu Ende. Im Bild blieben die Sieger, die Wasserlachen und einige Männer, die aus beruflichem Interesse vom Bürgersteig herübersahen. Er versuchte, sich ihre Gesichter zu merken. Warum? Für alle Fälle.

Halama stand angewidert auf. Trotzdem wagte es jemand hinter ihm, in die Hände zu klatschen, andere schlossen sich an. Applaudierten sie seiner professionellen Leistung, den Siegern, den Wasserlachen oder dem Feind, der auseinandergetrieben worden war?

Alle applaudieren wir allen und fürchten uns vor allen.

2.

Der Junge trug einen schwarzen Pullover und gelbe Trainingshosen – die Farben des Jaguars, die richtige Kleidung für einen Torwart. Er war hoch aufgeschossen für sein Alter; aber einen unter die Latte plazierten Ball würde er dennoch nicht erreichen.

Er stellte sich hinter das Tor und fragte nach dem Spielstand.

»Bis jetzt steht es gut, aber ich habe auch Glück gehabt. Sie haben den Pfosten getroffen.« Der Junge zeigte nach rechts. »Ich habe den Ball noch nicht berührt. Gut, daß du gekommen bist, Pavel. Ich weiß nie, wann ich rauslaufen soll.«

»Man muß sich schnell entscheiden. Wenn ein Schaf oder ein Tapir vor sich hin träumt und den richtigen Moment zur Flucht verpaßt, dann packt sie der Jaguar.« Er merkte, daß er sich dem Jungen gegenüber unnatürlich benahm und mit seinen Erfahrungen angab.

Das Spiel näherte sich dem Tor, und er war froh, daß er den Mund halten konnte. Wann würde es ihm gelingen, sich zu entscheiden? Einmal hatten sie ihn erwischt, sie hatten ihn eine Zeitlang eingesperrt, seitdem wich er lieber aus. Tiere erkennen, wann es um ihr Leben oder ihre Freiheit geht, aber die Menschen? Sie denken, sie stürmen in die Freiheit und stürzen dabei in die Falle. »Jetzt, jetzt«, rief er dem Jungen zu, und der Bub im gelbschwarzen Dreß warf sich zwischen die

Angreifer, es gelang ihm mit viel Glück, den Ball zu erwischen und ihn zurück ins Feld zu fausten. Eine Weile blieb er an der Strafraumgrenze stehen und betrachtete die sich entfernende Meute.

»Was sagst du dazu?« wollte der Junge wissen, als er ins Tor zurückgekehrt war.

»Sehr gut, Robin. Du warst zuerst am Ball.«

»Das könnte ich brauchen«, sagte der Junge, »daß du hier stehen und mich schicken würdest.«

Er wollte ihm sagen, daß er ihn dadurch nur verderben würde, aber er verkniff sich diese Weisheit gerade noch rechtzeitig.

Wie alt wäre sein Sohn heute? Wenn es überhaupt ein Junge wäre, aber wann immer er an dieses Kind dachte, stellte er sich einen Jungen vor. Wie hätte er sich ihm gegenüber verhalten? Hätte er es geschafft, sich um ihn zu kümmern?

Wahrscheinlich wäre er ihm ein recht guter Vater gewesen. Sogar diesen Jungen fuhr er mit dem Auto herum und gab ihm Ratschläge, wann er aus dem Tor herauslaufen sollte. Aber ich weiß auch, dachte er, daß ich jederzeit von ihm und seiner Mutter weggehen kann, ohne mir Sorgen zu machen, was aus ihm wird. Leider ist er nicht mein Sohn und wird es nie sein, genauso wie seine Mutter nie meine Frau war und es wahrscheinlich auch nie werden wird.

Nach dem Spiel wartete er, bis der Junge geduscht und sich umgezogen hatte. Als sie sich ins Auto setzten, bemerkte er, daß an Robins Finger ein goldener Ring glänzte, der überhaupt nicht zu seinen Jeans paßte. Wahrscheinlich hatte Eva ihn irgendwo billig bekommen können. Das war ihre Sache, die Sache der beiden, und er fragte nie mehr als unbedingt nötig.

Eva wohnte im siebten Stock eines Hochhauses. Die Wohnung hatte ein großes und zwei kleine Zimmer, in einem der kleineren wohnte immer noch ihr früherer Mann. Ein ruhiger und sympathischer Mensch. Er arbeitete als Monteur und war daher die meiste Zeit außer Haus. Sicher hätte er die

Möglichkeit gehabt, eine neue Wohnung zu bekommen, aber er unternahm nichts, und auf diese Weise war er immerhin in der Nähe seines Sohns, vielleicht wollte er auch in der Nähe seiner früheren Frau bleiben.

Sie hatte Pavel nie gesagt, warum sie ihren Mann verlassen hatte. Er konnte nur vermuten, daß ihr dieser nette Kerl nicht erfolgreich genug und zu bedeutungslos gewesen war. Da hatte er in ihren Augen bessere Karten. Erfolg und Bedeutung sind sehr relativ. Eva hatte ihn sich selbst ausgesucht. Vor zwei Jahren hatte sie ihm einen Brief geschrieben: sie hatte seinen Film über geschiedene Paare und Kinder, die darunter leiden, gesehen. Sie hatte ein ähnliches Problem und fragte ihn, ob er sie treffen und ihr raten könne.

Der Film war ein Dokumentarfilm, bei dem er selbst Regie geführt hatte und in dem er auch selbst auftrat, um über ein Problem zu sprechen, das ihn seit seiner Kindheit verfolgte. Es freute ihn, daß es ihm gelungen war, damit jemanden anzusprechen. Er antwortete also und gab ihr seine Adresse. Einige Tage später klingelte es gegen Abend bei ihm. Sie stellte sich vor und erkundigte sich mit leicht stockender Stimme, ob sie ihn oder seine Frau vielleicht gerade störe. Sie trug einen sehr kurzen blaulila Rock, einen rotlila Pullover, hohe dunkellila Reitstiefel und in den rotgefärbten Haaren eine ultramarinblaue Schleife; an ihren Ohren schaukelten Ohrringe mit großen grünen Jaspisen. Er versicherte ihr, daß sie ihn nicht störe, daß er keine Frau habe und seine Mutter ausnahmsweise in einen Kurort gefahren sei. Diese Auskunft freute sie offenbar. Sie trat ein, ohne daß er sie dazu aufgefordert hatte, wiegte sich bei jedem Schritt in den Hüften, wobei ihre Armreifen klirrten. Sie setzte sich in den Sessel ihm gegenüber, schlug ein Bein über das andere, so daß ihr Rock hochrutschte, und betrachtete ihn mit einem schmachtenden Blick. Er fragte, womit er ihr helfen könne. Er habe ihr schon damit geholfen, sagte sie, daß sie ihn habe treffen können. Sie wolle ihn nicht mit ihrer banalen Geschichte belästigen. Sie lebe mit einem Mann zusammen, den sie nicht achten könne und den sie, ohne ihn zu lieben, nur deshalb geheiratet habe, weil sie ein Kind erwartete. Sie sprach ständig auf diese sonderbare Art, stockte in der Mitte des Satzes und brach manchmal mitten im Satz ab. Sie hatte kein interessantes Gesicht, aber in ihrem Blick und in jeder ihrer Bewegungen lag eine unverhohlene Herausforderung. Schließlich verstummte sie, es schien, als wartete sie darauf, daß er sie umarmte. Als er dies nicht tat, stand sie auf, trat auf ihn zu und sagte: »Schlafen Sie mit mir.«

Als er die Tür aufschloß, stürzte Argus aus der Wohnung, sprang an seine Brust und leckte ihm das Gesicht ab. Dann erst erschien Eva, sie war wie immer frisch zurechtgemacht, die Lippen geschminkt, der Lidschatten erneuert, die roten Haare hochgekämmt, sie hätte direkt vor eine Kamera treten können. Er mußte sich ein wenig bücken, als er sie auf den Mund küßte. Sie lächelte ihn an. Sie tat alles, um ihn an sich zu binden. Sie bemühte sich, zuvorkommend zu sein, ihn anzulächeln, seine Absonderlichkeiten zu ertragen, seine periodischen Fluchten, sein Schweigen. Sie ging sogar manchmal mit, wenn er seine Mutter besuchte, und dachte immer daran, ihr Blumen mitzubringen, auch wenn die Mutter sie vergaß, kaum daß sie aus der Wohnung waren.

Außerdem wusch sie ihm die Wäsche, kochte für ihn, schlief mit ihm und hörte zu, wenn er ihr irgend etwas erzählte; und wenn er manchmal lange schwieg, dann beschwerte sie sich, daß er sowenig mit ihr sprach. Worüber sprachen sie eigentlich miteinander?

Über das Leben, selbstverständlich.

Was war das – das Leben?

Das Leben war eine Ansammlung von Dingen, eine riesige Anhäufung von Klamotten, Tuben, Cremes, Kaffeemühlen und von rostigen Rohren, aus denen Mäuse herauskrochen, von Kabeln, Lampen, Spiegeln, Kameras, Kassetten, Messern und Wasserwerfern.

Er zog seinen Pullover aus und trat ins Zimmer.

In der Ecke flimmerte wie immer der Bildschirm ins Leere.

Der Ton war jedoch abgedreht. Er beobachtete eine Weile eine stumme Sängerin, die rhythmisch ihre Hände hochwarf; hinter ihr schlugen lautlos Wellen gegen einen Felsen, über den eine Möwe flog. Alles vollkommen einfallslos. Wer hat noch irgendwelche Einfälle, irgendwelche Meinungen? Wem gelingt es noch, eine ordentliche Arbeit abzuliefern? Ihm gelänge es noch, selbst die schwersten Klötze macht er zumindest ein wenig leichter, und wenn man ihm einmal erlauben würde zu zeigen, was er wirklich konnte …

»Weißt du, was es zum Abendessen gibt?« sagte der Junge zu ihm.

Er schüttelte den Kopf.

»Brathähnchen. Das magst du doch!«

»Ich esse alles.«

»Bis auf Nocken.«

»Nocken müssen nicht sein, die kriege ich nicht runter.« Und er machte eine Grimasse, als würde es ihn würgen.

Der Junge lachte. »Papi hat sie gemocht.« Er stockte. »Er ist gestern wiedergekommen«, sagte er befangen. »Er hat mir die Jeans mitgebracht.«

»Und den Ring?«

»Ja. Glaubst du, das paßt zusammen?«

»Zeig mal!« Er nahm den Ring. »Ich habe nie solche Sachen getragen«, wich er aus. Der Ring hatte einen Stempel, vielleicht war es ein Familienschmuck; dem Großvater väterlicherseits hatte früher einmal eine Fabrik gehört. Die Fabrik war verstaatlicht worden, der Schmuck war jedoch offensichtlich geblieben. Vielleicht hatten just diese Schmuckstücke Eva angezogen, als sie ihren zukünftigen Ehemann kennenlernte. Aber entweder war es nicht viel Schmuck gewesen, oder er wog die anderen Mängel des verarmten Erben nicht auf.

Er hatte nichts geerbt. Als sie ihn damals erwischten, trug er einen abgewetzten Lodenmantel, hatte zwanzig Mark in der Tasche und im Rucksack ein paar Landkarten. Eine Deutschlandkarte, eine Karte von Belgien und eine vierzig

Jahre alte Karte Mexikos. Eine neuere hatte er nicht auftreiben können. »Wozu brauchen Sie hier eine Karte von Mexiko?« – »Ich wollte sie gegen eine hiesige Karte tauschen.« Er bekam eine Ohrfeige wegen dieser Lüge. Trotzdem leugnete er einige Tage. Sie sagten, es habe keinen Sinn zu leugnen, Petr habe schon gestanden. Das schien ihm gut möglich. Petr war es zuwider zu lügen. In Wirklichkeit jedoch redete Petr erst, als sie ihm sagten, daß er gestanden hätte. Sie wendeten den ältesten Trick an, aber Petr und er waren noch dumm und unerfahren.

Wenn er sich von Zeit zu Zeit an diesen mißratenen Lebensabschnitt erinnerte, dachte er jedesmal, daß nicht die verschlossenen Türen oder das Brüllen der Aufseher am schlimmsten gewesen waren, nicht daß es wenig zu essen gab und es einem auch noch gestohlen wurde, sondern daß alles von Lügen durchsetzt gewesen war und hinter jedem Wort, hinter jeder Andeutung, hinter jedem Versprechen oder Lächeln die Niedertracht lauerte. Erst später begriff er, daß gerade diese Zeit die beste Vorbereitung auf das Leben gewesen war, das ihn dann draußen erwartete. Alle mußten diese Vorbereitung irgendwie durchmachen, er hatte sie wenigstens schnell und in konzentrierter Form hinter sich gebracht.

Der Junge lief aus dem Zimmer. Als Eva den Schrank öffnete, um eine Tischdecke herauszuholen, bemerkte er in einem Fach einige bunte Pullover in durchsichtigen Verpakkungen. »Was hast du da?«

»Die haben sie uns gestern in den Laden gebracht, da habe ich mir ein paar beiseite gelegt. Sie verkaufen sich bestimmt gut, es ist Shetlandwolle.« Sie holte eines der Päckchen hervor und packte einen Pullover aus.

»Ich weiß, du hast deine Kundinnen.«

»Mehr Kundinnen als Waren.«

»Irgendwann wirst du deinen eigenen Laden haben und nichts mehr nach Hause schleppen müssen.«

»Glaubst du?« Sie lächelte glücklich, als hätte er ihr gerade eine Liebeserklärung gemacht. Ein eigener Laden hätte sie bestimmt glücklich gemacht, aber sie konnte sich wahrscheinlich nicht vorstellen, daß dieser Traum Wirklichkeit werden könnte. Der Mensch ist meist nicht dazu in der Lage, sich ein anderes Leben vorzustellen als das, das er führt. Man kann höchstens davon träumen und sogar dafür demonstrieren, aber vorstellen kann man es sich trotzdem nicht.

Evas Lächeln erinnerte ihn an das scheue Lächeln Dittas in einem Film des Ehepaars Jensen. Er war gerührt. Vielleicht sollte er doch mehr Zeit mit ihr verbringen, ein wenig zärtlicher sein, schließlich hatte er niemanden außer ihr. Als sie sich zum Schrank wandte, strich er ihr übers Haar.

Sie sah ihn erstaunt an. »Was ist?«

»Nichts, gar nichts. Was soll schon sein?«

Sie ging in die Küche und kam nach einer Weile mit dem Essen zurück. Seine Rührung war unterdessen verflogen, mit Ditta hatte sie nichts gemeinsam, und am wenigsten deren Scheu. Außerdem war er sich sicher, daß seine Freundin Erfolg höher schätzte als Liebenswürdigkeit. Erfolgreich zu sein bedeutete, günstig einkaufen zu können und das Erstandene gewinnbringend zu verkaufen. Das war eine einfache Formel, und er hatte offensichtlich einen Platz darin, auch ohne Liebenswürdigkeit. Er konnte seine Fähigkeiten gut verkaufen, und vielleicht auch sich selbst.

Eva aß nur ein paar Happen, sie hatte Angst, zu dick zu werden, obwohl sie sich darüber keine Sorgen zu machen brauchte. Sie hatte eine hübsche Figur. Kleine Brüste, schlanke Hüften und einen langen Hals. Er hatte sie einige Male nackt fotografiert. Meistens so, daß ihr Gesicht nicht zu sehen war. Ihr Gesicht machte sich gut hinter einem Ladentisch, aber nicht auf dem Titelblatt einer Zeitschrift. Ihr fehlte etwas, vielleicht ein besonderes Merkmal, eine kleine Narbe, Sommersprossen, vor allem aber fehlte ihr etwas Fesselndes.

»Es sieht so aus, als müßte ich wieder etwas über unseren Allerhöchsten drehen«, teilte er ihr mit.

»Das ist doch gut, oder?«

»Ich filme lieber Tiere als Leute. Große Tiere«, präzisierte er. »Aber so große auch wieder nicht. Auch nicht so alte. Und schon gar nicht solche, die schon zum Abschuß freigegeben sind.«

Sie sah ihn verwundert an, sie war solche Äußerungen von ihm nicht gewöhnt. »Du lehnst ab?«

»Bis jetzt hat man mir noch nichts angeboten.« Als sie ihn das erste Mal mit dieser Aufgabe betraut hatten, war ihm das eine Ehre gewesen. Die Tatsache, daß er so hoch oben Zugang gefunden hatte, stärkte seine Stellung, ohne daß er sich ihrer hätte sicher sein können. Überdies lud das Leben des Präsidenten mit seinen Wendungen dazu ein, daß man es schilderte. Im Laufe der letzten Jahre hatte sich allerdings viel verändert. Der Einfluß des mächtigsten Mannes ließ nach, und damit auch die Stellung derjenigen, die mit ihm verbunden waren. Vielleicht täte er besser daran, das Angebot abzulehnen, sich irgendwie herauszureden. Aber womit könnte er sich herausreden? Mit Überarbeitung? Mit Herzschmerzen? Vielleicht würde ein Arzt ihn krank schreiben. Doch die Vorstellung, daß ein anderer die Gemächer betreten würde, die er zuvor hatte betreten dürfen, gefiel ihm auch nicht. Präsidenten sind letztlich austauschbar, und derjenige, der den heutigen ablöst, wird auch wieder jemand brauchen, der ihn porträtiert. Wen wird er auswählen? Den Geschicktesten und Fähigsten. Man kann nicht einmal für einen Augenblick aus dem Spiel aussteigen. Wichtig ist nur, rechtzeitig zu wissen, wann das alte Spiel aufhört und ein neues anfängt.

Schnell schlang er die Bissen herunter. Ob sie den Film nun ihm oder einem anderen anboten, die Auftraggeber ließen sowieso nicht zu, daß ein Dokument entstand, daß jemand ein echtes und unwiederholbares Werk ablieferte. »Sind irgendwelche Antworten auf das Inserat gekommen?« Er wechselte das Thema.

»Ja«, sagte sie erfreut, »willst du sie sehen?«

Sie sehnte sich nach einem Häuschen für die Familie, sparte darauf und nahm an, auch er spare darauf. Einstweilen versuchte sie, wenigstens diese Wohnung zu tauschen. Vielleicht glaubte sie, mit der Wohnung würde sie auch ihn ganz für sich gewinnen, und er würde sie endlich heiraten und sein Recht, jederzeit weggehen zu können, aufgeben. Weder machte er ihr Hoffnungen, noch wies er sie zurück. Er las Inserate, klingelte manchmal mit ihr an fremden Türen und sah sich Wohnungen an, die er zu seinem Glück häßlich nennen konnte oder die nicht zu haben waren. Er sehnte sich überhaupt nicht nach einem Käfig, wo er gezwungen wäre, mit ihr ein richtiges Heim zu gründen.

Er nahm die Ledermappe und sah eine Weile die Papiere durch.

»Gefällt dir irgend etwas davon?«

Er zuckte mit den Schultern.

»Kučera ist gestern zurückgekommen« – sie nannte ihren früheren Mann immer beim Nachnamen –, »es ist mir unangenehm, ihm zu begegnen.«

»Robin hat mir gesagt, daß er wieder da ist.« Er stand vom Tisch auf, wußte aber nicht, wohin er sich zurückziehen sollte. In den zwei Jahren, die er hierherkam, die er hier lebte, hatte er seinen Platz noch nicht gefunden. Sie stand ebenfalls auf, stellte sich ihm gegenüber und wartete darauf, daß er sie umarmte. »Manchmal habe ich den Eindruck, daß du eigentlich gar nicht mit mir zusammenbleiben willst.«

»Ich wäre nie mit jemandem zusammen, mit dem ich nicht zusammen sein will«, antwortete er mit einem Satz aus einer Fernsehserie. Die Antwort tröstete sie für den Augenblick; oder sie hielt es zumindest für gut, das vorzutäuschen.

Was hieß das: mit jemandem zusammensein?

Er zündete sich eine Zigarette an und wartete. Der Junge lief herbei, um gute Nacht zu sagen, Eva klappte die Couch auf und ging ins Bad.

Er war schon lange mit niemandem mehr zusammen. Früher einmal hatte er ein paar Freunde gehabt, aber im Laufe der Zeit waren sie verschwunden, waren durch Kollegen ersetzt worden, von denen einige vor ihm katzbuckelten und andere darauf lauerten, daß er strauchelte, um seinen Platz einnehmen zu können. Bis vor kurzem war er wenigstens mit seiner Mutter ein bißchen zusammengewesen. Aber die Mutter wurde alt, sie verlor das Gefühl für die Zeit und das Interesse an der Welt um sie herum, ein andermal wiederum war sie unerwartet und grundlos aggressiv. Er konnte ihr gegenüber Mitleid empfinden, aber er konnte nicht mit ihr zusammensein.

Unruhe ergriff ihn. Irgendwo hingehen, etwas unternehmen. Etwas ändern. Irgendwohin zurückkehren.

Er öffnete die Tür der Bar, in der stets eine Flasche und ein Glas standen. Der Cognac war sowieso nur für ihn da. Er zog den Korken heraus und nahm einen Schluck aus der Flasche.

Das Badezimmer war frei. Er ging sich waschen, dann schlich er auf Zehenspitzen an dem Zimmer vorbei, in dem ruhig der frühere Ehemann hauste, und schlüpfte zu Eva ins Bett. Er umarmte sie und liebte sie routiniert, ohne zu sprechen, so wie am Tag zuvor, wie ein Jahr zuvor. Dann legte er ihr die Hand auf den Bauch, denn er wußte, daß sie das mochte und so schneller einschlief. Er sah währenddessen in die Dunkelheit, die von den Straßenlaternen und aus den Fenstern der gegenüberliegenden Plattenbauten erleuchtet wurde. Er ahnte, daß er nicht einschlafen würde. In der letzten Zeit schlief er immer schlechter. Wenn es wenigstens etwas gäbe, woran er denken könnte! Aber da war nichts, was Aufmerksamkeit verdient hätte. Immer wieder die gleichen Bilder und alten Geschichten durchspielen? Besser sich neue ausdenken! Aber dafür war er jetzt in der Nacht zu müde. Außerdem hatte er in der letzten Zeit die Geschichten, die er anfing, schon satt, noch bevor er sie beendet hatte.

Sie hatten ihn in den Operationssaal geschickt, weil der Chefarzt den Staatspreis bekommen sollte. Der Chefarzt erlaubte ihm nicht, so stark auszuleuchten, wie er es brauchte, die Kabel erschienen dem Arzt nicht aseptisch genug, und das machte ihn so wütend, daß er Lust hatte, alles einzupacken und wegzugehen oder zumindest die Arbeit zu verweigern. Doch fesselten ihn die Hände des Mädchens, das die Instrumente reichte, und er wäre froh gewesen, wenn er das Gesicht hätte sehen können, das zu ihnen gehörte, aber es wurde durch eine Maske verdeckt. Er sah nur die dunkelblauen, ängstlichen Augen unter einer hohen Stirn. Ihr Blau war so ungewöhnlich, daß es ihm fremdländisch erschien. Er kannte hier niemanden und fragte deshalb flüsternd einen Kerl in einem weißen Kittel. »Das ist Albína«, sagte der Mann.

»Komischer Name.«

»Zu ihr paßt er.«

Wie lange war es her, daß sie in sein Leben getreten war? Wie oft hatte er sich diese Szene im Geiste vorgespielt? Darauf kam es nicht an, denn vielleicht brachte es ihn zum Einschlafen. Herbst. An der Pforte schweben Blätter nieder. Er erkennt sie kaum, weil sie nicht mehr weiß gekleidet ist, der Wind bauscht ihren roten Rock, ihr breiter Mund erscheint ihm sinnlich.

»Guten Tag, Fräulein Albína, haben Sie ein wenig Zeit?«

»Woher kennen Sie mich? Ich kenne Sie nicht.«

»Heute nachmittag im OP – der hinter der Kamera, das war ich.«

»Und was wollen Sie von mir?«

»Eigentlich gar nichts.«

»Dann halten Sie mich nicht auf, ich habe es eilig.«

»Dürfte ich Sie ein Stück begleiten?«

»Nein, danke, ich gehe allein.«

»Darf ich vielleicht auf Sie warten, wenn Sie es nicht eilig haben werden?«

»Ich habe es immer eilig.«

Es gibt Gespräche, die einem Menschen in Erinnerung bleiben. Am häufigsten das erste, dann das letzte. So ist es auch mit dem Gesichtsausdruck. Sie bemühte sich um eine strenge und ablehnende Miene, aber das nahm der Weichheit ihrer Züge nichts. Er blickte damals der Gestalt nach, die sich entfernte, sie schritt wie in sich zusammengekauert – so sah sie noch kleiner aus, noch zierlicher, als sie es in Wirklichkeit war. Vielleicht krümmte sie sich vor Kälte zusammen, es hatte zu regnen begonnen, und sie hatte keinen Mantel.

Am nächsten Tag drehten sie zum letzten Mal im Krankenhaus, aber sie hatte keinen Dienst. Von demselben Arzt, der ihm gestern ihren Namen verraten hatte, erfuhr er, daß sie Nachtdienst hatte.

Am nächsten Morgen wartete er am Eingang mit einem Rosenstrauß auf sie.

Warum? Darauf wußte er selbst keine Antwort. Wahrscheinlich aus gekränkter Eitelkeit; er gab ungern zu, daß jemand ihn zurückweisen könnte.

»Ich werde doch von Ihnen keine Blumen annehmen.«

»Aber ich habe sie für Sie mitgebracht.«

»Warum?«

»Ich habe gedacht, es würde Ihnen Freude machen.«

»Warum sollten Sie mir eine Freude machen wollen?«

»Vielleicht weil Sie mir gefallen.«

»Aber ich mag die Leute vom Fernsehen nicht.«

»Das ist eine Diskriminierung«, entgegnete er.

»Ich mag die Leute von unserem Fernsehen nicht«, präzisierte sie. »Wegen dem, was ihr tut. Über wen ihr eure Filme macht. Unser Chefarzt beispielsweise – das ist kein guter Mensch.«

»Aber warum arbeiten Sie dann mit ihm zusammen?«

»Weil ich Krankenschwester bin. Ich habe schon im OP gearbeitet, bevor er kam.«

»Könnten Sie nicht weggehen?«

Sie schwieg einen Moment. »Das ist etwas anderes. Sie verstehen das vielleicht nicht. Ich weiß nicht, warum ich Ihnen das erklären sollte.« Sie zuckte mit den Schultern und ging weg. Die Blumen brachte er seiner Mutter. Eine Woche später versuchte er es noch einmal. Er hinterließ beim Pförtner Konzertkarten und fügte ein Kärtchen hinzu mit den Worten: *Ich bitte Sie sehr. Kommen Sie.* Sie kam dennoch nicht.

In einigen Wochen würde er fünfundvierzig. Was hatte er eigentlich zuwege gebracht? Er hatte ein paar Kurzfilme gedreht, eine Menge kurzer Reportagen, die sofort vergessen wurden. An die meisten davon erinnerte er sich selbst nicht einmal mehr. Er hatte ein Wochenendhaus hergerichtet, das er sich billig von jemand gekauft hatte, der mit der letzten Exilwelle gegangen war (das Leben ist voller Paradoxa), und das er mit vielen Dingen angefüllt hatte, die ihm keine Freude machten. Er hatte es fertiggebracht, immer eine Geliebte zu finden, aber eine Familie hatte er nicht gegründet, und keine Frau hatte ihm einen Sohn oder eine Tochter geboren.

Eva schlief fest, auch die Fenster der meisten anderen Plattenbauten waren schon dunkel. Er zog sich an, schlich auf Zehenspitzen aus dem Zimmer und verließ erleichtert die Wohnung.

Die Straße ähnelte einem nächtlichen Friedhof. Ein Friedhof erinnert an die Vergeblichkeit allen Tuns. Er setzte sich in seinen roten Fiat, nachts konnte man schnell fahren, in einer halben Stunde würde er in seinem Wochenendhaus sein.

Was würde er dort tun?

Er konnte weiter an einigen seiner Filmerzählungen arbeiten, an einem der Drehbücher, die er vielleicht irgendwann fertigstellen und drehen würde, er konnte über seine Zukunft nachdenken oder die eigene Vergangenheit erforschen. Immer wieder die gleichen Bilder.

Das abstoßende Amtszimmer, das ihn an das Büro eines Untersuchungsrichters erinnerte. Der Parteibonze, der in irgendwelchen Papieren las, wahrscheinlich in seiner Akte: seine gesammelten Taten, Vergehen und Verbrechen, Daten, Phrasen, Anzeigen und Lügen. Endlich hob er die geröteten Augen, unter denen dunkle Tränensäcke hingen. »Sie wollen also beim Fernsehen arbeiten?«

Damals, vor siebzehn Jahren, hatte er genickt und damit beschlossen, sich den Auserwählten anzuschließen, die jene ersetzen mußten, die soeben verjagt worden waren, jene also, mit denen er bis zu diesem Augenblick sympathisiert hatte.

Das war keine bewußte Entscheidung, er nahm einfach eine Beschäftigung auf. Die Stelle war so nebensächlich und unbedeutend, daß er nicht wußte, warum er sie hätte ablehnen sollen. Im übrigen hatte er sich mit der Mutter, mit Petr und Alice deswegen beraten. Die Mutter meinte, er solle sie annehmen, Petr sagte, er würde niemals in diese Lügenfabrik eintreten, Alice wandte ein, daß es davon abhinge, was er dort täte und wie er sich verhielte. Jeder hat das Recht, das zu tun, was er kann und was er zu tun wünscht, auch wenn die Umstände so sind, daß anderen dieses Recht aberkannt wird. Er war doch nicht schuld an den Verhältnissen, unter denen alle lebten, schließlich hatte er vor ihnen fliehen wollen, es war ihm bloß nicht geglückt, und er hatte sich dadurch sein Leben verkompliziert. Alice hatte Verständnis für ihn.

Er begann als Kameraassistent, zog Kabel und baute nach Anweisung die Beleuchtung auf.

Natürlich war das eine Entscheidung gewesen. Er glaubte, daß er aufsteigen würde und eigene Programme, eigene Filme machen würde.

Er war strebsam und geduldig genug, er wußte, daß man ihm das schließlich erlauben würde, und er sollte recht behalten, auch wenn er einige Jahre warten mußte.

Der Zufall war ihm gewogen. Zwei Jungen entführten einen Bus mit Schulkindern und forderten, man solle sie über die Grenze lassen. In den zwanzig Jahren, die vergangen waren, seit er versucht hatte zu fliehen, hatten sich härtere Methoden eingebürgert als die, im Urlaub die Grenzen des Erlaubten zu überschreiten.

Die Grenzer versprachen den Entführern, ihren Wünschen nachzugeben, wenn sie die Kinder freiließen. Die Entführer gingen darauf ein, aber die Grenzer hielten nicht Wort, sie versperrten dem Autobus den Weg und eröffneten das Feuer. Sie erschossen einen der Entführer, auch der Busfahrer kam ums Leben.

Er stellte fest, daß auch ein früherer Mitschüler an dieser Aktion teilgenommen hatte. Das war ein guter Anlaß für seinen Vorschlag, über diesen ungewöhnlichen Vorfall eine Reportage zu drehen. Großmütig sagte der Chefredakteur ja, auch sein Mitschüler war einverstanden, sich mit ihm zu treffen, und versprach schließlich, daß er ihn zum Fischen in den Grenzstreifen mitnehmen würde.

Kaum daß er angekommen war und noch bevor er beginnen konnte, über irgend etwas zu sprechen, bekam er tatsächlich eine Angel und Gummistiefel. Dann gingen sie an Warnschildern und schließlich an einem Streifen mit Stacheldrahtsperren entlang, bis sie zum Grenzbach einbogen. Auch wenn seit seinem Fluchtversuch schon zwanzig Jahre vergangen waren, erregte ihn jeder Schritt auf diesem Weg.

Der Bach schlängelte sich durch ein nicht sehr tiefes, bewaldetes Tal, so daß der Stacheldraht nicht zu sehen war. Sein Mitschüler, der es in der Zwischenzeit zum Major gebracht hatte, stellte sich auf einen flachen Stein, warf die Angel aus und begann ihm zu erklären, wie schwierig es sei, Äschen zu fangen, weil die besonders gerissen seien. So, als wären sie tatsächlich nur wegen des Angelns zusammengekommen.

Auch er warf seine Angel aus, doch er achtete nicht auf den Schwimmer, statt dessen blickte er in jenes Ausland, das zum ersten Mal in seinem Leben in Reichweite lag. Er betrachtete die Grenze weniger sehnsüchtig als neugierig, als erwartete er, daß dort ein Spion, ein verirrter Tourist oder ein Grenzer von drüben auftauchen würde, dem es nicht gefiele, daß er hier in einem Bach herumwatet, in dessen Mitte die Grenze verläuft.

Niemand zeigte sich. Der Major kletterte von dem Stein herunter und trat ins Wasser. »Paß auf, Pavel«, sagte er, »daß du nicht auf die andere Seite gerätst. Nicht einmal aus Versehen! Man weiß nie, wer zum Beispiel hinter dieser Fichte liegt.«

Er nickte. Er verstand, daß sein Mitschüler in Uniform deshalb Unannehmlichkeiten bekäme. Selbst wenn er die gedachte Linie nicht überschreiten würde. Er hatte ihn hierher mitgenommen, obwohl er von ihm wußte, daß er vor Jahren versucht hatte, auf die andere Seite zu gelangen, und daß ihn damals Grenzer in genau jener Uniform, die er jetzt trug, gefaßt hatten. Er hatte Pavel allerdings mitgenommen, weil das schon lange her war, weil sich alles geändert hatte. Vor allem hatte er ihn mitgenommen, weil Pavel einen Film über ihn machen konnte. Einen Film über seine Heldentat. Er hoffte, daß seine Vorgesetzten ihn eher beförderten, wenn sie ihn im Fernsehen sähen.

»Kommst du oft hierher?« fragte er.

»Ich würde jeden Tag hierherkommen«, antwortete der in der Uniform, »aber glaubst du, das ginge? Ich komme kaum einmal im Monat her. Am schlimmsten ist es, wenn Bonzen kommen, ich würde sie sogar mit hierher nehmen, aber sie besaufen sich, und es ist unmöglich, auf sie aufzupassen. Und überdies will jeder von ihnen mindestens einen Zentner Fische fangen. Wir haben für sie einen Fischteich im Streifen, aber noch vor dem Stacheldraht. Dort brauchst du die Angel nur auszuwerfen, und schon kannst du einen rausziehen. Das ist kein Angeln mehr, das ist ein Blutbad.«

»Und die zwei, das war kein Blutbad? Entschuldige, ich weiß, es war Pflicht.«

»Daß der Busfahrer es büßen mußte, statt des zweiten Schufts, das ärgert mich mehr, als du dir vorstellen kannst.«

»Mußte das denn sein?«

»Wie meinst du das?«

»Ich frage nur, bevor ich richtig anfange. Ich habe keine Kamera und hier hört uns keiner.«

»Hätten wir sie über die Grenze lassen sollen?«

»Das frage ich dich.«

»Sie hatten Gewehre und einen Bus voller Kinder.«

»Die haben sie doch freigelassen!«

»Erst als wir ihnen versprochen haben, daß sie über die Grenze dürfen.«

»Genau, ihr habt es ihnen versprochen.«

»Denkst du etwa, wir hätten unser Wort halten sollen?«

»Ich frage nur.«

»Wenn wir sie rausgelassen hätten, hätten es nach einer Woche zwei andere versucht. Und dann vier andere. Und irgendwann hätten sie die Kinder nicht freigelassen. Oder jemand im Bus verliert die Nerven, und sie fangen an loszuballern.«

»Ich habe ja nur gefragt.« Er begann sich zu ärgern, daß er hergekommen war, daß er sich gerade durch diesen Anlaß hatte verführen lassen. Damals schämte er sich noch, weil er nur fragte und nichts dagegen einwandte. Wenn die Grenze offen wäre, dann hätte er einst nicht sitzen müssen. Und niemand müßte einen Bus voller Kinder entführen, um auf die andere Seite zu gelangen.

Der Mann in der Uniform erstarrte und zog dann an der Schnur. Im klaren Wasser des Bachs war zu sehen, wie die Forelle sich vergebens bemühte, unter einen nahen Stein zu entkommen. Sie war erwischt worden, und für sie gab es keine Hoffnung mehr. Welche Hoffnung auf ein Entkommen haben wir, wenn wir den Haken verschluckt haben? Und sind wir uns dessen überhaupt bewußt?

»Sie haben mit dem Schießen angefangen, sie haben uns die Fenster in der Wachstube zerschossen. Und die Kinder mußten schreien: Laßt uns über die Grenze, oder sie bringen uns um! Was blieb uns da anderes übrig? Glaubst du etwa, daß es mir Spaß macht, auf Leute zu schießen«, sagte sein ehemaliger Mitschüler dann. »Seit ich hier bin, ist so etwas zum ersten Mal passiert. Außerdem war es nicht meine Entscheidung. Ein General ist hergekommen, der Staatsanwalt und andere aus dem Kreis und dem Bezirk. Die haben mit ihnen verhandelt, sie haben es ihnen versprochen und mir dann befohlen: nicht rüberlassen! Alles wurde ganz woanders entschieden.« Der Mitschüler zeigte in die himmlischen Höhen, wo, wie man seit Urzeiten vermutet, die Macht wohnt, die über unser Schicksal entscheidet.

Er bog von der Hauptstraße ab, fuhr durch ein Wäldchen, durch ein schlafendes Dorf, bog erneut ab in eine Straße, die auf beiden Seiten von alten Apfelbäumen gesäumt war, und einige Minuten später hielt er vor seinem Wochenendhaus an. Es stand verlassen und dunkel, während Mondlicht auf die Wiese ringsherum fiel.

Als er in das Haus trat, roch er die bekannte Mischung aus Mief, getrockneten Kräutern und Rauch, die sich in den Wänden festgesetzt hatte. Er machte Licht, öffnete die Fensterläden, öffnete den Sekretär, goß sich ein Glas Wodka ein, schaltete den Fernseher ein, der auf einem Barocktisch stand, setzte sich in einen Sessel und sah sich eine Weile lang Musikvideos an. Er sah sie an, um sich zu bestätigen, daß die Clips, zumindest jene, die nach der neuesten Mode gemacht waren, den Eindruck vermittelten, das Ziel ihrer Schöpfer sei es gewesen, den Zuschauer so lange mit möglichst viel unzusammenhängenden Informationen, bizarren und deformierten Formen zu überschütten, bis er akzeptierte, daß die Welt ein unverständliches und bizarres Irrenhaus ist.

Sooft er in der letzten Zeit die Mutter besucht und ihr den Fernseher angestellt hatte, sagte sie nach einer Weile: Das habe ich schon gesehen. Es war egal, ob ein neuer Film, die Nachrichten oder eine Sportübertragung gesendet wurden. Sie hatte es schon gesehen. Im Grunde genommen näherte sich ihre Verwirrung der Weisheit. Er schaltete den Fernseher wieder aus. Halb drei Uhr morgens, er könnte sich hinlegen, aber er würde doch nicht einschlafen, er könnte sich an den Computer setzen und an seinem Drehbuch weiterarbeiten, aber dafür war er zu erschöpft. Einen Moment lang betrachtete er wohlgefällig die Intarsien auf den Türen des Sekretärs. Sie stellten einen Mann dar, über dessen Kopf ein Papagei saß. Vor kurzem hatte ihm sein Kollege und Tennispartner Sokol eine Kommode mit einem ähnlichen Motiv zum Kauf angeboten. Nur daß er dafür eine Menge Geld wollte. Was heißt das schon: eine Menge Geld? Nichts wird billiger. Wenn er ein richtiges Haus hätte, nicht nur diese Dorfeinsamkeit, die jederzeit hoffnungslos leergeräumt werden könnte, hätte er sich die Kommode gekauft. Aber er hatte kein Haus, und besäße er eins, er wüßte niemanden, den er dorthin mitnehmen könnte. Außer der Mutter. Die Mutter jedoch würde schon nicht mehr wahrnehmen, daß dies sein Haus war, sie würde nur die Veränderungen bemerken, und die wären ihr nicht angenehm. Als er in der letzten Woche bei ihr war, fand er dort eine Fotografie des Vaters. Sie betrachtete das Bild mißtrauisch: »Wen hast du da?«

»Du tust so, als ob du ihn nicht kennen würdest.«

Tatsächlich zögerte sie einen Moment. Dann sagte sie: »Er war ein ganz hübscher Junge, dein Vater. Du kannst ihn wieder mitnehmen!«

Er nahm das Bild mit und bewahrte es in einer der Schubladen des Sekretärs auf. Jetzt stand er auf und zog es hervor. Er selbst hatte es aufgenommen, kurz nachdem er begonnen hatte zu fotografieren. Kein schlechtes Porträt für einen Anfänger. Die Aufnahme war sehr hart herausgekommen, das Gesicht des Vaters schien wie aus Holz geschnitzt, es gelang ihm so, dessen Beruf hineinzuprojizieren.

Der Vater war gelernter Tischler, in seiner Freizeit widmete er sich neben anderen Vorlieben auch der Holzschnitzerei. Er las auch gerne Biographien berühmter Persönlichkeiten; dank der Bibliothek des Vaters hatte er Bücher über Chaplin, Eisenstein, Hus, Balzac, Heinrich VIII., den unglücklichen Maximilian von Habsburg und die noch unglücklichere Anna Boleyn gelesen und sich abwechselnd, außer bei den beiden letzten, gewünscht, ihnen irgendwie ähnlich zu werden.

Als er den Vater verlassen mußte, ließ er das Lesen sein. Er hörte überhaupt auf zu lernen, statt dessen begann er ins Kino zu gehen. Leider gab es nicht genug Filme, und die meisten waren langweilig; sie ermahnten zu Arbeit und Leistung, führten das Leben von Revolutionären als Beispiel an oder zeigten die Not der Armen: auf der anderen Seite der Grenze oder zu anderen Zeiten im eigenen Land. Aber die Geschichte von Ditta rührte ihn, er sah sie sich viele Male an, genauso wie die Ballade von einem Soldaten. Damals schien ihm, als gebe es keinen besseren Beruf als den des Regisseurs; vielleicht schien er ihm deshalb auch so unerreichbar wie eine königliche Majestät. Nach einiger Zeit bekam er die Filme satt, aber er mochte nicht zu Hause bleiben. Er streifte in den Wäldchen der Vorstädte herum: manchmal mit Freunden, öfter mit seinem Collie, den er natürlich Lassie genannt hatte. Der Hund jagte wirkliche und eingebildete Hasen, während er sich Geschichten ausdachte, in denen er selbst der Held war: mächtig und unbezwingbar.

Dann beschloß er, das, was er auf seinen Streifzügen sah, in Bildern festzuhalten. Den Fotoapparat baute er sich selbst. Nicht nur, weil die Mutter schwerlich das Geld für einen neuen hätte aufbringen können, sondern weil es ihm Spaß machte, selbst einen Apparat herzustellen, darüber hinaus freute es ihn, etwas anderes zu haben, als die anderen hatten oder haben konnten. Er baute sich einen Tischapparat. Er verwendete dafür Zigarettenschachteln, für das Objektiv nahm er ein altes Brillenglas. Zuerst machte er Aufnahmen von allem, worauf sein Blick fiel. Wenn er Aufnahmen, die er für gelungen hielt, der Mutter zeigte, dann betrachtete sie diese nur beiläufig: »Na und, die hat der Apparat gemacht und nicht du!« Das verletzte ihn, beinahe hätte er das Fotografieren sein lassen, aber dann entschloß er sich, der Mutter zu zeigen, daß er es war, der die Fotos machte, und nicht der Apparat. Er konzentrierte sich auf Bilder von Wolken, Tieren und den Händen alter Leute. Um die Hände zu fotografieren, ging er in ein Altersheim. Er hätte hier natürlich auch Porträts machen können, aber das erschien ihm damals nicht so interessant. Alle machten Aufnahmen von Gesichtern und die dümmsten Filme waren voll davon.

Der Tiere wegen mußte er in den Zoo, dort lernte er Petr kennen, und gemeinsam versuchten sie zu fliehen. Doch im Grunde war er es, der den anderen dazu überredete. Petr hätte allein nie etwas Ähnliches gewagt. Er hätte es nicht über sich gebracht, seinen Eltern Schmerz zuzufügen, er wußte, daß man sie ehren und achten mußte. Er selbst hatte keine Eltern, er lebte nur mit der Mutter, die unter dem Gefühl litt, daß ihr das Leben Unrecht getan hatte, daß es versuchte, ihr noch mehr Unrecht zuzufügen, und die ihn mit Klagen über ihre Einsamkeit, Schlaflosigkeit und ihren schlechten Gesundheitszustand zuschüttete.

Er goß sich ein neues Glas ein, zündete sich eine Zigarette an und öffnete den Schrank, in dem auf den Brettern aufgereiht ordentlich numerierte Kassetten lagen. Er nahm eine von ihnen, schaltete den Fernseher auf Video, legte die Kassette ein und setzte sich wieder in den Sessel.

Eine Landstraße, eine Grenzsperre, Wald. Die Aufnahme von einem Bus voller Kinder, natürlich war das ein anderer Bus mit anderen Kindern. Dann das unbewegliche Bild eines Jungen. Dessen, der überlebt hatte. Das Bild des Toten hatte er nicht bekommen. Ein Mann in Uniform erscheint und zeigt irgendwo hinter sich: »Von dort sind sie gekommen.«

»Hatten Sie schon vorher eine Meldung darüber?« fragte seine eigene Stimme.

»Die hatten wir selbstverständlich.«

»Hatten Sie schon im voraus irgendeinen Plan?«

»Es war schwer, Pläne zu machen, da die Kinder im Bus saßen. Unser Ziel war, sie herauszubekommen.«

»Und wenn Ihnen das nicht gelungen wäre?«

»Wir konnten keine Schießerei riskieren, solange die Kinder da drin waren.«

»Hätten Sie sie durchfahren lassen?«

»Nur im äußersten Fall.«

»Was bedeutet das?«

»Der Plan war, sie so lange wie möglich aufzuhalten. Zu verhandeln. Das sind Erfahrungen aus dem Ausland. Wenn sie anfangen zu verhandeln, hat man schon halb gewonnen. Sie werden nicht schießen. Besonders nicht auf Kinder.«

»Wo haben Sie sie angehalten?«

»Wir haben sie zweimal angehalten.«

Der Mann in Uniform zeigte zur Sperre. »Dort wurde verhandelt. Als sie die Kinder rausgelassen haben, haben wir den Schlagbaum geöffnet, aber unterdessen war die Sperrung der Landstraße schon vorbereitet worden. Und die Plazierung der Schützen.«

Ein Kameraschwenk. Der Mann in Uniform zeigte auf die Stellen, wo sich die Schützen versteckt hatten. Dann zeigte er einen Baum, dessen Rinde durch Einschüsse beschädigt worden war.

Die Rinde löste sich, und das Holz war hell.

»Dem zweiten ist überhaupt nichts passiert?«

Der Mann in Uniform antwortete aus dem Off. »Nein. Er geht ohne einen einzigen Kratzer an den Galgen.« Lachen derselben Stimme. »Das haben Sie hoffentlich nicht aufgenommen.«

Er schaltete das Gerät aus und nahm die Kassette heraus. Der Film war nie ausgestrahlt worden.

Viertel nach drei Uhr morgens. Er goß sich ein letztes Glas ein, er hatte leichte Kopfschmerzen, und im Herzen spürte er einen unangenehmen, beklemmenden Druck.

Das Bett war im anderen Zimmer. Dort standen auf einem Gestell barocke Schnitzereien, Heiligenfiguren. Sowie die väterlichen Schnitzereien, die allerdings keine Heiligen darstellten. Am allerliebsten hatte der Vater Vögel geschnitzt. Einmal hatte er zu Pavel gesagt: Tiere haben einen großen Vorzug vor den Menschen: sie verstellen sich nicht, und vor allem muß man sich vor ihnen nicht verstellen. In den letzten Jahren hatte er sich oft daran erinnert: er mochte Tiere, und Filme über Tiere gelangen ihm meist besser als die über Menschen.

Er zog die Schuhe aus, die Hosen und das Hemd und kroch unter die Decke. Vor dem Fenster über der Wiese schwebten Klumpen schneeweißen Nebels. Aber der Himmel war klar und voller Sterne.

Mit der Zeit hatte er die Krankenschwester, die Albína hieß und ihn zurückgewiesen hatte, vergessen. Unverhofft traf er sie wieder. Er wollte sich in der Schlange am Skilift anstellen, und da stand sie. Die Haare und ein Teil des Gesichts hatte sie unter einer roten Kapuze versteckt. Glücklicherweise hatte er ein gutes Gedächtnis für Gesichter.

»Sehen Sie«, sagte er zu ihr, »so habe ich Sie doch gefunden.«

Sie fuhren an einem Bügel zusammen nach oben und sprachen über nichts Besonderes, aber er spürte, daß sie unschlüssig war, ob sie dieses zufällige Treffen nicht als Wink des

Schicksals begreifen sollte. Dann fuhren sie ab und warteten von neuem auf den Lift. Während der Unterhaltung vermied er jede Erwähnung seines Berufs, statt dessen sprach er von seinem lang zurückliegenden Fluchtversuch – sie waren nur ein Stück von der Grenze entfernt –, der gerade hier so unglücklich zu Ende gegangen war, und das Gefängnis, das darauf gefolgt war. Auf diese Weise gelang es ihm, sein Leben mit einem Geheimnis zu umgeben, das sie faszinieren könnte. Wenigstens hatte sie keine Einwände dagegen, daß er sie bis zur Tür des Erholungsheims brachte, wo sie wohnte.

Am nächsten Tag aßen sie gemeinsam zu Abend. Sie sprachen immer noch nur über Belanglosigkeiten, aber er spürte dennoch, daß ihre Welt sich von seiner unterschied, daß in ihr Kräfte wirkten, an die er nicht glaubte, ein Glaube an ein höheres Gesetz und eine allgegenwärtige Macht, deren Zeichen sie aus der Konstellation der Sterne herauszulesen suchte, ebenso wie aus verschiedenen anderen Hinweisen, und er dachte, daß sie eine Wende zum Guten in sein Leben bringen könnte.

3.

Am Sonntag besuchte er nach dem Mittagessen seine Mutter. Noch bis vor kurzem war er an Festtagen zum Mittagessen zu ihr gegangen, aber seit dem letzten Jahr kochte sie nur noch selten, das Essen brachte ihr eine Pflegerin. Er verschob also seine Besuche, aber überhaupt nicht hinzugehen und die Mutter der Einsamkeit auszuliefern, das brachte er nicht über sich. Außerdem war dies hier immer noch seine Wohnung. Er konnte sich nie dazu überwinden, sich eine andere Wohnung zu suchen, in die er dann alle seine Sachen hätte bringen müssen. Hier standen sein Bett und sein Schreibtisch, in dessen Schubladen bis heute alte Briefe und Hefte moderten, die vermutlich niemals mehr jemand öffnen würde. In den zwei Schränken vergilbten die sorgfältig sortierten Negative alter Fotografien, und im Dielenschrank zerfielen allmählich seine alten Kleider, die höchstwahrscheinlich nie mehr jemand anziehen würde.

Vor einigen Wochen war die letzte Freundin der Mutter gestorben, und nun hatte sie außer ihm niemanden mehr auf der Welt. Sie saß den ganzen Tag in der Wohnung und lehnte es ab, diese zu verlassen, solange er nicht mit ihr ginge. Sie erschien ihm jedes Mal trauriger und absonderlicher, voller Argwohn gegen eine Welt, die sie immer weniger verstand. Schon lange fühlte er sich in ihrer Gegenwart nicht mehr frei, falls er sich je in Gegenwart der Mutter frei gefühlt hatte. Immerhin erinnerte er sich aus seiner Kindheit an schöne gemeinsame Zeiten. Der Vater machte gerne Scherze, er neckte sie, und sie lachte. In den Sommerferien spielte sie mit ihm Tennis und Volleyball, sie konnte interessant über das Theater zu erzählen, in dem sie arbeitete, wenn auch nur als Kostümschneiderin, noch dazu in Zeiten, als kein ordentliches Stück aufgeführt wurde und sie die meiste Zeit Soldatenblusen und Bergmannsuniformen nähte. Wahrscheinlich hätte sie ein ganz anderes Leben geführt, wenn der Vater bei ihr geblieben wäre. Auch sein Leben hätte dann wahrscheinlich anders ausgesehen.

»Bist du das, Pavlíček?« Sie begrüßte ihn mit einer Überraschung, die vielleicht echt war. Sie konnte die einzelnen Tage schon nicht mehr auseinanderhalten.

»Ich habe dir etwas mitgebracht!« Er zog ein Paar rote Pantoffeln aus seiner Tasche. »Sie sind innen mit Pelz gefüttert!«

»Warum machst du solche Ausgaben?« Die Mutter bückte sich mit einer Geschmeidigkeit, die ihn erstaunte, und zog sie an. »Die werden schön warm sein«, freute sie sich. Dann richtete sie sich wieder auf. Sie war einen Kopf kleiner als er und sehr zierlich. Die Größe hatte er vom Vater, aber die Figur eher von ihr.

»Ich mache dir einen Tee«, schlug sie vor.

»Nein, danke, laß uns lieber rausgehen!«

»Ich habe gute Kolatschen gekauft!« Die Mutter humpelte in die Küche, und er ging kurz in sein Zimmer. Er öffnete den Wäscheschrank und zog hinter einem Stapel Handtücher eine Teedose aus Blech hervor, in der die Mutter ihr ganzes Geld aufbewahrte. Er nahm den Deckel ab und legte zwei grüne Banknoten in die Dose, schloß den Deckel und stellte die Dose zurück an ihren Platz.

Die Mutter zählte ihr Geld nie. In seiner Jugend hatte er das manchmal ausgenutzt und sich etwas Kleingeld genommen, das er für Kino oder Zigaretten brauchte. Die Mutter hatte das nie bemerkt, oder falls sie es bemerkt hatte, hatte sie es nicht verraten. Wenn er jetzt heimlich etwas beisteuerte, trug er diese alte Schuld ab.

»Wo bist du, was ist mit dir?« rief sie aus dem anderen Zimmer.

Auf dem abgeschabten, aber ordentlich gedeckten Tisch dampften die Teetassen. Sie bestreute gerade die Kolatschen mit Puderzucker. »Was machst du denn gerade?« fragte sie.

»Ich habe eine Demonstration gefilmt. Und übermorgen gehe ich auf die Burg! Wir bereiten einen Film über den Präsidenten vor.«

»Über welchen?«

»Über unseren. Er hat Geburtstag.«

»Wie alt wird er?«

»Fünfundsiebzig.«

»Er ist jünger als ich«, sagte sie. »Ich bin schon alt, nicht wahr?«

»Es gibt noch ältere Leute als dich.«

»Ich mag mich schon nicht mehr im Spiegel anschauen.«

»Ich schau mich auch nicht gerne an«, sagte er und grinste über die Doppeldeutigkeit seiner Äußerung.

»Ich weiß nicht, ob du nicht lieber etwas über normale Leute drehen solltest.« Sie kam wieder auf seine Arbeit zurück. »So jemand kann dich vernichten, wenn ihm der Film nicht gefällt.«

»Und wenn er ihm gefällt?«

»Dann kann dich jemand vernichten, dem der Präsident nicht gefällt!«

»Warum sollte mich jemand vernichten?«

»Weil die Welt so ist, und schrei nicht so«, sie senkte die Stimme und zeigte auf die Mauer, »es muß uns nicht jeder hören. Und ein schmutziges Hemd hast du an«, sagte sie mit aggressiver Stimme. »Kann deine Frau nicht richtig für dich waschen?«

»Doch, das tut sie. Außerdem ist sie nicht meine Frau.«

»Das versteh ich nicht.«

»Wir sind nur halb zusammen.«

»Was heißt nur halb?«

»Du weißt doch, daß sie nicht meine Frau ist.«

»Aber das ist doch eine Schande«, sagte die Mutter, »einen Kerl bei sich zu haben und ihn nicht zu heiraten.«

»Das ist nicht ihre Schuld, ich will sie nicht heiraten.«

»Magst du sie nicht genug?«

Er zuckte mit den Schultern.

»Du solltest dich endlich niederlassen! Du willst doch nicht immer allein bleiben! Glaubst du, ich werde noch ewig dasein?«

»Aber Mama!« Die Mutter sprach gewöhnlich nicht von ihrem Tod. Am meisten erstaunte ihn jedoch, daß sie sich noch immer für die Person hielt, die ihn von seiner Einsamkeit erlösen könnte. »Wollen wir einen Spaziergang machen?«

Sie sah aus dem Fenster. »Ich glaube, mir ist es zu kalt dafür. Außerdem spüre ich meine Beine kaum. Laß uns lieber hierbleiben. Du hast es doch nicht eilig?«

»Am Abend habe ich eine Verabredung zum Tennis.«

»Mit wem denn? Mit dem Papa?«

»Aber Mama. Mit einem Redakteur. Er heißt Sokol. Das ist der, mit dem ich damals in Mexiko war.«

»Von Mexiko weiß ich gar nichts«, fuhr sie ihn an. »Aber der Papa hat auch Tennis gespielt.«

Der Vater war vor zehn Jahren gestorben. Sie war nicht zu

seinem Begräbnis gegangen. Er hatte sie verlassen und sich damit ihr gegenüber schuldig gemacht. Die meisten Leute hatten sich ihr gegenüber schuldig gemacht. Auch er selbst hatte sich ihr gegenüber schuldig gemacht. Er hatte versucht zu fliehen in einer Zeit, als sie ihn brauchte, und damit die Angst noch verstärkt, die sie quälte. Es war selbstverständlich sein Leben, und er hatte das Recht, nach seinen eigenen Vorstellungen darüber zu verfügen, aber das erklärte er ihr vergeblich. Im Krieg, an den er sich nicht erinnern konnte, hatten sie ihren Vater eingesperrt und in ein Lager geschickt, wo er umkam. In diesem Erlebnis hatte ihre Angst offensichtlich ihren Ursprung gehabt, und nichts von dem, was in ihrem Leben darauf folgte, sprach dafür, daß sie grundlos gewesen wäre.

»Gestern war er bei mir.« Er hörte die Stimme der Mutter.

»Wer?«

»Von wem sprechen wir? Dein Vater. Er hat mir sogar einen Ring gebracht, um sich mit mir zu versöhnen. Den Ring habe ich aber nicht, wahrscheinlich habe ich ihn abgelehnt, ich erinnere mich schon nicht mehr.«

Er hätte sie in ihrem Irrtum korrigieren sollen, aber was für einen Sinn hätte das gehabt? Ihre Einbildung schadete niemandem, und ihr tat sie vielleicht gut.

»Du solltest nirgendwo mehr hingehen. Du siehst müde aus, bestimmt hetzt du dich zu sehr ab!« Die Mutter räumte die Teetassen ab und ging in die Küche, um sie abzuwaschen.

»Ich werde Schwester zu Ihnen sagen«, hatte er Albína damals in den Bergen vorgeschlagen.

»So sagen doch alle zu mir.«

»Aber ich werde damit etwas anderes meinen.«

»Was werden Sie damit meinen?«

»Daß ich niemanden kenne, der mir näher wäre.«

»Wie können Sie das behaupten, wenn Sie mich überhaupt nicht kennen?«

»Ich meine es ernst. Außerdem gefällt mir das Wort: Schwester.«

»Ich möchte das nicht! Lassen Sie das!«

»Arbeiten Sie gerne dort?«

»Sie meinen, im Krankenhaus? Ich weiß nicht. Ich weiß keine bessere Arbeit.«

»Es gibt eine Menge anderer Berufe. Und Sie müßten nicht mehr zusehen, wie Menschen sterben.«

»Sterben gehört zum Leben. Und die, die sterben, brauchen vor allem jemand, der bei ihnen ist. Weil ... Die meisten sind darauf nicht vorbereitet.«

»Wie meinen Sie das?«

»Sie leben und rechnen dabei nicht mit dem Tod. Wenn dann die Zeit kommt, denken sie, daß jemand sie betrogen hat und der Tod sie zu früh überrascht, bevor sie es geschafft haben, etwas zu erleben, bevor sie erkannt haben, was das Leben ist. Und dann gehen sie unversöhnt davon.«

»Glauben Sie, daß Sie versöhnt davongehen würden?«

Sie antwortete, daß sie es nicht wüßte, aber daß sie sich darum bemühe, ein erfülltes Leben zu führen.

Worin bestand ein erfülltes Leben? Darin, daß man seine Zeit nicht vergeudete. Das war keine Antwort. Was bedeutete das: keine Zeit zu vergeuden? Jemandem nahe sein, jemandem, den man gerne hatte. Und wenn man so jemanden nicht hatte? Dann mußte man ihn suchen.

Seltsam, als sie das erste Mal über Liebe sprachen, sprachen sie gleichzeitig über den Tod. Lag darin eine Vorbestimmung? Oder lediglich die Überzeugung, daß man das eine vom anderen nicht trennen kann?

Zu Beginn des Sommers, als sie schon zusammenlebten, fuhren sie in ein Wochenendhaus von Freunden. Unterwegs bemerkte er eine kleine Insel aus Bäumen inmitten einer Wiese, dann erkannte er halbzerfallene Mauern, die diesen Ort begrenzten. Es war nicht schwierig, in der Mauer eine Öffnung zu finden, durch die sie sich hindurchzwängen konnten. Als sie sich durch das Gebüsch geschlagen hatten, erblickten sie alte, vom Regen verwitterte Steinplatten, die noch in der Erde steckten, während andere umgestürzt und zerbrochen im Gras lagen. Auf ihnen ließen sich noch Spuren hebräischer

Buchstaben erkennen. Er zog die Kamera aus der Tasche und machte eine Aufnahme von einem zerbrochenen Grabstein.

»Warum fotografierst du das?« fragte sie.

»Das ist immerhin mein Beruf.«

»Du willst Bilder von Gräbern verkaufen?«

»Nein, ich will das hier nur festhalten.«

»Die Toten soll man in Ruhe lassen.«

»Habe ich sie etwa gestört, ich habe diese Steine nicht herausgerissen.«

»Man muß nicht alles festhalten.«

»Willst du niemals das Bild von etwas bewahren, das dich beeindruckt?«

»Nicht so.«

»Und wie sonst?«

»In mir.«

Es fiel ihm schwer, seinen Ärger zu beherrschen. »Da würde ich bald vor Hunger sterben.«

Was hieß das: ein Bild in sich aufbewahren?

Eine Ahnung davon in sich tragen, was sich unter der Oberfläche der Dinge verbirgt, was man durch seinen Blick befreit.

Wer sollte sich für solche Bilder interessieren?

Derjenige, der auch frei war.

Was bedeutete das: frei zu sein?

»Pavlíček«, hörte er die Mutter neben sich, »warum schweigst du so lange?«

»Ich bin froh, daß ich hier mit dir sitzen und schweigen kann.«

»Warum sitzt du hier mit mir? Das ist doch kein Vergnügen für dich.«

»Du bist doch meine Mutter.«

»Ja«, sagte sie, so als ob seine Antwort sie erstaunte, »ich bin deine Mutter.«

Eine Stunde später betrat er schon im weißen Dreß den Tennisplatz. Sein Tennispartner war fast zehn Jahre älter als er, aber wenn er auch beleibt war, war er doch beim Spiel und im Leben erstaunlich beweglich. Nur daß diese Beweglichkeit sein Spiel nicht rettete, ihm fehlte es an Ballgefühl, genauso wie es ihm bei der Redaktionsarbeit an Gefühl für die Sprache fehlte. Diesen Mangel machte er jedoch durch ein Gefühl dafür wett, was sich unter der scheinbar unbeweglichen Oberfläche der Gesellschaft tat. Dank dieses Umstands gelang es ihm, nicht nur das zu erahnen, was gerade gefordert war, sondern auch das, was in nächster Zukunft gefordert sein würde. Also holte er geeignete Themenvorschläge ein. Manchmal hatte er Anfälle von Tatkraft, die sich mit absoluter Gleichgültigkeit gegenüber allem abwechselten, was ihm keinen unmittelbaren Erfolg brachte. Er aß und trank gern gut. Als sie zusammen in Mexiko gewesen waren, hatte er dem Strand oder einem Gläschen Tequila ›en la fonda‹ den Vorzug vor der Arbeit gegeben. Er hatte mit ihm zusammen arbeiten oder drehen können, was ihm gerade einfiel; so ein Stil der Zusammenarbeit kam ihm entgegen, denn er schränkte ihn am wenigsten ein.

Wie gewöhnlich verlor Sokol so schnell gegen ihn, daß er nicht einmal ins Schwitzen kam.

»Ich überlege mir«, bemerkte Sokol, während sie duschten, »daß es clever wäre, ein Unternehmen aufzumachen. Was würdest du davon halten, eine Werbeagentur zu gründen?«

»Ich?«

»Vielleicht wir beide zusammen.«

»Wofür sollten wir denn Werbung machen?«

»Wenn private Unternehmen in Gang kommen«, belehrte ihn der Redakteur, »wird Werbung gebraucht. Ohne Werbung kein Geschäft. Deshalb wird Werbung ein gutes Geschäft werden. Und von allen Arten der Werbung wird die Fernsehwerbung die wichtigste sein.«

»Reklame ist nicht mein Fach.«

»Propaganda ist auch nur Reklame.«

»Denkst du, daß das, was wir machen, Propaganda ist?« fragte er gekränkt.

Der Redakteur nuschelte etwas in sein Handtuch. Er stritt nicht gerne und antwortete nicht gerne direkt auf direkte Fragen.

Selbstverständlich hatte Sokol recht. Wir machen Reklame für ein Leben, das keiner kaufen würde, wenn es im Angebot wäre. Selbst ich würde es nicht kaufen, wenn ich wählen könnte. Und ein schlechtes Geschäft war Reklame nicht, auch damit hatte Sokol recht.

»Auf so eine Idee wäre ich nie gekommen«, sagte er. »Was für Privatunternehmen sollte es hier geben und was für eine Reklame?«

»Und wenn sich die Verhältnisse ändern?«

»Wenn sich die Verhältnisse ändern, werden wir zwei daran nichts verdienen.«

»Warum? Wenn sich die Verhältnisse ändern, dann zählt nur, was du kannst. Und wer beherrscht sein Handwerk besser als du? Reklame, das ist Handwerk plus Ideen.«

Wenn einzig zählen würde, was er konnte, dann würde er versuchen, sein handwerkliches Können auf andere Art und an einem anderen Ort zur Geltung zu bringen. Er würde seine eigenen Drehbücher verfilmen, er war sich sicher, daß sie besser waren als die, nach denen sie derzeit Filme machten, denen dann auch noch Preise verliehen wurden.

Sie gingen aus der Dusche, jeder trank ein Gläschen Wodka, und sie unterhielten sich noch eine Weile darüber, wie die Verhältnisse sich ändern könnten. Der Redakteur hatte ein Szenario dafür, das eine Reihe von allmählichen Änderungen vorgab, die zwar von oben eingeleitet werden, aber an Geschwindigkeit und Kraft zunehmen würden, bis sie einen Punkt erreichten, wo sie keiner mehr kontrollieren konnte. Diejenigen, die sie eingeleitet hatten, würden hinweggefegt werden, die Welt, in der sie lebten, würde einstürzen.

Er hörte diesen Ausführungen aufmerksam zu, es interessierte ihn, welchen Platz sein Kollege nach so einem Zusammensturz für sich selbst vorgesehen hatte. Dann fiel ihm ein, daß er sich vor langer Zeit ebenfalls mit der Vorstellung von

Veränderungen beschäftigt hatte. Er hatte sogar davon geträumt. Im Gefängnis hatte er so hartnäckig davon geträumt, daß er fast daran geglaubt hatte. Jetzt konnte er sich Veränderungen nicht mehr vorstellen und dachte lieber gar nicht erst daran.

Als sie sich verabschiedeten, erwähnte Sokol nur nebenbei: »Nächste Woche drehen wir auf der Burg.«

Offenbar erwartete er diese Veränderungen nicht in absehbarer Zeit. Sonst würde er einen Weg finden, um an seiner Stelle einen anderen auf die Burg zu schicken.

4.

Die Dreharbeiten waren beendet. Hoffentlich erfolgreich. Er hatte mit dem Licht zaubern müssen, um zu verbergen, daß der Greis seine linke Hand nicht mehr kontrollieren konnte. Gleichzeitig mußte er das Gesicht weichzeichnen, damit die Unfreundlichkeit, die darin eingegraben war, nicht abstoßend wirkte. Dabei hatte er noch die leichtere Aufgabe, Sokol war schlechter dran, denn aus dem ersten Mann im Land war nicht leicht eine persönliche Bemerkung, geschweige denn ein Gedanke herauszuholen. Im Grunde genommen wiederholte er schon seit Jahren dasselbe: die unbestimmte Hoffnung, daß die Menschen die Werte und Ziele annehmen würden, an die er selbst vielleicht immer noch glaubte, die Hoffnung, daß die Menschen sie ihren Erfahrungen zum Trotz annehmen würden. Einen Moment lang versuchte er, wie es schien, dennoch etwas zu erzählen. »Im Religionsunterricht hat man uns früher beigebracht: Glaube, und dein Glaube wird dich retten. Diese alte Lehre haben wir verändert: Glaube an das, was du mit dem Verstand erforschst. Aber...« Er stockte und fuchtelte mit der Hand. Sokol konnte nur innerlich abwinken. Ein halber Gedanke taugte zu gar nichts. Einen Präsidenten, der zu seinen eigenen Überlegungen mit der Hand herumfuchtelte, würden sie ihm nie durchgehen lassen.

Wenn dieser Mensch, der schon so lange den Präsidenten spielte, wenigstens irgend etwas wirklich Interessantes oder Vorzeigenswertes könnte: auf einem Pferd reiten, Tennis spielen oder vielleicht levitieren. Früher einmal hatte er an einer Druckerpresse gearbeitet. Das war noch im Gefängnis gewesen. Damals hatte ihn verständlicherweise keiner gefilmt, und heute wurde über diese Periode seines Lebens lieber nicht gesprochen. Es gab natürlich Kilometer alter Filmrollen mit den immer gleichen Aufnahmen: wie dieser finstere Mann am Mikrofon stand und eine Rede hielt. Wie er einem Staatsmann die Hand schüttelte und einen anderen küßte. Wie er eine Ehrenwache abschritt. Wie er in ein Flugzeug stieg und wieder daraus ausstieg. Wie er Genossen umarmte, die ihm mal zuwinkten, mal ergeben auf ihn warteten. Und wie er den jubelnden Massen zuwinkte. Wie er die Huldigungen in Tracht gekleideter Dorfbewohner und Sträuße von verängstigten Mädchen entgegennahm. Auf einigen Aufnahmen sah er noch jung aus, voller Energie und Herrschsucht. Aber das sah sich alles zum Verzweifeln ähnlich und war langweilig.

Was war das – Langeweile?

Eine Zeit, ausgefüllt von Begegnungen, die keine Spuren in uns hinterlassen.

Wenn er wenigstens ein paar private Dinge um sich gehabt hätte, Dinge, die wirklich ihm gehörten. Ein Terrarium mit Schlangen zum Beispiel. Einen ausgestopften Bären oder einen Käfig mit einem Papagei. Wenn er ein paar interessante Leute um sich gehabt hätte. Aber in seiner Nähe ertrug er nur eine alte Hausgehilfin, die ihn seit seiner Jugend begleitete und seine beiden Frauen überlebt hatte. Und zwei Kammerdiener. Irgendwo im Hintergrund konnte man das ganze Gefolge derer ahnen, mit denen er sich einst verschworen hatte, um die Macht zu gewinnen, und von denen er sich niemals völlig trennen konnte, sie waren vereint durch ihre gemeinsamen Taten und Untaten.

Die Beleuchter rollten die Kabel zusammen und brachten die Spiegel weg. Das Zimmer verwandelte sich wieder in einen unberührten aristokratischen Raum. Auch wenn er es nicht gerne zugab, es tat ihm gut, daß er sich dort aufhalten, sich sogar frei bewegen durfte. Die Flügeltür zu den anderen Zimmern blieb geöffnet, und er sah, wie gewaltige Kristallüster verschwenderisch im ganzen Schloßflügel brannten.

Der Greis stand auf, kam zu ihnen, schüttelte zuerst Sokol, dann ihm die Hand. »Ich danke Ihnen für Ihre Mühe.« Er versuchte ein Lächeln. Offenkundig zögerte er. »Wenn Sie noch auf ein Gläschen hierbleiben wollen?«

Die Einladung kam überraschend. Man konnte sie auf gar keinen Fall ablehnen.

Der Greis winkte, und sie folgten ihm in das Nebenzimmer, wo ein zuvorkommender Kellner sie schon mit Gläsern erwartete.

Der Präsident setzte sich in einen Sessel, jetzt konnten auch sie sich setzen. Sie konnten den Präsidenten sogar ansprechen; der Greis, der ihm jetzt gegenübersaß, hatte sicher die Macht, ihnen jeden Wunsch zu erfüllen. Aber warum sollte er seine Macht gerade ihnen gegenüber beweisen?

»Auf Ihr Wohl, Genossen!« Der Präsident erhob sein Glas.

Und was würde ich mir wünschen? Auch so weit aufzusteigen? Dafür war jetzt nicht der richtige Zeitpunkt. Meinen Film drehen? Auch dafür war jetzt nicht der richtige Zeitpunkt, und dieser Herrscher würde kaum Verständnis für mein Drehbuch haben. Ihm sagen, daß mir die Vorgesetzten vor kurzem einen harmlosen Film über das Leben von Verrückten verboten haben? Aber er hat bestimmt andere Sorgen als Filme über Verrückte. Allenfalls würde der Präsident jemand beauftragen, das Verbot zu überprüfen, und der würde bei den Vorgesetzten nachfragen, und schließlich würde sich alles gegen mich wenden.

»So, und was sagen Sie zur Lage?« fragte der Greis und sah

sie durch seine dicken Brillengläser an. Diese Frage überraschte sie. Was wollte er von ihnen hören? Die Wahrheit, oder eines der vielen täglichen tröstlichen Märchen?

»Was denken die Leute in unserem Fernsehsender?« Glücklicherweise schien er keine Antwort zu erwarten. Oder er hatte sofort vergessen, daß er überhaupt etwas gefragt hatte. Darin erinnerte er ihn an die Mutter. Nur, daß die Mutter keine Regierung führte, daß sie keine Hausgehilfin hatte und keine Diener um sie herumsprangen.

»Die Lage ist nicht die beste«, fuhr der Greis fort, »es sieht leider so aus, als ob es uns nicht gelingt, das Niveau zu halten, an das sich die Leute gewöhnt haben. Wissen Sie, man steht an der Spitze, wie man sagt, und dennoch ist man ohnmächtig. Ich tue, was in meinen Kräften steht. Sechzehn Stunden täglich. Ich bräuchte drei Leben und nicht nur dieses eine!« Er sprach mit erhobenem Finger, als ob er all die kostbaren Gegenstände rings um sich ermahnen wollte. »Einer guten Sache dienen und die Welt verändern, das ist unsere Aufgabe, aber wer will das noch, wer schafft das? Als wir jung waren, war da eine andere Begeisterung, eine andere Bereitschaft zu leiden, sogar zu hungern, weil wir wußten, daß wir für eine gute Sache kämpfen. Für eine gerechtere Ordnung. Manchmal hatte ich nichts zum Abendessen, weil ich für den Zug sparte, der mich zu den Genossen brachte, die mich am Abend erwarteten.«

»Das war in Ihren Studienjahren?« fragte Sokol.

»Im Studium, davor und danach. Manchmal war es besser, manchmal schlechter, aber gut war es nie. Als ich klein war«, der Blick des Greises schweifte irgendwohin ins Leere, »gingen wir vom Frühling bis zum Winter barfuß. Morgens, wenn der Tau fiel, haben wir ganz schön gefroren. Aber das interessiert niemanden, deswegen habe ich es vorhin nicht erwähnt. Die Schuhe habe ich von meinen Schwestern geerbt« – es gelang ihm nicht, sich von seinen Erinnerungen zu lösen –, »aber tragen durfte ich sie nur am Sonntag in der Kirche.« Er stockte, als ob er erschrocken wäre, weil er etwas Unerlaubtes gesagt hatte.

Endlich sprach er über sich. Leider sprach er nicht mehr vor der Kamera. Wenn er da von seiner Kindheit erzählt hätte, dann hätten sie später noch sein Geburtsdorf aufgenommen. Hätten irgendwo Fotos seines Vaters und seiner Mutter aufgestöbert – angeblich waren sie nur Tagelöhner gewesen. Falls sein Lebenslauf nicht nachträglich gefälscht worden war, damit er zur Legende vom Präsidenten, der aus dem Volk hervorgeht und dem Volk dient, paßte. Aber seine Mutter war gestorben, als er noch ganz klein war. Er hatte offenbar keine leichte Kindheit gehabt.

»Und trotzdem waren das bessere Jahre als jene, die dann kamen, die Genossen waren noch ehrlich, keiner hätte den anderen verraten, nicht einmal unter Folter. Und meine erste Frau lebte noch.« Erstaunlicherweise stahl sich Wehmut in seine Stimme, und er griff schnell zum Glas, um sie zu verbergen. »Aber dann hat sich alles geändert. Plötzlich hing ich in den Klauen des Henkers, und der arbeitete mit voller Kraft. Am schlimmsten war, daß unsere eigenen Leute ihn zu mir und den anderen geschickt hatten. Sie haben nur so getan, als ob sie zu uns gehörten. Süße Reden und das Messer in der Tasche. Ich schrieb ihnen Briefe, in denen ich meine Unschuld nachwies, sie antworteten nicht einmal. Ich forderte wenigstens ihre Zeugenaussagen, aber sie kamen nicht. Statt dessen dachten sich die Henker für mich eine Einzelzelle aus. Sechs Jahre in der Einzelzelle, ohne Nachrichten von der Welt, ohne Begegnungen mit der Familie, sechs Jahre lang habe ich keine anderen Gesichter gesehen als diese Henkersgesichter. Und was glauben Sie, wo die heute sind?« Er trank abermals. »Die denken«, sagte er mit plötzlicher Lebendigkeit, »daß durch ihre Veränderungen alles besser wird, und dabei zerstören sie nur das, was wenigstens noch ein bißchen zusammenhält. Wenn sie es zerstört haben, dann werden sie versuchen, die Schuld auf mich abzuwälzen. So wie sie das immer machen. Aber die Zeit kommt, wo sie mich auf Knien bitten werden, alles wieder in Ordnung zu bringen.« Er lächelte trocken. Er sagte noch: »Die Folter haben wir ausgehalten. Es ist das Geld, das uns zugrunde richtet. Denn dafür verkaufen die alles: ihre Gedanken und ihre Genossen.«

Wenn andere Leute »die« sagen, meinen sie für gewöhnlich die ganz oben. Was stellt sich einer, der ganz oben steht, bei diesem Wörtchen vor? Er meint die, die unter ihm sind. Er meint alle, die um ihn herum sind. Er meint alle anderen!

Von neuem erschien der Kellner mit seinem Tablett.

Der Präsident schüttelte den Kopf, also hielt der Kellner ihnen das Tablett hin, aber sie wagten es nicht, sich noch ein Glas zu nehmen, wenn ihr Gastgeber nicht trank.

»Vergessen Sie nicht, mir den Film zu schicken, wenn er fertig ist!« bat der Präsident. »Nein, ich will Sie keiner Zensur unterziehen, aber wissen Sie, in meinem Alter könnte es passieren, daß ich ihn sonst nicht mehr zu sehen bekäme!«

»Ich schicke ihn ganz sicher«, versprach Sokol.

Der Präsident stand auf. Die freundschaftliche Audienz war vorbei. Er hatte sie nicht genutzt. Vielleicht ließ sich eine Audienz nicht nutzen. An Orten wie diesem fand man nur scheinbar Macht und Ordnung. Wo fand man sie sonst?

Er wußte keine Antwort darauf, und das beunruhigte ihn.

5.
Filmerzählung

Aus dem Tor des Rathauses drängen Hochzeitsgäste. Ein Mann mit einem Fotoapparat geht rückwärts vor ihnen her. Es ist ein langer Kerl, der sich ein wenig bücken muß, wenn er sie im Sucher haben will. Wenn er nicht nur sie im Sucher haben will, sondern auch den Rest des Platzes. Denn am anderen Ende des Platzes beginnt eine Demonstration.

Hinter dem Turm schaut die Sonne hervor, die Hochzeitsgäste blinzeln und versuchen einen feierlichen Ausdruck.

»Bitte lassen Sie sich nicht aufhalten, lassen Sie sich durch mich nicht aufhalten.«

Der Bräutigam ist klein, ältlich, untersetzt, die Braut ist einen halben Kopf größer, wenigstens fünfzehn Jahre jünger, sie hat langes helles, fast weißes Haar, genau wie der Fotograf, sie könnte mit ihm verwandt sein. Aber es handelt sich wohl eher um eine Gelegenheitsarbeit oder einen Vorwand, um mit dem Fotoapparat unauffällig an diesen Ort kommen zu können.

»Jetzt bitte die Braut in die Mitte, der Bräutigam auf die linke Seite.« Er drückt schnell auf den Auslöser, dann wechselt er das Objektiv.

Aus dem Sucher verschwindet das jungverheiratete Paar, der Mann beobachtet jetzt die Demonstranten, die uniformierten Volkspolizisten und die Miliz.

»Danke. Wenn jetzt die anderen ein wenig zurücktreten könnten. Der Ehemann ein wenig nach rechts. So. Ja, danke«, er drückt wieder auf den Auslöser. Dann verbeugt er sich leicht, gibt den Hochzeitsgästen die Hand und geht. Er ist kaum um die Ecke, da treten ihm zwei Männer entgegen, der ältere von beiden sieht wie ein leicht schäbiger Beamter aus, der andere in Jeans und mit langen Haaren erinnert ihn eher an den Drummer einer Undergroundband.

Der Ältere weist sich aus. »Also, Herr Fuka, was haben Sie denn hier fotografiert?«

Der Fotograf zuckt zusammen, am liebsten würde er den Apparat irgendwo verstecken, er weiß jedoch nicht wo. »Eine Hochzeit.«

Der Mann, der sich ausgewiesen hat, zeigt auf die Kamera. »Ich dachte, Sie hätten das Fotografieren aufgegeben.«

Der Fotograf hält den Apparat jetzt hinter seinem Rücken, vielleicht glaubt er wie ein Kind, daß das, was aus den Augen ist, wirklich verschwindet. »Ich habe heute Nachtschicht.«

»Das werden wir überprüfen! Und wessen Hochzeit haben Sie fotografiert?«

»Die eines Bekannten.«

»Können Sie uns sagen, wie er heißt?«

»Nein, ich wüßte nicht, warum ich das tun sollte.«

»Wir finden das doch heraus! Sind Sie bereit, den Film freiwillig herauszugeben?«

»Nein, warum sollte ich das tun?«

»Vielleicht, um sich den Weg zu uns zu sparen.« Beide Männer warten ab, was er darauf antwortet. Der Fotograf sieht sich um, als wollte er feststellen, ob es irgendeine Hoffnung auf ein Entkommen gibt, aber der Platz ist voller uniformierter Männer. Er zuckt mit den Schultern und fragt: »Heißt das, daß ich verhaftet bin?«

Der Jüngere spricht jetzt zum ersten Mal. »Warum gleich verhaftet? Haben Sie so ein schlechtes Gewissen?«

»Leider«, antwortet er, »ist das Gewissen nicht ausschlaggebend. Nicht einmal die Taten sind es ja.«

»Sie kommen also lieber mit uns mit?«

Der Fotograf zuckt mit den Schultern. Den Film wird er wahrscheinlich nicht retten können, aber freiwillig gibt er nicht heraus, was sie unrechtmäßigerweise fordern.

Sie führen ihn in einen düsteren, scheußlichen Raum in einem unauffälligen Mietshaus, und dort bedrängen sie ihn mit Fragen, von denen er die meisten nicht beantwortet. Sie wollen etwas über seinen Freund wissen, der als Kastellan auf einer Burg arbeitet, und über dessen Frau. Sie fragen auch nach der Frau, mit der er jetzt zusammenlebt, mit der er aber nicht verheiratet ist.

»Wenn Sie sich nur ein bißchen vernünftiger verhalten würden«, sagt der Ältere, »könnten Sie etwas Interessanteres machen, als in einem Hotel die Heizung zu bedienen. Sie haben doch an der Filmhochschule studiert. Sie haben doch sogar einige Tierfilme gedreht. Oder täusche ich mich?«

»Was heißt das: sich vernünftiger benehmen?«

»Sie sehen doch wohl um sich herum genug vernünftige Leute, an denen Sie sich ein Beispiel nehmen könnten«, sagt der Drummer.

»Diese Protestaktion, die von Feinden unseres Staates organisiert wurde, hätten Sie sicherlich nicht fotografieren sollen«, meint der Ältere. »Kann sein, daß Ihnen irgendwelche Agenturen für diese Fotos eine Menge Geld versprechen, aber ich versichere Ihnen, daß Sie nicht gut dabei fahren, wenn Sie Gewinn und Verlust gegeneinander aufrechnen!«

Er sagt, daß ihm niemand Geld angeboten habe, daß er die Fotos weder an Agenturen noch an Privatleute verkaufe, daß er nur zum Vergnügen fotografiere.

Sie geben ihm noch ein Papier, auf dem sie bestätigen, daß sie den Film aus seinem Apparat genommen haben, und entlassen ihn.

Abends beklagt er sich bei seiner Freundin darüber, daß sie ihm den Film weggenommen haben. Leider waren außer der Hochzeit auch Aufnahmen von der Demonstration darauf. Das riecht nach Unannehmlichkeiten.

»Du hättest vorsichtiger sein sollen«, sagt seine Geliebte, und mit diesen Worten fügt sie den guten Ratschlägen, die er an diesem Tag erhalten hat, noch einen hinzu.

»Ich bin so vorsichtig, wie es geht. «

»Du könntest vielleicht etwas unternehmen!«

»Wie meinst du das?«

»Bei mir kauft eine Frau ein, deren Mann im Filmarchiv arbeitet«, sagt seine Lebensgefährtin. »Er sucht die Filme für die Regierung und andere Bonzen aus. Auch für die Burg.«

»Na und?«

»Er soll angeblich Tierfilme mögen, besonders solche über Schlangen«, sagt sie und betont das Wort »er«, damit er weiß, daß sie über den Mann spricht, der auf der Burg wohnt. »Wenn man ihm einen von deinen Filmen schickte, vielleicht würde er ihm gefallen.«

»Das ist mir total egal, ob sie ihm gefallen oder nicht.«

»Aber er könnte dir helfen.«

»Glaubst du, er hat keine anderen Sorgen?«

»Vielleicht nicht gleich er selbst – der Typ aus dem Archiv kennt bestimmt noch andere, die Einfluß haben. Er kann vielleicht was einrichten!«

»Hör auf damit.«

»Ich habe nur gedacht…« Seine Gefährtin schweigt, er steht vom Tisch auf und geht in das andere Zimmer. Eine Weile läuft er dort herum wie ein Tier im Käfig. Dann bleibt er am Fenster stehen. Er schaut auf die Zäune, hinter denen Autos stehen und haufenweise Metallschrott herumliegt. Die Zäune erinnern ihn an die Grenzzäune. Er wendet sich ab und denkt an die Frau, die er geliebt hat, die einzige Frau, die er wirklich gern hatte. Er sieht sie im weißen Kittel einer Krankenschwester, wie sie die langen Krankenhausflure entlanggeht, er ruft sie bei ihrem Namen, der fremdländisch klingt, er ruft, er bittet fast: Ali, Alina. Aber die Frau geht weiter, sie hört ihn nicht, oder wenigstens tut sie so, als ob sie ihn nicht hörte.

6.
Filmerzählung

In die Zelle fällt ein schmales Bündel Sonnenstrahlen. Nachdem sie ihn zum Tod durch den Strang verurteilt hatten, wurde er in eine bessere Zelle verlegt. Wenn Robert sich auf die Fußspitzen stellt, kann er sogar die Kuppe eines Hügels sehen. Nur, daß sie Gabo zu ihm gesetzt haben – einen stupiden Mädchenmörder, der vor Angst heult, wenn er daran denkt, was ihn erwartet. Und daß der ihn mit seiner Visage auch noch an diesen Idioten Míla erinnert, der ihn in alles hineingeritten hat und dann einfach verreckt ist und ihn allein gelassen hat. Wenn sie einen zum Galgen verurteilt haben, lassen sie einen in Ruhe; man muß weder Bleche noch Fassungen biegen, aber man hat auch nichts, womit man sich die Langeweile und die Gedanken, die einem zusetzen, vertreiben könnte.

Ebenso wie Gabo hat er ein Buch erwischt, ein paar Illustrierte und ein Schachspiel. Das Schachspiel können sie vergessen, keiner von ihnen kann Schach spielen. Der Häftling, der vor ihm mit Gabo in der Zelle gesessen hatte, hatte versucht, ihm wenigstens die Regeln zu erklären, nach denen man die einzelnen Figuren bewegt, aber in Gabos dumpfe Birne geht so etwas nicht rein. Lesen kann Gabo nicht. Er hat hier nicht die geringste Beschäftigung, wenn er seine Pritsche gemacht und sich und den Fußboden geschrubbt hat. Also marschiert er vom Wecken bis zum Zapfenstreich in der Zelle hin und her, zur Tür und zurück. Nur ab und zu bleibt er stehen, sei es, um ein paar Bissen Futter hinunterzuschlingen, seine Schlappen zu richten oder um seine riesigen fleckigen Pranken anzuglotzen, mit denen er die armen Hascherl erwürgt hat. Von Zeit zu Zeit erzählt er in ein paar Sätzen, wie er das angestellt hat, ohne Bedauern, ohne Interesse, als spräche er über einen anderen oder über etwas, das keine große Bedeutung hat. Öfter noch brüllt er los, jammert mit hoher Stimme, so wie ein Hund jault, wie eine Sirene heult.

Das ist zum Verrücktwerden, aber erstaunlicherweise gewöhnt Robert sich mit der Zeit daran und beachtet ihn nicht mehr. Er versucht zu lesen. Und zu seinem Glück reicht ihm ein Buch für die ganze Woche. Das, was ihm die Knastbibliothek anbietet, ist absolut unbedenklich, der Bibliothekar schickt meist historische Romane, und Robert erfährt zum ersten Mal in seinem Leben von Dingen, die überhaupt nichts mit seinem Leben zu tun haben. Wilde Landschaften, längst vergangene Sitten, Festmähler, Turniere, Folterkammern, Hinrichtungen und romantische Liebe, sonderbare, fremde Namen wie Robespierre, Gandhi oder Anna Boleyn. Besonders fesselnd an der Lebensgeschichte der Anna Boleyn erscheint ihm, daß ein König eine unbequeme Frau nicht erwürgen muß, wenn er sie loswerden will – er kann sie einfach hinrichten lassen. Er versucht, Gabo diese Erkenntnis mitzuteilen, aber der versteht nichts. Wenn er ihn wenigstens nicht an Míla erinnern würde und damit an alles, was passiert war, an alles, was sie so hoffnungslos verpfuscht hatten. Er bringt

Gabo dazu, sich alles noch einmal anzuhören, weil selbst dieser Dummkopf kapieren muß, daß ihr Plan keinen Fehler hatte, daß Míla alles verpfuscht hat. Sie hatten sich einen Autobus voller Gören ausgeguckt, auf den keiner geschossen hätte, und waren mit ihren Jagdgewehren ohne Schwierigkeiten eingestiegen, er brüllte dem Fahrer den Satz zu, den er im Geiste schon so viele Male wiederholt hatte, von dem er gelebt hatte, als er zum letzten Mal saß: »Wir fahren zur Grenze, starte die Karre!«

Hinter ihnen begannen die Mädchen zu heulen, aber er drehte sich nicht nach ihnen um, er sah nur geradeaus.

Nach einer halben Stunde waren sie am Schlagbaum, und als das Fenster geöffnet wurde, ballerten sie bißchen rum, auf das Wachhäuschen, damit die Uniformträger verstanden, daß dies kein Jux war. Die kapierten das schnell und begannen herumzurennen, schissen sich vor Angst voll und bettelten um ein bißchen Geduld, bis sich ihre Bosse meldeten.

Dann erschien irgendein General in Zivil und versuchte sie zu bequatschen. Sie hätten ihn abknallen, ihn in den Arsch treten sollen, aber Míla fing an, sich mit ihm zu unterhalten. Er schnappte über, oder es tat ihm einfach gut, daß sich der General vor ihm, einem armseligen Rekruten, wand und ihm alles versprach, was er verlangte, wenn er nur die Kinder freiließ. Weitere hohe Tiere trafen ein, und alle versprachen bei ihrer Ehre, daß sie über die Grenze dürften. Den Fahrer wollten sie ihnen lassen, eine Geisel mußte ihnen doch reichen, und Míla war bekloppt, sie beide waren bekloppt, als sie denen glaubten, diesen verlogenen Fratzen, die keine Ahnung von irgendeiner Ehre hatten und die ihr ganzes Leben lang noch nicht mal aus Versehen die Wahrheit gesagt hatten. Und er selbst war besonders bescheuert gewesen, weil er es zuließ, weil er vergaß, daß keiner für ihn auch nur einen Finger gerührt hatte, daß ihn keiner als Mensch behandelt hatte, als er sich das Bein gebrochen hatte, als sie ihn bei einer Schlägerei mit dem Messer verletzt hatten, als sie ihm im Kinderheim zwei Tage lang nichts zu fressen gegeben hatten, als er im

Bunker saß, obwohl er nicht viel älter, nicht viel schlechter gewesen war als die Gören in diesem Bus. Auch ihm tat es gut, daß sie mit ihnen verhandelten, daß sie Versprechungen machten, daß sie »Herr« zu ihnen sagten. Also sagten sie: »Okay!« Und ließen alle aus dem Bus steigen. Dann hob sich der Schlagbaum wirklich, und sie schrien vor Freude, nur daß diese Betrüger den Weg ein Stück weiter durch einen Panzerwagen verbarrikadiert hatten. Und bevor ihnen beiden klar wurde, daß sie ihnen auf den Leim gegangen waren, begannen von allen Seiten Flammen zu lodern.

In der Wirklichkeit hatte er so etwas nie gesehen, höchstens im Kino. Die Läufe spuckten wirklich ununterbrochen Feuer, aber er glotzte nur den Bruchteil einer Sekunde lang, dann warf er sich zu Boden. Er merkte noch, daß Míla neben ihn fiel, Míla schrie wie verrückt, und eher staunend als entsetzt sah er, wie aus der Frontscheibe runde Öffnungen heraussprangen, von denen aus sich nach allen Seiten Risse ausbreiteten, als das Glas zersprang. Er sah, wie sich der Körper des Fahrers hinter dem Lenkrad aufbäumte und plötzlich mit Blut überströmt war, und wie der Fahrer neben Míla rutschte.

Erst dann überfiel ihn Entsetzen, und ohne nachzudenken, kroch er zur Tür, rollte sich auf die unterste Stufe. Erst später wurde ihm klar, daß es eine gute Idee gewesen war, so weit wie möglich nach unten zu gehen, denn die Schweine schossen nach oben, auf die Fenster und die Sitze. Er duckte sich und kauerte dort neben den geschlossenen Türen: »Ihr Schweine, ihr Schweine«, heulte er, auch wenn er in diesem Getöse noch nicht einmal seine eigene Stimme verstand. Als endlich Stille eintrat, hatte er nicht den Mut, sich zu rühren, ja er traute sich nicht einmal, sich umzuschauen oder sich selbst anzusehen. Dann hörte er Schritte, die näher kamen, einer von diesen Schweinen zerschlug die Tür, und dann sah er als erstes die Mündung einer Maschinenpistole. Irgendwer schrie, daß er die Hände hochnehmen solle. Aber er fiel statt dessen auf die Erde, in eine Öllache, die aus dem zerschossenen Panzerwagen geflossen war.

Míla hatte es da schon hinter sich, der Fahrer stöhnte noch, und er selbst wurde in Handschellen zur Zollstation geführt.

Er hatte schon zweimal gesessen, immer in einem Knast, den man aushalten konnte, jetzt warfen sie ihn in ein Loch, in dem er ganz allein war und aus dem sie ihn nur für die Verhöre herausholten. Sie versuchten ihn davon zu überzeugen, daß jemand ihn geschickt und ihm Anweisungen gegeben hatte, oder daß er zumindest ein Terrorist und Mörder sei, der den armen Fahrer erschossen habe, den Vater zweier Kinder. Meistens schwieg er, weil sie doch nicht verstanden, daß er einfach nur raus aus diesem beschissenen Land wollte, wo alle nur die eine Sorge hatten: daß man sah, wie sie ununterbrochen arbeiteten und an Massenkundgebungen teilnahmen, auf denen man demonstrierte, wie froh man darüber war. Und so wurde er zum Tod durch den Strang verurteilt.

Robert wußte bald nicht mehr, was er sagen sollte. Wenn man mit diesem Dummkopf von Gabo reden könnte, dann könnten sie sich vielleicht gemeinsam einen Fluchtplan überlegen, auch wenn er sich nicht vorstellen konnte, wie man aus diesem Loch überhaupt herauskommen sollte, geschweige denn aus dem Gang, wie sie die fünf Meter hohe Mauer überwinden sollten, wie sie an den Wachposten mit den Maschinengewehren, die an jeder Ecke des Hofs standen, vorbeischleichen sollten. Aber sie könnten wenigstens versuchen, sich etwas auszudenken, statt nur darauf zu warten, daß sich die Tür öffnete und der Aufseher ihren Namen rief: Nehmen Sie Ihre Sachen, oder: Das können Sie hierlassen, das werden Sie sowieso nicht mehr brauchen!

Man hört den Schlüssel, der in das Schloß gesteckt wird, dann wird der Riegel zurückgeschoben und die Tür öffnet sich. Er erstarrt vor Schreck, wie immer, wenn der Gefängniswärter außerplanmäßig erscheint. Er nimmt Haltung an, sieht in die gleichgültigen Augen des Wärters und meldet sich nach Vorschrift. Nein, das konnte es noch nicht sein. Er hatte ja ein Gnadengesuch eingereicht, so schnell konnten sie es doch nicht ablehnen, und wenn sie es ablehnten, dann würden sie ihn sicher vorher davon benachrichtigen.

Der Gefängniswärter legt ihm Handschellen an, dann läßt er ihn aus der Zelle treten. Auf dem Gang warten zwei andere Vollzugsbeamte und bedeuten ihm durch einen Wink, daß er mit ihnen mitgehen soll. Das war der einzige Moment, wo er vielleicht hätte entwischen können: mit den Handschellen, mit zwei Gefängniswärtern auf den Fersen, in einem versperrten Gang.

Er hat schon nicht mehr die Kraft, um über etwas anderes nachzudenken, als darüber, wohin sie ihn führen und warum gerade ihn. Was wäre, wenn sie sein Gesuch doch ablehnten, während sie Erbarmen mit Gabo hatten, weil es für sie schlimmer ist, wenn man auf die andere Seite der Grenze will, als wenn man Mädchen erwürgt? Führen sie ihn jetzt auf den Hof, oder wo bauen sie diesen beschissenen Galgen eigentlich auf?

Sie steigen in einen Aufzug und fahren ins Erdgeschoß. Im Besucherzimmer wartet sein Anwalt auf ihn. Den Anwalt haben sie ihm zugeteilt, er ist noch ein junger Kerl mit einer hohen, roten Stirn; wenn er spricht, schwellen seine Adern an. Robert weiß natürlich nicht, ob er ein guter Anwalt ist oder auch ein Schwein, das zweite ist wahrscheinlicher. Aber es hat ihn ein wenig für ihn eingenommen, daß er versuchte, diesen Betrüger im Talar davon zu überzeugen, daß er, Robert, nicht die Absicht gehabt hatte, jemand zu töten, weil er alle Kinder aussteigen ließ.

Der Anwalt, ein langer, dünner Typ, steht auf, als er ihn sieht und geht ihm langsam und geräuschlos entgegen. Er sagt: »Es sind nur ein paar Kleinigkeiten zu besprechen«, und redet ihn mit »Herr Bartoš« an. Die Anrede scheint ungewöhnlich, fast lächerlich in diesen Räumen: »Das Gesuch haben wir abgeschickt, in vier Wochen können wir auf eine Antwort hoffen.«

»Was für eine?«

»Wir müssen hoffen. Aber ich habe zwei gute Nachrichten für Sie«, sagt der Anwalt.

Robert betrachtet ihn erwartungsvoll.

»Als ich Sie das letzte Mal nach dem genauen Datum Ihres Geburtstags fragte, habe ich das deshalb getan, weil einer meiner Bekannten, der sich für Astrologie interessiert, versucht hat, Ihr Horoskop zu stellen.«

»Ich weiß nicht, ich verstehe nicht, was Sie damit meinen.«

»Sie wissen nicht, was ein Horoskop ist?«

Er schüttelt den Kopf.

»Das ist ein Versuch, das Schicksal eines Menschen anhand der Stellung der Sterne zum Zeitpunkt seiner Geburt zu deuten«, erklärt ihm der Advokat. »Leider wissen wir die genaue Stunde Ihrer Geburt nicht«, fügt er kläglich hinzu.

»Meine Mutter hat nie mit mir darüber gesprochen. Man hat sie eingesperrt, als ich noch klein war, und das hat sie umgebracht. Sie ist nur zum Sterben zurückgekommen.«

»Ich weiß«, sagt der Anwalt schnell, »aber auch so hat mein Bekannter Ihr ungefähres Horoskop gestellt und darin genau diese Ereignisse gefunden. Das vergangene Jahr war für Sie insgesamt sehr kritisch, besonders der Mai und der September, aber dieses Jahr ergeben sich für Sie einige hoffnungsvolle Konjunktionen.« Der Anwalt beugt sich plötzlich zu ihm hinüber und flüstert fast: »Es ist uns gelungen, mit dem Mann in Kontakt zu treten, der über Ihr Gnadengesuch entscheidet. Das ist sehr wichtig. Sie wissen, wie das sonst geht.«

»Vielen Dank«, sagt er. Der Anwalt drückt sich nie direkt aus. Es ist schwer zu verstehen, was er eigentlich meint.

»Wir müssen hoffen. Wir haben alles getan, was in unseren Kräften stand, alles andere empfehlen wir dem Willen Gottes. Glauben Sie, Herr Bartoš?«

»Ich weiß nicht.« Der Anwalt ist heute sonderbar. Er kommt ihm feierlich und übertrieben freundlich vor. Das macht ihm angst.

»Sie sollten glauben. Das würde Ihnen ganz bestimmt das – Warten erleichtern.«

»Ich habe keine Ahnung von so etwas«, er bemüht sich, ihm höflich zu antworten.

»Ja, das hätte ich mir denken können. Das war eigentlich alles. Irgendwelche Beschwerden?«

Er schüttelt den Kopf.

»Gut«, der Anwalt nickt, »jetzt müssen wir glauben. Sie müssen glauben, Herr Bartoš. An das Horoskop«, der Anwalt senkt von neuem die Stimme, »und an den Kontakt zu dem Mann, der Sie begnadigen kann. Ich sehe die Sache im großen und ganzen hoffnungsvoll. Und versuchen Sie über die Gnade Gottes nachzudenken, auch wenn man Ihnen davon nie etwas erzählt hat. In Ihrer Lage kann ein Mensch das selbst herausfinden. Irgendwer muß doch über all dem stehen. Über der Welt, der Gerechtigkeit, der Geschichte – verstehen Sie mich?«

Er schweigt und betrachtet die Tischplatte vor sich. Jemand hat Rauten und eine Inschrift in sie eingeritzt. Die Inschrift hat man weggekratzt, aber die Rauten sind noch da.

Der Verteidiger beugt sich zu ihm und fragt flüsternd: »Jetzt, wo alles vorbei ist, wo wir die Berufung schon hinter uns haben, wollte ich Sie fragen, Herr Bartoš, warum haben Sie das getan? Was haben Sie sich dabei gedacht?«

Wahrscheinlich ist er doch ein Spitzel, und sie haben ihm den Auftrag gegeben, ganz zum Schluß noch ein Geständnis aus ihm rauszuholen. »Das habe ich Ihnen schon erzählt, wir wollten raus!«

»Ja«, der Verteidiger nickt, »das haben Sie gesagt. Aber warum? Was haben Sie dort erwartet? Haben Sie geglaubt, daß Sie dort nicht arbeiten müssen?«

»Das habe ich nicht gedacht!« Sein Gesicht verzieht sich in einem plötzlichen Anfall von Zorn. »Und jetzt verpiß dich, du Wichser!«

7.
Filmerzählung

Der Konvoi besteht aus zwei gelb-weißen Polizeiautos, drei scheußlich verchromten, schwarzen Limousinen, deren Seitenfenster von weißen Vorhängen verdeckt sind, und einem weiteren Polizeiauto.

Das schmiedeeiserne Tor öffnet sich, die Wagen fahren hindurch, sie fahren an einer Hecke aus Lebensbäumen und einem Rosenbeet vorbei und halten vor dem Eingang zum Schloß. Der Kammerdiener wartet schon auf der ersten Stufe. Er verneigt sich, geht zum Auto und öffnet den Schlag. »Ehre der Arbeit, guten Abend, Genosse Präsident!«

Im Auto sitzt allein ein alter Mann. Früher einmal muß er eine gute Figur gemacht haben – jetzt beugt ihn das Alter. Die dunklen Augen, verschwinden fast unter den dichten Augenbrauen und den Brillengläsern, sie blicken abwesend auf den Mann am Wagenschlag. Dann leuchtet in seinen Augen ein plötzliches Erkennen auf. Der Greis dreht sich um, greift nach der Aktentasche, die neben ihm auf dem Sitz liegt, und gibt sie dem Diener. Dann schiebt er zuerst die Beine aus dem Auto und stellt schwerfällig die Füße auf die Erde. »Ja, richtig«, sagt er. Blind vor sich hinstarrend steigt er die Stufen hinauf und geht durch den Haupteingang in die Halle. In der Mitte der Halle zögert er und bleibt plötzlich stehen. »Wieviel Uhr ist es?«

»Erst acht Uhr, Genosse Präsident.«

»Vor Mitternacht kann ich doch nicht einschlafen. Was werden wir solange tun?«

»Soll ich den Vorführer rufen?«

Der Greis schüttelt kaum merklich den Kopf.

»Den Bibliothekar? Oder Ihre Haushälterin?«

Der Greis zögert, dann schüttelt er den Kopf, geht durch die Halle in den Wintergarten, wo er Schlangen hält. Er bleibt vor einem Terrarium mit einer Hornviper aus Gabun stehen.

Offenbar betrachtet er das Horn in der Mitte ihres flachen Schädels. »Meine Frau mochte Schlangen«, sagt er, »die Ärmste«, und über sein Gesicht rollen Tränen; ohne sich zu dem Diener umzudrehen, der ihm gefolgt ist, befiehlt er: »Tee. Ins Arbeitszimmer!«

Zwei der vier Wände in seinem Arbeitszimmer sind mit Bücherregalen bedeckt, aber zum Lesen hat er schon lange keine Zeit mehr. Jetzt geht er die Bücherregale entlang und bleibt an einem Tisch stehen, auf dem zwischen zwei Telefonen sorgfältig geordnete Mappen mit Dokumenten liegen. Er öffnet die oberste und blättert darin, aber sein Blick schweift im Zimmer umher. Er schließt die Mappe wieder, lenkt seine Schritte zum Fenster, lehnt sich auf die Brüstung und sieht, durch den Vorhang verdeckt, in den Garten. Die mit weißlichem Sand bestreuten Pfade laufen zusammen, gehen wieder auseinander und kreuzen sich zwischen den gerade gemähten Rasenflächen; im oberen Teil des Abhangs blühen Sträucher, Flieder und violette Rhododendren, im unteren Teil, einem riesigen Steingarten, werkeln drei männliche Gestalten, sie tun so, als ob sie etwas in die Erde setzen würden.

Vielleicht sind sie wirklich Gärtner. Er weiß nie, was das für Leute sind, die um ihn herum auftauchen, wer sie wirklich sind und wofür sie sich nur ausgeben.

Eine Weile trägt er sich mit dem Gedanken, in den Garten zu gehen und einen von ihnen anzusprechen, um ihn nach seinem tatsächlichen Auftrag oder seiner tatsächlichen Meinung zu fragen. Was denkst du über unsere neue Gesellschaft? Was erwartest du von der Zukunft?

Ob sie nun wirklich Gärtner sind oder nicht, sie würden ihm doch nicht die Wahrheit sagen. Sie sind sorgfältig ausgewählt und noch sorgfältiger instruiert worden. Nicht im Hinblick auf die Gartenarbeit, sondern im Hinblick auf ein zufälliges Zusammentreffen mit ihm.

Einer der Männer tritt jetzt auf den Weg. In der Hand hält er einen Strauß weißer Blumen und geht damit zum Schloß hin. Er beobachtet den Mann, bis er im Eingang verschwindet, dann dreht er sich um, geht vom Fenster weg und setzt sich in einen tiefen Sessel. Er greift nach der Mappe, die er vor einer Weile beiseite gelegt hatte, blättert darin und betrachtet die zusammengeklumpten Buchstaben, deren einzelne Formen er nicht mehr unterscheiden kann.

Jemand klopft an die Tür, und als er »Herein!« ruft, tritt der Diener mit seinem lautlosen, katzenhaften Gang ein. Er bringt Blumen und Tee. Mit harmonischen Bewegungen stellt er Schalen und Teller aus chinesischem Porzellan auf die Tischplatte aus Glas. Dann stellt er eine Vase mit weißen Blumen auf das Fensterbrett. Der Diener ist klein, ein dünnes Männlein. Aus seinem graugelben Gesicht läßt sich nichts herauslesen. Nicht einmal Gefälligkeit oder Dienstfertigkeit.

»Was hast du da?«

»Ihre Lieblingsblumen, weiße Pfingstrosen, Genosse Präsident.«

»Warum meine Lieblingsblumen?« flüstert der Präsident. »Meine Frau mochte Pfingstrosen, meine arme Frau. Sie schaute sie gerne an. Ich ...« Er verstummt. Dann fügt er doch hinzu: »In der letzten Zeit verschwimmen mir die Dinge vor den Augen. Sie wollen, daß ich mich operieren lasse«, er zeigt auf seine Augen. »Aber was wird hier passieren, wenn ich ins Krankenhaus muß? Und dann die Ärzte, die mich operieren sollen, wer garantiert mir, daß es tatsächlich Ärzte sind?« Er verstummt, weil er etwas gesagt hat, was er vor seiner Frau hätte sagen können, mit der er immer noch spricht, aber nicht vor diesem Diener. Er greift nach einer Teetasse und entläßt den Diener mit einer Handbewegung.

Tatsächlich spricht er mit seiner Frau nach ihrem tragischen Tod öfter als zu ihren Lebzeiten. Vielleicht liegt es daran, daß sie jetzt immer Zeit hat, in seiner Nähe zu sein.

Jetzt beschwert er sich bei ihr auch darüber, daß seine Genossen immer mehr gegen ihn intrigieren und heimlich auf bekannten Wegen Verleumdungen unters Volk bringen.

Seine arme Frau meinte immer, er solle irgend etwas tun,

um die Gunst der Leute zu gewinnen. Die Preise senken, jemanden begnadigen.

Wen? fragt er sich.

Hat er denn schon vergessen, daß er, als er vor Jahren an die Macht kam, viele bedeutende Funktionäre ins Abseits hatte befördern müssen, die das unabänderliche Faktum seiner Regierung nicht akzeptieren wollten? Daß er den Großteil der ehemaligen Politiker verbannt und den Generalstab verjagt hatte, Professoren aus den Hochschulen vertrieben und allen kompromißlosen Journalisten, Filmemachern und Schriftstellern das Wort verboten hatte? Manche von ihnen flüchteten trotzig über die Grenze, einige kamen ins Gefängnis, aber die meisten landeten im Halbdunkel von Lagerhallen, Pförtnerlogen, Wohnwagen und ähnlichen Schlupfwinkeln. Was wäre, wenn er sich an einige von ihnen erinnerte, um ihnen gegenüber seinen guten Willen zu beweisen? Damit würde er sicher auch bei vielen anderen Hoffnungen wecken und so ihre Aufsässigkeit brechen und die Einigkeit seiner alten Feinde zerstören. Er könnte natürlich auch einen zum Tode Verurteilten begnadigen, was wiederum seinem Ruf im Ausland dienen würde.

Einer der beiden Terroristen, die einen Bus voller Kinder entführt hatten, war kürzlich zum Tode verurteilt worden. Diesen Mann konnte man nur schwer begnadigen, bei der Schießerei war ja ein unschuldiger Mensch umgekommen. Und er erinnert sich daran, wie er selbst, gänzlich unschuldig, in der Zelle auf einen Prozeß gewartet hatte, von dem er nichts anderes erwarten durfte als die Todesstrafe. Dann hatte er doch lebenslänglich bekommen.

Erstaunlicherweise hatte er damals weder an den Tod gedacht, noch sein Schicksal als hoffnungslos betrachtet, im Gegenteil: Er sah sich, wie er das Gefängnis verließ, zurückkehrte zu den Genossen, aus deren Mitte ihn die Intrigen der Feinde gerissen hatten, und er war sich sicher gewesen, daß er seinen Weg weitergehen würde, um am Ende der erste unter ihnen zu werden. Und er hatte sich vorgestellt, wie er, wenn er die Macht in den Händen hielte, alle vorladen lassen würde, die sich an ihm schuldig gemacht hatten: die Untersuchungsrichter, die ihn tage- und nächtelang mit Verhören gequält hatten, um ihm ein unsinniges Geständnis zu entlocken; die Aufseher, die ihn mit Durst und Kälte gequält hatten und ihn für das kleinste Vergehen in kalte und feuchte Einzelzellen schleppten, wo sie ihn jahrelang faulen ließen; natürlich auch den gerissenen Staatsanwalt, der gegenüber ihm, dem ergebenen Sohn des Volkes und der Arbeiterschaft, loswetterte wie gegenüber einem käuflichen Subjekt und Verräter; die falschen Zeugen sowie den durchtriebenen Senatsvorsitzenden, der nicht zögerte, ihn für den Rest seines Lebens ins Gefängnis zu stecken. Er würde alle vorladen, er würde sie in Reih und Glied in dem Saal antreten lassen, in dem sonst die ausländischen Diplomaten und die Staatsoberhäupter empfangen werden, und sagen: Was denken Sie jetzt über mich? Antworten Sie! Und er würde beobachten, wie sie vor Angst schwitzten, er würde seinen Spaß daran haben, wenn sie ihm zu beweisen versuchten, daß sie ihn immer bewundert hätten, daß sie das, was sie getan hatten, nur auf Befehl ausgeführt hatten und gegen ihre eigene Überzeugung.

Erstaunlicherweise hatte er nur den ersten und zweifellos schwereren Teil seiner Träume realisiert. Er war der erste Mann im Land geworden. Sein Richter jedoch fällte weiter Urteile, und auch sein Untersuchungsrichter war zweifellos weiterhin im Amt. Er forschte lieber nicht nach ihrem Schicksal, denn er hatte eingesehen, daß jeder von denen, die sich an ihm schuldig gemacht hatten, austauschbar war durch einen anderen, der sich nicht an ihm schuldig gemacht hatte, einfach deshalb, weil er dazu nicht aufgefordert worden war. Nur daß die, die sich wirklich schuldig gemacht hatten, sich, im Unterschied zu den übrigen, jetzt aus Angst in seine ergebenen Anhänger verwandelt hatten.

Seine arme Frau wartet auf eine Antwort. Ja. Er wird jemanden begnadigen, aber erst, wenn sich dazu die passende Gelegenheit bietet. Morgen soll wieder so ein schwarzer

Maulheld aus einem Land eintreffen, von dem er noch nicht einmal weiß, wo es liegt. Er muß die Papiere noch durchlesen, die sie ihm für dieses Treffen vorbereitet haben, auch die Speisekarte muß er kontrollieren, ob die Forelle Müllerin und die Bratkartoffeln nicht vergessen worden sind.

Er wird jemanden begnadigen, aber das wird doch nichts verändern, denn alle warten nur darauf, daß er stolpert, um ihn dann abzuschieben. So sind sie – voller Neid jagen alle der Beute nach und wollen angreifen. Wenn sie nur könnten, wenn er ihnen freie Hand ließe! Sie würden ihr eigenes Heim bis auf die Fundamente abreißen und die Brücken bis in die letzten Einzelteile zerlegen und die Landstraßen bis in die Pflastersteine und die Maschinen bis in die letzten Schräubchen, sie würden alles zerlegen, und die Reste würden sie zu Staub zerschlagen. Und Feuer würden sie machen, Feuer ist ihre Leidenschaft. Sein Studium der Geschichte hat ihn zu der Einsicht gebracht, daß die Menschen geborene Brandstifter sind. Sie sehen Kirchen, Schlösser und Paläste und träumen davon, darüber die Flammen zusammenschlagen zu sehen.

Er steht ihnen allein gegenüber. Um ihn herum sind nur noch Chauffeure, Gärtner, Diener und Ärzte, bei denen er nicht sicher sein kann, ob sie wirklich Chauffeure, Gärtner, Diener und Ärzte sind.

Der Greis weint. Dann reißt er sich zusammen und drückt den Klingelknopf. Der Diener kommt sofort. So als ob er sich gleich hinter der Tür bereitgehalten hätte.

»Ich würde gern etwas trinken«, befiehlt er ihm, »haben wir noch einen Tropfen von diesem guten Cognac?«

»Selbstverständlich, Genosse Präsident.«

»Zwei Gläser«, befiehlt er und beobachtet, wie der Diener die Türen des Eisschranks öffnet, der in der Mitte des Bücherregals verborgen ist, und die bauchige Flasche mit der braunen Vignette und dem ins Rötliche spielenden Getränk herausnimmt. Die zwei riesigen Schwenker haben ungleich lange Stiele. Den größeren erhält er. Der Diener füllt beide Schwenker und wartet.

»Setz dich doch«, befiehlt der Greis ihm.

»Danke, Genosse Präsident!«

Der Diener setzt sich steif in einen Ledersessel, bereit, jeden Moment aufzuspringen.

»Wie heißt du?«

»Karel Houska, Genosse Präsident.«

Der Präsident nickt. Dieser Name kommt ihm bekannt vor, wahrscheinlich hat er ihn schon einmal danach gefragt. »So trink doch!«

Der Diener ergreift das Glas und sagt förmlich: »Wenn Sie erlauben, auf Ihr Wohl, Genosse Präsident!«

Während der Diener nur nippt, trinkt er mit einem Schluck den ganzen Schwenker aus. Natürlich weiß er, daß sich das nicht gehört und tut es nicht, wenn er an einem offiziellen Umtrunk teilnimmt, aber hier muß er sich keinen Zwang antun. »Das haut einen um, was?«

»Ja, das haut einen um, Genosse Präsident!« Der Diener greift nach der Flasche und schenkt ihm ein.

»Dir auch«, befiehlt er ihm. »Bist du verheiratet?« fragt er, auch wenn er sich nicht sicher ist, ob er ihn das nicht schon einmal gefragt hat.

»Ja, Genosse Präsident!«

»Macht das deiner Frau nichts aus, daß du einen solchen Dienst tust?«

»Sie ist schon daran gewöhnt, Genosse Präsident.«

»Und davor – warst du da auch Diener?«

»Davor habe ich als Kellner gearbeitet. Das war nicht so verantwortungsvoll, aber eine sehr anstrengende Arbeit.«

»Hier bist du zufrieden, oder?«

»Es ist mir eine Ehre, Genosse Präsident! Ich weiß meine Arbeit hier sehr zu schätzen.«

»Und die Leute«, sagte er, »fragen die dich aus?«

»Sie würden vielleicht fragen, aber es weiß keiner, daß ich hier Dienst tue.«

»Auch deine Frau nicht?«

»Auch meine Frau weiß es nicht, Genosse Präsident.«

»Nicht einmal die Frau weiß es«, wiederholt er. »Du hast es ihr also nicht erzählt?«

»Den Frauen etwas erzählen, Genosse Präsident, das ist so, als würde man es in der Zeitung schreiben.« Das Gesicht des Dieners ist ausdruckslos.

»Trink doch!« fordert er ihn auf.

Der Diener hebt feierlich das Glas, hält es einen Augenblick in Höhe der Stirn und trinkt dann daraus.

»Hast du Kinder?«

»Ja, Genosse Präsident. Zwei Kinder.«

»Sind sie noch in der Schule?«

»Damit sind sie schon fertig, Genosse Präsident. Der eine ist Soldat, der andere Ingenieur.«

»So ist es recht«, sagt er lobend. »Soldaten werden gebraucht, und Ingenieure auch. Haben sie gute Stellen?«

»Sie können sich nicht beklagen. Sie arbeiten unter den besten Bedingungen.«

Der Greis nickt zufrieden. Dieser Diener ist ein ganz netter Junge. Er weiß, daß einer von seinen Dienern ein netter Junge ist, aufrichtig und nicht beunruhigend, vielleicht ist es dieser hier. Der andere hat wahrscheinlich auch zwei Kinder, alle Welt hat zwei Kinder oder behauptet es wenigstens. »Hast du ein Foto von ihnen?«

»Zufällig habe ich eins dabei, Genosse Präsident.« Er holt eine schwarze Brieftasche aus seiner perfekt geschneiderten Jacke und zieht zwei Fotografien daraus hervor.

Mit einem Blick, der nichts wahrnimmt, betrachtet der Greis die zwei fremden Gesichter. »Fesche Kerle«, sagt er, »du kannst stolz auf sie sein!«

Hinter sich hört er ein knarrendes Geräusch. Er wendet den Kopf nur ein wenig, als wolle er sich überzeugen, daß die Bücher noch alle an ihrem Platz sind.

Was sie natürlich sind. Vor der Bibliothek aber, die Beine fest in den dicken Teppich gepflanzt, steht fast jeden Abend das Ding: eine Totenbahre. Heute ist es nur eine. Es gibt Abende, an denen sie so dicht nebeneinanderstehen, daß man kaum vorbeikommt. Heute ist es ihnen nicht gelungen, mehr als diese eine herbeizuschaffen – die, auf der seine Frau liegt. Fast kann er die Umrisse ihres Gesichts unter dem makellosen weißen Laken erkennen. Nie erlauben sie ihm, das Laken ein wenig anzuheben. Angeblich wäre der Anblick zu schrecklich. Nach ihrem Fall in die Tiefe soll ihr Körper völlig entstellt gewesen sein. Und jedesmal hört er auf sie, obwohl sie kein anderes Ziel haben, als ihn zu quälen, ihn langsam in den Tod zu treiben. Deshalb stellen sie ihm immer wieder die Bahre seiner Frau und die all der vielen anderen hin, die er zumeist nicht kennt und an deren Tod er keinerlei Schuld trägt. Wie etwa die neun verschütteten Bergleute, die sie letzte Woche hierhergeschafft haben. Sie hatten nicht einmal allen die entstellten Gesichter verhüllt. Konnte er denn etwas für ihren Tod? Hatte er vielleicht die Sonntagsschichten angeordnet? Und selbst wenn er sie angeordnet hätte – beschwerten sich denn nicht alle, daß die Kohle nicht reichte? Immer reichte etwas nicht, wurde etwas vergessen, etwas vernachlässigt, und dann starben Menschen. Sie starben dahin, vergiftet durch schlechtes Wasser, sie erstickten an giftigen Ausdünstungen und flogen bei Explosionen in die Luft, sie starben, weil sie durch radioaktive Strahlung verseucht wurden, und obwohl ihm die Spezialisten versichert hatten, daß die Strahlen niemand gefährdeten. Das eine Mal starben sie, weil sie die falschen Medikamente eingenommen hatten, und ein andermal, weil sie überhaupt keine Medikamente bekommen hatten, und dann wurden ihm die Leichen hierhergebracht. Und nicht nur hierher. Als er kürzlich einen Empfang für die Generäle verließ, hatten sie im Laufe des Abends den ganzen Gang mit Bahren vollgestellt, und weil es so viele waren, hatten sie sie entlang der Wände, zu viert übereinander, wie Stockbetten aufgebaut. Das war gräßlich und ein Skandal! Doch blieb ihm wie allen anderen Gästen nichts anderes übrig, als sich zwischen ihnen hindurchzuzwängen und so zu tun, als sähe er nichts.

Der Diener schenkt ihm erneut ein.

»Dir selbst auch, Junge!« Er könnte dem Diener befehlen, sie wegtragen zu lassen, aber Gott weiß, wer der Diener eigentlich ist, ob er nicht auch mit ihnen zusammenarbeitet. »Und was hast du gemacht, bevor du hierhergekommen bist?«

»Ich habe als Kellner gearbeitet, Genosse Präsident«, antwortet der Diener und streckt die Brust heraus wie ein Soldat, wenn man ihm eine Auszeichnung anheftet.

»Als Kellner... richtig, richtig. Und deine Frau? Du bist doch verheiratet?«

»Ja, ich habe eine Frau, Genosse Präsident. Sie hat als Zugschaffnerin gearbeitet!« Der Diener setzt sich ein wenig anders hin, und seine starre Miene verändert sich. Erinnerungen vielleicht, oder Befangenheit.

»So, Zugschaffnerin, Zugschaffnerin«, wiederholt er, »dann ist sie in der Welt herumgekommen. Das habe ich mir immer gewünscht: in der Welt herumzukommen.«

»Dieser Wunsch hat sich Ihnen erfüllt, Genosse Präsident«, sagt der Diener und streckt die Brust heraus, so als hätte er persönlich ihm diesen Wunsch erfüllt.

»Wir könnten schauen, was es Neues gibt in der Welt«, sagt der Greis. Und während der Diener mit vorsichtigen Schritten zum Fernseher geht, schaut er unauffällig zu den Bücherregalen. Es sieht so aus, als ob alle Bücher an ihrem Platz stünden, aber er weiß genau, daß bei tausend Bänden nichts leichter ist, als ein oder zwei Bücher einzuschmuggeln, die mit einem Guckloch und verborgenen Strahlern versehen sind und ihn ununterbrochen bestrahlen. Manchmal, wenn es ihm gelingt, sich vollständig zu konzentrieren, registriert er die grünlichen, giftigen Moleküle, die aus dem Rücken der eingeschmuggelten Folianten hervorkommen und direkt in seinen Kopf eindringen, dort explodieren sie und zertrümmern sein Gehirn.

Ein Bild erscheint auf dem Fernsehschirm und die bekannte Stimme eines bekannten Sprechers doziert: »Und dies ist der einzig richtige Weg, der in die Zukunft führt...« Jemand klatscht. Zwei Männer umarmen sich, und dann steigt einer von ihnen in ein Flugzeug. Er dreht sich noch einmal um und winkt. Aber keiner von diesen Männern ist er selbst, also interessiert es ihn nicht.

Der Diener kehrt zu seinem Sessel zurück und sieht gehorsam zum Bildschirm. »Noch nie war unsere Gemeinschaft dem großen Ziel, das sie sich gesetzt hat, näher als heute ...«, versichert der Mann auf dem Bildschirm.

Der Diener rückt ein bißchen weg, und der Präsident fürchtet plötzlich, sein Desinteresse könnte bemerkt werden. Er sieht in das Gesicht des Dieners, kann aber keine Anzeichen dafür erkennen. »Richtig«, sagt er, »richtig. Und so soll es immer sein, heute und morgen, immer und ewig. Du kannst wieder ausschalten, Junge.« Und als der Diener sich dem Gerät zuwendet, sieht der Präsident wieder rasch nach den Büchern. Einer der Folianten bewegt sich kaum merklich, und ihm genügt es zu beobachten, wie sich das Guckloch im Buchrücken schließt. Die Bahre steht noch an derselben Stelle. Doch daneben stehen jetzt neue, leere Bahren. Für wen? Für ihn selbstverständlich.

Der Diener kommt von dem dunklen Bildschirm zurück. Er setzt sich wieder. Sein Gesicht ist vollkommen ausdruckslos.

»Und wovon hast du dich eigentlich ernährt, bevor du hierhergekommen bist, Junge?« fragt der Greis.

»Ich war Kellner«, berichtet der fast stolz, »ich habe Essen und Getränke serviert.«

»Das möchtest du wohl nicht mehr tun, oder?« fragt er weiter.

»Ich bin glücklich, zu tun, was ich tue, Genosse Präsident.«

»Hast du eine Frau?« fragt er ihn.

»Ich habe eine Frau, Genosse Präsident.«

»Ist sie gesund?«

»Ja, zum Glück ist sie gesund.«

»Auch Zahnschmerzen hat sie keine?«

»Zahnschmerzen, manchmal. Mit den Zähnen hat sie Probleme.«

»Und andere Probleme hat sie nicht?«

»Hier und da, Genosse Präsident.«

»Das ist traurig«, sagt er. »Deine Frau sollte überhaupt keine Sorgen haben, Junge. Glaubst du, daß ich ihr irgendwie helfen oder ihr eine Freude machen könnte?«

»Ich würde es nicht wagen, Sie mit solchen Kleinigkeiten zu belästigen, Genosse Präsident.«

»Sprich nur!« befiehlt er.

»Meiner Frau würde es Freude machen, wenn Sie einem Gnadengesuch Ihre Aufmerksamkeit schenken würden.«

»Wie«, wundert er sich, »deine Frau bittet um Gnade?«

»Nein, das nicht, Genosse Präsident. Meine Frau denkt an einen von den beiden Jungen, die den Autobus entführt haben. An den, den sie zum Tode verurteilt haben.« Im Gesicht des Dieners regt sich nichts, als er diese unglaubliche Bitte vorträgt.

»Aber das waren doch nicht eure Jungen ... diese beiden?«

»Nein, selbstverständlich nicht!«

»Interessant, interessant. Und warum macht sich deine Frau dann Sorgen um ihn?«

»Na, Sie kennen die Frauen, Genosse Präsident. Sie hat irgendwas gehört. Oder vielleicht sogar gesehen – und macht sich Sorgen. Außerdem«, der Diener zögert ein wenig, »könnte es sein, daß auch eine entfernte Verwandtschaft hinzukommt. Sie kennen ja die Frauen. Überall haben sie irgendwelche entfernten Verwandten.«

»Deine Frau soll sich keine Sorgen machen«, sagt er entschieden. »Wir werden uns dieses Gnadengesuch ansehen.«

»Soll ich es für Sie notieren?«

»Ja, schreib es auf!« befiehlt er.

Der Diener steht auf und geht zum Tisch. Jetzt ist der richtige Moment gekommen. Beim Schreiben wird der Diener ihm den Rücken zukehren, so daß er unbeobachtet aus dem Zimmer schlüpfen und dann durch den Hinterausgang in den Garten entwischen kann. Im Garten, in der hintersten Ecke, steht der ausersehene Baum, eine Platane. Er muß nur hinaufklettern, ihre Zweige ragen über den Zaun. Dann wird er springen – und frei sein.

Diese Narren haben damit gerechnet, daß jemand mit Gewalt von außen eindringen könnte, und deshalb haben sie alle Bäume hinter dem Zaun abgeholzt. Auf die Idee, daß jemand, womöglich er selbst, den Wunsch haben könnte, nach draußen zu entwischen, sind sie nicht gekommen.

Sein Atem beschleunigt sich vor Aufregung. Vorsichtig richtet er sich im Sessel auf, dann erhebt er sich, stößt sich übervorsichtig von dem sehr weichen Teppich ab, fliegt die Bücherregale entlang. Und dann sieht er ihn. Eingezwängt zwischen die Regalbretter gleich neben der Tür, inmitten dicker Folianten, zwischen denen eigentlich nur der Kopf und einige Teile seines unglaublich verdrehten Körpers hervorsehen, ist sein Henker. Er erkennt ihn sofort. Die wimpernlosen, entzündeten Augenlider und den Mund voller gelblichbrauner Zähne.

Sie hatten ihn also hier eingeschmuggelt, ihre Frechheit kannte keine Grenzen, auch wenn sie sich ihrer Sache doch nicht ganz sicher waren, deshalb hatten sie ihn so verdeckt, fast eingemauert mit Büchern. Das Ungeheuer versucht in seiner Überraschung darüber, daß er ihn entdeckt hat, etwas wie ein Lächeln.

Was wäre, wenn er jetzt den Diener anschreien würde, wenn er zum Telefon ginge und sofort eine Regierungssitzung einberufen oder den Ausnahmezustand ausrufen würde? Dann käme dieses und die anderen Ungeheuer dahin, wo sie hingehörten – vor ein Hinrichtungskommando. Doch er wird das nicht anordnen. Er hat sich entschieden, ohne Gewalt zu regieren.

»Genosse Präsident«, hört er hinter sich den Diener, »gehen Sie schon zu Bett?«

Rasch sinkt er zu Boden.

Der Diener beugt sich über ihn und hilft ihm wieder in den Sessel. Er sitzt ihm erneut gegenüber. Hinter dem kugelsicheren Glas der Fenster herrscht tiefste Nacht.

Er sollte nicht mehr trinken. Der Arzt hat ihm streng verboten, mehr als zwei Gläser pro Tag zu trinken. Doch der Arzt – wer ist eigentlich der Arzt? Und wer ist eigentlich dieser Junge ihm gegenüber? Er sollte ihn fragen: wie er heißt, was er getan hat, bevor er hierherkam, und ob er eine Frau und Kinder hat.

Allein, was auch immer der Junge ihm antwortet, es wird doch nur eine von vielen Lügen sein.

Zweites Kapitel

1.

Diesmal war die Demonstration, oder besser gesagt, die öffentliche Versammlung genehmigt. Die erste Versammlung der Opposition nach zwanzig Jahren. Durch den Sucher betrachtete er die Gesichter, die er zum Großteil kannte. Er kannte sie als die Gesichter von Menschen, die Feinde genannt wurden. Die Tatsache, daß sie jetzt auf dem Podium standen und zu all denen sprechen durften, die zu kommen gewagt hatten, war bedeutungsvoll und beunruhigend. Jetzt ließ man sie auf den kleinen Platz am Stadtrand, in ein oder zwei Monaten würde man sie auf einen Platz im Zentrum lassen, und wenn man sie nicht ließe, kämen sie trotzdem. Schon jetzt kamen so viele, daß sie niemand mehr zurückhalten konnte. Entweder man regiert mit fester Hand oder nach dem Konsensprinzip. Wer nicht die Kraft hat, mit fester Hand zu regieren, und nicht den Mut, einen Konsens zu suchen, tröstet sich damit, daß es einen Mittelweg gibt, aber das ist eine trügerische Vorstellung.

Es war ein kalter Tag. Man sah den Atem der Redner, sie aber schienen die Kälte nicht zu bemerken. Auch die Zuhörer, die in einem Kreis um das Podium herumstanden, tauchten offenbar so sehr in den feuchten Dunst der Worte ein, daß sie ihre Handschuhe auszogen und ihre Köpfe entblößten, und die Gaffer in den umliegenden Mietshäusern zögerten nicht, ihre Fenster weit zu öffnen, um besser zu hören.

Die Redner lösten einander ab, während er heute allein war. Sokol war krank, und außerdem glaubten seine Chefs, daß es politisch verfehlt wäre, allzuviel Interesse für diese Versammlung zu zeigen.

Was wäre, wenn er einem der Redner folgen und ihn um ein Interview bitten würde? Würde er es ihm abschlagen? Oder würde er es im Gegenteil begrüßen, daß er bereit war, mit ihm zu sprechen? Im Moment würde er es wahrscheinlich eher begrüßen. Diesen Leuten hatte man das Wort zu lange verboten, als daß sie eine solche Möglichkeit nicht nutzen würden.

Was denken Sie über den Stand der Menschenrechte bei uns? Was sagen Sie dazu, daß Ihnen gestattet wurde, diese Versammlung abzuhalten? Sehen Sie darin eine Wende zum Besseren? Erwarten Sie, daß Sie solche Versammlungen in Zukunft öfter abhalten können? Wie sehen Ihre nächsten Ziele aus?

Sie würden jedoch nur zu ihm sprechen. Außer ihm würden nur noch seine Chefs, die ausdrücklich verboten hatten, solche Interviews zu führen, diese Aufnahme sehen. Würden sie ihn hinauswerfen, weil er das Verbot übertreten hatte? Wahrscheinlich schon; er sollte nicht glauben, daß sie auch ihm nachgeben würden, weil sie diesen hier nachgegeben hatten. Die auf dem Podium genossen internationalen Schutz. Sogar Regierungschefs kannten ihre Namen, während nur das Oberhaupt dieses Staates seinen Namen kannte, falls er ihn überhaupt zur Kenntnis genommen hatte und in der Lage war, ihn zu behalten. Sicherlich würde er mit diesem Interview weder sich selbst noch jemand anders helfen. Warum also sollte er es versuchen?

Er nahm die einzelnen Ansprachen auf. Sie waren entschieden interessanter als die Reden der offiziellen Politiker, auch die Gesichter erschienen ihm interessanter, sie hatten ihre Ausdruckskraft und ihr Engagement noch nicht verloren.

Als er gerade dabei war, sein Gerät einzupacken, kam ein unbekannter Greis mit einer Papageiennase auf ihn zu. »Was sagen Sie dazu, Herr Regisseur?«

Er zuckte mit den Schultern. Er hatte keine Lust, mit irgend jemandem ein Gespräch über irgend etwas zu beginnen, und noch weniger Lust, mit einem wildfremden Mensch über diese Versammlung zu sprechen.

»Endlich ist laut die Wahrheit gesagt worden!«

Er sah ihn erstaunt an. Für einen Provokateur sah der Mann recht alt aus.

»Die Wahrheit kann jahrelang totgeschwiegen werden, manchmal sogar jahrhundertelang, aber es kommt doch immer eine Zeit, wo sie ausgesprochen wird. Glauben Sie mir, daß ich das alles schon seit Jahren sage?«

Als keine Antwort kam, erläuterte er: »Früher hab ich es nur meinen Vögeln erzählt, aber seitdem ich offiziell für verrückt erklärt worden bin, erzähle ich es überall. In der Straßenbahn, in der Kneipe und auch auf Versammlungen! Ich war ein richtiger Lehrer, zuerst hatte ich Schulkinder, dann Vögel im Käfig und dann Vögel hier«, er tippte sich an die Stirn, und nahezu feierlich zog er ein zusammengefaltetes, schmuddeliges Blatt Papier hervor, das offenkundig seine Unzurechnungsfähigkeit bestätigte.

»Ein gutes Papier«, sagte er, »sicher sehr nützlich!« und stieg schnell in sein Auto, um den Alten loszuwerden.

Ungefähr eine Stunde, nachdem er die Filme in die Redaktion gebracht hatte, stieg er schon die Treppe des alten Mietshauses hinauf, das nur ein paar Blocks von dem Platz entfernt lag, wo die Versammlung stattgefunden hatte. In diesem Haus war er geboren worden, von hier aus war er zur Schule gegangen, von hier war zuerst der Vater geflohen, und später hatte er selbst dann auch von hier aus die Flucht versucht. Im Gegensatz zum Vater war er hierher zurückgekehrt und kehrte immer wieder zurück.

Die Mutter saß in einem tiefen Sessel am Fenster, durch das jetzt im Herbst schon fast kein Licht mehr hereinfiel. Sie schlief. In der letzten Zeit erhob sie sich kaum mehr aus diesem Sessel. Ihr gegenüber hatte er den Fernseher aufgestellt, doch die Mutter schaltete ihn nicht mehr ein, ebensowenig wie sie das Buch, das auf dem Tisch lag, zur Hand nahm. Sie konnte nicht mehr nähen, weil sie die feinen Nadeln nicht mehr in den Fingern halten konnte. Aus ihrem Leben waren die letzten Interessen und Eindrücke verschwunden, ihr Gesicht war starr geworden, und auf ihren Händen traten die Adern so stark hervor, daß diese Hände einer groben Schnitzerei ähnelten. Immer mehr glich sie einer Marionette mit einem vollendet geschnitzten Greisinnenkopf. Eines Tages, wahrscheinlich bald, würde die Marionette bewegungslos bleiben, selbst wenn er sie ansprechen, selbst wenn er sie berühren würde.

Dieses Mal erwachte die Mutter noch und sah ihn durch die dicken Brillengläser an. »Bist du das, Pavlíček?«

»Ja, ich bin's.«

»Was machst du hier?«

»Ich hatte hier in der Nähe zu tun«, erklärte er.

»Immer hast du etwas zu tun.«

»Die Opposition hat hier eine Demonstration veranstaltet.«

»Ich verstehe dich nicht.«

»Hier in der Nähe sind Leute zusammengekommen. Sie haben Reden gehalten.« Es hatte keinen Sinn mehr, ihr etwas zu erklären. Sie verstand ihn nicht. Vielleicht hörte sie wirklich nicht, was er sagte, oder sie nahm nur einzelne Wörter wahr, die sich für sie jedoch nicht zu sinnvollen Sätzen verbanden. Er war seit vielen Jahren daran gewöhnt, ihr von seinem Leben zu erzählen, vor allem von seinen Erfolgen. Sie hatte ihm zugehört, wenn auch meistens schweigend, vielleicht sogar ungläubig, aber sie hatte ihm zugehört. Jetzt fand er sich ungern damit ab, daß er diese Zuhörerin verlor, ja sie schon verloren haben sollte.

»Das ist nett, daß du gekommen bist. Was machst du gerade?«

»Ich habe einen Film über den Präsidenten gedreht. Er wird nächsten Monat gesendet.«

Sie nickte. Sie wußte nicht, was für ein Film über was für einen Präsidenten das sein sollte. Sie hatte viele Präsidenten erlebt, sie hatte das Interesse an ihnen verloren. Auch an ihm hatte sie das Interesse verloren. Wenn sie sich überhaupt je für jemand anderen als sich selbst interessiert hatte.

»Was soll ich machen?« fragte sie.

»Wir könnten ein bißchen rausgehen.«

»Das kann ich nicht.«

»Warum?«

»Weil ich nicht kann.« Dann fügte sie hinzu: »Draußen ist es kalt.«

»Du könntest einen Mantel anziehen.«

»Ich habe keinen Mantel.«

»Ich bring ihn dir.«

»Ich kann doch nicht laufen, wenn ich ganz abgestorbene Beine habe.«

Ihre Beine waren in Ordnung. Es waren ihre Gedanken, die abstarben.

Sie schloß die Augen. Auf dem Tisch stand ein halbvoller Teller mit kalt gewordenem Essen. Ein paar Kartoffeln, übergossen mit einer rötlichen Soße, die unangenehm roch.

»Was soll ich machen?«

»Was denkst du, was du machen könntest?«

»Ich weiß es nicht. Deshalb frage ich.«

»Soll ich dir den Fernseher einschalten?«

Sie verstand ihn nicht. Außerdem wußte er, daß sie es nicht wahrnehmen würde. Das Fernsehen war ohnehin nur ein Ersatz, ein Schnuller für die Einsamen und Alleingelassenen, mit denen sich niemand trifft, die keinen Vertrauten haben, der mit ihnen spricht. Er nahm den Teller mit den Resten und trug ihn zur Spüle. Der Wasserhahn war undicht, und das Wasser floß als dünnes Rinnsal heraus. An der Wand über der Spüle hingen in billigen Rahmen einige Fotografien, die er irgendwann einmal gemacht hatte: sein Selbstporträt, als er achtzehn war. Die Hände einer Greisin, die sicher schon lange tot war. Auch der Dalmatiner, dessen Bild gleich daneben hing, war schon tot. Sein Name war Ciudad. Ciudad heißt Stadt. Damals verband sich für ihn mit diesem Wort die Sehnsucht nach einer Stadt in der Ferne. Er träumte von fernen Städten und versuchte zu fliehen. Als er im Gefängnis war, kam die Mutter ihn besuchen und brachte ihm stets sorgfältig zusammengestellte Essenspakete. Bei einem der Besuche fragte er sie, wie es ihr gehe. Sie sagte: »Wie soll es mir gehen? Ich bin allein. Alle haben mich verlassen. Auch du wolltest mich verlassen.«

Er warf die Essensreste in den Abfall und wusch den Teller ab. Dann holte er sich Werkzeug und machte sich daran, den Wasserhahn zu reparieren.

»Ich habe einen Menschen geliebt«, hatte Albína zu ihm gesagt, damals als sie zusammen in das Wochenendhaus gefahren waren. Er hatte darauf gewartet, daß sie ihm noch mehr erzählte, aber sie hatte geschwiegen. Sie hatte ihn angesehen, als ob sie schon zuviel gesagt hätte und als wäre es nun an ihm, sich zu erklären.

»Wer war das?« fragte er dennoch.

»Das ist nicht wichtig, du kennst ihn doch nicht. Ich wollte nur, daß du es weißt. Wir wollten heiraten.«

»Aber ihr habt nicht geheiratet.«

»Er ist weggegangen. Ihm ist geglückt, was dir nicht geglückt ist. Er hat es nicht auf so romantische Art versucht. Er war auch älter, als du jetzt. Er hat sich eine Ausreisegenehmigung besorgt. Vorher hatte er schon fast seinen ganzen Besitz verkauft. Aber mir hat er nichts davon gesagt. Erst danach hat er mir geschrieben.«

»Was hat er dir geschrieben?«

»Daß wir uns wiedersehen würden.«

»Möchtest du ihn wiedersehen?«

»Nein, nie mehr!«

Dieses »nie mehr« klang sehr entschieden. Damals hatte es ihm gefallen, vielleicht weil diese Entschiedenheit nicht ihn betraf.

»Wo ist er jetzt?«

»Ich weiß es nicht.«

»Wann ist das passiert?«

»Darauf kommt es nicht an. Ich weiß nur nicht, ob ich es schaffe, jemals wieder völliges Vertrauen zu jemand zu haben.«

»Du wirst es schaffen.«

»Wie kannst du das wissen?«

»Ich fühle es, ich fühle, was in dir ist.«

Was hatte er eigentlich gefühlt? Daß sie ein leidenschaftliches Wesen war, das die eigenen Sehnsüchte unterdrückte.

Wie lange kann ein Mensch seine Sehnsüchte unterdrücken?

So lange, bis er begreift, daß er sich damit zerstört.

»Das sind nur Worte«, hatte sie damals gesagt, »was weißt du schon davon?«

»Ich werde nie von dir weggehen.«

Noch in dieser Nacht hatte sie ihn gefragt: »Wie kannst du tun, was du tust?«

Im ersten Augenblick hatte er nicht verstanden, was sie meinte. Sie sprach von seiner Arbeit. »Du weißt doch, daß das, was sie senden, Lügen sind. Und du dienst ihnen. Wie soll ich dir glauben, wenn dir diese Lügen nichts ausmachen?«

»Das hat doch nichts miteinander zu tun. Ich mache Tierfilme.«

»Nur über Tiere?«

»Ich mag Tiere«, er wich einer direkten Antwort aus, »und bei Tieren muß ich nicht lügen.«

»Ich weiß nicht. Vielleicht verstehe ich das nicht.«

»Ich lüge nicht«, hatte er gesagt, »ich verspreche dir, daß ich niemals lügen werde.«

Sie wollten eine ganze Woche in diesem geliehenen Wochenendhaus verbringen. Fünf Tage waren sie so zusammen, Tag und Nacht. Er war soviel Nähe nicht gewöhnt. Am fünften Tag überkam ihn Müdigkeit, oder mehr noch Angst. Er fühlte sich gefangen, wie in einen Käfig gesperrt, von neuem in einer Gefängniszelle, wenn auch in einer Zelle, die durch ihre Zärtlichkeit gesellig wurde. Am sechsten Tag war sein Bedürfnis nach Veränderung, nach einer anderen Stimme und anderer Gesellschaft schon unüberwindlich. Er stand im Morgengrauen auf, als sie noch schlief, und betrachtete eine Weile ihr Gesicht, das ihm auf einmal fremd und feindlich vorkam. Die schlaffen Haare klebten an der Stirn, ihr schöner

Mund war im Schlaf geöffnet, auf dem schlanken Hals hatte sein Mund Spuren hinterlassen. Auf Zehenspitzen stahl er sich aus dem Zimmer, flüchtete und hinterließ nicht einmal ein Flüstern, nur ein zerwühltes Bett und eine fast leere Weinflasche.

Er lief über die taubedeckte Wiese und fühlte sich auf einmal frei.

Was hieß das: frei sein?

Es hieß, das Recht zu haben, den Raum für die eigenen Taten zu bestimmen. Wer gab einem dieses Recht?

Wir werden damit geboren. Das hatte er sich gesagt, als er das erste Mal zur Grenze geflohen war, die er vergeblich zu überschreiten versucht hatte. Dieses Recht hatte man ihm aberkannt. Dieses Recht hatte er sich nehmen lassen.

Er beendete die Reparatur des Wasserhahns, drehte ihn mehrere Male auf und zu, und als er sich versichert hatte, daß er als Klempner bestehen würde, strich er der Mutter ein Brötchen mit Butter, kochte ihr einen Tee und kehrte in das Wohnzimmer zurück.

»Du bringst mir das Frühstück?« wunderte sie sich.

»Das Abendessen. Es ist schon Abend.«

»Wie kommst du darauf?«

»Schau doch«, er zeigte auf die große Wanduhr.

»Die zeigt doch immer dasselbe.« Die Mutter betrachtete die Uhr mit einem Blick, der schon nichts mehr wahrnahm. »Viertel vor zwölf?« riet sie.

»Viertel nach fünf.«

»Das macht überhaupt keinen Unterschied, draußen ist immer schwärzeste Nacht.«

Als er zurückkam, war es schon dunkel und hatte zu regnen begonnen. Er war betrunken, so betrunken, daß sein Gang unsicher war, aber nicht betrunken genug, um nicht die Armseligkeit und Unanständigkeit seines Tuns zu erfassen. Von ferne hatte er das erleuchtete Fenster gesehen. Sie war noch da, war nicht weggefahren, sie hatte auf ihn gewartet. Er war sich nicht klar gewesen, ob er froh darüber war oder nicht, aber wenigstens wußte er so, wo er seine Kleider trocknen und sich ausschlafen konnte.

Sie saß auf dem Boden, das Kinn auf den Knien, sie sah in das Feuer, das im Herd brannte, ihre Augen waren vom Rauch oder vom Weinen gerötet.

»Verzeih mir«, hatte er gesagt, » es tut mir leid.«

Sie trug schwarze Hosen und einen weißen zotteligen Pullover, der wie Birkenrinde gemustert war. Er fand sie sehr schön und spürte das Verlangen, sie zu umarmen. »Entschuldige«, wiederholte er, »ich mußte einfach weg. Ich habe dich gern, aber ich mußte andere Leute sehen.«

»Du brauchst mir nichts zu erklären.«

»Ich habe dir etwas mitgebracht.« Er griff in die Jackentasche, aber sie war leer, da war nur ein Loch. »Entschuldige«, sagte er zum dritten Mal, »ich habe das Geschenk verloren.«

»Warum bist du zurückgekommen?«

»Weil ich dich gern habe.« Er hatte sich auf das Bett gesetzt und seine Schuhe ausgezogen. »Ich dachte, daß ich früher zurückkommen würde, aber das hat nicht geklappt. Da war so ein Typ. Er sah ein bißchen wie mein Vater aus.«

»Du wolltest mich nicht mehr sehen?«

»Ja.«

»Und du sagst, du hast mich gern?«

»Ich brauchte meine Ruhe. Du hast so etwas Sonderbares und Eindringliches. Neben dir findet man keine Ruhe.«

»Du brauchst mir nichts zu erklären.«

»Oder vielleicht bin ich selbst ein bißchen sonderbar. Ich brauche Abwechslung. Ich brauche diese Fluchten, immer wenn ich mich eingesperrt fühle.«

»Wir können fahren. Oder du kannst fahren, wenn du willst.«

»Nein, jetzt ist es gut«, er hatte sich auf dem Bett ausgestreckt. »Ich bin froh, daß ich wieder bei dir bin. Ich brauchte nur meine Ruhe. Brauchtest du sie denn nicht?«

»Wenn ich Ruhe gebraucht hätte, wäre ich auch gegangen. Nur daß ich dir vorher Bescheid gesagt hätte.«

»Entschuldige. Ich weiß, ich hätte dir eine Nachricht hinterlassen sollen. Ich hatte nicht gedacht, daß ich so spät zurückkommen würde.«

»Ich habe gedacht, daß du mit mir zusammenbleiben willst. Wie willst du das ein ganzes Leben lang aushalten, wenn ich dir schon nach ein paar Tagen auf die Nerven gehe?«

»Aber das ist doch etwas anderes. Hier sind wir die ganze Zeit allein. Die ganze Zeit zusammen und ganz allein.«

»Glaubst du, daß wir später nicht soviel zusammensein werden?«

»Wir werden unter Leuten sein und zur Arbeit gehen. Außerdem werden wir vielleicht Kinder haben.«

Sie antwortete nichts und fing an zu weinen.

»Warum heulst du? Verdammt, warum heulst du denn schon wieder?«

»Du kannst fahren, fahr nur, wenn du dich unfrei mit mir fühlst.«

»Mir geht es gut mit dir zusammen.« Er war aufgestanden und hatte sie geküßt.

»Du wirst immer wieder weggehen!«

»Ich werde immer wieder zu dir zurückkehren.«

»Wenn ich dich dann noch will.« Doch während sie das sagte, hatte sie ihn umarmt und selbst angefangen, ihn zu küssen.

An diesem Abend hatte sie ihm gegenüber zum ersten Mal erwähnt, daß man ihre Mutter als Ärztin nach Indien geschickt und sie als Kind fast zwei Jahre in einer Stadt am Ganges gelebt hatte. Einmal war sie morgens aus dem Haus gelaufen und hatte auf der Straße eine Menge völlig abgemagerter Menschen liegen sehen. Dann waren mit einem Wagen irgendwelche Männer in schmutzigen hellen Mänteln gekommen und hatten einige dieser dürren Menschen auf ihren Wagen gelegt. Erst Jahre später war ihr aufgegangen, daß diese Leute tot gewesen waren. »Nie werde ich das vergessen, ich sehe diese Szene immer noch vor mir.«

»Warum erinnerst du dich gerade jetzt daran?«

»Vielleicht, weil in dir eine solche Unruhe ist. Meistens erinnere ich mich daran, wenn ich sehe, wie sich alle abhetzen und nach irgend etwas Überflüssigem suchen.«

»Glaubst du, ich sollte lieber tot sein?«

»Hör auf zu lästern, du weißt, daß ich will, daß du lebst. Ich habe einfach Angst um dich.« Dann hatte sie gesagt: »Dir bedeuten die Dinge zuviel und deine eigene Seele zuwenig.«

»Was ist das: die Seele?«

»Das kann man nicht in Worte fassen.«

»Wie soll ich mich etwas zuwenden, das man nicht in Worte fassen kann?«

»Gott kann man auch nicht in Worte fassen.«

»Ich behaupte nicht, daß ich an Gott glaube. Glaubst du, daß man die Seele sehen oder wenigstens irgendwie wahrnehmen kann?«

»Ich weiß nicht. Warum fragst du mich das? Du machst dich lustig über mich.«

»Nein, du hast doch angefangen, davon zu sprechen.«

»Die Inder sagen, daß die Seele aus Bewußtsein und Geist gewebt ist. Aus dem Leben und dem Sehen. Aus Erde und Wasser. Aus Licht und Dunkel. Daß sie das Göttliche im Menschen ist.«

»Das haben sie dir dort gesagt?«

»Ich hatte dort einen Lehrer.«

»Glaubst du, daß die Tiere auch eine Seele haben?«

»Ja.«

»Das ist gut. Es gefällt mir nicht, wenn sich der Mensch über die Tiere erhebt.«

Die Nacht neigte sich dem Ende zu, es regnete immer noch. Er war aufgestanden und hatte im Herd Holz nachgelegt. Das Feuer duftete.

Er kehrte zu ihr zurück. Sie hatten nebeneinander in dem breiten Bett gelegen. Würde er sein Leben mit ihr verbringen? Würde er es aushalten, jahrelang Seite an Seite mit jemandem zu leben?

»Ist es dir hier zu eng?«

»Wie kommst du darauf?«

»Ich spüre, daß es dir hier zu eng ist. Soll ich das Fenster öffnen oder wenigstens Licht machen?«

»Bleib. Bleib neben mir. Mir geht es gut so. Ich mag die Dunkelheit.« Er hatte sie umarmt. »Vielleicht habe ich mein ganzes Leben auf dich gewartet, auf diesen Augenblick gewartet.«

»Das Leben ist Warten auf Licht, nicht auf Dunkelheit«, hatte sie entgegnet. »Das hat mir mein Lehrer gesagt. Er war blind.«

»Ich bin schon alt, nicht wahr?« hörte er die Mutter sagen.

»Nicht so alt«, antwortete er wie immer, »andere sind älter.«

»Wie alt bin ich eigentlich?«

»Du wirst achtundsiebzig.«

»Ich verstehe das nicht«, meinte sie. »Gestern haben sie mich auf die Behörde vorgeladen und gefragt, ob ich mein Maß schon erreicht habe.«

»Welches Maß?«

»Mein Maß. Siebentausendachthundert Meter.«

»Was hast du ihnen gesagt?«

»Daß das ein ordentliches Stück ist. Das ist ein so großes Stück Stoff, daß man es nicht mehr abmessen kann. Sie haben sich das aufgeschrieben. Sie können es genau abmessen. Sie haben ihre eigenen Maßbänder. Sie messen und schneiden, deshalb sitzen sie dort.«

»Soll ich dir vorlesen?«

»Ich weiß nicht. Wie spät ist es?«

Er stand auf. Im Bücherschrank standen immer noch seine Bücher. Romane und sogar ein paar Gedichtbände. Die hatte er von Albína bekommen, sie schenkte ihm Gedichte, aber Gedichte waren keine Lektüre für ihn, es gelang ihm nicht, sich auf die Verse zu konzentrieren, einen verborgenen Zusammenhang zwischen den Metaphern zu suchen.

Er nahm das Buch vom Tisch und blätterte ein bißchen darin. Es war der evangelische Kalender vom letzten Jahr. Er suchte nach einem passenden Text, aber keiner fesselte ihn, so begann er, aufs Geratewohl ein Gedicht vorzulesen.

Dann sah er in das Gesicht der Mutter.

Sie nahm ihn nicht wahr.

Wo ist deine Seele, deine arme Seele, dein Licht, Mutter?

2.

Er schaute noch einmal in der Redaktion bei seinem Chef vorbei. Halama hatte seine Filme sogar schon angesehen. »Gute Arbeit«, sagte er. »Man kann sehen, daß du das mit Sympathie gemacht hast. Vielleicht wird man dir das noch einmal zugute halten.«

»Ich habe das wie immer gemacht. Ich kann nichts dafür, was für Gesichter die Leute machen.«

»Es kommt darauf an, wann du die Leute aufnimmst.«

»Es gibt Fratzen, die könntest du ein Jahr lang ansehen und würdest doch keinen intelligenten Gesichtsausdruck darin finden.«

Der Chef lachte kurz auf. »Sind das alle Filme?«

Auf diese Frage zuckte er mit den Schultern.

»Na, ist ja auch egal. Die haben sowieso ihre eigenen Kameramänner«, sagte der Chef. »Ich habe ihr Videojournal gesehen. In einiger Zeit werden wir zwei Journale, zwei Regierungen und zwei Staaten in einem haben. Leider ist ihr Journal interessanter als unseres. Nicht technisch, aber fürs Auge.«

»Das würde ich auch noch hinkriegen.«

»Bestimmt«, sagte der Chef, »wenn ich es nicht verhindern würde. Vielleicht solltest du anfangen, für sie zu arbeiten! Einmal wird man dir das vielleicht zugute halten.«

»Ich habe es nicht nötig, daß mir irgendwer etwas zugute hält«, sagte er wütend. »Entweder die Leute erkennen, daß ich gut bin, oder ich kann auf sie pfeifen.«

Der Chef hörte schon nicht mehr zu, er wühlte eine Weile in seinen Papieren, dann sagte er: »Es sieht so aus, als ob sie uns jetzt mehr durchlassen würden. Denk mal über interessante Themen nach, schreib sie auf, und dann sehen wir weiter.«

Was auf den Bildschirm kam und was nicht, darüber entschied vor allem er selbst. Auch wenn er nur ein Rädchen im Getriebe war. Genau wie ich, dachte Pavel. Ein Rädchen fällt aus dem Getriebe, und schon bleibt das Getriebe stehen, wußte er das denn nicht? »Ich habe eine Menge Themen, eins interessanter als das andere.«

»Dann schreib sie auf und schick sie mir.«

»Ich glaube, ich warte noch ein bißchen.«

»Wenn sie bis dahin nicht überholt sind.«

»Vielleicht passiert genau das Gegenteil.«

»Du wirst unter anderem diese Versammlung in der Chemiefabrik drehen. Denk dran, was ich dir gesagt habe. Falls es eine echte Diskussion gibt, versuch sie nicht zu verschrecken. Und wenn ihr schon dort seid, ich habe gehört, daß die Leute ihr Leben aufs Spiel setzen, wenn sie in dieser Anilinfabrik arbeiten. »

»Wir setzen alle unser Leben aufs Spiel.«

In der Wohnung, in die er schon zwei Jahre lang ging, als ob dies sein Zuhause wäre, wartete schon ungeduldig die Frau, die er behandelte, als wäre sie die Mutter seines Sohnes, obwohl der wirkliche Vater hinter der Tür neben ihrem Schlafzimmer lebte. Dem Jungen ging es schlecht. Er hatte Fieber, und sie konnte den Notdienst nicht erreichen.

»Gut, ich bringe ihn hin.«

»Wirklich, macht es dir nichts aus? Ich weiß nicht, was ich sonst tun sollte.«

Der Junge lag in seinem Zimmer. Sein Gesicht brannte vor Fieber. Er versuchte zu lächeln. »Das schlimmste ist, daß wir morgen unser letztes Meisterschaftsspiel haben.«

»Du wirst noch bei vielen Spielen im Tor stehen«, beruhigte er ihn. »Was fällt dir denn ein, so krank zu werden?«

»Wahrscheinlich habe ich mich beim Training erkältet.«

»Das ist ein blödes Wetter«, sagte er zu dem Jungen, »und in der Luft ist mehr Dreck, als man aushalten kann.«

Der Notdienst hatte eine neue Telefonnummer. Daß man die Auskunft anrufen muß, hätte ihr auch selbst einfallen können. Die Ärztin war gerade zu Hausbesuchen weggefahren. Robin klapperte vor Schüttelfrost mit den Zähnen. Um nicht unnütz Zeit zu verlieren, fuhr Pavel gleich ins Krankenhaus. Die Notaufnahme war leer, die Schwester versprach, den Arzt zu rufen. Der Junge lehnte sich an die Schulter seiner Mutter. Eva streichelte ihn über die verschwitzten Haare, sie liebte den Jungen zweifellos. Was verband sie jedoch mit ihm selbst?

Er war der Mann, der mit ihr schlief und ihr Geld nach Hause brachte. Der Mann, der ihr Geld gab und dafür mit ihr schlafen durfte.

Wen liebte er?

Der Vater war tot, und die Mutter verwandelte sich in eine Marionette.

Wo war Albína jetzt? Vielleicht war sie nur wenige Schritte von ihm entfernt. Es würde genügen, in den richtigen Pavillon zu gehen. »Ich warte draußen im Auto«, schlug er Eva vor.

»Dir wird kalt werden.«

»Ich mag diese Krankenhauswartezimmer nicht. Ich mach die Heizung im Auto an, dann ist es dort wenigstens warm, wenn wir zurückfahren.«

Ihm blieb ein bißchen Zeit, bis die beiden aus der Notaufnahme kommen würden. Er könnte währenddessen zum Chirurgiepavillon gehen. Er würde die Tür zu dem erleuchteten Gang öffnen und warten, bis eine Schwester käme.

»Suchen Sie jemand?«

»Ich wollte nur etwas fragen. Vor einiger Zeit hat hier eine Schwester Valentová gearbeitet. Albína Valentová.«

»Albína? Nein, keine Ahnung. Ich bin noch nicht lange hier.«

»Sicher, es ist auch schon einige Jahre her. Bestimmt ist sie schon lange woanders hingegangen. Ich dachte nur, vielleicht weiß hier zufällig jemand, wohin.«

»Vielleicht unsere Stationsschwester. Oder Sie gehen morgen ins Personalbüro. Dort wissen sie es bestimmt.«

»Danke. Ich werde dort nachfragen.«

Am nächsten Tag im Wochenendhaus hatte es immer noch geregnet. »Ich verstehe dich«, hatte sie plötzlich beim Frühstück gesagt. »Wenn ich etwas angestellt hatte, als ich klein war, hat mich meine Mutter in eine Kammer im Keller gesperrt.«

»War das in Indien?«

»Nein, da waren wir schon wieder zu Hause. Es war eine normale Kammer, aber auf den Regalen standen eine Menge Flaschen und Fläschchen. Es war, als strahlten sie Licht aus. Ich hatte Angst vor diesen Flaschen. Ich hatte auch Angst, daß ein kopfloser Ritter oder ein anderer Geist dort eindringen könnte. Ich schämte mich zu schreien, aber ich heulte und versuchte die ganze Zeit, mit den Händen die Geister zu verscheuchen. Bis mir eines Tages die Idee kam, die Augen zu schließen und mir vorzustellen, daß ich davongelaufen wäre, daß ich draußen wäre, im Garten oder im Park.«

»Das ist gut, wenn es einem gelingt, sich zum Davonlaufen zu entschließen.«

»Ich konnte das nur im Geist.«

»Und könntest du es jetzt auch noch?«

»Jetzt bin ich doch froh, daß ich mit dir zusammen bin.«

»Wir könnten zusammen davonlaufen.«

»Wenn du willst, wenn du dich hier so eingeengt fühlst.«

»Wohin würdest du denn gehen, wenn du könntest?«

Die beiden kamen schon zurück. »Es ist eine Lungenentzündung.« Eva machte ein bestürztes Gesicht. »Wir haben Antibiotika bekommen.«

»In ein paar Tagen ist es wieder gut.« Er streichelte dem Jungen übers Haar.

»Du bist so nett zu uns, das werden wir dir niemals vergessen«, sagte sie, während sie zu dem Haus fuhren, in dem er jetzt eben wohnte.

3.

Vor dem Tor wartete schon ein Vertreter der Geschäftsführung auf sie. Mit vielen Entschuldigungen setzte er sie davon in Kenntnis, daß der Ü-Wagen nicht auf das Fabrikgelände dürfe. Zuerst müsse der Auspuff mit einem Filter ausgestattet werden. Sie könnten sich solange in seinen Wagen setzen und sich die Fabrik ansehen. Zumindest könne er ihnen zeigen, was sie eventuell aufnehmen könnten, aber er müsse ihnen schon im voraus sagen, daß sie im Grunde genommen nichts aufnehmen könnten, weil hier praktisch alles geheim sei.

»Wir werden schon etwas Interessantes finden«, sagte er und stellte seinen Assistenten vor, den alle den »kleinen Ivens« nannten. Klein, weil er klein war, und Ivens, weil er einen Film über Komsomolzen gedreht hatte, auch wenn ihn sicher ganz andere Gründe dazu gebracht hatten als den etwas naiven und von der Avantgarde betörten Holländer.

Das Tor war mit Moos bewachsen, die Eisentür mit Rost überzogen, und auf der Erde lag eine Schicht weißen Staubs. Die kalte Luft roch beißend.

Der Manager ließ sie in seinen Wagen einsteigen und wies alle Mitarbeiter des Teams darauf hin, daß in den Fabrikräumen nicht geraucht werden dürfe. Er hoffe, daß die Kameras keine Funken sprühten und die Glühbirnen nicht durchbrennen würden. »Wissen Sie«, er lachte trocken und deutete mit der Hand vage in die übelriechende, chemische Luft, die sie da einatmeten, »manchmal reicht ein Funke.«

Der Mann war ganz grau im Gesicht und bemühte sich, munter zu wirken. Bestimmt war er Raucher und mußte sich hier also quälen. Als sie sich in seinen Wagen gesetzt hatten, begann er über das zu reden, was sie seiner Meinung nach hergeführt hatte. Auf der Sitzung sollte ein neuer Vorstand gewählt werden. Hier seien jedoch alle der Meinung, daß das umstrukturierte Staatsunternehmen die alte Geschäftsführung beibehalten sollte. Eine so große und bedeutende Fabrik müsse doch von erfahrenen Spezialisten geleitet werden. Natürlich müsse manches verändert werden, die Anlagen seien schrecklich veraltet. Doch das sei nicht die Schuld der Leitung, das Unternehmen werfe soviel Geld ab, daß man damit eine supermoderne Produktion aufbauen könnte. Aber das Geld versickere irgendwo, oder genauer, es werde für den Bau von Kulturpalästen und Talsperren, die sowieso mehr Schaden als Nutzen brächten, verbraucht und ... Er stockte, wie jemand, dem plötzlich bewußt wird, daß er eigentlich nicht weiß, mit wem er spricht, oder eher wie jemand, der weiß, mit wem er spricht und deshalb stockt.

Bis zum Beginn der Sitzung waren es noch zwei Stunden. Eine Versammlung ist auf dem Bildschirm genauso langweilig wie ein Staatsoberhaupt, das Botschafter empfängt, oder Staatsmänner, die sich voneinander verabschieden; leider verlangten die Nachrichtenredakteure genau solche Aufnahmen. Ob die Zuschauer sich langweilten oder nicht, das interessierte sie nicht. Sie wußten, daß die Mehrheit der Leute ohnehin nicht die Möglichkeit hatte, ein anderes Programm zu wählen und selbst dann in die Röhre gucken würde, wenn man ihnen bloß einen rauchenden Kamin zeigte. Manchmal fanden sich unter den Teilnehmern einer Versammlung interessante Gesichter, aber das war die Ausnahme, und fast nie war es das Gesicht des Redners. Gewöhnlich hatten die Redner feiste Schädel, und ihre Formulierungen waren glatt; im Schneideraum suchte er dann oft vergeblich nach einem Satz, der eine Mitteilung enthielt.

Das Auto holperte über den unebenen Weg. Die Fabrik ähnelte einer kleinen Stadt: Sie hatte eine eigene Schule, eigene Straßen, Kreuzungen und Eisenbahngleise, ein Krankenhaus, Kantinen, einen Wald, eigene Verkehrszeichen, Verbote und Anordnungen auf bunten Tafeln.

Er bemerkte, daß einige Häuser zerbrochene Fensterscheiben hatten, obgleich die Gebäude immer noch benutzt wurden.

»Ja«, sagte ihr Begleiter, »selbst bei größter Vorsicht knallt es hier manchmal, es zahlt sich fast nicht mehr aus, sie neu zu verglasen.«

»Gibt es viele Tote?« fragte Sokol.

»Aber nein! Nicht dafür, daß wir hier eigentlich am Fuße eines Vulkans leben. Hat es Sie nie gewundert, daß die Leute ihre Dörfer immer wieder an den Fuß von Vulkanen bauen? Wir haben keine Vulkane, also haben wir uns welche gebaut.« Der Stellvertreter lachte gekünstelt. Offenkundig äußerte er dieses Bonmot nicht zum ersten Mal.

»Unter einem Vulkan zu leben setzt Tapferkeit voraus«, bemerkte Sokol, »einen Vulkan zu bauen ist pervers.« Schade, daß er das nie vor der Kamera sagen würde.

Das Gebäude, vor dem sie hielten, war im Unterschied zu den anderen neu und formschön. Ihr Begleiter stieg aus dem Auto und war schon im Begriff, sie hineinzuführen. Sokol folgte ihm bereits. Aber einen Kameramann interessiert das Gelände mehr als die Erklärungen am Verhandlungstisch. Pavel fragte also, ob er sich die Umgebung des Vulkans ansehen könne.

Ihr Begleiter zögerte und schickte sich an, wieder in das Auto zu steigen.

»Ich kann auch zu Fuß gehen«, meinte Pavel. »Ja, ich würde sogar lieber zu Fuß gehen. Aus dem Auto heraus sieht man nichts.«

»Aber ich kann Sie hier nicht alleine herumspazieren lassen. Das ist ein gefährlicher Betrieb. Sie würden sicher gerne Aufnahmen machen ... Das ließe sich vielleicht einrichten, aber nicht jetzt sofort.«

»Ist in Ordnung. Ich nehme die Kamera nicht mit.«

»Gut. Haben Sie Streichhölzer dabei?«

»Ich benutze ein Feuerzeug.«

Die Leute des Teams verfolgten interessiert, wie er verhört wurde.

»Das hätten Sie am Tor abgeben müssen.«

»Ich werde mir keine Zigarette anzünden.«

Der Mann gab sich zugeknöpft. Er versprach, seine Sekretärin herunterzuschicken, die sich um ihn kümmern werde, und betrat das Gebäude. Die anderen folgten ihm. Während Pavel sich die Fabrik ansah, würden sie die Kabel ziehen und die Kameras aufbauen; bei seiner Rückkehr würde er dann einige Veränderungen anordnen, damit sie nicht anfingen, ihn für überflüssig zu halten.

Er blieb allein. Er bemerkte, daß die meisten Bäume in der Nähe der freistehenden Gebäude abgeschlagene Wipfel hatten. Die Gebäude hatten zwar noch ihre Dächer, aber erfreulicher sahen sie deswegen nicht aus.

Ein mit Säcken beladener Wagen mit der Aufschrift »Vorsicht! Gefahr!« fuhr vorbei. Von irgendwoher klangen kurze, bellende Detonationen herüber. Bei jedem Atemzug bemerkte er, wie ihn die Luft im Hals kratzte und wie schwer ihm das Atmen fiel. Hier reichte es nicht aus, Bilder und Töne aufzunehmen, hier müßte man auch den Geruch der giftigen Dämpfe, die alles durchdrangen, einfangen.

Ein anderer Laster mit einem Warnschild fuhr an ihm vorbei, diesmal mit Metallfässern beladen. In dieser Fabrik stellte man einen der perfektesten und wirksamsten Plastiksprengstoffe der Welt her: dieses form- und geruchlose Zeug war schwer nachzuweisen und deshalb bei den Terroristen in aller Welt begehrt. Er hätte sich gern ansehen, wie der hergestellt wurde. Aber das würden sie sicher nicht erlauben, statt dessen würden sie eine Meldung machen, daß er, weiß Gott in wessen Auftrag, zu viele Fragen gestellt hatte.

Endlich kam die Sekretärin. Er stellte sich vor. Sie nannte ebenfalls ihren Namen, aber er registrierte ihn kaum, da er so alltäglich war wie ihre Erscheinung. Sie sagte, sie würde ihm zeigen, was sie könne, auch wenn es hier eigentlich nichts zu sehen gebe. Wo es interessant wäre, da dürfte man nicht hin, wo man hindürfte, wäre es uninteressant. Und etwas Schönes gebe es hier überhaupt nicht!

»Stellen Sie hier Anilin her?«

Sie nickte. Ein wenig ähnelte sie Eva. Auch sie war so stark geschminkt, daß die Schminke ihre eigenen Züge vollkommen verdeckte, wenn sie denn überhaupt welche hatte. Auch sie schien eine Vorliebe für die Farbe Lila zu haben, und wenn sie ging, dann wiegte sie sich in den Hüften. »Die Halle wird gerade umgebaut. Das ging so nicht weiter. Zu viele Frauen sind draufgegangen.«

»Wie viele Frauen arbeiten in der Anilinproduktion?«

Sie sah ihn verblüfft an, als hätte er soeben etwas Unverschämtes gesagt.

»Viele, sicher ein paar hundert. Sie müssen mindestens vierzig Jahre alt sein. Und sie müssen unterschreiben, daß sie wissen, was ihnen passieren kann. Ich meine, wegen der Gesundheit.«

Sie führte ihn in eine Lagerhalle und stellte ihm den bärtigen Lagerverwalter vor. Das Gebäude war alt, die Wände waren schon lange nicht mehr gestrichen worden, an einigen Stellen klafften Risse, überall hingen die verschiedensten Warnschilder. Unter der Decke dröhnte ein riesiger Ventilator. In den geräumigen Regalen waren Blechfässer gestapelt. Der Lagerverwalter erläuterte ihm, wie sie die Sprengstoffe handhabten, damit es kein Unglück gab. Im Hintergrund verfrachteten zwei Frauen in bunten Kitteln mit einem Gabelstapler Fässer in die obersten Regale. »Was passiert, wenn eins von diesen Fässern herunterfällt?«

Der Lagerist grinste. »Da würde man dann 'ne Woche brauchen, um Sie wieder zusammenzusetzen, und dann wären Sie immer noch nicht wieder ganz.«

»Manchmal passiert so etwas«, erklärte die Sekretärin. »Sie finden eine Hand mit einer Armbanduhr, aber den Körper, der zu dieser Hand gehört, den finden Sie nicht mehr!« Sie gingen wieder nach draußen, die Sekretärin führte ihn an niedrigen Holzbaracken vorbei, hinter denen er einen doppelten Stacheldrahtzaun sah. Von dort erklangen laute Schüsse.

Plötzlich tauchte das Lager vor ihm auf, in dem er einst gewesen war und aus dem man nicht hatte fliehen oder sich auch nur für einen Tag, meinetwegen für eine Stunde, hatte entfernen können, wo er nichts und niemanden gehabt hatte: weder seine Kamera noch seinen Hund, nichts als Sträflingsklamotten, seinen Trotz und die Hoffnung, daß dies alles einmal aufhören würde. Damals war er sich sicher gewesen, daß er es, sobald er rauskommen würde, noch mal und diesmal geschickter versuchen würde, und daß er sich dann niemals, niemals mehr in diesem von Stacheldraht umgebenen Land blicken lassen würde. Statt dessen war er immer noch da und filmte fade Versammlungen in Sälen, in denen es nach dem Tod roch.

Er sah sich um, ob nicht irgendwo ein Wachturm und Sträflinge in gestreiften Lumpen zu sehen wären, aber in der Ferne schlichen nur zwei Arbeiter in blauen Overalls vorbei, von denen einer eine Metallstange auf der Schulter trug. Solche Metallstangen hatten sie damals zurechtgeschnitten, alte scharfkantige Stangen und Bleche. Sie hatten ihn in eine Arbeitskolonne mit Gabo gesteckt. Gabo war dort gewesen, weil er mit seiner dreizehnjährigen Schwester geschlafen hatte. Er hatte nicht über Gabos Verbrechen nachgedacht, es machte ihm jedoch etwas aus, daß Gabo nicht zu richtiger Arbeit zu bewegen war. Weil sie die Norm nicht erfüllt hatten, kürzte man ihnen auch noch die dürftige Zuteilung, auf die sie ein Anrecht hatten.

Die Schüsse kamen näher.

»Wissen Sie«, erklärte die Sekretärin, »hier wird ständig irgendwas ausprobiert, was knallt. Dort hinter dem Wald ist die Dynamitfabrik. Wollen Sie sich die ansehen?«

»Lassen sie mich denn dort rein?«

»Wenn ich mitgehe, können Sie vielleicht mal hineinschauen.«

»Das ist nett von Ihnen, daß Sie mit mir gehen.«

»Aber das mache ich doch gern.« Sie versuchte ein kokettes Lächeln. »Um auf Ihre Frage zurückzukommen; hier kann alles in die Luft fliegen. Sehen Sie die Baracken dort? Die könnten wir uns ansehen. Sie werden staunen. Anstatt sich um die

Sicherheit zu kümmern und neue Maschinen zu kaufen, haben sie nur leichte Dächer gebaut. Wenn es knallt, dann fliegen die Dächer in die Luft und die Leute auch, aber die Wände und die Baracken daneben bleiben stehen.« Sie wurde mitteilsam, vielleicht wollte sie sich damit auch für seine Höflichkeit erkenntlich zeigen. »Und da drüben, in der Nitroglyzerinproduktion, da haben sie vollautomatische Einrichtungen zum Mischen der Flüssigkeiten, alles ferngesteuert, und wissen Sie, wie sie die Sachen dort mischen? Mit der Hand, mit Holzscheiten! Die Automaten funktionieren nicht. Es würde schon reichen, daß die Männer ein bißchen aus dem Rhythmus kommen, und alles fliegt in die Luft«, sie zeigte in den Himmel. »Haben Sie *Lohn der Angst* gesehen? Genauso ist es hier. Nur daß über uns keiner einen Film dreht, es wäre auch nicht erlaubt! Jetzt fragen Sie sicher, warum die Leute hier arbeiten. Das ist ganz einfach: wegen der Zulage. Wir merken gar nicht mehr, daß wir uns verkaufen. Meine Mutter hat ein Lungenemphysem, sie ist Invalidin, die Tochter meines Bruders liegt in der Kinderkrebsstation. Und in unserem Wohnblock haben im letzten Jahr drei ins Gras gebissen, alle drei nicht einmal vierzig. Sie sollten auf unseren Friedhof gehen und sich die Inschriften ansehen. Was hat man dort von den Zulagen? Aber jeder denkt, daß er nicht gleich dort landen wird. Ich ja auch.« Wieder versuchte sie ein kokettes Lächeln. »Aber das behalten Sie besser alles für sich.«

Der Weg führte sie durch den Wald. Dort war keine Menschenseele. Wenn er sie jetzt umarmen und küssen würde, würde sie wahrscheinlich nicht protestieren, aber was dann?

Kahle Zweige. Bäume mit abgeschlagenen Wipfeln streckten sich zum Himmel. Das drahtumzäunte Gelände war jetzt ganz nah, er erkannte sogar die grüne Uniform des Soldaten, der dort patrouillierte.

»Schauen Sie sich das arme Ding an«, rief sie auf einmal. Auf dem Weg hüpfte ein Eichelhäher umher und schlug mit seinem einzigen Flügel, ein vergeblicher Versuch, emporzufliegen.

Der arme Vogel büßte für die Taten der Menschen. Zu dumm, daß er seine Kamera nicht dabeihatte. Diesen Eichelhäher hätte er gern festgehalten. Ein grausig mißgebildetes Wesen in einem gespenstischen Wald. Falls er je einen Film über das Ende der Zivilisation oder über die Welt nach einer Katastrophe drehen sollte, dieser Ort würde sich dafür anbieten. Bloß, er würde nie so einen Film drehen, denn er würde vorher genauso wie dieser Vogel enden. Er hatte Lust, etwas zu trinken. Er würde sie bitten, ihm die Kantine zu zeigen. Er würde sie auf ein Glas einladen und sich so wenigstens ein bißchen dafür revanchieren, daß sie ihm Gesellschaft geleistet hatte, und dann würde man sehen, er hätte doch besser auf ihren Namen achten sollen.

Sie beugte sich über den Eichelhäher, und es gelang ihr, ihn in die Hand zu nehmen. »Du Winzling, hast du Angst? Sehen Sie sich das doch an!« sagte sie, zu ihm gewandt.

»Er wird nicht überleben«, sagte er, »es sei denn, Sie nehmen ihn mit nach Hause.«

Sie schüttelte den Kopf. »Das hat keinen Sinn, ich kann nicht alle mitnehmen.«

»Geben Sie ihn her!« Er nahm ihr den Vogel aus der Hand und beendete mit einem Griff seine Qual. Dann schob er mit dem Absatz ein paar Blätter beiseite, legte den Vogelkörper in die Mulde und deckte die Blätter wieder darüber.

Diese Fabrik hier war nur eine Miniaturausgabe des ganzen Landes: bemooste, zerfallende, mit Stacheldraht eingezäunte Gebäude. Hier starb das Leben, sogar die Vögel überlebten nicht. Und in der Luft lag etwas Explosives, ein einziger Funke wäre genug, um alles in die Luft fliegen zu lassen.

Wer würde diesen Funken zünden? Wer würde diese Explosion überleben?

»Darum beneide ich Sie doch«, hörte er sie sagen, »heute abend machen Sie sich davon und müssen nie wieder hierherkommen.«

4.

Es war kurz nach Mittag, als er von der Hauptstraße abbog. Der Weg führte jetzt durch den Wald und stieg leicht an. Noch immer wußte er nicht genau, wohin er eigentlich fuhr, er hatte das Bedürfnis zu fahren, egal wohin, nur nicht stehenbleiben, nur nicht zurückkehren an den Ort, von dem er sich selbst eingeredet hatte, er habe dort etwas zu tun oder dort wäre gar sein Zuhause.

Gestern abend, als die Versammlung mit dem von vornherein feststehenden Ergebnis zu Ende gegangen war, hatte er die Sekretärin auf ein Glas eingeladen. Zum Ausgleich hatte sie ihn wiederum zu einer Abendeinladung in eine Villa mitgenommen, vor der zu seinem Erstaunen mehrere luxuriöse, westliche Autos parkten, deren Besitzer sich drinnen betranken. Obwohl er viel getrunken hatte, nahm er dennoch deutlich die fremden Gesichter wahr, die gezeichnet waren vom Leben am Fuße des Vulkans. Die Sekretärin brüstete sich damit, daß er ihr Gast war, und stellte ihm lauter Menschen vor, die ihn nicht kennenlernen wollten und deren Namen oder Stellung er sich nicht merken wollte.

Es waren viele auffallend oder eher spärlich gekleidete Frauen da, doch sie waren alle in Begleitung. Er hörte einige Lebensgeschichten, und bis auf gelegentliche Explosionen und vorzeitige Todesfälle glichen sie denen anderer Menschen. Die Grenze zwischen Sein oder Nichtsein war hier lediglich weniger deutlich, und wie immer, wenn diese Grenze verschwimmt, ließen sich auch andere Grenzen leichter überschreiten: die Grenze zu Gier, Unredlichkeit, Ehrlosigkeit, Schamlosigkeit und zur Verzweiflung, die sich wahrscheinlich hinter all dem verbirgt.

Was war das – Gier, Ehrlosigkeit? Was war Erbärmlichkeit?

Gier war der Finger im Hals des Satten, die zusätzliche Kammer für unnötigen Kram, die ungeliebte Geliebte, die man in den Armen hielt.

Als die Nacht voranschritt, schwanden in diesem Raum die Hemmungen, und er beobachtete, leider ohne Kamera, einen jungen Mann, der sich mit zitternder Hand eine Injektion zu setzen versuchte, dem es aber nicht gelang, die Ader zu treffen, ein Paar, das halbnackt in eine Zimmerecke tanzte und dort in eine Liebesumarmung zu Boden sank, einen Mann, der mitten in die roten Blüten in einer chinesischen Vase kotzte.

Ehrlosigkeit war der Ersatz für eine Tugend, die sich in der vergeblichen Anstrengung erschöpft hatte, jemand an sich zu binden.

Dann nahm ihn eine Rothaarige in Anspruch, die offenbar zu niemand gehörte und ihm schon längere Zeit mit verschleierten Blicken gefolgt war. Ihre Augen waren gerötet, sei es vom Zigarettenrauch oder von Tränen. Er forderte sie zum Tanzen auf: erst schüttelte sie den Kopf, doch dann stand sie mühsam auf. »Seien Sie nicht böse, ich bin heute bestimmt keine gute Partnerin.«

»Beim Tanzen?« fragte er.

»Sie haben mich nur zum Tanzen aufgefordert!«

»Wir müssen nicht tanzen, wenn Sie keine Lust haben.«

Erbärmlichkeit war das Los derer, die nicht genug Kraft für die Tugend und nicht genug Mut für die Ehrlosigkeit hatten. Erbärmlichkeit war das Los derer, die unter allen Umständen Maß halten wollten.

Offensichtlich hatte sie Lust, sich jemand anzuvertrauen. Sie führte ihn in ein Nebenzimmer, in dem niemand war außer einem Betrunkenen, der in einem ledernen Klubsessel schlief. Sie schenkte sich und ihm Cognac aus einer Flasche ein, die dort für die Stammgäste stand. Vor fünf Jahren hatte sie einen der Geschäftsführer des Unternehmens geheiratet, vertraute sie ihm an. Sie war Juristin und hatte bei ihm in der Abteilung gearbeitet. Ihr Mann war oft auf Reisen und nahm sie manchmal mit. Auf diese Weise hatte sie viele Länder bereist und eine Menge exotischer Orte gesehen: Tripolis, Dakar, Amman, Lagos. Aber diese Namen sagten einem nichts.

Wenn man nie dort gewesen war, konnte man sich die Atmosphäre dort nur schwer vorstellen. Das Meer, dunkle Straßen, Hotels mit Swimmingpools auf dem Dach, dieses besondere Licht, in dem alles erstrahlte. Und die wunderbaren Teppiche in den Moscheen und die Palmenhaine, die Dörfer, in denen die Häuser wie bunte bemalte Termitenhügel aussehen. Marktplätze, auf denen man bummeln, feilschen und alles kaufen konnte, von wundervollen Stickereien, Gold, Edelsteinen und getriebenem Kupfer, bis hin zu Zauberamuletten, Rasseln, Marimbas. Diesen Lärm, das Geschrei, die Musik und das Pfeifen, die vielen Gerüche waren unvorstellbar. Abends dann Termine in sterilen Hotels, bei denen es um Millionen ging. Welche Nachfrage es heute in der Welt nach einem billigen Sprengstoff ohne Geschmack und Geruch gab, konnte sich niemand vorstellen, der damit nicht in Berührung gekommen war. Natürlich wurde hier nicht gefeilscht wie auf dem Markt, es ging um Millionen, und während der Verhandlungen wurden einem Briefumschläge mit Schecks über Beträge, die man sich nicht vorstellen konnte, in die Tasche gesteckt...

»Und wo ist Ihr Mann jetzt?«

»Wo soll er sein? Bei irgendeiner Nutte. Er kann sich kaufen, was er will. Er pfeift auf mich, auch wenn er so tut, als ob er ohne mich nicht leben kann. Aber er weiß, daß er aufpassen muß, denn wenn ich über seine Geschäfte reden würde, dann nützt es ihm auch nichts mehr, daß er ein Parteikader ist.«

»Hatten Sie niemals Angst?«

»Angst wovor?«

»Vor dem, was Sie wissen!«

Sie zuckte mit den Schultern. »Schlimmstenfalls können sie mich umbringen. Ich muß sowieso irgendwann sterben.«

Er hatte nicht den Eindruck, als ob sie sich fürchtete. Wahrscheinlich war sie selbst ein Kader, zumindest konnte sie es sich erlauben, ihm davon zu erzählen.

»Möchten Sie darüber reden?«

»Vielleicht irgendwann mit irgendwem, aber nicht mit Ihnen.«

In dem Haus kannte sie sich offenbar sehr gut aus. Obwohl sie völlig betrunken war, fand sie ein leeres Zimmer, das man sogar abschließen konnten. Es gab dort weder eine Liege, ein Bett oder eine Couch, aber sie schlief auf dem Fußboden mit ihm. Wahrscheinlich schlief sie mit ihm, weil sie sich an ihrem Mann rächen wollte, der so reich und mächtig war, daß er sich jedes Mädchen kaufen konnte.

Warum hatte er mit ihr geschlafen? Weil sie hübsch war, ein bißchen traurig, und weil sie ihn die ganze Zeit von der Außergewöhnlichkeit ihrer Stellung und ihrer Erlebnisse überzeugen wollte, die sein Vorstellungsvermögen angeblich völlig überstiegen. Und außerdem, weil er nicht wußte, wie sie hieß und weil er annahm, daß er sie nie wiedersehen würde.

Er fuhr aus dem Wald heraus. Vor ihm öffnete sich ein tiefes Tal mit einem Fluß. Für einem Augenblick spielte er mit dem Gedanken, das Lenkrad nicht einzuschlagen, weiter geradeaus zu fahren. Wie in einem Film sah er den Sturz vor sich: Das Auto schießt über die Straße hinaus, überschlägt sich und stürzt dann die Felsen hinunter. Getöse, das Kreischen des Blechs auf den Steinen, die Explosion und das Feuer. Dann das Ende. Nirgendwo mehr hinfahren, nichts mehr erwarten, sich mit niemand mehr treffen, niemand mehr zuhören, nichts wissen, sich vor niemand mehr ducken.

Das Schloß, in dem Petr schon zehn Jahre lang als Kastellan arbeitete, tauchte in der Ferne aus dem herbstlichen Nebel auf.

Nach der Verbüßung ihrer Haft hatten sie sich in den ersten Jahren ziemlich oft getroffen. Sie nützten das politische Tauwetter jener Jahre und bemühten sich um einen Fernstudienplatz. Weil man Theologie im Fernstudium nicht belegen konnte, entschied sich Petr für das gleiche Studienfach wie er. Aber im Gegensatz zu ihm weigerte sich Petr nach Beendigung des Studiums, eine Stelle anzutreten, aus der man gerade ungerechtfertigterweise jemand hinausgeworfen hatte. Zu dieser Entscheidung trugen wahrscheinlich seine Überzeugungen und ganz sicher auch Alice bei, die seinen Glauben teilte. Petr verlegte dann einige Jahre Linoleum, später beschaffte er sich die Stelle als Kastellan in diesem Schloß. Das Schloß lag nicht weit von der Stelle, an der sie versucht hatten, die Grenze zu überschreiten.

Er hätte sicher einen anspruchsvolleren Job finden können, als sich um diesen verstaatlichten Adelssitz zu kümmern; Petr beschwerte sich auch nicht, vielmehr behauptete er, daß ihm diese Arbeit seine geistige Unabhängigkeit sichere. Die Barockkunst, ja selbst die Philosophie jener Epoche regten niemand mehr auf. Solange er sich nicht mit Dingen beschäftigte, welche die geltende Unrechtsordnung außerhalb des gesetzlichen Rahmens stellte, hatte er hier einfach seine Ruhe. Alice und er wollten unabhängig bleiben: sich mit Leuten treffen, Bücher lesen und denken, was ihnen paßte.

In dem kleinen Dorf am Fuß des Schlosses kaufte er in einem kleinen Laden fünf Flaschen Rotwein (sie hatten nur eine Marke) und für die Kinder drei Tafeln Schokolade. Er hätte Alice gern etwas Schönes mitgebracht, aber er sah hier nichts, was er hätte verschenken wollen.

Auf seinem Weg zum Schloßtor mußte er stehenbleiben, weil er plötzlich einen beklemmenden Schmerz in der Brust spürte. Er lehnte sich an eine Mauer. Er sollte weniger trinken, nicht mehr rauchen, vielleicht sollte er überhaupt ein anderes Leben führen. Die Tätigkeit beim Fernsehen laugte ihn zu sehr aus. Es war nicht so sehr die Arbeit, die ihn zermürbte, sondern eher die Bedingungen, unter denen er arbeitete. Und die Umgebung, in der er sich bewegen mußte. Aber was sollte er statt dessen tun? Er hätte sich als Straßenfotograf über Wasser halten können. Aber er hatte die Zeit für solche Entscheidungen schon längst verpaßt. Er sollte ein wenig ausspannen. Aber wo, mit wem und warum eigentlich?

Er klingelte. Drinnen begannen die Hunde zu bellen, und das Fenster über der Vorhalle wurde geöffnet. Eine erstaunte weibliche Stimme rief: »Bist du es, Pavel?«

»Ja, Alice, ich war in der Gegend.«

Das Hundegebell näherte sich der Tür, dann drehte sich knarrend der Schlüssel im Schloß. Beide Boxer stürzten sich auf ihn und versuchten, ihm das Gesicht abzulecken.

»Ich war zufällig in der Gegend«, wiederholte er.

»Wieso?« Sie trug ein sehr kurzes Hauskleid aus bedruckter Baumwolle.

»Ich habe hier in der Nähe gedreht. In der Chemiefabrik.«

»Bis spät in die Nacht?« fragte sie. »Oder habt ihr bis zum Morgen gedreht?«

»Ich sehe wohl sehr wüst aus«, sagte er. »Ich habe in der letzten Zeit zuviel geschuftet, und außerdem ein bißchen zuviel gefeiert.« Er bemerkte, daß auch sie erschöpft, ja fast abgehärmt aussah.

Sie gingen durch einen düsteren, kalten Gang. An den Wänden hingen Kupferstiche mit Rostflecken. Sie ging vor ihm her. Ihre langen Beine hatten ihn schon bei ihrer ersten Begegnung erregt. Auch nach drei Kindern war sie noch schlank, beinahe zart, und dabei doch fast so groß wie er und entschieden größer als Petr. Das hellblonde Haar reichte ihr fast bis zum Gürtel.

Petr und er hatten sie vor zwanzig Jahren gemeinsam kennengelernt, als sie gegen die fremden Truppen demonstrierten, die in ihr Land eingedrungen waren und diese Invasion heuchlerisch als Beistand gegen einen nicht existierenden Feind ausgegeben hatten. Sie stand ein Stückchen vom Rundfunkgebäude entfernt, ein Mädchen in einem kurzen Jeansrock und einem Männerhemd. Sie schwenkte eine riesige Flagge und schrie zusammen mit den anderen vergeblich, daß die Soldaten abziehen sollten. Sie hatte dunkelblaue Augen. Eine solche Augenfarbe hatte er noch nie gesehen, deshalb fiel sie ihm auf.

»Wissen Sie, daß sie anfangen können zu schießen?« fragte er sie.

»Warum fragst du mich das?« Dann sagte sie: »Ich weiß das besser als du. Gestern haben sie schon acht Verwundete zu uns gebracht.«

Sie sprachen dann über die Verwundeten, die stellvertretend für sie alle von einer Kugel getroffen worden waren, und darüber, was weiter geschehen würde, und alle hielten sie es für selbstverständlich, daß sie Widerstand leisten würden, und waren bereit, notfalls zu sterben, auch wenn sie das nie aussprachen. Doch dieses Mal fiel kein Schuß, und ihnen passierte nichts.

Petr und er gingen zusammen mit Alice und der Menschenmenge über den Platz, wo noch Jahre später, zu einer Zeit, da er schon peinlich auf sein Verhalten achtete, die Demonstranten zusammenkamen. Fremde Leute hatten ihnen damals Erfrischungen angeboten, und sie hatten eine besondere Nähe gespürt, die sie über die Verzweiflung jener Zeit erhoben hatte. Am Abend brachten sie Alice gemeinsam nach Hause, sie wohnte auf dem Gelände des Krankenhauses, in dem sie auch arbeitete. Beim Abschied gab sie jedem von ihnen einen Kuß. Er bedeutete nichts und versprach nichts. Trotzdem erinnerte er sich daran, erinnerte er sich an sie. Sie gefiel ihm, ihr Aussehen ebenso wie ihr Charakter. In ihrem Verhalten war etwas Freundliches, Entgegenkommendes, darunter jedoch spürte er eine verborgene und fast unzugängliche Tiefe, die ihn anzog.

Dann ging er tatsächlich eine Weile mit ihr. Er dachte sogar, er liebte sie wirklich, genauso wie sie ihn. Er glaubte es bis zu dem Moment, in dem etwas geschah, was er damals für weit weniger schicksalhaft hielt als sie. Heute erinnerte er sich nur ungern daran.

In der Zeit, die sie miteinander gingen, schloß Petr sich ihnen oft an. Gemeinsam saßen sie in kleinen Vorstadttheatern und in verschiedenen geschlossenen Filmvorführungen, die Alice aus Vergnügen, er und Petr aber aus Pflicht besuchten.

Er selbst hatte niemals aufgehört, davon überzeugt zu sein, daß Alice besser zu ihm als zu Petr paßte, aber sie empfand offenkundig nicht mehr so, oder sie ahnte, daß sie bei Petr mehr Beständigkeit, Treue und vor allem Aufrichtigkeit finden würde. Er hatte seine Chance gehabt. Was wäre aus ihm geworden, wenn er an ihrer Seite hätte leben können?

»Ob du nun zufällig in der Gegend bist oder nicht, es ist gut, daß du vorbeigekommen bist.« Sie lächelte ihn an. Sie war immer freundlich zu ihm, so als wäre zwischen ihnen nichts vorgefallen, was ihre Beziehung hätte verderben können.

Sie stiegen die Treppe zum ersten Stock hinauf. »Auf Petr mußt du noch warten«, sagte sie, »wir haben gerade Revision. Ständig schnüffeln sie hier herum. Die wären schrecklich froh, wenn es unordentlich wäre oder sie irgend etwas nicht finden würden, was laut Inventarliste dasein müßte. So kriegen sie ihn aber nicht dran.«

»Womit würden sie ihn denn drankriegen?«

»Mit gar nichts«, für einen Augenblick machte sie ein verdrossenes Gesicht. »Er respektiert die Verbote und macht nur, was erlaubt ist. Es gibt Bereiche, wo fast alles erlaubt ist, das weißt du selbst.« Vielleicht war sie erschrocken über das, was sie gesagt hatte, und fügte deshalb schnell hinzu: »Aber in Ruhe lassen sie ihn deshalb trotzdem nicht. Allein im letzten Monat haben sie ihn zweimal geholt. Sie sagen, sie sind von der Kriminalpolizei, aber es sind doch immer dieselben, die uns auf Schritt und Tritt folgen, sobald wir uns vom Fleck rühren.« Sie blieb vor einer der Türen stehen, so als wollte sie so schnell wie möglich das Thema wechseln: »Warte, ich zeig dir was!« Und nachdem sie aufgeschlossen hatte, sah er ein Zimmer, in dem einige Barockmöbel standen, die in durchsichtige Folien gehüllt waren. Eine Wand mit einem Fresko war mit Schimmel überzogen. Das Parkett war an einigen Stellen aufgequollen.

»Das wollen sie ihm auch in die Schuhe schieben«, sagte sie. »Das ist Ende des Sommers passiert. Ein Sturm hat ein Stück des Dachs abgedeckt. Seit dieser Zeit suchen wir jemand, der das Dach repariert. Petr hat versucht, es mit Dachpappe zuzumachen, aber es regnet doch herein. Schade, daß du kein Dachdecker bist. Aber du könntest wenigstens ein paar Aufnahmen machen, die schicken wir ans Ministerium. Oder einen ganzen Film.«

»Wahrscheinlich würden sie mir so einen Film nicht genehmigen.«

»Ich hatte vergessen, daß du dir alles genehmigen lassen mußt.«

»Ein paar Fotos kann ich für euch machen.« Er setzte sich in einen Sessel gegenüber der angeschimmelten Wand. Das Fresko an der Wand stellte die Geburt der Venus dar. Die langen goldenen Haare fielen der Göttin bis zum Gürtel. Darin glich sie der Frau, die neben ihm stand. In beiden Gesichtern entdeckte er dieselbe große Zärtlichkeit. Der gewaltige bräunliche Fleck, der aus dem zersprungenen Himmel herunterkroch, näherte sich mit jedem Tag der Göttin, um ihre Züge zu verschlingen.

Von irgendwoher drang Kindergeschrei. Er bemerkte, daß Alice unruhig wurde. »Geh und füttere die Kinder. Vergiß den ungebetenen Gast.«

»Du kannst mitkommen.«

»Ich bleibe hier. Ich möchte das angeschimmelte Fresko betrachten.«

Er blieb allein. Irgendwo hinter der Wand spielte eine leise Musik, draußen bellten die Hunde. Was machte er eigentlich hier? Warum war er hergekommen?

Weil er kein eigenes Zuhause hatte.

Er wanderte von Haus zu Haus, von Schloß zu Schloß wie ein fahrender Sänger, doch im Unterschied zu einem Vagabunden mit einer Laute hatte er keine Lieder, er konnte nichts anbieten.

Was könnte ein fahrender Fotograf anbieten?

Er könnte Bilder machen.

Wovon?

Bilder von allem, was sich fotografieren läßt: Hände, Beine, Wolken, Schlangen, Transparente, angeschimmelte Göttinnen, Präsidenten, Gesichter, Knüppel, entblößte Körper, Injektionsspritzen, Zäune, Vulkanausbrüche.

Was war das – ein Bild?

Ein Bild war die unbewegliche Aufzeichnung einer Bewegung. Erstarrtes Lebens. Ein Bild war ein Todeskuß, der Unvergänglichkeit vortäuschte.

Was wäre, wenn er leise wegginge? Er war ohnehin nicht eingeladen, er wußte ohnehin, daß er nicht hierher gehörte. Aber wo gehörte er hin?

Auf einen Haufen alter Bilder.

Er belog sich selbst. Er war nicht hierhergekommen, weil er ein Zuhause suchte, er war hier, weil er ein Alibi suchte. Einmal würde er sagen können: Ich habe mich nicht für meine Freunde geschämt. Wenn es dann noch jemand geben würde, dem er das sagen könnte. Wenn es noch jemand interessieren würde. Wieder eine Lüge. Er war hier, weil er Alice wenigstens ab und zu sehen mußte.

Die Venus sah ihn wehmütig an. Ihre langen, hellen Haare flogen im Wind, um sie herum fielen Blumen. Auf einmal ein gedämpfter Seufzer. Er zuckte zusammen. »Ist etwas passiert?«

Stille.

»Du hast geweint?«

Stille. Seufzen.

»Warum weinst du?«

»Du hast gesagt, alles wird anders, wenn wir erst einmal Kinder haben.«

»Deshalb weinst du?«

»Liebling, und was ist, wenn wir keine haben werden?«

»Daran wollen wir jetzt nicht denken.«

»Wir werden keine haben. Das wollte ich dir sowieso sagen. Du mußt es ja doch wissen. Wir werden allein bleiben.«

»Wie kommst du darauf?«

»Ich weiß es.«

»Bist du dir ganz sicher?«

»Es wäre ein Wunder, wenn wir welche bekämen.«

»Ich habe das nur so gesagt, das über die Kinder. Ich habe mir noch nie vorgestellt, daß ich Kinder habe. Ich habe mir schon eine Menge Dinge vorgestellt, beispielsweise daß ich ein Indianerhäuptling bin, aber nie, daß ich Vater bin.«

»Das sagst du nur so.«

»Ich sage das im Ernst.«

»Aber irgendwann einmal wirst du es bedauern.«

»Ich weiß nicht, was irgendwann einmal sein wird. Warum sollten wir darüber nachdenken?«

Zwei Monate später verkündete Albína ihm, daß sie schwanger sei.

Alice kam ihn holen. Sie hatte ein Kleid aus indischem Cashmere angezogen, offensichtlich seinetwegen. Vielleicht war sie mit Petr schon lange nicht mehr glücklich. Oder sie langweilte sich in dieser halben Verbannung. Vielleicht war zwischen ihnen etwas vorgefallen, was sich nicht einmal Freunden, höchstens Freundinnen anvertrauen ließ. Was für ein Freund war er denn? Schon lange war er zu anderen Kontinenten aufgebrochen. Das konnten auch sein Lächeln, die Schokolade für die Kinder und ein gelegentlicher Besuch nicht verbergen. »Sie sind schon weg«, informierte sie ihn über die Kontrolle, die er nicht bemerkt hatte und die ihn nicht interessierte.

»Das Kleid steht dir gut«, sagte er. »Du wirst immer schöner.«

»Danke, auch wenn es nicht stimmt. »

Dann saß er mit ihr und seinem alten Mitflüchtling, seinem früheren Mitangeklagten, in einem kleinen Zimmer des Schlosses, sie tranken den Rotwein, und er versuchte sich vorzumachen, daß er irgendeine Art von Nähe oder Zusammengehörigkeit mit seinem Freund fühlte, den das Schicksal oder vielmehr die Verhältnisse in diese abgelegene Burg mit den schimmligen Wänden und dem kaputten Dach verschlagen hatten. Aber er fühlte weder Nähe noch Zusammengehörigkeit, eher eine Art unbestimmter Schuld, Scham und auch Neid. Es drängte ihn danach, sich vor ihm und mehr noch vor Alice zu rechtfertigen. Also berichtete er von seinen Schwierigkeiten, von den Zuständen in der Redaktion, wo jeder nur darauf wartete, daß der Vorgesetzte einen Fehler machte, um dessen Platz einnehmen zu können, von der Programmchefin, die, um ihre Macht über die Leute zu zeigen, den Frauen verboten hatte, kurze Röcke zu tragen, von dem Chefredakteur, der genau wußte, daß ihm nichts passieren konnte, solange er keine guten Filme durchgehen ließ, während er seine Stelle verlieren konnte, wenn er etwas durchgehen ließ, was den Zorn der Gattin irgendeines Ministers oder Sekretärs erregen könnte, und der deshalb sicherheitshalber nichts genehmigte bis auf absolut phantasielosen und todlangweiligen Durchschnitt. Sie hatten ihm verboten, eine Film über Irrenanstalten zu drehen, nur weil in dem Land, von dem aus sie wirklich regiert wurden, Regimegegner ins Irrenhaus gesperrt wurden. Sie wollten ihm sogar einen Film über volkstümliche Weihnachtskrippen nicht durchgehen lassen, weil er dadurch religiöse Gefühle hätte verstärken können, einen Monat hatte er daran gedreht, und ein verdienter Volksdichter hatte den Kommentar geschrieben. Zum Glück für den Film regte sich der Dichter auf und beschwerte sich. Man hörte ihn an und riet ihm schließlich, den Kommentar ein wenig zu verbessern. Statt Jesus sollte er »Kindlein« und statt Jungfrau Maria »Mutter des Kindleins« sagen.

Darüber, daß sein phantasieloser und todlangweiliger Film über den Präsidenten gerade im Schnitt war, schwieg er.

Er bemerkte, daß Petr ungeduldig wurde und mit dem Fingern auf die Tischplatte trommelte. »Ich verstehe, daß diese Streitereien mit dem Zensor dich ärgern; was ich nicht verstehe, ist, warum du dort bleibst.«

Ja, Petr gegenüber konnte er sich nicht verteidigen. Er hätte besser schweigen sollen. Andererseits reizte ihn Petrs gottgleiche Überlegenheit, die darauf basierte, daß es ihm gelungen war, sich abseits zu halten. »Ich habe mich nun mal darauf eingelassen. Natürlich könnte ich es auch in einem Schloß versuchen und abwarten, bis sich die Verhältnisse ändern. Ich hätte nur Angst, daß ich mit der Zeit vergessen würde, wie man eine Kamera hält.«

»Und du hast keine Angst, daß du es dort auch vergessen könntest?«

»Wie meinst du das?«

»Ich sage dir das, weil dir bei euch bestimmt keiner die Wahrheit sagt. Wir schauen uns manchmal an, was du drehst. Das ist doch nur Handwerk. Das mußt du doch selbst merken.«

»Ich mache, was sich machen läßt.«

»Eben. Und weil sich nicht viel machen läßt, machst du bei diesem Betrug mit und redest dich damit heraus, daß das mit dir nichts zu tun hat.« Petrs Gesicht war vor Empörung ganz verzerrt, er sah aus wie ein vorzeitig gealterter Prophet oder wie ein erzürnter Richter. Es wäre gewiß nicht angenehm, vor einem Richtertisch zu stehen, hinter dem er säße.

»Willst du damit sagen, daß ein Schloß für mich die bessere Lösung wäre?«

»Warum fragst du? Du würdest so etwas doch sowieso nicht nehmen. Du hast Wichtigeres zu tun. Zum Beispiel zu zeigen, daß jeder, der bei uns demonstriert oder sich nicht ruhig verhält, kriminell ist und das Gemeinwohl bedroht.«

Solche Gespräche sollten unter vier Augen stattfinden, wenn überhaupt. Nichtsdestoweniger sagte er wegen Alice: »Ich will so was nicht zeigen. Ich kann nichts dafür, was gesendet wird. Was die Demonstrationen betrifft, auch wenn ich manchmal dabei bin, so mache ich doch nie die endgültige Schnittfassung.«

»Gewiß, du stellst nur das Material«, gab Petr zu.

»Ja. Im Schnitt kannst du aus einer Demonstration gegen etwas eine Kundgebung dafür machen und umgekehrt.«

»Red dich nicht mit dem Schnitt heraus. Wenn du die Aufnahmen machst, weißt du doch, was beim Schneiden damit passiert.«

»Ja, das ist wahr. Aber ich kann entweder bleiben, weggehen, oder ihnen Material anbieten, das dann geschnitten wird. Aber ich filme, was geschieht, so wie ich überall auf der Welt filmen würde. Ich hoffe, daß wenigstens ein bißchen was davon erhalten bleibt. Irgendwann werden das interessante Dokumente sein.«

»Irgendwann vielleicht. Aber die Leute sehen sich das jetzt an, und du hilfst mit, sie in die Irre zu führen.«

»Na und! Glaubst du, daß sie woanders nicht irregeführt werden? Daß die draußen nur Meisterwerke und keinen Mist drehen? Wenn du da den Fernseher anmachst, wird alle paar Minuten einer umgebracht, erschossen oder mindestens getreten. Und ihre Videoclips! Wenn du die anschaust, bist du nach einem halben Tag davon überzeugt, daß die Welt ein einziges kreischendes, sich drehendes, sinnloses Irrenhaus ist. Du kannst dich natürlich mit einem Porno in Stimmung bringen, dir Vampire oder die armen massakrierten Kerle ansehen, die von der Mafia oder von Terroristen umgebracht worden sind, oder Filme über irgendwelche Revolutionäre oder tapfere Soldaten, die gerade einen Staatsstreich gemacht haben. Außerdem gibt es permanent Reklame, die dir sagt, welches Heil dich erwartet, wenn du genau diese und keine anderen Kaugummis kaufst.«

»Wie du weißt, habe ich seit fünfzehn Jahren keinen Paß mehr und kann deshalb nicht so gut vergleichen wie du!«

»Hört auf«, mischte sich Alice ein. »Ihr seht euch einmal im Jahr und müßt euch streiten. Wir machen alle Fehler«, fügte sie noch hinzu, »aber jeder sieht sie nur am anderen.«

»Soll das eine Anspielung auf mich sein?« fragte Petr.

»So war es nicht gemeint. Aber wenn du das auf dich beziehst, weißt du sicher, warum.«

Bevor die beiden beginnen konnten, sich richtig zu streiten, kam glücklicherweise einer ihrer Söhne ins Zimmer gelaufen und bat den Vater, er solle einen anderen, gewiß weniger grundlegenden Streit schlichten.

Er blieb mit Alice allein.

»Ich will mich nicht rechtfertigen«, sagte er, auch wenn er sich gerade vor ihr rechtfertigen wollte, »aber ich hatte wirklich gehofft, das machen zu können, was mir Freude macht und was ich kann. Zumindest ein bißchen. Und manchmal gelingt mir das hoffentlich auch. Schließlich wissen die Leute, wer in Bethlehem geboren worden ist, ob man nun ›Jesus‹ sagt oder ›das Kindlein‹. Dafür muß ich ab und zu etwas abliefern, was ich verabscheue. Das ist der Preis. Fast jeder muß irgendwie zahlen.«

»Petr denkt nur, daß du dich damit kaputtmachst. Das, was ein Mensch in sich selbst zerstört, läßt sich nie wiederherstellen, und das gilt nicht nur für eine kaputtgetrunkene Leber oder eine Raucherlunge.« Vielleicht wollte sie noch hinzufügen: oder für Kinder, die vor ihrer Geburt ermordet wurden, aber sie schenkte ihm nur noch etwas ein, und er trank schnell aus. Aus dem Nebenraum hörte man Kinderstimmen: »Hast du Lust, ein wenig im Park spazierenzugehen, nachdem du die letzte Nacht so lange gefeiert hast?«

Unter ihren Füßen raschelte das trockene Laub. Auf den niedrigen Geißblattsträuchern leuchteten die Beeren rot vor dem blauen Himmel. Sie hängte sich bei ihm ein, die niedrige Sonne umgab ihren Kopf mit einer strahlenden Aureole. Wenn er sie nur umarmen und küssen könnte wie früher. Aber er wußte, daß das unmöglich war, so sagte er nur: »Schön ist es hier. Und du wirst immer schöner und schöner. So als ob du schon immer hierhergehören würdest.«

»Meinst du, daß du mich in den Park zu den Skulpturen stellen würdest?«

»Der Park würde dadurch sicher gewinnen.«

»Tagsüber ginge das«, stimmte sie zu, »aber nachts würde ich mich fürchten. Ich weiß nicht, ob du gehört hast, was hier passiert ist. Hier in der Nähe haben sie ein Lokal aufgemacht«, sie zeigte irgendwo hinter sich. »Sie veranstalten da Hochzeitsessen und Bankette für die Lokalprominenz. Ungefähr vor einem Monat ist dort morgens ein Deserteur mit einer Maschinenpistole aufgetaucht und hat alle niedergeschossen, die dort waren: die Köchin, die Kellnerin und drei Gäste.«

»Und warum hat er das getan?«

»Das weiß keiner. Vielleicht war er verrückt oder betrunken. Oder verzweifelt. Vielleicht ist er auch schon immer ein Mörder gewesen, der endlich an eine Waffe herangekommen ist.«

»Haben sie ihn erwischt?«

»Sie haben ihn an Ort und Stelle gefaßt. Er hat die Toten neben sich in eine Reihe gelegt und sich dann hingesetzt, Zigaretten geraucht und gewartet. Vielleicht hat er zwei Zigaretten auf einmal geraucht, neben ihm haben sie eine Menge Zigarettenstummel gefunden. Sie sind gekommen und haben ihn zusammengeschossen. Aber mich würden sie als Skulptur sowieso nicht genehmigen, wenn sie dir noch nicht einmal deine Drehbücher genehmigen.«

»Die Drehbücher, die sie mir nicht genehmigen, sind nicht so wichtig. Ich habe mehrere fertige Drehbücher, die ich gar nicht erst vorlege ...« Er stockte, dann fügte er hinzu: »Ich glaube, die sind ganz anders.«

»Anders als was?«

»Anders als das, was ihr von mir sehen könnt.«

»Das ist gut«, sagte sie versöhnlich. »Und kann man sie verfilmen?«

Er schüttelte den Kopf.

»Vielleicht später einmal?«

Er zuckte mit den Schultern. »Ich weiß nicht, was später einmal sein wird und ob ich das noch erleben werde.«

»Niemand weiß, was geschehen wird, außer Gott.«

Es ärgerte ihn, daß sie ihm nicht die Gelegenheit gab, mehr über seine Drehbücher zu erzählen, da er nun einmal den Mut aufgebracht hatte, sie zu erwähnen.

»Ich glaube, daß etwas, das so schlecht ist, nicht ewig dauern kann«, sagte sie.

»Glaubst du das wirklich?«

»Ja. Die Welt ist wie eine gewaltige Waage. Wenn das Schlechte das Übergewicht zu bekommen scheint, dann setzen sich Engel auf die leichtere Seite; keiner sieht sie, aber sie sind da, auf ihren Zehenspitzen, und stellen so das Gleichgewicht wieder her.«

»Du bist so ein Engel, Alice!«

»Mußt du immer lästern! Ich glaube an eine Veränderung, weil ich keine Lust habe, ein Leben lang hierzubleiben. Schon wegen Petr will ich das nicht. Mir gefällt es hier sehr gut. Und für die Kinder ist es hier auch sehr schön. In einem Schloß aufzuwachsen, ist einfach etwas anderes als in einem Plattenbau. Hier gibt es Platz. Und auf Schritt und Tritt kommst du mit der Vergangenheit in Berührung.«

Selbst die Bäume waren hier uralt. Sie erinnerten sich bestimmt an viele Kriege, viele Tote und an zahllose Gespräche. Im Sand vor sich bemerkte er Hufabdrücke. Wer mochte hier wohl reiten? »Es ist gut, daß du hier nicht unglücklich bist«, sagte er. »Die Leute reden sich gewöhnlich mit den Kindern heraus, wenn sie erklären wollen, warum sie nicht nach ihren eigenen Vorstellungen leben.« Er überlegte einen Augenblick, ob er es ihr gegenüber wagen sollte, von sich als potentiellem Vater zu sprechen, dann sagte er: »Ich habe das Gefühl, daß ich ganz anders handeln würde, wenn ich Kinder hätte. Natürlich kann man nur sich selbst gegenüber ehrlich sein. Aber man braucht einen anderen Menschen. Jemanden, für den man sich Mühe geben will. Ich weiß, daß ich selbst dafür verantwortlich bin, wie ich lebe, aber was hilft es mir, das zu wissen?«

»Du hast doch Eva.«

Er schüttelte den Kopf.

»Gut, verzeih. Aber man hat immer noch etwas mehr als nur die Arbeit und die Leute, die man gern hat.«

»Meinst du Gott?«

»Du glaubst das nicht?«

Er schüttelte den Kopf. »Ich sehe nirgendwo eine Spur seiner Existenz.«

»Das tut mir leid, Pavel.«

Er hätte sagen sollen: Mir tut es auch leid, Alice. Hätte ich damals eine Spur von ihm gesehen, hätte sich unser Leben anders entwickelt. Aber ich habe nie daran glauben können, daß Gott Mensch geworden ist, sich kreuzigen ließ und dann von den Toten auferstanden ist. Das ist genauso, als ob ich selbst in hundert oder hunderttausend Jahren einmal wiederauferstehen und auf die Erde zurückkehren würde, um für das gerichtet zu werden, was in der Zwischenzeit geschehen ist. Aber es schien ihm sinnlos, sich gerade jetzt mit ihr darüber zu unterhalten. Außerdem waren für ihn ebendiese dogmatischen Probleme am Glauben nicht das Wichtigste. »Als Petr und ich damals angeklagt wurden«, erinnerte er sich, »gaben sie mir einen alten Rechtsanwalt. Als ich ein Jahr verschärfte Haft bekommen hatte, sagte er zu mir: Sie sind noch jung und es wird nicht leicht für Sie sein, aber denken Sie daran: was man nicht ändern kann, das muß man akzeptieren. Es hat keinen Sinn, sich aufzubäumen, solange man gefesselt ist. Und er erklärte mir, daß er vor dem Krieg in Amerika gewesen war und zugesehen hatte, wie auf einer Ranch junge Hengste zugeritten wurden. Die Pferde, die sich aufbäumten und keilten, wurden am meisten geschlagen. Die Scheißmoral, die er mir da predigte, machte mich wütend, aber später habe ich noch oft daran denken müssen. Ich glaube, daß er es gut mit mir gemeint hat.«

»Das ist eine schöne Geschichte«, sagte sie, »wenn man davon absieht, daß der Mensch kein Pferd ist.«

5.
Filmerzählung

Der Typ aus dem Archiv ist schon älter und wirkt unscheinbar. Er trägt ein Soldatenhemd, schwarze Hosen und graue Halbschuhe. Ela dagegen hatte sich ganz in Lila gekleidet, weil sie weiß, daß diese Farbe Männer erregt. Tatsächlich betrachtet der Typ sie trotz seiner grauen Haare mit einem gierigen Blick, doch er spricht sie ganz höflich an: Verehrte Frau Fuková! Er hört sie an und zeigt sich entgegenkommend. In den grauen Augen sitzt ihm der Schalk. »Selbstverständlich kenne ich seine Filme«, sagt er, »er war einer unserer besten Dokumentarfilmer. In seinem Genre konnte es kaum einer mit ihm aufnehmen, aber zur Zeit, Sie verstehen.«

Ela ärgert das Wörtchen »war«, und sie bemerkt ruhig: »Aber er hat doch kein Berufsverbot. Ab und zu darf er etwas drehen. Nur so Auftragsarbeiten ... aber das ist nichts, womit er zeigen könnte, was er wirklich kann. Das quält ihn.«

»Liebe Frau Fuková, wer redet denn von Verboten? Bei uns erhält niemand Berufsverbot. Sagen wir besser, daß Ihr Herr Gemahl gerade nicht in der Gunst steht.«

»Deshalb habe ich Ihre Frau gebeten... Ich dachte, daß Sie vielleicht etwas veranlassen könnten, man sagt, Sie suchen die Filme für die Burg aus ... Wenn Sie dem Präsidenten nun einen seiner Filme schicken könnten ...« Ela ist keine gute Rednerin, sie stockt, und obwohl sie vom Laden an manches gewöhnt ist, ärgert sie sich erstaunlicherweise doch, wie peinlich es ihr ist, daß ihr Mann nicht ihr Ehemann ist und keine Ahnung davon hat, daß sie hier, wie sie glaubt, in seinem Interesse vorspricht. Dennoch fügt sie hinzu: »Wir würden Ihnen nichts schuldig bleiben.«

Der Mann grinst, und sie erschrickt. »Wenn Sie meinen, daß man nichts unternehmen kann, können Sie es mir ruhig sagen.«

»Aber nein, wir lassen uns etwas einfallen. Ich erinnere mich an diesen Film Ihres Mannes – aus Südamerika? Oder war es Mexiko?«

»Aus Mexiko.«

»Frau Fuková, wissen Sie noch, ob es darin Szenen mit Schlangen gibt?«

»Aber ja«, antwortet sie froh, »da gibt es etwas über Klapperschlangenjäger.«

»Richtig, jetzt erinnere ich mich. Das ist ausgezeichnet. Wir schicken immer Filme über Schlangen in die Burg. Ich denke, das war vor allem wegen der Gattin des Genossen.«

»Aber sie lebt doch nicht mehr.«

»Der Genosse Präsident hält an den alten Gewohnheiten fest. In seinem Alter ist das verständlich.«

»Und Sie würden ihm diesen Film schicken?«

»Wir versuchen, ihm diesen Film zu schicken. Freilich

reicht das nicht. Der Genosse Präsident achtet nicht mehr auf die Titel, man müßte ihn schon auf den Namen des Herrn Regisseurs aufmerksam machen. Und wenn er Interesse zeigt, dann müßten wir ihn darauf hinweisen, daß der Herr Regisseur gerade, wie haben wir es noch einmal genannt, gerade nicht in der Gunst steht.«

»Und Sie könnten das veranlassen?«

»Für Sie gewiß.« Und er beugt sich zu ihr und streicht ihr als Zeichen des Einverständnisses über das Haar.

»Wir werden Ihnen schrecklich dankbar sein und Ihnen bestimmt nichts schuldig bleiben.«

»Sprechen wir nicht darüber, Frau Fuková. Meine Frau kauft gerne bei Ihnen ein und erwähnt immer lobend, wie gut es Ihnen gelingt, alles zu besorgen.«

Sie dankt ihm noch einmal und verspricht, daß sie seiner Frau alles besorgen wird, was in ihrer Macht steht; dann geht sie mit dem Gefühl weg, daß sie etwas geleistet hat, etwas, wodurch sie den Mann, mit dessen Namen sie der Archivar ungerechtfertigterweise angesprochen hat, vielleicht gewinnen kann.

Fuka dreht unterdessen eine Reportage in einer berühmten Chemiefabrik, die ihn an ein Freilichtmuseum für Technik oder eher noch an eine moderne Version der Hölle erinnert. Weil die meisten Erzeugnisse hier geheim sind, zeigen sie ihm lediglich die Bibliothek, die Duschen, das Behandlungszimmer des Betriebsarztes und ein Wäldchen zwischen den Gebäuden. Natürlich führen sie ihn nicht auf den Friedhof, wo die Grabsteine vom plötzlichen Tod vieler junger Frauen und Männer – oft an ein und demselben Tag – zeugen. Sie stellen ihm lächelnde Arbeiterinnen vor, die begeistert über ihren eher bescheidenen Verdienst und den Sommerurlaub in einem Ferienheim des Betriebs sprechen. Es gelingt ihm dennoch, sich einen Augenblick vom Drehort zu entfernen und in eine Halle vorzudringen, in der die Arbeiter mit Holzscheiten in riesigen Bottichen explosive Flüssigkeiten mischen, immer in dem Bewußtsein, daß sie jeden

Augenblick in die Luft und durch das extra für solche Gelegenheiten konstruierte Dach fliegen können. Eine Zeitlang starrt er auf diese an Hieronymus Bosch erinnernde Szene, er verspürt sogar einen leichten Schauder, weil auch sein Leben an einem dünnen Holzscheit hängt, wie das Leben aller anderen in der Halle.

Als er an seinen Platz zurückkehrt, steht hinter seiner Kamera ein Kollege, dem sie den Spitznamen »kleiner Ivan« gegeben haben und der vor einer Stunde noch nicht dort war.

Angeblich hat man ihn hierhergeschickt und gesagt, Fuka müsse vorzeitig aufhören. Offensichtlich hatte jemand etwas durcheinandergebracht. Im besten Fall. Im schlimmsten Fall, und das war wahrscheinlicher, hatte niemand etwas durcheinandergebracht, und sie wollten ihn bloß loswerden.

Sein Kollege versichert ihm, daß er sich nicht im geringsten für diese Arbeit interessiere. Das hier sei wirklich keine angenehme Umgebung, außerdem weigere er sich grundsätzlich, angefangene Arbeiten zu übernehmen.

Warum hatte er sie dann übernommen?

Was hätte er denn machen sollen? Es war ja ein Befehl.

Er entschließt sich, die Studioleitung anzurufen. Er ist sich bereits sicher, daß es sich nicht um ein Versehen, sondern um Absicht handelt. Zwar hat er einen gültigen Vertrag, aber wozu sind Verträge gut in einem Land, in dem das Recht nur manchmal und nur für einige wenige gilt?

Wie immer klappt die Verbindung nicht. Mit der Zeit beruhigt er sich ein bißchen und beschließt, nicht zu warten, denn am Telefon werden sie ihm sowieso nichts sagen. Besser, er fährt selbst hin.

Erstaunlicherweise empfängt ihn der Stellvertreter des Studioleiters und gibt sich freundlich, fast väterlich. »Das ist doch keine Arbeit für dich. Bei deinen Fähigkeiten!« sagt er zu ihm, und er hofft einen Augenblick lang, daß er sich getäuscht hat, daß doch etwas Unerwartetes geschehen ist, eine wunderbare Wende, endlich sind sie auf seine Arbeit aufmerksam geworden und wissen sie zu schätzen.

»Was soll ich jetzt tun?«

»Du hast doch interessante Filme gemacht. Ich erinnere mich an den aus Mexiko. Diese Passage über die Klapperschlangenjäger war perfekt.«

»Ich wollte noch mal dort hinfahren, aber ihr habt mich nicht gelassen.«

»Ich bin nicht für die Auslandsreisen zuständig.«

»Sie haben mich nicht gelassen«, korrigiert er sich.

»Auch andere müssen eine Chance bekommen. Du weißt doch, was so ein Ausflug kostet.«

»Ich habe das wieder hereingeholt, der Film ist sogar ins Ausland verkauft worden.«

»Keiner macht dir irgendwelche Vorwürfe. Aber du solltest versuchen, so etwas Ähnliches hier zu drehen.«

»Ihr habt mir... sie haben mir drei Themenvorschläge abgelehnt.«

»Wirklich?«

»Und Klapperschlangen kann ich hier nicht aufnehmen.«

»Es geht nicht um Klapperschlangen, sondern um Menschen. Du solltest dir irgendein aktuelles Thema suchen.«

»Ihr habt mich gerade von etwas abberufen, das man aktuell nennen kann. Die Bedingungen, unter denen die Leute da arbeiten ...«

»Genau das ist es. Du suchst in allem das Negative. Das hat nichts mit Aktualität zu tun, das ist Voreingenommenheit. Ich will dich nicht belehren, aber du weißt, daß man jede Sache unterschiedlich betrachten kann.«

»Ich betrachte sie so, wie ich es kann.«

Sie sprechen noch eine Weile. Die Worte sind rund und glatt wie Billardkugeln, wie Bindfadenknäuel geraten sie durcheinander und wickeln sich um ihn herum, er fühlt, wie sie sich um seinen Hals schlingen. Schreien sollte er, aber er weiß genau, daß ihm niemand zu Hilfe kommen würde. Was soll er tun? Soll er ihn anflehen? Dem stellvertretenden Studioleiter einen Anteil an seinen Honoraren anbieten? Sofort aufstehen, weggehen und die Tür hinter sich zuschlagen? Aber wovon soll er dann leben, wofür soll er leben?

Er steht auf, versucht ein Lächeln, der Stellvertreter lächelt auch, gibt ihm die Hand. Seine Hemdsärmel sehen hervor, aber er verbirgt keinen Dolch darin, nur die Manschettenknöpfe schimmern golden im Knopfloch, vielleicht sind sie aus echtem Gold.

»Mach dir keine Sorgen«, sagt die Frau, mit der er schon zwei Jahre lang zusammenlebt, beim Abendessen, »selbst wenn sie dir keine Arbeit mehr geben: ich verdiene doch auch noch.«

Die Arme, acht Stunden steht sie im Geschäft hinter dem Ladentisch. Sie verdient für diese Arbeit so viel wie er in einer Stunde.

»Es geht nicht nur ums Geld.«

»Ich weiß«, sagt sie. Aber, was kann sie schon wissen? »Heute war ich bei dem Typ aus dem Archiv.«

»Bei wem?«

»Das hab ich dir doch erzählt. Er sucht die Filme für die Burg aus. Und er schickt deinen Film dahin. Du wirst sehen, dann ändert sich alles.«

»Ganz bestimmt«, sagt er ärgerlich. »Warum hast du das getan? Wer hat dich darum gebeten, für mich um Gnade zu bitten?«

»Du kannst dir doch nicht alles gefallen lassen. Vielleicht ruft er dich zu sich. Du wirst schon sehen, wie klein sie dann alle plötzlich sind!«

Er wirft seine Gabel hin. »Laß dieses blöde Geschwätz!« Er springt von seinem Stuhl auf, weiß aber nicht, wohin er gehen soll. Er schaltet den Fernseher ein.

Auf dem Bildschirm erscheint ein blauer Himmel, in dem als heller Punkt ein Flugzeug auftaucht. Das Flugzeug landet, Soldaten stehen Spalier. Noch ein überflüssiger Staatsbesuch. Er sollte den Fernseher ausschalten, aber er muß die Zeit zwischen Abendessen und Schlafengehen irgendwie füllen, und da sieht er ihn: ein gelbliches Gesicht, fleischige Lippen öffnen sich und entblößen ein strahlendweißes, künstliches Gebiß. Die dunklen, bösen Augen hinter den starken Gläsern blicken dem Ankommenden entgegen.

Die Türen gehen auf. Ein riesiger Schwarzer grinst in die Kamera. Der Greis tappt mit steifen Schritten zum Flugzeug, sein Gefolge von Speichelleckern im Schlepptau.

Jetzt schreiten die beiden die angetretenen Reihen strammstehender Soldaten ab. Der nichtsnutzige Greis hebt seine knochige Kralle zum Gruß: an die Soldaten, an den Gast, an die Speichellecker und alle, die vor dem Bildschirm herumsitzen, folglich auch an ihn.

Er steht auf und schaltet den Fernseher verärgert aus.

Als er mit Ela in ihrem stickigen, sauberen Schlafzimmer liegt, sagt sie auf einmal: »Ich wollte dir das schon lange sagen, wenn du ein Kind haben willst ...«

»Wie kommst du darauf?«

»Das ist doch ganz natürlich, nachdem wir schon so lange zusammen sind.«

»Ja. Möchtest du noch ein Kind haben?«

»Ich hätte gern ein Kind mit dir.«

»Das ist schön.«

»Und was ist mit dir?«

»Ich hab eigentlich noch nicht darüber nachgedacht. Du weißt, in was für einer Lage ich bin.«

»Aber du bist in dieser Lage, seit ich dich kenne.«

»Ich habe schon lange nicht mehr darüber nachgedacht.«

»Manche Leute bekommen in noch viel schlimmeren Situationen Kinder.«

»Ja. Wenn ich früher darüber nachgedacht habe«, fügt er hinzu, »dann kam mir das verrückt vor, daß die Leute in dieser Welt überhaupt Kinder haben wollen. Aber das war eine ziemlich oberflächliche Meinung. Die Welt war immer in irgendeiner Weise bedrohlich.« Er gibt Banalitäten von sich. Es hatte doch Zeiten gegeben, in denen ihm sein Leben gefallen hatte und er glücklich gewesen war. »Ich denke darüber nach«, sagt er hastig, obwohl er weiß, daß er auf keinen Fall Kinder mit ihr haben will, und umarmt sie.

Dann lieben sie sich wie gewöhnlich: ohne Worte, ohne große Leidenschaft, aber geschickt, so daß beide im gleichen Augenblick befriedigt sind. Danach schmiegt sie sich an ihn und schläft sofort ein, während er sich im Bett hin und her wälzt und im Geiste jene Frau berührt, mit der er wirklich ein Kind hätte haben wollen. Er kehrt im Geiste zu der verlassenen Ferienwohnung zurück, in der er mit ihr gewesen war, bevor er zu seiner langen Reise übers Meer aufgebrochen war.

Natürlich war sie nicht mit ihm gefahren. Vielleicht hatte sie ihm gerade deshalb davon erzählt, wie sie als Kind mit ihrer Familie in Indien gelebt hatte, und von ihrem blinden Lehrer, der ihr die menschliche Seele erklärt hatte. Sie hatten damals so getan, als reisten sie zusammen in fremde Länder, und waren glücklich.

Der Regen trommelte an jenem Tag unablässig gegen die Fensterscheiben, der Wind fing sich in den Kronen der nahen Eichen. »Was für eine Landschaft suchst du dir aus?« fragte er Albína, die er in dieser Zeit nur Ali oder Alina rief.

»Ich glaube, ich höre das Meer. Es ist ein warmes Meer. Auch der Sand ist dort warm. Und ein Stück vom Ufer entfernt beginnen die Berge.«

»Hohe Berge?« wollte er wissen.

»Sie sind nicht besonders hoch, aber sie sehen steil und kahl aus. Ein schmaler Pfad führt hinauf, siehst du ihn?«

»Warte. Ja, ich glaube, ja. Er schlängelt sich zwischen den Felsblöcken durch.«

»Das ist er. Da wachsen auch Büsche. Ich glaube, das sind Tamarisken. Willst du dich oben umsehen?«

»Warum nicht? Vielleicht finden wir oben etwas … etwas Besonderes. Welches Meer ist das eigentlich?«

»Ein warmes. Als ich klein war, hat mir der Name Sargasso gefallen. Wir sind am Sargassomeer.«

»Was ist Sargasso, Ali?«

»Das ist der Name einer bräunlichen Alge.«

»Ich habe das Meer schon lange nicht mehr gesehen. Nachdem ich zu fliehen versucht hatte, haben sie mich nicht mehr rausgelassen. Dann durfte ich endlich an die Ostsee. Am ersten Tag bin ich auf einen Felsen über dem Wasser geklettert. Ich würde dir sagen, wie er hieß, aber ich weiß es nicht, vielleicht hatte er keinen Namen. Ich hatte Glück, in einer Nische auf dem nächsten Felsen saß ein riesiger Seehund, der sich sonnte und putzte.«

»Du hattest sicher deine Kamera dabei.«

»Ja. Dann ist mir plötzlich aufgefallen, daß das Wasser im Meer zwei Farben hatte. Ein Streifen Wasser war so blau wie der Himmel, aber an seinen beiden Seiten flossen dunkle Ströme. Ich habe vielleicht eine Stunde dagesessen und geguckt, wie das klare Wasser mit dem dunklen rang. Ich erinnere mich daran, weil das für mich etwas Außergewöhnliches war – nur dazusitzen und zu schauen. Sonst bin ich immer in Eile, immer auf der Suche nach etwas Neuem und Aufregendem, nach etwas, das mein Leben verändert.«

»Und hast du etwas gefunden?«

»Wenn ich irgendwann einmal etwas gefunden habe, dann habe ich es gleich wieder verloren. Der Mensch findet nichts, wenn er es zu eilig hat.«

»Jetzt hast du es nicht eilig.«

»Jetzt gehen wir zusammen auf einem Weg in den Bergen. Ich konnte auch nicht richtig sehen. Ich habe nur nach Dingen gesucht, die interessant aussehen, die sich gut auf einem Bild machen sollten«, sagt er, und es erscheint ihm sonderbar, daß er so leicht und ohne Hemmungen über sich spricht.

So wanderte er mit ihr an einem regnerischen Tag in einer fremden Ferienwohnung durch ihre Landschaft. Sie stiegen immer höher, bis sie sich dem Gipfel näherten. Er hatte sich umgesehen, tief unter ihnen erstreckte sich das Meer als schwarze, glatte und strahlende Fläche bis zum Horizont. Die Tamarisken dufteten würzig. Auf einem Felsblock gegenüber sonnte sich ein lila schillernder Gecko. Dann nahmen sie die letzte Serpentine in Angriff. Vor ihnen lag ein steiniges Plateau, es war mit braungelbem Gras bewachsen, das sich im Wind wiegte. Vielleicht war das Sargassogras. Auf dem Berg hinter dem Plateau ragten einige zackige Felsen in den Himmel, die eine weitere Gebirgskette ankündigten. Unter einem der Felsen machte er ein weißes Gebäude aus. Über dem grauen Dach zwischen zwei kleinen Türmen hing ein Streifen blauer Rauch.

»Was ist das für ein Haus, Ali?«

»Ein buddhistisches Kloster vielleicht«, meinte sie.

»Das ist seltsam, daß es hier nur dieses eine Gebäude gibt. Und nirgendwo eine Spur von Menschen.«

»Bestimmt sind dort Leute, denn da ist ja ein Feuer.«

»Und wenn es Geister sind?«

»Geister brauchen kein Feuer«, wendete sie ein.

Als sie näherkamen, erkannte er die Einzelheiten des Gebäudes. An der Stirnseite befand sich eine arkadengeschmückte Loggia, dahinter waren mehrere Mauern aus Stein mit vielen Eingängen und schmalen Fenstern. Die steilen Dächer waren mit langen Schindeln gedeckt, und auf ihrem Giebel waren lange Fahnenstangen mit Fahnen, die im Wind knatterten.

»Alle Fenster sind geschlossen«, bemerkte er, »und die Türen auch.«

»Ja, aber da in der Ecke unter dem kleinen Dach sitzt doch jemand.«

»Du hast recht, Alina. Er trägt einen schwarzen Mantel und hat lange weiße Haare. Er sitzt auf einem Thron.«

»Das ist kein Thron, es ist eine Reisetruhe.«

»Glaubst du, er sieht uns auch?«

»Er hat die Augen geschlossen. Ich glaube, er ist blind. Aber er weiß von uns.«

»Ich habe so ein eigenartiges Gefühl«, sagte er, »so als ob mich hier etwas erwartet, als ob ich etwas Wesentliches erfahren würde.«

»Das wird er sein, mein Lehrer, der Blinde.«

»Der, der dir erklärt hat, wo die Seele herkommt?«

»Ja.«

»Er hat dich etwas über die Seele gelehrt. Und worüber noch?«

»Er hat mich gelehrt, Übungen zu machen, zu atmen und mich zu konzentrieren und die untergehende Sonne zu betrachten. Und wie man sich von den Dingen, die einen umgeben, löst, wie man in sich hineinhört, sich selbst befragt und Antworten gibt.«

»Sonderbar, mir scheint, als würden wir gar nicht näher kommen.«

»Das macht die Luft hier, man kann die Entfernungen nicht richtig einschätzen. Oder…«

»Was meinst du?«

»Oder wir sollen ihm nicht begegnen.«

»Ich würde gerne wissen, was er dich gelehrt hat. Glaubst du, daß ich es begreifen würde?«

»Ich weiß es nicht. Das hängt von dir ab.«

»Ich werde mich bemühen, und du wirst mir helfen. Ich werde dein Schüler sein und du meine Lehrerin.«

»Das geht nicht, ich kann nicht deine Lehrerin sein.«

»Warum nicht?«

»Weil ich doch schon etwas anderes für dich bin.«

»Ich bitte dich darum! Sei meine Lehrerin, bitte!«

»Gut. Wollen wir uns hier hinsetzen?«

»Wenn es sein muß.«

Sie setzten sich in das trockene, harte Gras. Er sah zu, wie der Wind ihr die Haare zerzauste. Sie schwieg lange. Das bedrückte ihn. Auch er fühlte sich müde, beinah erschöpft. Endlich entschloß er sich zu fragen: »Warum schweigst du?«

»Warte! Du mußt dich konzentrieren!«

»Ich sehe einen Raubvogel, er kreist über dem Kloster.«

»Betrachte ihn, aber denke nicht an ihn. Denke an nichts. Schließ ganz langsam die Augen.«

Stille. Ihr Atem und das schwache Seufzen des Windes. Das Rauschen der Blätter. Regen.

»Was denkst du?«

»Daß du mir nahe bist.«

»Was ist das – Nähe?«

»Vielleicht gibt es eine Definition dafür, aber ich kenne sie nicht.«

»Versuch zu sagen, was dir durch den Kopf geht.«

»Ich sage nur selten, was mir durch den Kopf geht.«

»Sag es jetzt.«

»Ali, es ist nicht leicht für mich, jemandem nahe zu sein.«

»Genau deshalb frage ich dich danach.«

»Nähe ist der Augenblick, in dem die Liebe ihren Höhepunkt findet.«

»Und außerdem?«

»Ich weiß nicht. Vielleicht die Bereitschaft zuzuhören.«

»Du bist schon wieder woanders. Was suchst du?«

»Mir scheint, als würde ich das Gebäude nicht mehr sehen.«

»Denk nicht daran.«

»Mir scheint, daß Nebel fällt.«

»Denk nicht daran.«

»Im Nebel können wir uns verirren.«

»Fürchtest du dich?«

»Manchmal. Seit sie mich eingesperrt haben, fürchte ich mich davor, daß ich irgendwo hineinfallen könnte, wo ich nicht mehr rauskomme.«

»Was ist das – Angst? »

»Angst ist eine Berührung des Todes, mit der er sich uns in Erinnerung bringt.«

»Und jetzt, berührt der Tod dich auch jetzt?«

»Nein, jetzt nicht. Er kann mich nicht berühren, wenn ich mit dir zusammen bin ... Wenn ich dir so nahe bin.« Und er fühlte etwas, was er bis dahin nicht gekannt hatte – Verzückung oder vielleicht wirkliche Nähe.

Am nächsten Abend geht er in seine Stammkneipe. Der kleine Ivan ist da, der offensichtlich seine Arbeit beendet hat, ohne durch das Dach zu fliegen, der Redakteur Poštolka ist da, und auch der Rentner mit der Papageiennase, der früher an einer Gewerbeschule Geschichte und Naturgeschichte unterrichtet hat, trinkt hier sein Bier. Er hat so lange etwas gelehrt, was er nicht geglaubt hat, daß er darüber irregeworden ist. Jetzt züchtet er exotische Vögel, denen er mit der Zeit immer ähnlicher wird.

»Mir kam es gleich so vor, als hätten sie sich irgendeine Falle für dich ausgedacht«, sagt der kleine Ivan und gibt sich ungehalten. Allerdings ist er nicht so ungehalten über diesen Umstand, daß er verkünden würde, er lehne es ab, eine Arbeit zu übernehmen, aus der sie Fuka hinausgeworfen haben. »Es liegt bestimmt daran, wie sehr dich dieser Film in Beschlag genommen hat«, behauptet er voller Überzeugung. »Sie haben eine Meldung gemacht, jetzt wird keiner den Mut haben, dich drehen zu lassen. Du solltest deswegen unbedingt etwas unternehmen.«

Das sind die gleichen Ratschläge, die er gestern von seiner Freundin gehört hat. »Ich pfeife darauf.«

»Und wenn sie dich nichts mehr drehen lassen?« Poštolka erregt sich statt seiner.

»Du bist eh selbst dran schuld«, sagt der kleine Ivan plötzlich.

»Wie meinst du das?«

»Du hast zu oft verkündet, daß du auf sie pfeifst. Du kannst darauf pfeifen, aber so, daß es keiner sieht.«

»Oder Sie brauchen einen Jagdschein«, sagt der Professor mit der Papageiennase. »Einen Jagdschein oder einen gezähmten Vogel. Mein Žako sagt Ihnen alle unsere Präsidenten auf. Auch die, über die man nicht mehr reden darf.«

»Ich pfeife auf Ihren Papagei.« Er nimmt einen Schluck Bier. Er erinnert sich an einen Mimosenhain voll gelbgrüner Papageien mit korallenroten Schnäbeln. Soll ich für immer hier im Kreis herumfliegen – dazu verurteilt, in dieser Voliere zu leben, aus der mich nur der Tod befreien wird? Er nimmt noch einen Schluck und wartet vergeblich auf Entspannung.

Der Redakteur Poštolka gibt eine Prophezeiung zum besten, die besagt, das Ende der Welt sei nahe, weil es zu einer kosmischen Katastrophe kommen werden. Diese Prophezeiung erscheint ungenau, denn es sind die Menschen selbst, die diese Katastrophe herbeiführen, die die Erdkugel vergiften und sie dann in die Luft sprengen.

Wie gewöhnlich sind seine Gedanken aus zweiter Hand und seine Folgerungen banal. Der Professor mit der Papageiennase lacht über die Prophezeiung und erläutert selbst seine eigene verrückte Theorie der drei möglichen Grundeinstellungen für einen Menschen, der frei bleiben will.

Der erste Typ bemüht sich um das Vertrauen derjenigen, die über seine Karriere entscheiden. Deshalb verbirgt er seine Überzeugungen und Pläne in der hintersten Schublade und legt seine Gefühle auf Eis. Aber er wird ihr Vertrauen nie ganz gewinnen, weil diejenigen, die über ihn entscheiden, aus Prinzip mißtrauisch sind. Trotzdem kann er sich Schritt für Schritt eine Stellung erarbeiten, ein Auto, zwei Frauen und ein Wochenendhaus, wo man hinfährt, um miteinander zu schlafen, sich zu betrinken und zu vergessen. Aber sein kaltes Herz leidet trotzdem, und er wird vorzeitig von einem Herzinfarkt dahingerafft.

»Die zweite Haltung ist dieser genau entgegengesetzt«, fährt der Alte fort. »Wer sie einnimmt, verheimlicht nichts, er macht auch nicht das kleinste Zugeständnis an jene, die an der Macht sind und über ihn entscheiden. Er behauptet also seine Persönlichkeit und würde der Menschheit seine Meinung gern mitteilen. Doch leider geben ihm die Mächtigen nie Gelegenheit dazu, und er verwirklicht nichts von dem, was er sich vorgenommen hat. Enttäuscht beginnt er zu trinken. Er endet wahrscheinlich in einer Heilanstalt für Alkoholiker.«

Die dritte Haltung liegt irgendwo dazwischen. Dieser Typ Mensch verstellt sich, er bringt den Mächtigen Opfer, versucht aber gleichzeitig heimlich, nach seinen eigenen Vorstellungen zu leben und zu arbeiten. Dabei ist er sich seines Vergehens bewußt, und weil er immer noch ein Herz hat, quält er sich so lange mit Vorwürfen, bis er zusammenbricht. Wahrscheinlich endet er in einer Irrenanstalt. Ein österreichischer

Schriftsteller hat behauptet: Man muß die Menschen erst beeindrucken, bevor man Gutes bewirken kann. Er selbst sei jedoch der Meinung – der Professor bietet ihnen die Blüte seiner Weisheit an –, daß man erst Böses bewirken müsse, um sich einen Raum zu erobern, in dem man, wenn man dann noch dazu fähig ist, Gutes tun kann.

Das Gefasel des Alten rührt Fuka überraschenderweise und reizt ihn. »Sei doch still, Alter«, schreit er ihn an, »spar dir dein bißchen Verstand für deine Wellensittiche.«

Um elf Uhr schließt die Kneipe. Der Redakteur fordert Fuka auf, mit ihm weiterzuziehen, und der ehemalige Professor lädt ihn zu einer Besichtigung seiner Volieren ein. Der kleine Ivan verspricht ihm Hilfe und Fürsprache. Diesem Versprechen wird er sicher treu bleiben, mindestens bis er wieder nüchtern ist.

Nach einer Weile macht Fuka sich schwankend auf den Heimweg durch die leeren Straßen. Auf dem gegenüberliegenden Bürgersteig bemerkt er halb sitzend, halb liegend eine Betrunkene, die Handtasche im Schoß, den Kopf in ein Tuch gehüllt, wahrscheinlich eine Frau vom Land.

»Ich konnte wirklich nicht rechtzeitig zurückkommen«, sagt er zu Alina, als er sie bei seiner Rückkehr wiedersieht, »ich hatte die Tickets schon gekauft, aber dann gab es ein Erdbeben, du mußt davon gelesen haben.«

»Ich weiß«, antwortet sie, ohne ihn anzusehen, »aber ich habe so sehr auf dich gewartet, und als du nicht gekommen bist, da ist etwas passiert, in mir ist etwas passiert.« Nach dem, was geschehen war, ist sie ein wenig dünner geworden, um den Kopf trägt sie ein gelbes Tuch, unter dem nicht ein einziges Haar hervorschaut, offenbar hat sie sich die Haare schneiden lassen.

Er holt Fotos hervor, auf denen zerstörte Häuser, Trümmer von Brücken, zermalmte Autos, entwurzelte Bäume, eingefallene Gehwege, Risse in den Mauern und der Erde, sogar ein paar Tote, die in einer Reihe vor einem gewaltigen Trümmerhaufen liegen, zu sehen sind. »Das war ein gespenstisches Ereignis, so etwas habe ich noch nie erlebt. Man weiß nicht, was eigentlich los ist. Wenn man wenigstens eine Explosion hören würde, aber da ist nur ein Krachen, dann Schreie, ein Augenblick Stille, dann von neuem das Krachen, alles bebt, du verstehst immer noch nicht. Ich bin auf die Straße gelaufen, und da stürzte an der Ecke das erste Haus ein …«

Aber sie schüttelt den Kopf, sie will davon schon nichts mehr hören. »Ich werfe dir doch gar nichts vor«, sagt sie. »Es ist etwas passiert, und ich liebe dich nicht mehr. Vielleicht wäre es auch passiert, wenn du gekommen wärst. Du bist anders. Anders als ich mir dich vorgestellt habe, anders als der Mensch, mit dem ich leben möchte.«

Er will, daß sie ihm sagt, was an ihm anders ist, aber plötzlich beginnt sie zu zittern, und sie bittet ihn, sie in Ruhe zu lassen, er solle gehen, er solle sie nicht anrufen, nie wieder, wirklich nie wieder, er solle sie vergessen.

Er ist bestürzt, dennoch nickt er, er will sie nur noch ein letztes Mal küssen. Er nimmt ihren Kopf in seine Hände und küßt sie auf den kalten Mund. Er spürt den Duft ihres Atems, doch sie erwidert seinen Kuß nicht, sie versucht ihren Kopf aus seiner Umklammerung zu befreien, dabei rutscht ihr das Tuch vom Kopf, und er sieht bestürzt, daß sie nicht nur das Kind verloren hat, sondern auch ihre Haare.

Fuka zieht die Kamera aus dem Futteral, es gelingt ihm sogar, das Objektiv zu wechseln, und er verewigt die unbekannte Trinkerin, die vielleicht kein Haar und bestimmt kein Heim mehr hat, in das sie zurückkehren möchte.

Was war das – ein Heim?

Ein Heim trug man in sich, wer kein Heim in sich hatte, der konnte es sich weder aus Trotz noch aus Steinen schaffen.

6.
Filmerzählung

Er beendet sein Frühstück. Seit seine Frau gestorben ist, frühstückt er immer allein. Allein in einem großen Speisesaal an einem riesigen Tisch, auf dem eine schneeweiße Tischdecke liegt und auf den sie eine Menge Speisen stellen, die er kaum anrührt, denn er hat morgens keinen Appetit. Er muß freilich einige Bissen essen, um die vielen Pillen einzunehmen, zu denen ihn seine Ärzte verurteilt haben. Eine Pflegerin oder seine treue Dienerin stellt sie immer auf einer gläsernen Untertasse neben dem Glas mit der Milch für ihn bereit, und sie warten, bis er sich eine nach der anderen in den Rachen wirft und mit der Milch hinunterschluckt. Erst dann wünschen sie ihm guten Appetit und entfernen sich. Manchmal gelingt es ihm, einige Pillen unter der Zunge zu behalten oder sie in den Zwischenraum zwischen Lippen und Zähnen zu schieben und sie dann in das Milchglas zu spucken. Woran aber soll er erkennen, welche dieser Pillen ihm vielleicht hilft und welche dagegen ein langsam wirkendes Gift enthält, mit dem sie ihn unauffällig aus der Welt schaffen wollen? Wie soll er das erkennen, wenn er nicht weiß, welcher der Ärzte ein echter Arzt ist und nicht nur einer der vielen verkleideten Henker?

Er schiebt seinen Stuhl beiseite und geht auf dem weichen Teppich zum Fenster. Eine grelle Vormittagssonne überflutet den Garten. Just in diesem Moment ziehen zwei Männer ein Stück bunten Stoff an einem Fahnenmast hoch. Er wartet am Fenster, bis sie fertig sind, bis die Fahne die Spitze erreicht hat und sich im Wind bläht. Diese Fahne, da ist er sich ganz sicher, hat er noch nie gesehen. Auf den grünweißen Feldern stehen sich zwei Ziegenböcke gegenüber. Vielleicht sind es auch Antilopen, aus dieser Entfernung läßt sich das schwer erkennen.

Solche Leute besuchen ihn. Sie nähen sich Ziegen, Elefanten oder Affen auf die Flaggen, und er umarmt sie, lächelt sie an und läßt sich mit ihnen fotografieren. Er sollte auf die Karte schauen, wo dieser Ziegenpräsident eigentlich herkommt.

Manchmal bringen ihm diese Potentaten wenigstens schöne Geschenke mit. Löwenfelle oder interessante Waffen – einen Dolch mit einem Elfenbeingriff oder ein Gewehr, dessen Kolben aus einem kostbaren Holz gearbeitet ist. Und als seine Frau noch lebte, brachten sie ihr wunderbare Stoffe, Stickereien, Fächer aus Straußenfedern, Schals, in die sie sich ganz einhüllen konnte, mit Edelsteinen verzierte Haarnadeln, und die Eingeweihten brachten Schuhe oder Handtaschen aus Schlangenleder.

Da fällt ihm ein, daß er sich diese alten Geschenke eigentlich wieder einmal anschauen könnte, und auch seine Geldkassetten. Er verläßt das Zimmer und geht die Innentreppe hinunter in die Halle, weist mit einem Kopfschütteln die Hilfe der Diener zurück und betritt ein Zimmer mit einer hohen holzverkleideten Decke und holzgetäfelten Wänden. Hier bewahrt er die Geschenke auf, solche, die ihm gefallen, und auch solche, die ihm gleichgültig sind. Geschenke, deren Wert er nicht einmal schätzen kann, und Geschenke, deren Wert rein symbolischer Natur ist.

Die Vitrinen hier sind vollgestopft mit marmornen Aschenbechern, Behältern mit präparierten Schmetterlingen, seiner eigenen Büste, volkstümlichen Zeichnungen aus Kamerun, Bauerntrachten, einem Ledersattel aus der Mongolei, einer Säulenuhr, Kristallvasen, Pokalen aus geschliffenem Glas, chinesischen Vasen und japanischen Tellern und einer Vielzahl von Modellen. Es gibt kleine Maschinen und Motoren, Autos, Raketen, Flugzeuge und Raumschiffe sowie Modelle seiner Residenzen, Fabriken und Hochöfen, Talsperren und Fernsehtürme, Modelle von Waffen und selbstverständlich auch richtige Waffen, neue und antike Jagdgewehre. Er steht einen Augenblick in diesem sonderbaren Trödelladen, der Bühne seines eigenen Flohmarkts. Dann öffnet er eine der Vitrinen, nimmt eine Bronzeplakette und ein Diplom mit einem riesigen Siegel heraus, starrt sie einen Moment lang an, ohne den unterwürfigen Text wahrzunehmen, mit dem ihm Gelehrte, seine Untertanen, die Ehrendoktorwürde einer berühmten Universität verliehen haben. Dann legt er die Plakette aus getriebenem Metall in ihr Samtgehäuse zurück und verläßt das Zimmer durch die Hintertür, die in der Wandverkleidung verborgen ist. Durch einen schmalen Gang gelangt er zu einer Seitentreppe, die in ein weiteres Zimmer führt, dessen Fenster mit Ziergittern versehen sind und dessen Decke gewölbt ist wie die eines Weinkellers.

Das ist sein Zimmer – die Wände ganz weiß und nackt, weder Bilder noch Verzierungen, nur Regale, auf denen seine Schätze aufgereiht ruhen. Ihm genügt ein Augenblick, um mit den Augen die Schlösser zu öffnen. Geldkassetten, die leer sind, in denen nichts verborgen oder aufbewahrt wird. (Sein Reichtum ist zu groß, als daß man ihn in irgendwelche Schatztruhen hineinpferchen könnte. Ihm gehört das Land mit allem, was darin steht und geht.) Ihr einziger Wert besteht darin, daß sie sich öffnen und wieder schließen lassen, daß er ihren komplizierten und dennoch präzisen Mechanismus bewundern kann. Manchmal macht er sich selbst vor, er hätte einen der Schlüssel verloren und versucht, diese scheinbar diebstahlsicheren Kassetten mit feinen Drähten und einer Feile zu öffnen, wie es ihm der Geldschrankknacker, mit dem er damals die Zelle teilte, als sie beide in den Händen des Henkers waren, beigebracht hat, und nicht mit einem Schweißgerät, wie die Barbaren in den Gangsterfilmen.

Schlösser sammelt er selbstverständlich auch. Ganz neue Schlösser, rostige Schlösser mit Übertragungen und einem komplizierten Innenleben, die gewaltige Riegel in Gang setzen, und moderne Schlösser, in denen Miniaturfedern gezahnte und mit Schlitzen versehene Zapfen und Hebel auslösen, die sich ineinander verkeilen und scheinbar ein aus einem Guß bestehendes Ganzes bilden. Schlösser, die sich mit einem Schlüssel öffnen lassen, die durch Zahlenkombinationen auf einer Wählscheibe oder mit Magnet- bzw. Lochkarten, die man in schmale Schlitze der Mechanik hineinsteckt, ausgelöst werden, oder ganze Komplexe von Schlössern, die sich nur öffnen lassen, wenn man die fünf dazu passenden Schlüssel hat. Kombinationsschlösser, in die man den Schlüssel nur hineinstecken kann, wenn man vorher die richtige Kombination gewählt hat, Schlösser, bei denen eine Sirene oder eine andere Art von Alarmanlage in Betrieb gesetzt wird, wenn man den falschen Schlüssel hineinsteckt. Alle diese Mechanismen versetzen ihn in Begeisterung und lassen ihn den Strom der Sorgen vergessen, die das Leben ihm unaufhörlich bereitet. Manchmal, wenn er sich länger in diesem Raum aufhalten kann, gelingt es ihm, sich vollkommen von der Welt zu lösen, die ihn sonst umgibt. Er setzt sich auf einen runden Stuhl vor die Werkbank, auf der in Schachteln mit fremdsprachigen Aufschriften neue, noch ungeöffnete Päckchen liegen, die ihm ergebene Botschaftsmitarbeiter geschickt haben. Meistens verstehen diese Leute überhaupt nichts von Schlössern: sie kaufen sie für viel Geld im erstbesten Antiquitätengeschäft, wenn sie nicht sogar einfach in ein Kaufhaus gehen.

Ungeduldig zerreißt er das Papier des ersten Päckchens. Aus der Schachtel fällt ein vergoldetes Vorhängeschloß. Auf den ersten Blick ist es ein gewöhnliches Schloß. Nur ein Schlüsselloch kann er nicht finden. Er tastet das Schloß aufmerksam ab, in der Schachtel ist sicherlich eine Anleitung, die ihm helfen könnte, den Mechanismus in Gang zu setzen, aber es verschafft ihm größere Befriedigung, wenn er ohne jede fremde Hilfe herausbekommt, wie der Mechanismus funktioniert.

Manchmal stellt er sich vor, wie er eines Nachts sämtliche Schlösser in einer seiner Residenzen auswechselt und dann all die Betrüger, die um ihn herumwimmeln, in einem Raum zusammenruft: die Ärzte, Diener, Gärtner, die Mitglieder der Schutztruppe, die Minister, Chauffeure, Köche, Sekretäre und Kellner. Dann verläßt er den Raum unter einem Vorwand und schließt ihn ab, er schließt auch die Tür zur Treppe, zum Haupteingang ab. Sollen sie doch um Hilfe rufen, sollen sie telefonieren oder aus dem Fenster herausschreien, sollen sie die Tür einschlagen. Bis es ihnen gelingt, sich zu befreien, ist er schon über alle Berge! Unbehelligt geht er aus der Tür und verschwindet im Wald. Es wird bestimmt ein, zwei Tage dauern, bis sie ihn finden.

Im Gang sind Schritte zu hören, schnell legt er das Schloß weg und blickt schuldbewußt auf seine Hände – sie sind ölbeschmiert. Er säubert sie mit Werg und verbirgt sie dann hinter dem Rücken.

Das ausdruckslose Gesicht des Dieners erscheint in der Tür. »Genosse Präsident, der Genosse Kanzler ist gekommen!«

»Er soll warten.«

»Sie müssen in zwei Stunden auf dem Flugplatz sein. Der Genosse Kanzler bittet Sie sehr ...«

»Ja, er soll warten.«

Keinen Augenblick der Ruhe gönnen sie ihm. Sie haben ein ausgeklügeltes System, um ihn zu zermürben. Und gerade jetzt, wo er arbeiten will, wo er anfängt zu arbeiten. Er hat sich doch eine solche Menge Arbeit mitgebracht. »Er soll warten!« sagt er noch einmal. Sollen sie doch alle warten, einschließlich dieses Negers, der sowieso nicht so wild darauf ist, sich mit ihm zu treffen, der sich ohnehin nur für Frauen interessiert oder für das, was unser Land ihnen verkaufen oder besser schenken könnte. Das nennt man dann »einen Kredit gewähren«. Einen Kredit auf die Ewigkeit. Für immer und ewig, und währenddessen klopft der Tod an die gepanzerte Pforte.

Mühsam geht er die Seitentreppe hinauf.

Die Bibliothek ist schon wieder perfekt aufgeräumt, nirgends eine Spur des gestrigen Abends. Und doch hatte er hier gesessen. Doch mit wem? Wenn er ein wenig trinkt, dann verwischen sie alle Spuren, damit er nicht herausfinden kann, mit wem und vor allem worüber er gesprochen hat. Sie tun ihm das absichtlich an. Auf dem Schreibtisch liegen ordentlich die Aktenmappen. Auf dem obersten Blatt steht in einer fremden, aber leserlichen Schrift:

Sehr verehrter Genosse Präsident,
auf Ihre Bitte hin erlaube ich mir, Sie daran zu erinnern, daß Sie den Regisseur Fuka empfangen wollten, dessen Film über die Klapperschlangenjagd in Mexiko Ihnen so gut gefallen hat.

Ohne Unterschrift natürlich. Wer konnte ihm das wohl untergeschoben haben? Wer hinterließ ihm solche Botschaften und hatte nicht einmal soviel Anstand, sie zu unterschreiben? Vielleicht nimmt die Person an, daß er die Handschrift erkennt, vielleicht hat er sogar dabei zugesehen, wie die Nachricht geschrieben wurde. Tatsächlich erinnert er sich dunkel an etwas. Er hatte tatsächlich jemanden gebeten, für ihn eine Notiz zu machen.

Er öffnet die Mappe und findet eine weitere Nachricht!
Sehr verehrter Genosse Präsident,
auf Ihre ausdrückliche Bitte hin erlaube ich mir, Sie an das Gnadengesuch des Entführers Bartoš zu erinnern, das Sie bedenken wollten.

Und wieder ohne Unterschrift! Er beginnt sich zu ärgern. Jemand muß in sein Arbeitszimmer eingedrungen sein, um ihm diese schmierigen Blätter unterzuschieben. Auch wenn er sich vage an einen Film über Klapperschlangen erinnert. Es gab da eine Szene, wie ein halbnackter Eingeborener eine widerliche Schlange in der Hand hält. Dabei mußte er an seine arme Frau denken, die das sicher interessiert hätte. Sie hätte ihn gewiß sofort darum gebeten, diesen Eingeborenen einzuladen. Warum aber sollte er dem Regisseur gegenüber Milde zeigen? Hatte der vielleicht etwas gestohlen? Oder hatte die Schlange ihn gebissen? War er vielleicht nicht in die Heimat zurückgekehrt und bereute es jetzt? Er erinnerte sich vage, daß so etwas einmal einem recht bekannten Sänger passiert war. Der Sänger hatte unter seinem Exil sehr gelitten, bis er ihn selbst angerufen und ihm gesagt hatte, alles sei vergeben. Und dann war da noch dieser andere Verbrecher, der irgend jemand entführt hatte. Den würde er niemals freilassen!

Höchstwahrscheinlich hatten seine Todfeinde ihm diese

Zettel untergeschoben, um ihn zu verwirren und seine Entscheidungen dann gegen ihn zu verwenden.

Er öffnete die Mappe nochmals und erinnerte sich plötzlich. Der Diener! Gestern abend hatte er doch mit seinem Lieblingsdiener zusammengesessen. Warum sollte ihm etwas am Leben eines Verbrechers liegen? Offenbar steckte hinter diesem Gesuch jemand anderes. Immer erhob sich ein fürchterliches Geschrei in der Welt, wenn ein paar seiner erklärten Feinde hinter Gitter kamen. Und da die Leute schon einmal darbei waren, sich darum zu kümmern, wer in seinen Gefängnissen saß, schrien sie auch los, wenn ganz normale Verbrecher und Mörder eingesperrt wurden. Man versuchte, ihn über Menschenrechte und Humanität zu belehren – am meisten ärgert ihn daran, daß sie gerade dann von Recht sprechen, wenn es um diejenigen geht, die es ohne Zögern verletzen. Er kennt sie zur Genüge, denn er hat mit ihnen gesessen und ist über den gleichen Betonboden hin und her gelaufen wie sie. Niemand kann ihm etwas über diese Leute erzählen.

Zorn überwältigt ihn. Als ob er keine anderen Sorgen hätte als das Leben irgendwelcher Nichtsnutze. Als ob sonst nirgendwo jemand Gewalt angetan würde. Als ob nicht auch andere zum Tode verurteilt würden. Und was sagen Sie, Verehrteste, zu diesen sechzig verschütteten Bergleuten? Oder den fünfhundert Arbeiterinnen in der Anilinfabrik, die eine nach der anderen an Krebs krepieren, die armen Dinger. Um die sollte man sich kümmern, aber was kann er dagegen tun, wenn diese Farben so viel Geld einbringen? Alle seine Minister, seine Bankiers, die ganze Meute, die nur auf einen Fehltritt von ihm wartet, sie würden sich sofort auf ihn stürzen, wenn er da einschreiten würde, weil er sie damit um so viele dringend notwendige Dollars brächte.

Und doch zögern sie nicht, ihm diese armen Dinger in weiße Planen gehüllt zu bringen. Sogar die toten Babys machen sie ihm zum Vorwurf, er weiß selbst nicht, wie viele sie ihm schon gebracht haben und wie viele sie noch bringen werden. Im ganzen nördlichen Kohlebecken kommt jedes achte

Kind tot zur Welt und angeblich wird es bald jedes vierte sein. Für die armen Würmer ist alles zu Ende, wenn sie gleich nach der Geburt die schmutzige Luft voller Giftstoffe atmen müssen. Doch wer kümmert sich um sie, wer hat je einen Protest zu ihrer Verteidigung verfaßt?

Das alles sind nur Lappalien, unerhebliche Auswüchse im Vergleich zu dem, was ihm die gelehrten Köpfe der verschiedensten Abteilungen der Akademie prophezeien, wenn sie ihm den Tag schildern, an dem es nicht mehr gelingen wird, den Energiebedarf zu decken. Jener eiskalte Tag, an dem die Generatoren in den Kraftwerken stehenbleiben und die Autos nicht mehr fahren, mit denen man das Brot in die Stadt bringen könnte, jener Tag, an dem die Leute nicht mehr zu ihrer täglichen Arbeit gehen und eingesperrt sind in ihren rasch kälter werdenden Hochhäusern. Wenn sie nichts mehr haben werden, woran sie sich wärmen könnten, wenn es keinen Ort mehr gibt, wohin sie fliehen könnten, dann können sie nur noch ihre Mäntel anziehen und auf die Straße gehen, wo sie sich in die Läden stürzen und in wahnsinnigem Entsetzen, das sich in einen genauso wahnsinnigen Zorn verwandelt, werden sie durch die Städte, durch sein Land ziehen. Sie werden herumziehen wie ein riesiger Haufen von Hamstern oder Mäusen, die sich zu sehr vermehrt haben, bis sie bei seiner Residenz ankommen, in der er bis zu diesem Augenblick regiert, und sie werden fordern, daß er ihnen Essen und Heizung gibt. Er wird erleben müssen, daß er nicht mehr vor die Augen des Volkes treten kann, für das er nur das Beste wollte und dem er so viele Jahre treu gedient hat, und nun kann er ihnen nicht mehr vor die Augen treten, weil er nichts findet, was er ihnen geben könnte, außer dem Ende, außer den hölzernen Unterlagen, auf die sie ihre Körper betten können.

Und sie wagen es, wegen eines überführten Gewalttäters zu jammern!

Zum Glück gibt es auf der Welt noch Menschen, denen es gelingt, ihn auf andere Gedanken zu bringen. Wie der junge Mann, der diesen Film über die Klapperschlangenjagd gemacht hat. Eine der Klapperschlangen hatte sich aufgerichtet, geklappert und mit den Augen geblinzelt. Genau wie sein Kanzler. Er sollte dem Kanzler befehlen, sich diesen Film anzusehen. Damit er sich selbst sieht, damit er sich ein bißchen weiterbildet.

In diesem Augenblick watschelt der Kanzler herein. Mit Schlangenaugen, aber Hühnerbeinen, mit einer halbausgefallenen Löwenmähne und einem Kopf mit großen, abstehenden Ohren. »Wir sollten uns ein wenig beeilen, Genosse«, zischt er mit seiner schlangenhaften Stimme, »in einer Stunde brechen wir auf.« Er macht eine auffordernde Geste in Richtung auf die Aktenmappen.

All diese armen Schlucker könnten ein Gnadengesuch vorlegen, sie sind wirklich unschuldig, aber voller Pflichtgefühl. Sie verlangen keine Gnade, sie sind einfache Arbeiter, Helden, Patrioten, die stillschweigend höchstens darauf warten, daß er sich einfach so für sie einsetzt.

Alle erwarten sie, daß er sich für sie einsetzt, daß er ihre offenen und heimlichen Wünsche erfüllt, daß er ihnen zu essen und zu trinken gibt, sie mit Wohnungen und Heizmaterial versorgt, daß er ihnen Gnade schenkt und ein ständiges Gefühl der Sicherheit und Ruhe, ja sogar die Luft zum Atmen wollen sie von ihm, aber er ist auch nur ein Mensch, auch wenn er sich noch so sehr anstrengt. Noch dazu ist er von Feinden umgeben, von Leuten, die seine Nachfolge antreten wollen, die ausdauernd und hartnäckig auf einen folgenschweren Fehler von ihm warten, auf seinen Fall, auf sein Ende.

Plötzlich merkt er, daß der Kanzler immer weiterspricht, ihm Ratschläge und Anweisungen erteilt. Ein wandelndes Lehrbuch ist er, eine hinterhältige Schlange auf Hühnerbeinen. Die Hauptstadt heißt Omba oder Bomba – er hat es nicht genau verstanden, und nachzufragen ist unter seiner Würde. Sie haben Uran, Kakaobohnen, Baumwolle und Kupfer anzubieten, der Präsident hat in Cambridge Jura studiert, auch wenn er ein Schwarzer vom Stamm der Bantu ist. Achtung, die Bantus haben eine alte Kultur, sogar eine eigene Literatur, eigene Epen. Recht und Justiz solle er lieber nicht erwähnen, rät ihm der Kanzler, besser sei es, über die Wirtschaft zu sprechen. Sie liefern uns: Uran, Kupfer, Kakaobohnen, Baumwolle, wir ihnen Lkws, Kanonen, Panzer, Chemieerzeugnisse. Auch gegen Gott solle man nichts sagen, Gespräche über Religionspolitik sollten überhaupt vermieden werden. Musik sei ein gutes Thema; der Negerpräsident spiele Klavier, er habe eine Vorliebe für die Romantik – Grieg, Beethoven, Wagner, Tschaikowskij, Liszt. Unsere moderne Malerei solle hingegen nicht erwähnt werden. Doch sei es angebracht, über den Kampf gegen den Kolonialismus zu sprechen. Der Präsident habe eine besondere Angewohnheit: einmal im Monat lasse er sich schwierige Gerichtsfälle, Berufungsanträge und Gnadengesuche vorlegen, er lade die streitenden Parteien vor und höre sie selbst an, dann teile er seine Ansicht mit, und je nachdem erhöre er ein Gnadengesuch oder auch nicht. Dadurch habe er eine gewisse Berühmtheit erlangt, sowohl bei seinen Leuten als auch im Ausland. Er habe die Todesstrafe abgeschafft, deshalb sei es besser, nicht über die hiesige Praxis zu sprechen.

Den Unfall in der Sprengstoffabrik hatte man ihm zunächst verschwiegen. Schon vor einiger Zeit, als eine ganze Halle in die Luft geflogen war, hatte er angeordnet, besondere Vorsichtsmaßnahmen zu treffen, damit sich so etwas nicht noch einmal wiederholte. Statt dessen hatten sie nur die Dächer umgebaut, damit die Gebäude im Fall einer Explosion intakt blieben und lediglich die Dächer wegflogen. Und jetzt hatte es wieder eine Explosion gegeben, und alles war durch das neue, leichte Holzdach geflogen: die Nitroglyzerinproduktion und eine Halle des Salpeterwerks, und mit ihnen acht fünfzehnjährige Lehrlinge, Lagerarbeiter und der Hof mitsamt Autos, Fahrern und Beifahrern – sie alle flogen in einer Sekunde in die Luft und verwandelten sich in Rauch und Asche beziehungsweise in Atome menschlicher Materie, die ein schrecklicher Wirbelwind in alle Himmelsrichtungen zerstreute, so daß nichts übrigblieb, was auch nur entfernt an diese Leute erinnert hätte. Die Behörden zögerten, die Todesurkunden auszustellen, schließlich mußte er selbst eingreifen und sofort hinfahren, um Auszeichnungen in die Hände weinender Witwen und zorniger Witwer zu legen, die ihn voller Haß ansahen, Auszeichnungen, mit denen er bestätigte, daß die, die nicht mehr unter uns waren, als Helden gestorben waren, daß sie Helden der Arbeit waren, die für die gemeinsame Sache gekämpft hatten, für die Sache des Volkes, für die fortschrittlichste Ordnung in der Geschichte, für die schon so viele ihr Leben geopfert hatten.

Als er in dieser Nacht aufgewacht war, standen, wie er es erwartet hatte, in seinem Schlafzimmer mit weißen Tüchern bedeckte Bahren, nur daß diesmal niemand darunter lag, da war nur Leere, Luft. Er stand auf und ging an ihnen vorbei, öffnete die Tür zum Gang, einem langen Schloßkorridor, und dort standen sie, eine neben der anderen, am Kopfende weiße Zettel, auf denen mit schwarzer Schrift die Namen der Toten geschrieben waren. Es waren hundertneununddreißig. Als er den langen, vom Mondlicht spärlich beleuchteten Schloßkorridor entlangging, begannen die Bahren auf einmal zu schweben. Er verstand nicht, was für einen Trick seine Feinde da angewendet hatten. Heiße Luft vielleicht oder Magnetismus. Sie schwebten in der Höhe seiner Brust, sie schwankten ein wenig, die hölzernen Beine und Rahmen stießen aneinander. Es klang wie das Klappern von Knochen, wie ein drohendes Händeklatschen, und in diesem Augenblick ertönte über diesen ganzen Geräuschen ein hohes Gewimmer, so als ob hundert Kehlen in einem Augenblick aufheulten, es hätte nicht viel gefehlt und er wäre vor Entsetzen aus dem Fenster gesprungen, um diesem Ton zu entkommen. Er wäre in die Tiefe gesprungen und wäre so gestürzt worden, nicht durch die Hände eines wütenden Volks, sondern zu Tode gehetzt durch die Intrigen derer, die sich nicht scheuten, die unglücklichen Opfer einer Tragödie gegen ihn einzusetzen.

Und die Frau des Präsidenten – ihm kommt wieder zu Bewußtsein, daß das heimtückische Reptil immer noch spricht –, ihr Name sei Patricia, sie sei seine einzige Frau und habe in Kalifornien Psychologie studiert, sie sei Christin wie ihr Mann, vergessen Sie das bitte nicht, mit ihr können Sie über Wohltätigkeitsveranstaltungen und medizinische Versorgung sprechen, aber nicht über ...

Da tritt auch schon der Diener ein, der seinen schwarzen Anzug über dem ausgestreckten Arm trägt. Gleich wird er sagen, daß es Zeit sei, ins Bad zu gehen und sich umzuziehen.

Der Kanzler klappt die Mappe zu. »Irgendwelche Anmerkungen, Genosse Präsident?«

Bei den Verhandlungen werden ohnehin Minister und Experten dabeisein, sollen die sich den Kopf darüber zerbrechen, dafür werden sie schließlich bezahlt, sollen sie einmal an etwas anderes denken als ihre illegalen Schweizer Bankkonten.

»Wollen Sie die Begrüßungsrede jetzt lesen?«

»Im Auto, das reicht.«

Der Diener geleitet ihn ins Bad.

Auf einem Kleiderbügel hängt ein schneeweißes Hemd, daneben liegen auf einem kleinen Holztablett goldene Manschettenknöpfe für ihn.

Plötzlich kommt ihm etwas in den Sinn, etwas, was mit diesem schwarzen Kerl zu tun hat und zugleich auch mit ihm selbst. »Dieser Entführer, der zum Strang verurteilt worden ist«, sagt er zum Kanzler, »du weißt doch, wen ich meine?«

Der Kanzler macht einen kleinen Hüpfer auf seinen Hühnerbeinen und zeigt durch ein enthusiastisches Nicken, daß er weiß, wovon die Rede ist.

»Laß ihn herbringen«, befiehlt er, »ich will mit ihm sprechen!«

»Aber, Genosse Präsident«, antwortet der Kanzler sich windend, »das ist ein gefährlicher Verbrecher, und das Gericht hat das Urteil schon gefällt ...«

»Bring ihn her«, wiederholt er, »ich will ihn verhören und mir selbst eine Meinung bilden!«

»Selbstverständlich, Genosse Präsident«, die Stimme des Kanzlers klingt gepreßt, als ob ihm der Jäger schon die Kehle zudrücken würde. »Wann wollen Sie ihn sehen?«

»Mach einen Termin«, sagt er, »aber noch solange dieser Schwarze hier ist.«

»Gut, wir werden uns bemühen!«

»Und dieser Filmemacher, der mich so gut unterhalten hat.« Der Name war ihm entfallen, und er wußte nicht einmal mehr genau, was dieser Mann eigentlich verbrochen hatte, doch das war egal, das sollten sie für ihn feststellen. Sollte der Kanzler sich ansehen, wie sich sein Ebenbild in den Händen des Jägers windet, wenn der ihm die Giftzähne ausbricht.

»Soll er auch herkommen?«

Er wäscht seine Hände im Waschbecken, hinter ihm steht der Diener mit einem weißen Handtuch bereit. Die Schlangenaugen des Kanzlers blicken ihn vorwurfsvoll an.

Das war ihre Methode: sie verhinderten, daß er sich mit Leuten traf, außer mit diesem schwarzen Kerl, der damit angeben würde, wie gut er regierte, angeblich hielt er sogar selbst Gericht, weil er in Cambridge gewesen war, während er selbst nur an einer Provinzuniversität studiert hatte. Der konnte sich jemanden aussuchen, ihn holen lassen und dann seinen Großmut demonstrieren, aber wie sollte er das machen, wenn sie seine Anordnungen sabotierten, wenn sie nur so taten, als ob sie seine Anordnungen ausführten? Und dann verbreiten sie, er habe keine Beziehung zu den Menschen, er habe kein Urteilsvermögen, er könne keine Entscheidungen fällen, nichts bewirken und nichts verändern und müsse deshalb ausgewechselt werden. Aber er würde sie alle überraschen, er würde ihre verräterischen Pläne vereiteln, und eines Tages, wenn sie es am wenigsten erwarteten, würde er vor die Menschen treten und ihnen die Freiheit verkünden. Sollten die Leute dann selbst über ihr Schicksal entscheiden, sollten sie sich seinetwegen dann alle gegenseitig zerfleischen. Aber er würde tun, was er zu tun hatte, und niemand würde mehr von ihm sagen, daß er sich vom Volk entfernt habe oder daß er nur mit Hilfe von Angst und Gewalt regiert habe, wie seine Feinde im In- und Ausland behaupteten.

»Spätestens übermorgen!« befiehlt er. »Und bring die beiden Verbrecher auf eine zivilisierte Weise her. Ich will keine Ketten oder Handschellen sehen.« Er seufzt und zieht das Hemd über den Kopf.

7.
Filmerzählung

Es ist halb neun Uhr morgens. Wieder klappern die Schlüssel zu einer ungewohnten Zeit. Neben dem Aufseher stehen zwei unbekannte Typen in der Tür, ein hohes Tier in Uniform und ein Fettsack in Zivil mit einer Knarre in der Hosentasche. War es jetzt soweit?

Robert meldet sich nach Vorschrift und spürt Gabos schneller werdenden Atem im Nacken.

»Bartoš, machen Sie sich fertig und kommen Sie mit!« Die Stimme des Aufsehers klingt irgendwie komisch, aufgeregt oder sogar freundlich, das erfüllt ihn mit einer schrecklichen Vorahnung.

»Und meine Sachen?«

»Von den Sachen war keine Rede!«

Sie legen ihm nicht einmal Handschellen an und führen ihn die Treppe hinunter. Er weiß nicht, was er tun soll, und so zählt er wenigstens die Stockwerke. Als sie sich dem Erdgeschoß nähern, wächst seine Angst. Die Treppe führt direkt zum Ausgang in den dritten Hof. Vielleicht war schon alles abgemacht, vielleicht wartete der Galgen schon auf dem Hof. Sie würden ihn dorthin führen, irgendein Scheißwürger würde kommen, vielleicht der Fette in Zivil, der hinter ihm geht, und ihn anbrüllen, er solle sich fertigmachen. Er stellt sich das jetzt zum ersten Mal vor, aber er kann das Bild schon nicht mehr verscheuchen, das er vor Augen hat: fremde, behaarte Pranken, die nach seinem Hals fassen. Er könnte diese Sadisten wenigstens beißen, sie in die Eier treten. Dann würden sie sich auf ihn stürzen, wie schon so oft, nur daß es jetzt das letzte Mal wäre. Es waren immer so viele, daß sie ihn garantiert überwältigen würden, und dann konnte keine Macht der Erde die widerlichen Hände mehr davon abhalten, ihm die Schlinge um den Hals zu legen.

Schweiß rinnt ihm die Schläfen herab, und sein Hemd ist am Rücken ganz durchgeschwitzt. Bekam er noch nicht einmal ein letztes Abendessen oder Frühstück? Erlaubten sie ihm noch nicht einmal eine letzte Kippe?

Sie gehen am Ausgang zum Hof vorbei hinunter ins Erdgeschoß. Wenn sie ihn jetzt in einen Bunker stecken würden, er würde es hinnehmen, alles wäre besser als der Galgen, denn dann war es aus. Sie gehen an einigen verriegelten Türen vorbei, bis sie zu einer kommen, die offensteht. Ein Aufseher mit einer Affenstirn bringt ihm Straßenkleidung, die er sofort anziehen muß. Dann wird er wieder durch irgendwelche Gänge in eine Frisierstube getrieben, wo ihm ein Typ in einem weißen Mantel eine Papiertuch in den Kragen steckt, ihm das Gesicht einseift und ein paarmal mit dem Rasierer darüber fährt. Wenn der Friseur ihn so am Kinn festhält, würde ein Schnitt genügen, und alles wäre aus … Doch das passiert nicht, der Friseur spült ihm das Gesicht ab und spritzt ihm sogar irgendein parfümiertes Zeug ins Gesicht, und er kann wieder gehen.

Warum hatte er sich nie dafür interessiert, wie sie diesen letzten Schlag unter die Gürtellinie inszenieren würden? Er hätte wissen können, daß es diesem Pack den Spaß verdarb, wenn sie einen Häftling angaffen mußten, der mit vollgeschissenen Trainingshosen und vollgekotzter Windjacke am Galgen baumelte, deshalb hatten sie ihn jetzt so rausgeputzt, als würde er auf eine Hochzeit gehen.

Am Ende des Flurs legen sie ihm schließlich Handschellen an, dann öffnet sich das Gitter, und er befindet sich auf dem ersten Hof, wo zwei Polizisten und ein weiß-gelber Polizeibus warten. Sie führen ihn zu der Wanne, aber bevor sie ihn hineinschubsen können, kommt irgendein Typ in Zivil angerannt. Mit einem Wink scheucht er ihn und seinen Begleiter zur Seite, erklärt dem Fetten irgend etwas und wedelt mit den Händen wie ein dressierter Schimpanse, daraufhin geht der Fette zum Fahrer und schickt ihn und seinen fahrenden Kaninchenstall zum Teufel.

Er steht da und glotzt und kann es nicht mehr aushalten, deshalb wendet er sich an einen der Begleitpolizisten und fragt, wo sie ihn denn hinbringen. Er weiß natürlich, daß er keine Antwort erhalten wird, er wartet, ob man ihn wenigstens anbrüllt, aber nichts geschieht, sie schweigen, sie sind taub und stumm, und das macht ihm noch mehr Angst. Wenn sie sich jetzt auf ihn stürzen würden, würde er vielleicht nicht die Kraft finden, sich zu verteidigen, er würde nur heulen wie ein Hund, der in einem Hochwasser führenden Fluß ertrinkt.

Dann fährt eine schwarze Limousine vor und hält dicht vor ihnen. Der Fette setzt sich neben den Fahrer, ihn setzen sie zwischen die Eskorte auf den Rücksitz, und das Auto fährt los. Das Tor öffnet sich, und einen Augenblick später sind sie schon auf der offenen Landstraße.

Er hat keine Ahnung, wo sie ihn hinbringen, warum sie Benzin verschwenden, vielleicht steht der Galgen an einem anderen Ort und sie sind zu faul, ihn woanders aufzubauen, oder irgendein Sadist hat keine Lust, sich hierherzubewegen und hat deshalb diesen Straßenkreuzer geschickt, damit er noch einmal mit dem Auto fährt. Anstelle eines letzten Abendessens geben sie ihm eine letzte Autofahrt, damit er weiß, was er nicht mehr haben wird, wenn sie ihn kaltmachen. Er zweifelt nicht daran, daß dies sein letzter Weg ist und dies also seine letzte Chance zur Flucht. Wenn es ihm gelingen würde, aus dem Auto herauszukommen, alles andere würde er schon irgendwie hinkriegen. Da kommt ihm plötzlich zündend eine Idee, er muß den Atem anhalten, um nicht aufzuschreien. Er weiß, daß er keinen Ton von sich geben und sich nicht rühren darf, sonst werden sie unruhig und die Begleitpolizisten fesseln ihn mit den Handschellen an sich. Er tut jetzt so, als schlafe er, während er mit halbgeschlossenen Lidern die Autos, die ihnen entgegenkommen, und die Dächer der Häuser, die Kirchtürme, an denen sie vorüberfahren, beobachtet. Sie fahren mindestens neunzig, schnell genug, um Hackfleisch aus ihnen allen zu machen, aber er hat nichts zu verlieren.

Im Geist übt er die Bewegung mehrere Male, bis er sie vollendet beherrscht. Sie kommen gerade aus einem Wald heraus, rasen auf eine kleine Stadt zu, hoffentlich ist die Fahrt hier nicht zu Ende, er darf es nicht länger hinauszögern, er darf nicht zu wählerisch sein, er darf nicht zögern, oder sie bringen ihn an einen Ort, von dem noch kein Häftling je abgehauen ist.

Sie fahren durch eine Stadt, die Landschaft vor ihnen sieht aus wie in einem Kinofilm, die Wasserflächen der Fischteiche funkeln, rundherum stehen Bäume. Im Auto ist es still, keiner gibt einen Laut von sich, nur die Begleitpolizisten werfen ab und zu einen Blick auf ihn. Das Auto fährt gerade sehr schnell einen Hügel hinunter und durch ein Waldstück, weiter unten macht die Straße einen Knick, es ist keine scharfe Kurve, der Fahrer wird wahrscheinlich nicht einmal den Fuß vom Gas nehmen. Jetzt muß er nur noch den richtigen Moment abpassen. Zwischen den Bäumen blitzt Sonnenlicht auf, ein Lkw kommt ihnen entgegen, er spürt, wie trocken seine Kehle ist. Welche Hoffnung hat er bei dieser Geschwindigkeit? Er muß sich immer wieder sagen, daß er nichts zu verlieren hat, dann wirft er sich nach vorn wie ein Fußballspieler, der den Ball ins Tor köpfen will, sein Kopf schlägt gegen den Kopf des Fahrers. Er hört einen Schmerzensschrei, Fluchen, jemand reißt ihn zurück, läßt ihn dann aber gleich wieder los, noch mehr Angstschreie, er macht sich ganz klein, wenn er nur eine Hand frei hätte, wenigstens kann er sich mit den Beinen abstützen. Jetzt kann er nur noch zusehen, wie das Auto von der Straße abkommt, der erste Aufprall, auch er schreit vor Angst oder Freude, das Auto überschlägt sich, ein zweiter Aufprall. In der Dunkelheit, die ihn plötzlich umfängt, hört er splitterndes Glas und Schreie.

Er versucht den Kopf zu heben, rötliche, kreisende Lichter durchdringen jetzt die Dunkelheit, dazwischen die Umrisse von Dingen und Menschen, die langsam deutlicher werden: eine verdrehte, aus dem Rahmen gerissene Tür, einer der Begleitpolizisten, total in den Sitz eingeklemmt und damit mattgesetzt, die toten Augen des anderen Begleitpolizisten blicken ihn aus einem blutigen Gesicht an. Es gelingt ihm, sich aufzurichten, obwohl seine Hände immer noch hinter dem Rücken zusammengebunden sind, und sich bis zu der Öffnung zwischen Tür und Rahmen zu schieben. Er sieht den blutüberströmten Körper des Fahrers, der über dem regungslosen Körper des Fetten liegt, aber er hat keine Zeit, sich um sie zu kümmern. Er zwängt sich durch die Öffnung und ist aus dem Auto heraus, er macht seinen ersten freien Schritt. Er spürt einen stechenden Schmerz im linken Bein, wahrscheinlich hat es den Aufprall nicht ausgehalten, das beschissene Bein, gerade jetzt, wo er es am meisten braucht. Auf der Straße nähert sich von fern ein Auto. Wahrscheinlich wird es anhalten. Sie dürfen ihn hier nicht sehen mit den Handschellen hinter dem Rücken, er versucht zu gehen. Es bereitet ihm große Mühe, sein Bauch schmerzt, seine Knochen sind wie zerschlagen, vor seinen Augen drehen sich feurige Räder, Blut rinnt ihm über das Gesicht, und er kann es sich nicht einmal abwischen, auch das Zifferblatt ist zerschlagen, aber wenigstens kann er sich bewegen, anders als diese Idioten kann er sich bewegen. Er schleppt sich in den Wald hinein und versucht sogar zu rennen, dabei stöhnt er leise, aber er rennt.

Er hat keine Ahnung, wie lange er gelaufen ist, aber als er schließlich anhält, ist die Straße nicht mehr zu sehen.

Er kniet sich hin und wischt seinen Kopf wie ein Tier an einem Mooskissen ab. Als er wieder aufsteht, ist das Moos braun von Blut.

Von ferne dringt das Heulen von Sirenen zu ihm. Vielleicht ist es nur ein Krankenwagen, vielleicht sind es aber auch die Bullen, das ist schwer zu sagen. Wenn sie Hunde mitbringen, wie lange wird es dann dauern, bis sie ihn finden?

Er rennt wieder los, falls man dieses schmerzhafte Gehumpele überhaupt als Rennen bezeichnen kann. Alles wird davon abhängen, wann sie bemerken, daß er entwischt ist, wie weit er bis dahin gekommen ist.

Der Wald ist nicht tief, vor ihm taucht ein lichtüberflutetes Weizenfeld auf. Das Feld geht in ein Tal über, in dem er mehrere vom Regen ausgewaschene Dächer sieht. Neben dem Feld verläuft ein enger, staubiger Weg. Hinkend folgt er diesem Weg, auch wenn er sich zwischen den Ähren sicher besser verbergen könnte, aber solange sie ihn noch nicht suchen, muß er sich bemühen, so weit wie möglich zu laufen.

Als hinter einem Obstgarten das erste Haus auftaucht, sieht er sich vorsichtig um, aber das Dorf scheint, zumindest auf den ersten Blick, menschenleer in dieser Vormittagshitze. Nur ein paar Hunde bellen faul.

Er geht an drei Häusern vorbei, im Hof des vierten beugt sich ein blonder Junge über die Teile seines auseinandergenommenen Fahrrads.

Er ruft ihm mit schmerzverzerrtem Gesicht etwas zu.

Der Junge blickt auf und starrt ihn erschreckt an. Er ist höchstens zwölf Jahre alt.

»Bist du allein?«

Der Junge steht auf. »Was ist?« fragt er und weicht langsam bis zur Haustür zurück. »Was wollen Sie?«

»Siehst du das nicht? Ich brauche Hilfe!«

»Ja.« Der Junge bleibt stehen. »Sind Sie gestürzt?«

»Ja. Bist du allein hier, Kleiner?«

Der Junge sieht ihn ängstlich an. »Ich habe einen Hund hier. Was haben Sie da hinter dem Rücken?«

»Meine Hände.« Er dreht sich um und zeigt dem Jungen seinen Rücken. »Ich tu dir nichts, hörst du, ich brauche Hilfe.«

»Aha«, flüstert der Junge. Er ruft den Hund, eine hinkende Promenadenmischung, vor der sich noch nicht einmal die Hühner fürchten, und kommt gemeinsam mit ihm zum Tor. »Sie sind sicher irgendwo abgehauen!«

»Du mußt mir helfen, Kleiner, sonst ...« Jedes Wort verursacht ihm Schmerz, sein Mund ist wie ausgedörrt, er kann die Zunge kaum bewegen.

»Mein Bruder hat in der Scheune einen Schneidbrenner«, sagt der Junge und öffnet das Tor.

In der Scheune ist es dunkel und kühl, es riecht nach Heu. Wenn er sich hier nur hinlegen könnte. Der Junge entrollt schnell das Kabel, setzt die Schutzbrille auf und schaltet den Schneidbrenner an. »Sind sie hinter Ihnen her?«

»Quatsch nicht und mach schnell.« Er denkt nach. »Wenn sie hier auftauchen, dann hast du mich nicht gesehen und weißt von nichts.« Er hält die Arme so weit wie möglich nach hinten, dennoch spürt er die glühende Hitze der Flamme. »Sie können dir nichts tun, du bist noch keine fünfzehn. Trotzdem hast du nichts gesehen. Du sagst, du hast im Haus gesessen, wenn sie dich doch ausquetschen sollten.« Die Handschellen werden langsam heiß, aber er beißt die Zähne zusammen und hält still.

»Ich verstehe«, sagt der Junge, »was haben Sie gemacht?«

»Es ist besser, wenn du nichts weißt. Aber ich bin unschuldig.« In diesem Moment fühlt er, wie seine Hände, wie von einer geheimen Kraft angetrieben, auseinanderfliegen. Die Stahlarmbänder hängen noch an seinen Handgelenken, aber damit wird er fertig, wenn der Junge ihm ein Stück Draht oder ein Taschenmesser gibt.

»Wollen Sie sich waschen?«

Als er zum Waschbecken kommt, trinkt er erst einmal, gierig stürzt er große Mengen Wasser hinunter, dann betrachtet er sich im Spiegel und erkennt sein Gesicht kaum wieder. Die Haare sind blutverklebt, die rechte Wange und die Oberlippe sind geschwollen, die linke Wange ist vom Glas zerschnitten.

Der Junge steht hinter ihm. »Mein Bruder hat auch gesessen, er ist aus der Armee abgehauen.«

Er macht seine Hände naß und fährt sich vorsichtig über das Gesicht. »Kein Wort, zu niemandem, Kleiner!« Er hält den Kopf unter den Wasserhahn, es brennt so sehr, daß es ihm die Tränen in die Augen treibt, dann greift er nach dem Handtuch, überlegt es sich aber anders und trinkt noch einmal.

Der Junge hat inzwischen ein großes Stück Kuchen geholt. Wenn er ihn fragen würde, könnte er ihm wahrscheinlich auch noch etwas Kohle besorgen, aber es ist besser, hier nicht noch mehr Zeit zu verlieren. Geld wird er irgendwo anders auftreiben; und mit freien Händen humpelt er über den Hof zum Tor.

Er sollte so schnell wie möglich aus diesem Dorf verschwinden, er sollte sich eine Karre besorgen, auch wenn sie ganz sicher alle Straßen absperren werden.

Mit gesenktem Kopf hinkt er den Zaun entlang, alles ist leer. Die Leute schufteten entweder irgendwo oder sie soffen in der Dorfkneipe. Nach einer Weile erblickt er diesen tröstlichen Ort, vor dem ein Lastwagen steht, heute ist wirklich sein Glückstag. Der Dorfplatz war wie leergefegt, er erreicht die Ladefläche des Lastwagens, ohne von jemand gesehen zu werden. Er hebt die Plane hoch. Da sind lauter Kästen mit Flaschen. Er stößt sein schmerzendes Bein an, als er sich auf die Ladefläche schwingt, aber er stöhnt nicht einmal auf, er kauert sich hin und zieht die Plane wieder zu.

Die Flaschen sind leer, ein weiterer Glücksfall, denn das bedeutet, daß sie sie erst in der Brauerei abladen werden und daß die Kästen leicht sind. Er fängt sofort an, die Kästen um sich herum aufzubauen, bald ist er ganz verdeckt. Er ist bereit, jetzt sollen sie losfahren, denn die Bullen können jeden Augenblick hier sein. Wenn sie überhaupt schon in den Trümmern des Autos herumgewühlt hatten, um mit ihren kranken Hirnen festzustellen, daß er entwischt war.

Dann hört er Stimmen, jemand hebt die Plane hoch und schiebt noch einige Kästen mit leeren Flaschen hinein, dann springt der Motor an und der Wagen fährt los.

Wenn er nur wüßte, in welche Richtung die Fahrt geht. Wenigstens die Zeit kann er messen, jede Minute bedeutet einen Kilometer, mit jeder Minute wird der Umkreis, in dem sie nach ihm suchen, größer, falls der Laster nicht in die falsche Richtung fährt und die Flaschen an den Ort befördert, wo sie ihn heute morgen ins Auto gesetzt haben.

Der Laster holpert über die schlechte Fahrbahn, die Flaschen klirren. Wahrscheinlich hatten sie schon mit der Suche begonnen, die Bullen waren alarmiert, vielleicht würden sie sogar Helikopter schicken. Es würde nicht einfach werden. Wenn er aus dem Laster rauskam, mußte er eine Geisel nehmen, eine Frau, mindestens eine, er würde nicht so naiv sein wie Milá und sie frei lassen, er würde nicht einmal mit ihnen reden.

In diesem Augenblick verlangsamt der Laster die Fahrt. Robert kauert regungslos in seinem Versteck und hört Stimmen, die durch die Plane dringen.

Ihre Papiere!

Wo kommen Sie her, was befördern Sie? Haben Sie auf ihrem Weg einen Mann in einem dunklen Anzug gesehen, der schwer verwundet ist und Handschellen trägt?

Eine unverständliche Stimme brummt eine Antwort.

Hoffentlich hatten sie nicht diese schrecklichen Spürhunde dabei, aber selbst wenn, sie würden ihn wegen des starken Biergeruchs wahrscheinlich doch nicht riechen.

Dann fällt ein wenig Licht in sein Versteck, sicher haben sie die Plane hochgehoben.

Der Motor läuft noch, was gut ist, so können sie seinen Atem nicht hören. Jemand schlägt gegen die Seite des Lasters, sie verrücken eine Kiste. Dann ist es wieder still. Wie er sie kennt, haben sie keine Lust, alle Kästen wegzurücken, die faulen Hunde. Wenn sie eine Truppe von Häftlingen dabei hätten, ja, dann würden sie die vielleicht dazu zwingen.

Dann fährt der Laster wieder los, heute ist sein Glückstag, er zweifelt schon nicht mehr daran, daß er aus diesem Laster wieder herauskommt, genauso wie aus dieser Scheiße, aus diesem beschissenen Land. Er muß hart sein, darf keine Rücksicht nehmen, darf sich nicht auf Verhandlungen einlassen.

Sie fahren jetzt schnell. Die Typen haben es offensichtlich eilig, daß sie so rasen. Dann wird der Laster langsamer und beginnt über Kopfsteinpflaster zu holpern, schließlich bleibt er stehen. Er hört das Knarren eines Tors, Stimmen, der Wagen fährt noch ein Stück, dann heult der Motor ein letztes Mal auf, und danach ist es still, beide Türen werden zugeschlagen, und jemand springt auf den Boden

Jetzt muß er auf der Hut sein; wenn sie anfangen, die Flaschen abzuladen, muß er irgendwie verschwinden, ohne daß sie ihn bemerken. Und wenn ihm das nicht gelingt? Er steht auf, immer noch hinter einer Reihe von Kästen verborgen, und versucht seine Muskeln zu lockern, dann holt er eine Flasche aus dem obersten Kasten, nimmt sie fest in die Hand und wartet.

Aber es kommt niemand, nur von ferne hört er eine Frauenstimme. Jemand schleift etwas Metallisches über den Hof und pfeift. Dann ist es wieder still. Wahrscheinlich vergeudet er sinnlos Zeit, er legt die Flasche weg und versucht, so leise wie möglich, die Kästen beiseite zu schieben. Mühsam arbeitet er sich aus seinem Versteck hervor und hebt vorsichtig einen Zipfel der Plane hoch. Der Wagen steht an einer Laderampe, mit einem hölzernen Tor, vor dem solche Kästen gestapelt sind wie die, hinter denen er sich eben noch versteckt hatte. Er klettert vorsichtig auf die Rampe und sieht hinter dem Laster hervor. Vor ihm liegt ein gepflasterter Hof, über den die Gleise eines Eisenbahnanschlusses laufen. Hohe Ziegelsteingebäude umgeben den Hof auf zwei Seiten, die dritte Seite wird von einer Mauer mit einem Tor, die vierte scheint am besten geeignet, um sich zu verstecken, dort stehen nur einige niedrige Baracken, offensichtlich Lagerräume.

Wahrscheinlich ist schon Feierabend, denn es ist kein Mensch mehr zu sehen. Vorsichtig kriecht er über die Rampe zu den niedrigen Gebäuden. Hinter dem letzten dieser Gebäude stößt er auf einen Platz, der als Zwischenlager und als

Müllabladeplatz dient. Rostende Maschinen, alte Rohre, Drahtrollen, ein Haufen leerer Blechdosen, ausgediente Fässer sowie einige verschrottete Bieranhänger. Auf der Rückseite des Platzes befindet sich eine niedrige, von Gestrüpp überwucherte Mauer, die leicht zu überwinden wäre. Hinter der Mauer stehen drei Wohnblocks, nur von dort aus könnte man ihn sehen.

Auf einem Abfallhaufen sucht er sich einige Drahtstücke und Nägel, dann zwängt er sich unter einen der alten Wagen: dort wird ihn keiner aufstöbern, der nicht weiß, wo er zu suchen hat, oder der nicht einen Hund bei sich hat. Hier kann er wenigstens in Ruhe die Handschellen abnehmen.

Zunächst untersucht er ihren Mechanismus. Er ist schon mit ganz anderen Schlössern fertig geworden. Bereits im Kinderheim wußte er, daß er nie in eine Uranmine oder als Maurer auf eine Baustelle gehen würde, da konnten sie ihm noch so viel drohen oder versprechen. Zum Schluß gaben sie nach und ließen ihn eine Schlosserlehre machen. Schon damals hatte er gelernt, daß man wissen muß, was man will, und dieses Ziel verfolgen muß.

Die Feder springt auf, und er kann das scheußliche Kennzeichen seines Häftlingsdaseins abschütteln. Er kriecht unter dem Wagen hervor, geht zu einem Schrotthaufen und wirft die Handschnellen in ein löchriges Faß.

Er hat nichts dagegen zu arbeiten. Wenn er in einem anständigen Land leben würde, in dem er seine eigene Werkstatt eröffnen könnte, würde er gerne schuften. Zwölf Stunden würde er arbeiten, weil er Lust dazu hätte und nicht, weil er jemandes Laufbursche wäre. Und manchmal würde er sein Geschäft einfach für einen Monat schließen, sich ein Mädel schnappen und irgendwohin fahren, wo ihn alle mit »Herr« anredeten.

Er versteckt sich wieder unter dem Wagen und zieht das zerdrückte und matschige Kuchenstück aus der Tasche. Es dämmert schon. Wo sie wohl sind? Keine Spur von ihnen, er hat sie schließlich doch abgehängt. Wenn er etwas zu essen hätte, könnte er es hier einige Tage aushalten, während sich die Bullen abrackerten. Sie würden kapieren, daß er ihnen entwischt ist, daß sie ihn nicht einmal zufällig kriegen könnten. Inzwischen würde sein Bein heilen und sein Bart würde wachsen, und wenn er sich dann noch andere Klamotten besorgte, würden ihn diese Blödmänner nicht mehr erkennen, nicht einmal wenn sie ihn zufällig auf der Straße anhalten sollten.

Doch das einzige, was es hier zu essen und zu trinken gibt, sind Nägel und die Bierreste in den Flaschen. Und bestimmt werden die Arbeiter am nächsten Morgen wiederkommen, dann muß er weg sein, am besten in irgendeinem unauffälligen Haus. Dort könnte er einen Tag oder zwei abwarten, allein oder am besten mit einer Geisel. Aber das hat noch Zeit, er kann sich ein bißchen Ruhe gönnen. Er streckt sich aus und betrachtet die Unterseite des Wagens. An den schweren, schmutzigen Brettern hängt ein Klumpen alter, trockener Lehm. Er schließt die Augen und versucht, den Schmerz im Bein zu vergessen. Ihm ist, als würde der Wagen über ihm schweben, sein Bretterboden wird durchsichtig und durchlässig. Und auch er selbst schwebt sachte über der Erde und erhebt sich immer höher, wie der Drachen eines Kindes. Als er schon ganz weit oben ist, da, wo auch das schärfste Auge ihn nicht mehr erkennen kann, läßt er sich vom Wind nach Westen treiben, dorthin, wo er unter sich die verfluchte, mit Draht gezogene Linie spürt, die auf der Erde so schwer zu überwinden ist.

Drittes Kapitel

1.

In der Luft schwebten feine Schneeflocken, die schmolzen, sobald sie die Mützen, Hüte oder Schultern der Leute berührten. Die Menschenmenge war so dicht, daß die Schneeflocken kaum den Boden erreichten. Er drängte sich mit seiner Kamera bis zum Denkmal des Landespatrons vor. Der Heilige auf dem Pferd war mit Fahnen behängt und mit Blumen und brennenden Kerzen umstellt. Auf dem Sockel des Denkmals klebten Plakate und Aufrufe, die freie Wahlen, Demokratie, das Ende der Einparteienherrschaft, den Dialog, Meinungs- und Informationsfreiheit, die Abschaffung der Miliz, Solidarität mit den Studenten, einen Generalstreik, den Rücktritt der Regierung und noch andere unerhörte Dinge verlangten. Noch vor einigen Tagen hätte niemand es gewagt, auch nur eine dieser Forderungen öffentlich auszusprechen, geschweige denn sie aufzuschreiben und an diesem Platz, sozusagen dem Herzen der Stadt, aufzuhängen. Und selbst wenn einer den Mut gehabt und es gewagt hätte, so wäre das Plakat verschwunden, noch bevor irgend jemand die Zeit gehabt hätte, es zu lesen.

Die Demonstrationen dauerten jetzt schon fünf Tage. Am ersten Tag war die Polizei so brutal gegen eine Studentenkundgebung vorgegangen, daß viele der Teilnehmer und sogar Passanten verletzt worden waren. Wie viele es tatsächlich gewesen waren, wußte weder er noch irgend jemand anders. Den offiziellen Nachrichten konnte man nicht trauen, viele der Verwundeten fürchteten sich, ärztliche Hilfe in Anspruch zu nehmen, und die Ärzte selbst teilten lieber nicht mit, wie viele Leute sie behandelt hatten. Entweder hatte die Gewalttätigkeit der Polizei das Maß des Erträglichen überschritten, oder aber die Zeit der jetzigen Regierung war vorbei, ohne daß diese es bemerkt hatte. Die Studenten hatten einen Streik ausgerufen, dem sich die Schauspieler angeschlossen hatten und der natürlich von all jenen unterstützt wurde, die Pavel von früheren Demonstrationen her kannte. Dieses Mal jedoch folgten auch die dem Aufruf, die bis dahin geschwiegen hatten, und das waren so viele, daß nur Gewehre sie hätten auseinandertreiben können.

Staunend oder eher ungläubig verfolgte er diese sonderbaren Veränderungen, aufgrund deren diejenigen, die noch vor kurzem geschlagen und aus Wasserwerfern beschossen worden waren, nun vor den Mikrofonen standen und die versammelte Menge ansprachen, die gerade noch geschwiegen und sich geduckt hatte und nun jubelte, die Fäuste ballte, zwei Finger zum Siegeszeichen erhob oder in Erwartung des Sieges mit den Schlüsseln rasselte.

Was war das – der Sieg?

Die trügerische Hoffnung, daß ein Traum nie enden würde. Der wahnsinnige Tanz der Toten von morgen auf den Gräbern der Toten von gestern. Ein Zustand, in dem das Heulen und Klagen der Opfer im Freudengeschrei der Sieger unterging.

Auf den Gesichtern der Menschen sah er eine Begeisterung, die er sonst vermißt hatte.

Er suchte nach bekannten Gesichtern, fand aber keine, diese Leute kamen offensichtlich von Orten, an denen er noch nie gewesen war. Es waren fremde Menschen, aber ihre Erregung durchdrang ihn so sehr, daß er sich in Erinnerung rufen mußte, daß er nicht hier war, um sich der Menge anzuschließen, sondern um Zeugnis von diesen Ereignissen abzulegen. Noch mehr erregte ihn jedoch die Tatsache, daß dieses Zeugnis die Fernsehzuschauer wirklich erreichen würde.

Die letzten zwei Tage hatte er Sokol begleitet, den ein ungewohnter Tatendrang erfaßt hatte: Er schlug sich in die streikenden Schulen durch und fragte pausenlos Leute, die er zufällig traf, nach ihrer Meinung, ohne sich vorher zu versichern, was er von ihnen hören würde.

Jetzt hielt er sein Mikrofon gerade einer älteren, stämmigen Frau vor die Nase. Vielleicht hatte er unbewußt den Typ Frau ausgewählt, den er sonst alljährlich für die Feiern zum Ersten Mai interviewte. »Was machen Sie beruflich?«

»Ich arbeite in einer Kooperative.«

»Und was machen Sie da Schönes?«

»Ich bin Melkerin.«

»Sie sind also von weit her gekommen?«

»Meine Tochter studiert hier. Das geht doch nicht, daß sie unsere Kinder schlagen.«

Die Leute rundherum hörten zu.

»Es reicht, was wir schon alles abgekriegt haben. Meinen Vater haben sie in die Uranminen geschickt! Wollen Sie wissen, warum?«

Die Frau schickte sich an, ihm ihr Leben anzuvertrauen. Doch dafür war jetzt nicht die Zeit. Er schwenkte mit der Kamera auf die Menge, ein kleiner Junge, der auf den Schulter eines Mannes saß, schwenkte einen Wimpel.

Vom unteren Ende des Platzes hörte man die Leute rufen: »Wahrheit, Wahrheit!«

Auch der kleine Junge rief etwas: Selbst wenn sich seine Stimme im Meer anderer Geräusche verlor, so schien es Pavel doch, als schlösse sich der Junge den Rufen an.

Was war das – die Wahrheit?

Sokol hatte inzwischen einen jungen Mann im Monteuranzug vor das Mikrofon gezogen.

Die Wahrheit, so hatte man bis jetzt geglaubt, befand sich in den Taschen der Monteuranzüge, unter den Helmen der Bergleute und unter Schutzanzügen der Stahlarbeiter.

Der junge Mann erklärte, daß seine Kollegen in den Fabriken die Studenten unterstützten. Er war gekommen, um für den wahren Sozialismus zu demonstrieren.

Was stellte er sich darunter vor?

Gerechtigkeit, freie Wahlen. Daß die Polizei keine Unschuldigen schlägt. Und daß man reisen kann, wohin man will.

Die Demonstration näherte sich ihrem Ende. Als er die Kamera zum Wagen brachte, sah er schließlich doch ein bekanntes Gesicht. Er freute sich. »Alice, was machst du denn hier?«

»Hast du gedacht, ich würde in so einem Moment zu Hause sitzen?«

Sie gingen zusammen über den Platz, der sich langsam leerte.

»Erinnerst du dich, wie wir damals hier ... als wir uns das erste Mal begegnet sind?«

»Ja, das war ein viel verzweifelterer Augenblick, der Anfang der Dunkelheit.«

»Glaubst du, es wird jetzt wieder hell?«

»Glaubst du das nicht?«

Er zuckte mit den Schultern. »Ich habe gar keine Zeit, darüber nachzudenken, wir drehen von morgens bis abends. Seit dem Frühstück habe ich nichts gegessen.«

Sie hängte sich bei ihm ein wie vor einundzwanzig Jahren, nur daß sie damals zu dritt gewesen waren.

Sie fanden einen freien Tisch in einem kleinen Restaurant ganz in der Nähe des Platzes. Im Fernsehen in der Ecke waren noch Bilder von der Demonstration zu sehen. »Ihr habt Gewaltiges geleistet«, sagte sie mit Blick auf die Bilder, »die Menschen, die nicht hierherkommen können, erfahren so, was wirklich los ist.«

»Und Petr hast du im Schloß gelassen?«

»Den habe ich mindestens drei Tage nicht mehr gesehen. Er ist irgendwo auf einer Sitzung.« Er hatte nicht den Eindruck, als wolle sie über ihren Mann reden.

»Und die Kinder?«

»Die sind bei der Großmutter, wir wechseln uns ab. Morgen kommt sie wieder her.«

»Ihr nehmt das sehr ernst.«

»Es geht ums Ganze«, sagte sie, »darum, wie wir leben

werden. Wenn wir jetzt unterliegen, dann haben wir wahrscheinlich auf Jahre jede Chance auf Veränderung verloren. Siehst du das nicht auch so?«

»Ich habe ja schon gesagt, ich habe keine Zeit zum Nachdenken.«

»Das sind Ausreden, Pavel.«

»Du sagst, wenn *wir* gewinnen. Wer ist das: wir?«

»Vielleicht wir alle?«

»Es können nie alle verlieren, genauso wenig wie nie alle gewinnen können.«

»Ich hätte nicht gedacht, daß du das so sehen könntest.«

»Ich sehe das ja nicht so, ich sage nur, daß gewöhnlich die einen gewinnen und die anderen verlieren. Und manchmal zeigt es sich, daß die verlieren, die gedacht haben, sie gewinnen, und umgekehrt.«

»Du bist schrecklich erhaben über die Dinge, oder du tust wenigstens so. Hat das denn alles nichts mit dir zu tun?«

Der Kellner stellte zwei Gläser Wein vor sie hin.

»Verlaßt ihr jetzt euer Schloß?«

»Wahrscheinlich. Wenn das alles gut ausgeht. Eigentlich kann ich mir gar nicht vorstellen, es zu verlassen. Aber ich habe dich gefragt: was ist mit dir?«

Warum fragte sie ihn das? Aus wirklichem Interesse an ihm? Oder im Gegenteil aus einer gewissen Schadenfreude darüber, daß sie nun die Rollen tauschen würden?

»Natürlich geht mich das alles etwas an. Glaubst du, ich möchte nicht frei arbeiten? Ich weiß nur nicht, ob das möglich sein wird, auch wenn alles gut ausgeht.«

»Hast du Angst, daß du nichts mehr zustande bringst?«

»Nein, das nicht. Aber was ist, wenn die Sieger mich denen zuschlagen, die verloren haben? Was soll ich dann machen?«

»Du redest Unsinn. Du wirst endlich das machen, was du am besten kannst, und wirst nach deinen eigenen Vorstellungen arbeiten können.«

Vielleicht hatte sie doch aus wirklichem Interesse an ihm gefragt.

»Wenn es doch so wäre! Wenn du doch darüber entscheiden könntest.« Dann sagte er: »Das wäre schön. Ich kann es mir kaum vorstellen. Und ich versuche es auch nicht. Ich habe es mir abgewöhnt, über die Zukunft nachzudenken. Ich habe bis zum Hals in der Gegenwart gesteckt. Wie in einem Spinnennetz, mit vielen Spinnen und nicht nur mit einer. In jeder Ecke lauerten sie. Wer sich einmal verfangen hatte, der konnte sich nicht mehr befreien. Sie haben einen nicht sofort ausgesaugt, sondern langsam eingewickelt: Genehmigungen, sinnlose Beanstandungen, weil du etwas gezeigt hast, das du nicht zeigen darfst, oder weil du etwas nicht gezeigt hast, das du zeigen sollst. Sitzungen, Schulungen und Instruktionen, bei denen die, die nichts können, dich belehren, wie du's zu machen hast. Wenn du ihnen gesagt hättest, was du von ihnen hältst, wärst du sofort geflogen. Manchmal habe ich gedacht, ich halte das nicht länger aus.«

»Aber du hast es ausgehalten.«

Er nickte. Gern würde er ihr erklären, warum er es ausgehalten hatte. Er versuchte zu erläutern, warum sich die Welt nicht mit einem sauberen Schnitt, der sie und ihn trennen würde, in gut und böse teilen ließ. »Als ich in Mexiko war, sind wir in ein Fernsehstudio gegangen. Sie haben uns ihre tolle Ausrüstung gezeigt.« Er erinnerte sich an ein Erlebnis, mit dem er auch sich selbst zu überzeugen versucht hatte. »Der Fernsehsender dort ist sehr reich. Es war überhaupt eine reiche Wohngegend. Wir kamen auf die Idee, eine Stelle zu suchen, von der aus man den Popocatepetl sehen könnte. Und so sind wir auf einen Hügel hinaufgestiegen, an fabelhaften Villen und luxuriösen Haziendas vorbei, und plötzlich war es, als hätten wir eine unsichtbare Grenze überschritten, wir befanden uns inmitten von aus Wellblech und Kisten zusammengenagelten Hütten. Plötzlich war die Straße nicht mehr geteert und da war nur noch Matsch, in dem eine Menge Kinder herumliefen. Einige von ihnen bettelten und schrien uns an, eine ältere Mestizin lud uns zu sich in ihre Hütte ein, die keine Tür hatte.

Dann lief ein kleines Mädchen in zerrissenen Kleidern auf uns zu. Sie war auf keinen Fall älter als vier und hielt eine welke Blume, eine Art Wucherblume, in der Hand, die sie uns verkaufen wollte. An diesem Ort kam mir der Gedanke, daß jeder Mensch in einem Netz gefangen ist, aus dem er sich nicht befreien kann.«

»Warte, schau, was sie gerade zeigen«, unterbrach sie ihn.

Auf dem Bildschirm waren jetzt Aufnahmen von der Studentendemonstration zu sehen. Sie zeigten die Augenblicke vor der Attacke durch die Polizei. Wohlgeordnete Reihen von Polizisten, die ihre Gesichter hinter Schutzschilden verbargen. Die Studenten sangen die Nationalhymne. Mädchen, die den Polizisten Blumen an die Schilde steckten. Regungslosigkeit, Abwarten, Jungen und Mädchen, die brennende Kerzen vor sich aufgebaut hatten und auf der Straße saßen und sangen: Unsere Hände sind leer! Dann setzten sich die Reihen der Polizisten in Bewegung. Die ersten rasenden Schläge. Schmerzensschreie, dann nur noch das Geräusch der Schläge, wütendes Gebrüll, das Trampeln der Stiefel, das Heulen der Geschlagenen.

Alice schluchzte laut auf. Plötzlich bemerkte er, daß im Lokal absolute Stille herrschte. Alle verfolgten diese kurze Aufnahme. Alice wischte sich die Augen ab. »Das war schrecklich«, sagte sie leise, »aber daß ihr das gezeigt habt, das ist ... das ist der Anfang der Freiheit!« Sie umarmte und küßte ihn. Für einen Augenblick sah er nur das dunkle Blau ihrer Augen, die voller Tränen standen.

Im Fernsehgebäude ging er in die Garage, wo er gerade noch den Schluß einer erregten Versammlung mitbekam. Wie immer in den vorangegangenen Tagen ging es darum, ob der Verlauf weiterer Demonstrationen live gesendet werden sollte oder nicht. Die Leitung des Senders weigerte sich bis jetzt. Der kleine Ivens, neben den er sich setzte, sagte ihm, die Mehrheit des technischen Personals betrachte die Live-Ausstrahlung als Minimalforderung, für die sie auch streiken würden. »Wirst du etwas dazu sagen?«

»Ich weiß nicht, was bis jetzt schon gesagt worden ist.«

»Daß sie live gesendet werden sollen, versteht sich von selbst. Wo wir sogar die blöden Eishockeyspiele live senden«, meinte der kleine Ivens.

Er nickte. Eine Zeitlang lauschte er den leidenschaftlichen Ansprachen, die ihn voll und ganz überzeugt hätten, wären sie nicht gerade von Leuten gehalten worden, die noch ein paar Tage zuvor ganz sicher bereitwillig das genaue Gegenteil geäußert hätten. Im Laufe des Tages, während er auf dem Platz gefroren hatte und von Fakultät zu Fakultät gerannt war, hatte sich das Blatt offensichtlich gewendet, so daß Veränderungen unausweichlich schienen und alle es eilig hatten, sich auf die Seite der Sieger zu schlagen.

Doch wer würde für sie zeugen, wenn man auch sie den Verlierern zurechnen würde?

Wir haben keine Zeugen, wir haben niemand, auf den wir uns berufen könnten, und unsere Arbeit wird gegen uns sprechen.

Er hatte die vertraute Nummer gewählt. »Ich bin's, Ali, hast du schon geschlafen?«

»Nein, noch nicht, ich lese. Ich weiß gar nicht, wieviel Uhr es ist. Ist irgendwas passiert?«

»Nein, nichts. Ich kann nur nicht einschlafen.«

»Das ist nett, daß du mich anrufst.«

»Ich liege schon eine Stunde hier und schaue an die Decke. Ich sehe Käfer darüber laufen. Sie rennen um die Wette. Ich schaue ihnen zu und setze auf diesen zornigen Laufkäfer, der, sobald er verliert, dem Käfer vor sich das Bein abbeißt, und mir wird klar, daß das keine Käfer sind, sondern Menschen, und ich erkenne ihre Gesichter.«

»Liebster, ist dir irgendwas passiert?«

»Nein, nichts, nur diese Laufkäfer, sie machen mir angst.«

»Hast du etwas getrunken?«

»Ich sehe Käfer und keine weißen Mäuse.«

»Soll ich zu dir kommen?«

»Es ist schon sehr spät.«

»Ich bin daran gewöhnt, du weißt doch, daß ich immer Nachtschichten mache.«

»Das ist etwas anderes. Aber ich würde dich gern sehen. Ich hol dich ab, dann kannst du dich wenigstens davon überzeugen, daß ich nichts getrunken habe.«

»Du brauchst nicht herzukommen, ich nehme ein Taxi.«

Eine halbe Stunde später war sie da, sie küßte ihn in der Tür. »Geht es dir nicht gut?«

»Wie kommst du darauf?«

»Ich sehe es dir an.«

»Es geht mir schon wieder besser. Plötzlich hatte ich das Gefühl, als würde ich keine Luft mehr bekommen, aber es hat nur einen Augenblick gedauert.«

»Soll ich einen Arzt rufen?«

»Ich kann Ärzte nicht ausstehen. Nur wer Angst hat, seinem Leben selbst ein Ende zu setzen, geht zum Arzt.«

»Dann leg dich wenigstens hin.« Sie zwang ihn dazu, irgendeine Arznei zu schlucken, dann legte sie ihm einen kalten Umschlag auf die linke Brustseite.

»Bei mir hat sich soviel Arbeit angehäuft«, er bemühte sich, ihr etwas zu erklären, »und ich muß alles abschließen, bevor ich fahre. Mir bleibt nur noch so wenig Zeit dafür.«

»Rede nicht von deiner Arbeit oder davon, daß du wegfährst!« Sie legte ihm die Hand auf die Stirn. Ihre Hand war weich und feucht, sie roch nach Blättern. »Wenn ich wiederkomme, heiraten wir«, sagte er.

»Ich weiß. Du mußt mich nicht heiraten. Es ist nicht wichtig, ob wir verheiratet sind.«

»Ja. Leg dich zu mir.«

»Ich bleibe lieber sitzen.«

»Leg dich zu mir, es ist wichtig für mich, daß du so nah wie möglich bei mir bist.«

»Du willst mich so nah wie möglich bei dir haben und fährst dennoch ans andere Ende der Welt.«

Er sah zu, wie sie sich auszog. »Ich werde nur für einen Monat weg sein, aber wenn du willst, fahre ich nicht.«

»Nein, das will ich nicht. Ich habe nur Angst. Aber da kann man nichts machen. Das ist meine Art.«

»Du mußt keine Angst haben, ich komme zurück, wann immer du es willst.«

»Du kannst doch sowieso nicht darüber entscheiden, wann du fährst. Du kannst nicht wegfahren und die anderen einfach hier lassen.«

»Ich habe meine Entscheidungen immer für mich selbst getroffen.«

»Sei nicht so eingebildet, niemand kann allein über sich entscheiden.«

»Wer entscheidet dann über einen?«

»Gott oder die Engel.«

Sein Chef Halama warnte gerade davor, sich von der Stimmung bei den Demonstrationen anstecken zu lassen. Selbstverständlich versuchen wir alle, unsere Lebens- und Arbeitsbedingungen zu verbessern und mehr Freiheit zu erlangen. Im Augenblick jedoch sind die Grundfesten unserer Gesellschaftsordnung in Gefahr, alles, wofür sich Generationen eingesetzt haben, wofür Menschen sogar ihr Leben geopfert haben. In seiner Rede, die normalerweise farblos und einschläfernd war, schwangen jetzt Emotionen mit. Wenn wir weiter zurückweichen, dann gelangen wir an einen Punkt, wo keiner mehr die Kräfte aufhalten kann, die diese ganze Kampagne ausgelöst haben. Sie fegen unsere Regierung weg, sie fegen uns weg, sie fegen unser ganzes System weg und werfen uns um hundert Jahre zurück. Deshalb müssen wir die Leute beruhigen und nicht noch Öl ins Feuer gießen. Die Aufnahmen vom Eingreifen der Polizei zu senden, war in der jetzigen Situation ein Fehler. Überall auf der Welt handelt die Polizei auf diese Weise.

Im Saal schrie jemand, daß man das dann auch überall auf der Welt sofort im Fernsehen sehen könnte.

»Ja, das stimmt«, gab der Chef zu, »aber dort sind die Zuschauer abgebrühter, sie sind schon daran gewöhnt.«

Einer im Saal begann zu pfeifen, andere kamen dazu.

Sie hätten nicht so laut pfeifen sollen, denn der Redner hatte von seiner Warte aus gesehen recht, wenn er um das System fürchtete, das ihm die Möglichkeit gab, der Chef zu sein. Wenn dieses System zusammenbrach, würden diejenigen, die im Fernsehen so sprachen, wie man noch bis gestern gesprochen hatte, die ersten sein, auf die sich die Leute stürzten. Er mußte an Alice denken, die wegen des Fernsehberichts geweint hatte. Der Anfang der Freiheit, hatte sie gesagt. Die Frage war, wer von ihnen diese Freiheit überleben würde, die vielleicht gerade begonnen hatte und die sie verteidigen wollten. Gott sei Dank war er viel zu müde, um darüber nachzudenken, ob er nun seiner Freiheit einen Tempel errichtete oder vielmehr sein eigenes Grab schaufelte. Er versuchte unauffällig aus dem Saal zu schlüpfen, aber auf dem Gang holte ihn Sokol ein und erzählte ihm, daß das Streikkomitee der Studenten ein neues Treffen hatte und sie dort hin sollten.

»Morgen treffen sie sich wieder.«

»Morgen ist es vielleicht zu spät. Vergiß nicht, es geht jetzt ums Ganze.«

Das hatte er heute schon einmal gehört. Und schließlich hatte er sich immer danach gesehnt, ungehindert aufzunehmen, was er sah, oder vielmehr das, was sich hinter dem verbarg, was er sah. Warum sollte er jetzt eine Gelegenheit versäumen, noch dazu, wenn sie vielleicht schon bald vorbei sein könnte?

Die Schauspielschule befand sich in einer Straße, die den Namen eines Kaisers trug. Er hatte die Stadt in einer Zeit gefördert, als es ebenfalls ums Ganze gegangen war. Vor dem Gebäude gingen als Wache zwei Studenten auf und ab. Pavel und Sokol mußten warten, bis sie hineingelassen wurden. Dann mußten sie wieder warten, bis jemand vom Streikkomitee kommen und ihnen ein Interview geben würde. Inzwischen boten ihnen die Studenten Kaffee und belegte Brote an. Obwohl es schon spätabends war, brannte noch in allen Räumen Licht, und in den Gängen liefen junge Leute mit wichtiger Miene hin und her. In einem Hörsaal summten

Computer, ein anderer war voller Leute, die auf große Papierbahnen Poster malten. Kaum daß die Farbe getrocknet war, kamen andere, rollten die Poster auf und trugen sie weg. Aus dem großen Hörsaal waren die Bänke entfernt worden, und ein bebrillter junger Mann, dessen Gesicht ihm von irgendeiner Demonstration her bekannt vorkam, gab eine Erklärung ab. Die Studenten, die sich für seine Rede interessierten, saßen in einem Kreis um ihn herum, während einige am anderen Ende des Saales schon in die Schlafsäcke krochen, die an der Wand aufgereiht lagen.

Vor ein paar Jahren hatte man Pavel zu einer Podiumsdiskussion hierher eingeladen. Er hatte versucht, den Studenten, so gut er es konnte, nicht nur die Technik, sondern auch die Philosophie seiner Arbeit zu erläutern. Bei der Schnellebigkeit unserer Zeit, in der wir nicht mehr die Ruhe haben, uns umzuschauen, müssen wir den Leuten zeigen, was sie täglich übersehen. Das heißt nicht nur von Bild zu Bild schweifen, sondern die Kamera auf Dinge richten, die alltäglich scheinen. Die Technik der Videoclips ist nur ein Ausdruck der Neurosen, die uns befallen haben. Sie hatten ihm zugehört und dann mit ihm gestritten. Sie hatten ihm unterstellt, er würde die Videoclips angreifen, weil sie aus jener Welt kamen, die hinter dem Stacheldraht lag. In ihrem Auftreten spürte er eine unterschwellige Feindseligkeit: gegen sich als Person und noch mehr gegen die Welt, die er in ihren Augen vertrat.

Dann erschien der blasse, übernächtigte junge Mann, auf den Sokol und er gewartet hatten. Pavel nahm sein Gesicht, die Bewegungen seiner Lippen, seine geröteten Augen wahr; die Worte, die er sprach, vernahm er nur wie ein entferntes Rauschen. Der junge Mann sprach über Gewaltlosigkeit, über moralische Wiedergeburt, über die Freiheit, an das zu glauben, woran man glauben möchte, über die historische Gelegenheit, die sich ihnen jetzt bot und die sie ergreifen wollten.

Was war das – eine historische Gelegenheit?

Ein Augenblick, in dem die Menschen glaubten, daß es

ihnen gelingt, die Kontinuität der Geschichte zu zerreißen und damit neue Räume zu eröffnen. Ob tatsächlich neue Räume geöffnet und nicht im Gegenteil Räume verschlossen wurden, konnte gewöhnlich nicht von den Protagonisten beurteilt werden, sondern nur von der Geschichte.

Das Interview war vorbei, der junge Mann beeilte sich, wieder in die Versammlung des Streikkomitees zurückzukehren. Falls sie solange warten wollten, die Versammlung würde ungefähr in einer Stunde zu Ende gehen, dann wüßten sie mehr.

Sokol blickte unsicher auf seinen Kameramann.

»Wir können natürlich bis zum Morgen hierbleiben, wenn du glaubst, es ist nützlich. Auf jeden Fall ist es hier interessanter als zu Hause im Bett.« Er ging in den großen Hörsaal zurück, wo der bebrillte Junge immer noch redete und wo sich unterdessen noch mehr Leute schlafen gelegt hatten. Er suchte sich einen freien Platz an der Wand, faltete seinen Mantel, um ihn sich unter den Kopf zu legen, und wollte sich ausstrecken. Die Studentin, die zu seiner Linken lag, beobachtete ihn. »Wenn Sie keine Decke haben, gehen Sie in Nummer acht, dort gibt man Ihnen eine.« Ihre perfekte Aussprache und die volltönende Stimme verrieten die zukünftige Schauspielerin.

»Danke«, sagte er, »für die kurze Zeit lohnt es sich nicht.«

»Dann nehmen Sie eine von meinen, ich habe zwei.«

»Danke. Ich brauche wirklich keine. Mir ist warm genug.« Sie hätte seine Tochter sein können. Alle die Studenten hier könnten seine Kinder sein. Was würde sein Sohn jetzt machen?

»Wie Sie wollen«, das Mädchen drehte sich auf die Seite, um einzuschlafen.

Im Raum brannte ein störendes Licht, und die Luft war stickig vom Geruch so vieler schlafender Menschen. All das erinnerte ihn an die längst vergangenen Nächte in der Gefängniszelle. Nur das Mädchen neben ihm paßte nicht dazu. Genausowenig wie diese eigenartige, fast erhabene Stimmung, die alle, ihn eingeschlossen, einander näherbrachte. Dieses Gefühl der Nähe überraschte ihn, er war nicht daran gewöhnt und hatte sich immer dagegen gewehrt. Nicht immer, aber seitdem er die Gesetze kennengelernt hatte, die im Gefängnis herrschten.

Vielleicht hätte er geheiratet und hätte jetzt Kinder, wenn er damals nicht ins Gefängnis gekommen wäre. Dort hatte er nicht nur gelernt, daß man sich vor anderen Menschen in acht nehmen muß. Er hatte auch viel Zeit vergeudet, und zwar in einem Lebensabschnitt, in dem seine Altersgenossen erste Beziehungen eingingen, und nach seiner Entlassung hatte er noch mehr Zeit vergeudet. Ihn hatte eine Mischung aus Ehrgeiz, Zorn und Schuldgefühlen der Mutter gegenüber erfüllt. Und er war arm. Er hätte gern studiert, aber er wußte, daß er keine Hoffnung auf einen Studienplatz hatte. Er arbeitete als Fahrer, dann suchte er sich einen Job in einem Fotolabor, bis sie ihn schließlich zum Fernstudium zuließen. In dieser Zeit hatte er genug Frauenbekanntschaften und hatte auch mit einigen geschlafen, aber es war nicht eine darunter, der er vertraute, nicht eine, mit der er eine Familie hätte gründen wollen. Im übrigen hatten die meisten von ihnen selbst schon Kinder. Am Ende war er nicht mehr in der Lage zu erkennen, daß er eine Frau getroffen hatte, die er wirklich liebte. Und sein Sohn blieb ungeboren.

Der Raum war erfüllt von einem Stimmengewirr, und ständig wurden die Türen geöffnet und geschlossen. An der Wand klingelte ein Telefon und riß ihn immer wieder aufs neue aus dem ersten leichten Schlaf.

Am Tag vor seinem Abflug ging er mit Alina in sein Atelier. Obwohl es erst Nachmittag war, zogen sie sich aus, legten sich auf die Couch und liebten sich. Dann tranken sie Wein und Kaffee, schliefen nochmals miteinander und tranken wieder Kaffee, und sie sagte ihm die Zukunft aus dem Kaffeesatz voraus. Sie sah Abgründe und Schluchten, die unüberbrückbar schienen, und das betrübte sie, glücklicherweise sah sie darüber einen Raubvogel mit weit ausgebreiteten Flügeln schweben. Konnte es sein, daß er dieser Raubvogel war, konnte er so die Berge überwinden und immer weiter fliegen, zu ihr zurück? Dann erinnerte sie sich daran, daß er ihr einmal von einer Geschichte erzählt hatte, an der er arbeitete und die er gern verfilmen würde. Sie wollte, daß er sie ihr erzählte.

Er sagte, es sei nur eine unausgegorene Idee.

»Ich möchte sie hören, zum Abschied.«

»Das ist keine Abschiedsgeschichte.«

»Warum?«

»Weil es um etwas anderes geht.« Er umarmte sie. »Außerdem erinnere ich mich gar nicht daran, daß ich dir davon erzählt habe.«

»Ich möchte sie hören.«

»Ich habe dir davon nur erzählt, damit du weißt, daß es mir Spaß macht, mir Geschichten auszudenken. Statt immer nur zu filmen, was andere sich ausdenken. Eigentlich ist es keine Geschichte, es sind nur einzelne Bilder. Es macht mir Spaß, mir Bilder auszudenken. Und eines Tages mache ich vielleicht eine Geschichte daraus, und die wird dann für dich sein.«

»So erzähl doch, laß dich nicht so bitten.« Sie lag neben ihm, und er konnte ihren Körper berühren, ihre Brüste streicheln. »Um wen geht es in dieser Geschichte?«

»Weißt du, ich habe noch nicht einmal einen Namen für ihn. Ich nenne ihn einfach ›Er‹. Manchmal habe ich das Gefühl, daß ich es bin, aber dann trennen wir uns wieder, weil ich anders bin. Das ist ein verworrener Anfang, entschuldige. Er arbeitet mit Holz, wie mein Vater, aber das ist nicht wichtig. Er ist wohlhabend und erfolgreich, seine Schnitzereien sind berühmt. Dann passiert ein Unglück, er verliert seine rechte Hand.«

»Wie alt ist er?«

»Er ist noch nicht so alt, aber schon berühmt. Er will das Schnitzen nicht aufgeben, er versucht es mit der linken Hand, aber für so eine Arbeit braucht man beide Hände. Was er jetzt fertigstellt, ist anders, es sieht aus, als hätte es ein ganz anderer

Mensch gemacht. Er ist völlig niedergeschlagen und hat das Gefühl, sich selbst verloren zu haben.«

»Hat er keine Familie?«

»Er hat zwei Söhne, aber er lebt nicht mit ihnen zusammen. Ihre Mutter ist mit ihnen weggegangen, als sie noch klein waren. Nachdem ihm das Unglück mit der Hand passiert ist, kommen sie zu Besuch in sein Atelier, wo eine Menge fertiger und halbfertiger Schnitzereien stehen. Ein Vogel, der gerade losfliegt, ein Tiger, der sich zum Sprung duckt, Ikarus und der gefesselte Prometheus. Die Söhne wollen wissen, was er jetzt tun wird. Er antwortet ihnen, daß sie sich keine Sorgen zu machen brauchen. Er habe in seinem Leben schon genug getan, jetzt wolle er einfach leben und nachdenken.

Das versucht er tatsächlich. Er geht in der Stadt und auf dem Lande spazieren. Aber die Dinge, die er sieht, verlangen danach, daß er ihnen eine Form gibt, und er muß ihnen antworten, daß er das nicht kann, und das deprimiert ihn.

Er verläßt das Haus nicht mehr, er verbannt alle Dinge und Menschen aus seinem Kopf, bis er nur noch Leere in sich fühlt. Eine Leere, die nichts ähnelt, keiner Landschaft, keinem Raum, eine absolute Leere.«

»Und was ist mit Gott?«

»Er glaubt nicht an Gott.«

»Aber Gott existiert doch.«

»Das kann niemand wissen. Auch er weiß es nicht, aber er wartet nicht auf Gott. Er wartet eher auf den Tod, auf dessen Gesicht er neugierig ist. Wird er so aussehen wie eine alte Frau, die mit einer Sense über die Erde schleicht, oder wie ein junges Mädchen, das mit offenen Armen auf ihn zukommt?

Eines Tages erhält er eine Einladung von einem alten Onkel, den jeder in der Familie für verrückt hält. Er nimmt die Einladung an, er hat ja sowieso nichts zu tun, er lebt doch in der Leere. Die Leere jenes Tages stelle ich mir als gelblichen Nebel vor, der ab und zu vom Umriß eines Hauses durchbrochen wird. Plötzlich taucht aber ein Rabe aus diesem gelblichen Dämmer auf. Er sitzt auf dem Rand eines Brunnens und sieht ihn an. Dann öffnet er seine Flügel, als wolle er fortfliegen, aber er fliegt nicht weg, er betrachtet ihn nur mit seinen kleinen listigen Augen, wie er das Haus seines Onkels betritt.

Der Onkel hat ein interessantes Gesicht, er erinnert ihn ein bißchen an Spencer Tracy. Sein Lebensinhalt ist es, Ahnenforschung zu betreiben. Er fahndet nach Vorfahren, verfolgt, soweit seine Kräfte reichen, auch die entfernteren Zweige der Familie. Er erzählt ihm, er sei schon bis ins sechzehnte Jahrhundert gekommen und habe unbekannte Soldaten, Feldschere, verarmte Landedelmänner, von der Inquisition verfolgte Ketzer, Dorfschulzen und ganze Generationen von Leibeigenen gefunden. Er habe einen Zweig der Familie ausfindig gemacht, der bis nach Burgund gelangt sei.

In seinem Schrank liegen Stöße von Landkarten und bogenweise Millimeterpapier, auf das er Stammbäume zeichnet. Der Onkel teilt ihm mit, er beabsichtige, ihm dies alles zu hinterlassen. Er wendet ein, er habe sich noch nie für derlei interessiert. Dennoch bringt der Onkel einen Karton voller Dokumente: darunter sind die Originale von Geburtsurkunden, Kaufverträge, verblaßte Briefe, Bänder, getrocknete Blumen, Todesanzeigen, Abschriften aus dem Standesregister. Der Sinn meiner Arbeit, sagt er, ist, zu erkennen, wo ich herkomme und wohin ich gehe.

›Was können irgendwelche Daten und Namen längst gestorbener Menschen schon erzählen?‹ fragt er den Onkel. Der beugt sich zu ihm und flüstert: ›Sie sprechen zu mir. Sie sind nicht tot, sie bewegen sich nur in einem anderen Raum.‹

In der Woche darauf nimmt er ein Taxi, um all diese Dokumente mit nach Hause zu nehmen. Als er den letzten Karton hinausträgt und sich anschickt zu bezahlen, bemerkt er, daß ein riesiger Rabe auf einem Haufen von Lehm und Pflastersteinen sitzt und ihn beobachtet. Er versteht, daß ihm ein Zeichen gegeben wird, aber sein Sinn bleibt ihm verborgen. Langweile ich dich?«

»Wie könntest du mich langweilen?«

»Auf diese Geschichte hast du mich gebracht.«

»Ich?«

»Ja, durch deine Art zu sein.«

»Meine Art zu sein?«

»Geheimnisvoll.«

Sie küßte ihn.

»Erst nachdem der Onkel tot ist, macht er sich ans Werk. Er sucht das letzte Schriftstück des Onkels, jenes, das einem wie auch immer gearteten Anfang am nächsten kommt, auch wenn es von diesem genausoweit entfernt ist wie ein Schriftstück über die heute Lebenden, weil zwölf Generationen in der Geschichte einer Familie nichts bedeuten. An der Spitze des Baumes steht der Name Agrippa Sever, der an einem 4. November in der Gemeinde Chiliéne im Bezirk Ellis geboren wurde. Er schreibt diese Angaben ab. Er weiß nicht, in welchem Land er den Bezirk Ellis zu suchen hat, aber er stellt sich die Zeit vor. Eine mittelalterliche Burg, die auf einem unzugänglichen Felsen emporragt, ein steiniger Weg, auf dem zwei Ochsen einen schweren Wagen ziehen.

Die Gemeinde Chiliéne heißt heute Kylléne und befindet sich am nordwestlichen Ausläufer des Peloponnes, wie er beim Vergleich mit alten Landkarten feststellt. Er muß dort hinfahren, wenn er mit seinen Forschungen weitermachen will. Dort angekommen versucht er, in der Pfarrei etwas herauszufinden, aber er hat kein Glück. Der Pfarrer hat keine Verzeichnisse mehr aus jener Zeit. Er führt ihn nur auf den Friedhof, aber dort findet er nicht ein einziges Grab, das älter als hundertfünfzig Jahre ist, nicht ein einziges Kreuz, auf dem der gesuchte Name steht. Der Pfarrer schickt ihn in die Kreisstadt. Er will dieses Städtchen am Meer nicht beschreiben.«

»Du hast es gesehen?«

»Vielleicht in einem Film. Oder ich habe davon geträumt. Häuser und Straßen aus Stein, alles ist weiß, und in den Gärten rosafarbene Oleanderblüten. Dort wachsen auch Feigen und Oliven. In den engen Gassen spielen schwarzhaarige

Kinder mit bräunlicher Haut. Ein Esel zieht einen zweirädrigen Wagen die Straße hinauf.

Er fragt nach dem Archiv, aber keiner versteht ihn. Sie führen ihn in eine Kneipe, in der einige Matrosen und junge Frauen sitzen. Sie bieten ihm Wein an. Erstaunt betrachtet er einen geschnitzten Raben, der auf einem Regal neben der Tür stand. Ihm wird bewußt, daß seine Reise hierher nicht umsonst gewesen sein wird. Und tatsächlich findet sich am nächsten Tag der Name, den er gesucht hat. Er stellt auch fest, daß der Großvater des Gesuchten mit der Armee des venezianischen Dogen hierhergekommen war.«

»Und jetzt muß er nach Italien?«

»Ja, auf einmal hat ihn das Fieber gepackt, weitere Vorfahren ausfindig zu machen. Der italienische Soldat hieß Severus. War dieser Mann etwa mit der Dynastie der römischen Kaiser verwandt? Diese Idee nimmt ihn gefangen. Nicht etwa, weil er sich wünschte, der Nachkomme von irgendwelchen Kaisern zu sein, die in keiner Hinsicht bemerkenswert oder hervorragend waren, sondern weil er darin einen Anhaltspunkt für sich selbst sieht. Aber wie soll er den Abstand von tausend Jahren überbrücken? Eine Zeit, in der die Barbaren durch Europa zogen und die Städte und Länder verwüsteten, in der sogar Könige und Ritter aus dem Nichts aufzutauchen scheinen und ihre Nachkommen sich wieder darin verlieren?

Aber er setzt seine Reise in die Vergangenheit fort, auch wenn diese immer schwieriger wird. Er beschwatzt Archivare, drängt sich in Klöster, Pfarreien und Bibliotheken, er schreibt Briefe. Manche Adressaten halten ihn für einen Spinner, andere glauben, daß sie aus ihm, wenn schon kein Geld, so doch etwas Wertvolles herausholen können.

Seine Söhne besuchen ihn wieder. Sie stellen fest, daß sein Atelier jetzt leer ist, geblieben sind nur einige unfertige Holzblöcke und die Schnitzerei des Vogels mit den ausgebreiteten Flügeln. Sie versuchen dem Vater zuzureden, sie schreien ihn an, er sei verrückt geworden und solle sich behandeln lassen, er wirft sie hinaus.

Vielleicht sollte er wirklich einen Arzt aufsuchen, statt dessen fährt er fort mit seinen Forschungen. In seinem Leben wechseln sich nun die Landschaften, Städte, Pfarreien und Klöster ab, vor seinen Augen flimmern die unleserlichen Buchstaben der Urkunden. Ihm kommt es vor, als tanzten sie und bildeten Wörter und Namen. Mit ihnen treten andere Landschaften und andere Menschen in sein Leben. Solche, die schon lange verschwunden sind, von denen nur noch die Namen geblieben sind und keine Gesichter. Und dennoch sieht er sie. Einmal schreiten sie bei einem Hochzeitsumzug in alten Trachten, unter gregorianischen Gesängen zu einer Kirche, die auf einem weißen Felsen steht. Ein andermal erblickt er seine Vorfahren in einer Schar von Kriegern, die auf einem Pfad durch einen Urwald ziehen und dann halbnackt um ein Feuer tanzen. Er hört die Freudenschreie der Jäger, wenn sie ihre Beute erlegt hatten. Diese Bilder werden immer häufiger, am Anfang kommen sie nur in der Nacht, dann auch am Tag. Er blickt zum Beispiel aufs Meer, und plötzlich sieht er eine Reihe von Kriegstrieren, die sich dem Ufer nähern, oder er schaut aus dem Fenster des Gasthauses und sieht zwölf Liktoren in Togen. Einmal bemerkt er, wie ein kleiner, behaarter Mann mit einer niedrigen, fliehenden Affenstirn ihn von ferne beobachtet. In seiner mächtigen Rechten hält er eine Keule. Er bleibt stehen, damit dieser Kerl ihn einholen kann, aber der Mann umkreist ihn nur wie ein Beutetier. Das wiederholt sich mehrere Tage hintereinander. Schließlich erscheint der Kerl nachts an seinem Bett. Er fragt ihn, was er will, aber er weiß, daß dieser Mann ihm nicht antworten wird, er kommt aus einem anderen Raum, hat ein fremdes Wesen. Er ist nur ein Schatten derer, von denen auch er selbst abstammte. Dann besuchen ihn die Schatten öfter, sie kommen zu ihm in sein Atelier, sie sitzen in den Ecken oder stehen nachts um sein Bett herum, und von Zeit zu Zeit hört er ihr Flüstern. Manchmal versteht er Satzfragmente und springt dann aus dem Bett, um hastig mit der linken Hand aufzuschreiben, was sie ihm offenkundig mitteilen: *wenn ich schließlich Gnade vor Deinem Antlitz gefunden habe... näher bei Dir, unser Herr, näher beim Feuer..., Lehm zu Lehm, Asche zu Asche, Staub zu Staub, Leben zum Tode... O verneige Dich, Mächtiger, und führe unsere Seelen in...* Manchmal versucht er auch, ihre Gesichter in einer Zeichnung festzuhalten. Die wilden, bärtigen Gesichter der Männer und die nackten Gesichter der Frauen, ihre niedrige Stirn, die platte Nase und das kleine Kinn verleihen ihnen ein wildes, fast animalisches Aussehen. Auch ihre Namen klingen immer sonderbarer, sie sind kurz und erinnern oft an den Schrei von Vögeln, die Laute von Tieren oder einfach das Heulen des Windes. Er lernt, daß Si-Si-Si der Sohn von Tektek ist, aber wann er eigentlich gelebt hat, wie lange und wo, das erfährt er nicht. Er versucht ihn erneut herbeizurufen, aber keiner der Schatten kehrt jemals zurück, so als müßte jeder schnell den Platz für einen anderen freimachen. Schließlich benehmen sie sich immer wilder. Ihre Sätze werden unzusammenhängend, bald sagen sie nur noch einzelne Wörter, dann stammeln sie nur noch Silben, und schließlich hat er den Eindruck, daß sie zwischen diesen Silben Tierschreie ausstoßen. Wildes Geheul urzeitlicher Raubtiere, das tiefe Brummen der Bären und, fast unaufhörlich, das Zischen sich nähernder Schlangen und das schlürfende Gähnen von Muscheln. Das ist ermüdend und geht ihm auf die Nerven. Noch immer versucht er, die Umrisse der Schatten einzufangen, aber es gelingt ihm nicht mehr, ihre Formen wahrzunehmen, vielleicht verlieren sie sich ganz, vermodern mit der Zeit, und schließlich sieht er nur noch bunte, verwischte Flecken, die um ihn herum fliegen und kreisen.

Dann verlassen ihn die Kräfte, er steht nicht mehr aus dem Bett auf und sieht nur noch zu, wie die Lichter tanzen, hört die Laute, die immer mehr zusammenfließen, eins werden, bis sie nur noch wie das Rauschen des Wassers klingen. Er fühlt, daß er nicht länger liegt, daß er fällt. Er fällt in eine Tiefe, die bodenloser ist als der Himmel, und während er fällt, beruhigt sich das Licht um ihn herum und wird klar. Die

Töne werden zu einem einen einzigen Ton, einem durchdringenden Pfiff, der so sehr in ihn eindringt, daß er nicht mehr weiß, ob er von außen kommt oder von innen. In diesem Moment weiß er, daß er die Gegenwart Gottes erfährt. Und er flüstert: Gott – sein letztes Wort. Sie finden ihn in der Mitte des leeren Ateliers, er liegt inmitten von Papierfetzen, auf denen Wörter in einer unverständlichen Sprache stehen und Zeichnungen mit unwahrscheinlichen Geschöpfen zu sehen sind. Der Tote lächelt. Einer von denen, die ihn finden, sagt: ›Der Arme, er muß den Verstand verloren haben.‹«

Stille – wie im Atelier des Toten. Er dachte, sie wäre vielleicht eingeschlafen, aber ihre weit geöffneten Pupillen blickten in die Dunkelheit, zum Fenster. »Und dieser Vogel, was war mit dem Raben?« fragte sie schließlich.

»Den habe ich vergessen«, ihre Frage enttäuschte ihn ein wenig. »Er findet heraus, daß einer seiner Vorfahren den Spitznamen Corvus hatte.«

»Das ist eine sonderbare Geschichte. So eine Geschichte habe ich von dir nicht erwartet. Es ist, als ob jemand anderes sie sich ausgedacht hätte. Jemand anderes in dir. Jemand, der ein schreckliches Verlangen danach hat zu glauben.«

Sie beugte sich zu ihm und begann ihn zu küssen. Tränen liefen über ihr Gesicht. Er wußte nicht, ob sie weinte, weil seine Geschichte sie gerührt hatte, oder weil er ihr leid tat, oder weil sie sich trennen mußten.

Was war das – Glaube?

Der Glaube war eine Sehnsucht, die vorgab, eine Überzeugung zu sein.

Das Geräusch im Raum hörte plötzlich auf.

Dann gab eine sehr laute Männerstimme bekannt, daß fünf Boten gebraucht würden, die noch jetzt in der Nacht aufs Land fahren sollten. Sie müßten auf alles gefaßt sein, denn die Situation auf dem Lande sei unklar, außerdem stünden unbestätigten Meldungen zufolge bewaffnete Milizen am Rande der Stadt. Die Stimme zählte alle Orte auf, für die Boten gebraucht wurden. Der am weitesten entfernte lag am anderen

Ende des Landes. Im Saal standen sofort Freiwillige auf. Plötzlich hörte er Sokols Stimme, der den Übertragungswagen zur Verfügung stellte. Also stand er ebenfalls auf. Es schien ihm ziemlich unwahrscheinlich, daß geschossen würde, aber falls es doch passieren sollte und er und seine Kamera es überlebten, würde er einmalige Aufnahmen machen können. Auch wenn auf der Welt immer irgendwo geschossen wurde und diese einmaligen Aufnahmen einander alle ähnelten. Ein langhaariger Junge und ein Mädchen, das noch ein ganz kindliches Gesicht hatte, stiegen zu ihm und Sokol ins Auto. Andere Studenten brachten noch ein Päckchen mit Plakaten und einige Flugblätter.

Als sie losfuhren, sah er, daß ihnen aus den erleuchteten Fenstern einige Hände zuwinkten. Es war das erste Mal, daß Fremde einem Auto zuwinkten, in dem er saß. Die beiden jungen Leute saßen nebeneinander und sprachen leise über Leute, die er nicht kannte. Das Mädchen redete den Jungen mit Dan an und er sie mit Dora.

Mitternacht war schon vorbei, und im Gegensatz zum Nachmittag waren die Straßen völlig leer. Von bewaffneten Milizen keine Spur.

Er zog ein Päckchen Zigaretten hervor und bot den Studenten eine an. Der Junge lehnte ab, das Mädchen ließ sich von ihm Feuer geben. Sein Feuerzeug hatte die Form eines kleinen Revolvers, und sie bemerkte: »Gut, daß wir bewaffnet sind.«

»In diesem Land wird doch nicht geschossen«, sagte der Student, als ob er sich überhaupt an solche Zeiten hätte erinnern können. »Wenn geschossen wird, muß dafür schon jemand von außerhalb kommen.«

»Man kann jemand auch umbringen, ohne zu schießen«, wandte das Mädchen ein.

»Hat man jemand umgebracht, den Sie kennen?« fragte er sie.

»Nein«, antwortete sie. »Aber das ist nicht wichtig. Man kann die Leute auch langsam vergiften, so daß es niemand bemerkt.«

»Denken Sie an das Fernsehen?«

»Ja, auch«, sagte sie, »aber es gibt viele Möglichkeiten. Uns hat man zum Beispiel fünfzehn Jahre lang in der Schule vergiftet.«

»Sie zählen sogar den Kindergarten mit?«

»Da fängt es an«, sie lachte. »Aber damit ist jetzt Schluß!«

Sokol, der neben dem Fahrer saß, drehte sich zu ihnen um. »Schade, daß Sie das nicht vor einer Kamera gesagt haben.«

»Das erzählt Ihnen jeder, den Sie fragen«, sagte sie, »schade, daß Sie so lange nicht zu uns gekommen sind.«

»Wir wären schon früher gekommen, aber man hätte uns das nicht senden lassen. Und Sie hätten vielleicht nicht so gesprochen.«

»Vielleicht«, gab der Student zu, »alles braucht seine Zeit.«

Das Auto hatte die Stadt schon verlassen, sie konnten jedoch nicht schneller fahren, da es sehr neblig war. Das Mädchen lehnte sich an die Schulter des Jungen und schloß die Augen.

»Was studieren Sie?« fragte er den Jungen.

»Zufällig genau das, was Sie machen. Ich will Kameramann werden.«

»Das ist gut, dann können Sie für mich einspringen, wenn es nötig ist.«

»Warum nicht?« sagte er. »Interessant ist es auf jeden Fall.«

»Was meinen Sie damit?«

»Ich fand unsere Fernsehprogramme immer unerträglich. Wenn bei uns zu Hause die Glotze angeschaltet wurde, bin ich immer ins Nebenzimmer gegangen. Und jetzt fahre ich mit Ihnen im selben Auto.«

»Vielleicht fanden wir es noch unerträglicher als Sie«, ließ sich Sokol vernehmen. »Wir hatten mehr Grund dazu.«

»Aber Sie haben es gemacht«, wandte der Student ein. »Trotzdem haben Sie es gemacht.«

»Sie haben auch studiert, obwohl sie Sie wußten, daß es Sie vergiftet«, sagte Sokol.

»Das ist ein interessanter Vergleich. Trotzdem besteht da ein kleiner Unterschied.«

»Vielleicht werden Sie die Möglichkeit bekommen, alles besser zu machen, wenn Sie uns ablösen«, mischte er sich ein.

»Das hoffe ich, sonst möchte ich damit nichts zu tun haben.«

Das glaubst du jetzt, dachte Pavel, solange du die Hoffnung auf Veränderungen hast. Aber er sagte nichts. Er zündete sich noch eine Zigarette an und sah in den undurchdringlichen Nebel, der sie vollkommen einhüllte.

Auch er hatte einmal gehofft, daß die Dinge sich ändern würden. Solche wie der Student würden kommen und ihn ablösen, weil sie ihn für einen Volksvergifter hielten. Und er würde ihnen dabei helfen, weil er schließlich auch wollte, daß alles besser würde. So sah also der Beginn der Freiheit aus. Wenn sie schon nicht für ihn selbst kam, dann wenigstens für seinen ungeborenen Sohn.

2.

Die Kameras waren aufgebaut, der Schreibtisch ausgeleuchtet. Der Greis hielt einige Bögen Papier in der Hand, auf denen seine Rede stand.

Er sah abgemagert, müde und sehr alt aus. Seine Stimme klang dennoch so scharf und herrisch wie immer. »Können wir anfangen?« Er wollte es hinter sich bringen. Ein Abgang, den die Straße erzwungen hatte; Menschen, die jetzt gierig auf seine letzte Demütigung warteten.

»Noch zwei Minuten, Herr Präsident!« Auch Pavel hätte es lieber schon hinter sich gehabt. Auch wenn ihn niemand sah. Er hatte kein Verlangen verspürt, diesen Mann noch einmal aus nächster Nähe zu sehen. Aber sie hatten ihm gesagt: »Wer sonst als du?«

»Machen Sie sich bereit, Herr Präsident!«

Der Greis setzte sich hin, zog ein Taschentuch heraus und

putzte sich die Nase. Offensichtlich war er bewegt. Als er vor vielen Jahren zum ersten Mann des Staates gewählt worden war, hatte er vor Rührung geweint. Zweifellos hatten auch viele andere im Lande geweint: aus Verzweiflung oder Scham. Die meisten hatten jedoch wie Pavel neugierig oder mit entsetzter Gleichgültigkeit zugesehen.

»Noch fünfzehn Sekunden, ich gebe Ihnen ein Handzeichen, Herr Präsident.«

Die Worte auf dem Papier waren mehrfach vergrößert worden, damit der halbblinde Mann sie lesen konnte. Das Papier zitterte.

Er gab ihm ein Zeichen, und der Greis hielt seine letzte Rede, bevor er in das dunkle Loch absoluter Vergessenheit fiel.

Pavel nahm das Gesicht auf, das er schon so viele Male aufgenommen hatte, die Mikrofone fingen die Stimme ein, die sie schon so viele Male eingefangen hatten. Die Stimme bebte ein wenig, und das Gesicht, das immer finster und ernst ausgesehen hatte, sah noch finsterer und ernster aus als sonst. Es schien, als habe er nicht nur seit langer Zeit wieder einmal selbst eine Rede geschrieben, sondern auch Gefühle in sie gelegt, als sei seine Rede für ebendie geschrieben, an die er so oft seine unnützen Aufforderungen, seine Botschaften – leere, eloquente Trivialitäten – gerichtet hatte. Dieses Mal sprach er trocken und sachlich. Die Menschen forderten eine neue Regierung und den Rücktritt des Präsidenten. Er habe viele Briefe zu dieser Frage erhalten, manche seien kritisch, andere unterstützten ihn. Er danke allen, die ihre Meinung geäußert hätten, sei es positiv oder negativ, nun wisse er wenigstens, welcher Ansicht die Leute wären. Sein Entschluß laute: er werde eine neue Regierung ernennen und dann zurücktreten.

»Seit meiner Jugend habe ich an dasselbe leuchtende Ideal geglaubt und glaube noch immer daran.« Er sprach schon aus einem dunklen Loch heraus über seinen falschen Glauben, ein ertrinkender Rabe, dessen gebrochene Flügel vergeblich auf die stürmischen Wellen einschlagen, die über ihm zusammenbrechen. »Es hat ganz sicher Fehler gegeben, aber das lag an den Menschen und nicht am Ideal, deshalb bleibe ich ihm treu, und das tun die meisten von Ihnen, glaube ich.«

Pavel betrachtete dieses düstere Gesicht mit der professionellen Aufmerksamkeit eines Kameramannes, der weiß, daß er es nicht aus dem Sucher verlieren darf und dem klar ist, daß das Gesicht bleibt, wo es sein soll, wenn er die Kamera nicht bewegt. Er fühlte keine Regung, nicht einmal einen Anflug von Mitleid mit dem Greis. Er beobachtete ihn, wie er eine Schlange, eine aufgeschlitzte Ratte oder eine Lagerhalle mit hochgiftigem Abfall betrachtet hätte.

Was wäre, wenn dieser Herrscher nicht aus der Dunkelheit hervorgetreten wäre, in die er jetzt zurückkehrte? Wenn er nicht in meinem Leben erschienen wäre und es nicht befleckt hätte, wenn er das Leben all derer, die in diesem Land lebten, nicht befleckt hätte? Vielleicht wäre mein Leben dann nicht so unwürdig gewesen, vielleicht stände ich dann nicht am Rande jenes dunklen Lochs, das mich verschlingen will.

Der erste Mann im Staat wünschte allen zum letzten Mal, daß sie die jetzigen Schwierigkeiten überwinden mögen, und friedliche Weihnachten und ein glückliches neues Jahr.

Mein Sohn wäre dennoch nicht geboren worden.

Die Rede war zu Ende, die Beleuchter löschten die Lampen, die Tontechniker räumten die Mikrofone weg.

Der Greis kam auf ihn zu, es schien, als zögere er aus Angst vor einer Zurückweisung, dann gab er ihm die Hand, bedankte sich und wünschte ihm ebenfalls alles Gute.

Wer würde an seine Stelle treten? Und wer würde dann dessen Rede aufnehmen?

Um seine Mutter zu sehen, mußte er jetzt ins Krankenhaus gehen. Sie hatte sich auf dem Gasherd Tee kochen wollen, war unaufmerksam gewesen, und ihr Schlafrock hatte Feuer gefangen. Erstaunlicherweise war es ihr gelungen, sich den Schlafrock herunterzureißen, aber sie hatte sich dennoch den linken Arm und die linke Hüfte verbrannt.

»Für einen jungen Menschen wäre das nur eine schmerzhafte Unannehmlichkeit«, sagte ihm die Ärztin, »aber in diesem Alter heilt die Haut manchmal überhaupt nicht mehr.«

»Ich verstehe.« In der Hand hielt er einen Blumenstrauß, den er für die Mutter gekauft hatte. Er mußte daran denken, daß die Mutter die Blumen wahrscheinlich gar nicht wahrnehmen würde, so daß er sie ebensogut der Ärztin schenken könnte, aber der richtige Moment dafür war schon vorüber, und zudem gehörte es sich vielleicht nicht, eine Ärztin einfach so mit Blumen zu beschenken.

»Wenn ich irgendeine Medizin besorgen soll oder Sie sonst irgendeine Unterstützung brauchen …«

»Machen Sie sich keine Sorgen, wir tun alles, was in unseren Kräften steht«, sagte die Ärztin.

Wenn er ein eigenes Zuhause hätte, wohin er seine Mutter hätte holen können, wäre so etwas nicht passiert. Aber die Mutter war wohl auch der Grund gewesen, warum er nie ein eigenes Zuhause gegründet hatte. Er hätte mehr Zeit mit ihr verbringen können, als er es getan hatte, aber ihr verwirrter Geist stieß ihn ab. Während er bei ihr war, dachte er die meiste Zeit nur daran, wie er möglichst schnell wieder wegkommen konnte.

Sie lag mit drei anderen Frauen zusammen in einem kleinen Zimmer. Der verbundene Arm ruhte auf der weißen Decke, sie hatte die Augen geschlossen. Die Luft im Zimmer war überheizt, abgestanden, es roch nach dem Schweiß alter Leute und irgendeinem Desinfektionsmittel.

»Die alte Dame schläft viel«, teilte ihm ihre Bettnachbarin mit, »in der ersten Nacht hat sie sehr geklagt, aber jetzt geht es schon besser.« Die Nachbarin war jung, und ihr Gesicht war offensichtlich für immer von Brandwunden entstellt.

Er füllte Wasser in eine Limonadenflasche und stellte die Blumen hinein, dann setzte er sich auf einen Stuhl neben dem Bett der Mutter und sprach mit ihr.

Sie öffnete langsam die Augen und sah ihn mit leerem Blick an.

»Ich bin's, Mutter.«

»Wer?«

»Pavel.«

»Das ist doch Ihr Sohn«, sagte die Nachbarin, »Sie haben mir doch selbst von ihm erzählt.«

»Du bist das?«

»Ja.«

»Das ist nett, daß du gekommen bist. Wo bin ich? Das ist doch nicht mein Bett.«

»Du bist im Krankenhaus, Mutter.«

»Und wie hast du mich hier gefunden?«

»Er hat nach Ihnen gesucht«, sagte die Nachbarin, »er wußte, daß seine Mutter hier ist.«

»Ja, er sagt, daß ich seine Mutter bin«, gab die Mutter zu. »Der Vater kommt nicht?«

»Nein.«

»Wahrscheinlich hat er keine Zeit«, mischte sich die Nachbarin wieder ein, »ich sage ja immer , bei den jetzigen Ereignissen hat niemand mehr Zeit. Mein Mann war seit einer Woche nicht mehr hier, er ruft nur noch an. Man sagt, der Präsident sei zurückgetreten?« fragte sie Pavel.

Er nickte.

»Schade«, sagte die Nachbarin, »es ist schade, daß ich gerade jetzt hier sein muß. Zu Hause würden wir das sicher feiern.«

»Der Präsident ist doch schon so oft zurückgetreten«, sagte die Mutter.

»Aber nicht dieser«, lachte die Nachbarin.

»Das ist nicht wichtig«, sagte die Mutter. »Alle müssen einmal zurücktreten. Stecken sie ihn auch ins Krankenhaus?«

»Wen?«

»Den, über den ihr immer sprecht.«

»Nein«, sagte er. »Hast du Schmerzen?«

»Was sollte mir weh tun, wo sie mir doch den Körper weggenommen haben?«

Er streichelte ihre Hand. Er wußte nicht, was er ihr sagen

sollte. Vielleicht würde sie in einigen Tagen sterben. Er sollte etwas für sie tun. Was konnte man für seine Mutter tun, deren Körper dahinging und deren Seele schon gegangen war? Von Hoffnung sprechen. Aber wie konnte er so von Hoffnung sprechen, daß sie ihn verstand? Und welche Hoffnung gab es überhaupt noch für sie? An welche Hoffnung glaubte er denn selbst? Was würde er sich in so einer Situation erhoffen?

Daß er nicht allein unter ganz fremden Menschen wäre, daß jemand da wäre, der seine Hand hielte. Er streichelte die Hand der Mutter noch einmal. Sie war kalt, faltig und rauh.

»Hier ist so ein komischer Geruch«, sagte sie, »ich glaube, ich bin nicht zu Hause. Und ich weiß nicht, wo mein kleiner Pavel ist.«

»Ich bin Pavel.«

»Du machst Spaß. Pavel war mein Sohn, mein kleiner Sohn.«

»Und wer, denkst du, bin ich? Ich bin seitdem gewachsen.«

»Pavel ist nie gewachsen. Ich weiß nicht, was aus ihm geworden ist. Er war ein netter Junge. Ich hatte ihn gerne und er hatte mich gerne.« Sie schluchzte leise. »Es macht mich traurig, daß ich ihn schon so lange nicht mehr gesehen habe.« Sie schloß die Augen und schluchzte immer noch.

Das Telefon hatte geläutet.

»El señor Fuks?«

»Al aparato.« Er war nicht richtig wach und hatte keine Ahnung, wie spät es war, aber draußen war noch finstere Nacht. Der Ventilator an der Decke drehte sich geräuschvoll, er lag in seinem Hotelzimmer. Im anderen Bett schlief Karel Sokol tief und fest. Sie hatten gestern abend zu viele Tequilas getrunken. Warum hatte Sokol das Telefon nicht abgenommen? Nein, das Gespräch war ohnehin für ihn. »Quin habla?«

»Un momento. Le llaman!«

»Hier ist Dr. Valentová. Können Sie mich hören?«

»Ja, ich höre Sie gut, Frau Valentová.«

»Ich bin Albínas Mutter.«

»Ich weiß, Frau Valentová.«

»Ich wollte Ihnen nur Bescheid sagen. Ich habe meine Tochter heute nacht ins Krankenhaus gebracht.«

»Mein Gott, ist etwas Schlimmes passiert?«

»Sie hat Blutungen bekommen – aber es besteht noch Hoffnung. Ich möchte nur, daß Sie es wissen.«

»Ja, danke. Ich weiß nicht ... meinen Sie, daß ich kommen soll?«

»Ich habe keine Ahnung wie Ihre Verpflichtungen aussehen. Aber meine Tochter ist psychisch nicht in der besten Verfassung. Sie wissen, was dieses Kind für sie bedeutet hat, was dieses Kind für sie bedeuten würde ...«

»Ja. Sagen Sie ihr bitte, daß ich komme. Ich komme mit dem nächsten Flugzeug, das ich kriegen kann.«

»Ich gebe Ihnen noch ihre Nummer im Krankenhaus. Falls Sie ihr das selbst sagen wollen.«

»Ja, vielen Dank, ich rufe sie an.«

Es war vier Uhr morgens, zu Hause war es zehn Uhr, nein, schon elf Uhr morgens.

Sokol fragte im Halbschlaf: »Ist etwas passiert?«

»Ich muß zurück.«

»Wohin?«

»Nach Hause!«

»Bist du verrückt geworden, war das die Produktion? Sie haben doch zugestimmt, daß wir unseren Aufenthalt verlängern.«

»Es war nicht die Produktion, du kannst ruhig weiterschlafen.«

»Wie kann ich schlafen, wenn du verrückt spielst?«

»Ich erklär's dir morgen früh.«

Vielleicht sollte er jetzt gleich im Krankenhaus anrufen, auch wenn er nichts Bestimmtes zu sagen hatte. Außerdem drehte sich in seinem Kopf alles. Als erstes mußte er einen Flug reservieren. Nein, zuerst mußte er die Sache mit Sokol besprechen, er konnte nicht einfach aufstehen und nach Hause fliegen, während sie noch mitten in der Arbeit steckten. Zuvor mußte er im Krankenhaus anrufen, um herauszufinden, ob seine Anwesenheit überhaupt sinnvoll wäre. Aber wenn er im Krankenhaus anrief, sollte er etwas Definitives wissen. Und übermorgen sollten sie nach Merida fliegen, vor diesem Termin konnte er unmöglich weg, alles war schon verabredet …

Am Morgen erschien alles schon viel weniger dringend, das Telefongespräch verwandelte sich in einen unwirklichen, nächtlichen Alptraum.

Schade, daß du mich ihr nie vorgestellt hast, sagte Sokol, ich würde die Frau gern kennenlernen, derentwegen du so bereitwillig alles stehen- und liegenläßt. Du kannst ihr doch nicht helfen, fuhr er fort, ihre Mutter ist Ärztin, die kümmert sich um sie. Du hast Verpflichtungen hier, du kannst jetzt nicht deine Sachen packen und wegfahren, das muß sie doch verstehen. Das klang überzeugend. Außerdem würde er wahrscheinlich nie wieder in diesen Teil der Welt kommen, und da war noch so viel, was er sehen und filmen wollte. Am nächsten Morgen rief er vom Flugplatz aus im Krankenhaus an. Er sagte Albína, er werde so schnell wie möglich zurückkommen. Dann flog er nach Merida, aber er beeilte sich. Er versuchte in einem Tag zu erledigen, wozu er sonst eine Woche gebraucht hätte. Das rief dann den sanften Vorwurf des indianischen Fahrers hervor, den sie angeheuert hatten. Warum habt ihr es immer so eilig? fragte er. Wenn ihr euch zu sehr beeilt, erklärte er, dann kommt eure Seele nicht hinterher, und wenn ihr nicht auf sie wartet, holt sie euch nie wieder ein.

Die Mutter öffnete die Augen wieder. »Wo bin ich eigentlich?«

»Im Krankenhaus. Du hast dich verbrannt«, sagte er. »Du hast Glück gehabt, daß du nicht in den Flammen umgekommen bist.«

Die Mutter lächelte. »Ich habe Glück gehabt. Einmal im Leben habe ich Glück gehabt. Und was machst du, mein Pavel, hast du auch Glück?«

»Alle haben wir Glück gehabt in diesen Tagen«, mischte sich die Nachbarin wieder ein, »alle sind froh.«

»Ja«, sagte die Mutter, »wir freuen uns, daß du gekommen bist, Pavel. Daß du bei mir bist. Daß du hier bei mir bleibst.«

Die Mutter schloß die Augen wieder. Er sollte bei ihr bleiben und nicht weglaufen. Er sollte bei ihr bleiben, bis zum Ende.

3.

Er war mit der Arbeit im Schneideraum früher fertig als erwartet, und vor ihm lag eine Spanne unausgefüllter Zeit. Auf dem Gang sah er eine Gruppe von Leuten, die er nicht kannte und die sich lebhaft über etwas unterhielten. Das Gebäude war jetzt voller unbekannter Männer und Frauen, manche von ihnen waren vielleicht nach vielen Jahren zum ersten Mal wieder hier, nicht in diesem Gebäude, das war neu, aber an Arbeitsplätzen, an denen sie früher einmal gearbeitet hatten. Diese Leute, die er nicht kannte und die ihn nicht kannten, beunruhigten ihn. Wenn der Flur breit genug gewesen wäre, hätte er am liebsten einen großen Bogen um sie gemacht. So ging er nur so schnell wie möglich an ihnen vorbei. Der Portier nickte ihm von seiner Loge aus zu, wenigstens den hatten sie nicht ausgewechselt. Noch nicht.

Draußen war ein kalter Abend, die Pflastersteine waren mit einer schmierigen Schicht aus Ruß, Staub und Feuchtigkeit überzogen, die Luft roch nach Rauch. Er setzte sich in seinen Sportwagen und fuhr ein Stück in Richtung Stadtzentrum. Ihm fiel ein, daß er Eva besuchen könnte, denn der Laden, in dem sie arbeitete, lag nicht weit von hier. Er hatte sie schon einige Tage lang nicht gesehen, weil er keine Zeit gehabt hatte.

Zusammen mit Sokol war er durch Städte und Dörfer gefahren, zumeist im Norden des Landes: aus dem Nebel, der die Gegend fast unaufhörlich einhüllte und die Umrisse von Dingen und Menschen auflöste, traten Demonstranten hervor, die Fahnen schwenkten. Auf improvisierten Versammlungen wurden improvisierte Reden gehalten, in der Regel von denen, die jahrelang nicht hatten reden dürfen. Sie stiegen auf Steinhaufen, auf Brunneneinfassungen und die Sockel von Denkmälern, deren Entfernung sie ebenso forderten wie den Rücktritt derjenigen, die sich vor diesen Denkmälern verneigt hatten. Sie entwarfen ihre Visionen davon, wie sich mit einem Mal ihrer aller Leben, also auch seines, verändern und sich über die Armut erheben sollte, die so lange an ihnen gezehrt hatte. Andere, die lieber handelten als redeten, kletterten auf die Dächer, um die verschneiten Symbole der Macht von gestern herunterzuholen, entfernten alte Straßenschilder und brachten neue an, auf denen man die schnell hingemalten Namen von Personen lesen konnte, die man noch vor kurzem nicht hatte erwähnen dürfen. Manchmal rotteten sie sich auch drohend unter den Fenstern verlassener Parteibüros zusammen, bereit, dort einzudringen, um mit den Säuberungen zu beginnen, oder besser, um sie zu vollenden. Fast allen war eine Begeisterung ins Gesicht geschrieben, die ihnen einen zärtlichen Ausdruck verlieh.

Auch in Evas Gesicht hatte er bei ihrem letzten Treffen diese Begeisterung bemerkt. Während ihm jedoch die Gesichter von Fremden durch diesen Ausdruck anziehender oder wenigstens interessanter erschienen, fand er ihn bei Eva abstoßend. Was erhoffte sie sich, was glaubte sie, würden die veränderten Umstände ihr – und ihm – bringen? Was verstand sie überhaupt von diesen Vorgängen, deren Folgen wahrscheinlich niemand absehen konnte? Vielleicht aber stieß ihn diese Begeisterung auch nur deshalb ab, weil er nicht ihre Ursache war.

Er parkte in einer Seitenstraße, genau vor dem Eingang einer Kneipe.

Drinnen war es voll, wie immer um diese Zeit in allen billigen Kneipen. Er blieb an der Theke stehen und bestellte sich einen großen Wodka. An der Wand hing ein Bild des neuen Präsidenten zwischen Postern mit Bierreklame und halbnackten Mädchen. Aus dem Lautsprecher erklang gedämpft die Melodie eines amerikanischen Schlagers, doch ging sie fast vollständig im Lärm der Stimmen unter. Neben ihm versuchte ein mächtiger Kerl dem Wirt seine Meinung über die Lage mitzuteilen. »Wir sind zu nachsichtig mit denen, das kann nicht gut ausgehen!«

»Die kommen schon noch dran«, sagte der Wirt, »alles braucht seine Zeit.«

»Entweder wir schlagen sie heute«, sagte der Kerl, »oder wir werden morgen von ihnen geschlagen. Das ist wie bei den Ratten. Sie verlassen das sinkende Schiff, und wenn man sie nicht totschlägt, laufen sie auf ein anderes Schiff und nagen dort weiter.«

Wohin gehöre ich? dachte er. Zu denen, die schlagen, oder zu denen, die totgeschlagen werden sollen? Er kannte hier niemand, aber er war sich nicht sicher, ob nicht irgend jemand ihn erkannte. Sein Bild erschien von Zeit zu Zeit in der Fernsehzeitung. Er fühlte sich unwohl. Er bestellte noch einen Wodka, trank ihn schnell aus und verließ die Bar.

Eva räumte etwas in ein Regal, als er eintrat. Sie drehte sich um, als sie das Knarren der Tür vernahm. »Du bist das? Wo kommst du denn her?«

»Ich bin zurückgekommen und gleich hierhergefahren, um dich zu sehen.«

»Das ist nett von dir. Ich mache bald zu. Kommst du heute mit zu mir?«

»Wohin sollte ich sonst gehen?«

»Ich weiß nicht, wohin du gehst, wenn du nicht bei mir bist.«

»Du kannst ruhig zumachen«, sagte er, »die Leute haben sowieso andere Dinge im Kopf als Taschentücher oder Socken.«

»Nach Weihnachten ist immer wenig los.« Sie stand auf, ging zur Tür, hängte ein Schild mit der Aufschrift: *Bin auf der Post* hin und schloß ab. »Ich bin heute allein und muß noch die Abrechnung machen und dann noch das Geld auf die Post bringen. Aber du kannst dich nach hinten setzen, ich koche dir einen Kaffee.«

Der Raum hinter dem Laden war halb als Büro eingerichtet, halb erinnerte er an ein Boudoir mit Waschbecken, Spiegel, einem kleinen Regal voller Fläschchen und Cremedosen, einem Tisch und zwei Sesseln, von denen man einen sogar in ein Bett verwandeln konnte. Auf einem Metallgestell stand ein Elektrokocher mit einem Wasserkessel, in dem offensichtlich immer Wasser kochte. Es war heiß. Er zog seinen Pullover aus, setzte sich in einen der Sessel und zündete sich eine Zigarette an.

Sie machte Kaffee für sie beide. Dann setzte sie sich ihm gegenüber. Obwohl sie den ganzen Tag im Laden verbracht hatte, war sie perfekt geschminkt, und ihre weiße Bluse war so sauber, als ob Eva sie gerade aus einer der vielen Schubladen genommen hätte.

»Wie war's auf dem Land?« fragte sie.

Er sagte, er hätte viel gearbeitet. Dort war alles in Bewegung, überall passierte etwas, überall gab es etwas zu sehen, etwas zu filmen, und das, was er filmte, wurde von niemand mehr kontrolliert.

Sie fragte noch, wie es seiner Mutter gehe, aber er war nicht bei ihr gewesen, er hatte noch nicht einmal Zeit, um ins Krankenhaus zu gehen. Am Telefon hatten sie ihm gesagt, daß die Verbrennungen erstaunlich gut heilten. Es war nur ihr Geist, der unheilbar ausgebrannt war.

»Was macht Robin?« fragte er.

»Er ist begeistert von dem, was passiert. Zum ersten Mal will er jeden Abend die Nachrichten sehen.«

»Du bist nicht begeistert?«

Sie sah ihn an, als ob ihr unklar sei, welche Antwort er hören wollte.

Selbstverständlich war sie begeistert, sie hatte nichts zu verlieren, sie war nicht verstrickt, sie verkaufte nur Sachen, die ein bißchen schlechter waren als das, was überall auf der Welt verkauft wurde.

»Man sagt, daß es bald wieder private Geschäfte geben wird, und auch, daß die Leute ihre Häuser zurückbekommen und vielleicht ganze Fabriken«, sagte sie, ohne ihm direkt zu antworten.

»Na und, was heißt das?«

»Sie haben uns das in der Firma gesagt.«

»Meine Eltern hatten nichts, nicht einmal eine Hundehütte«, sagte er, »ich werde nichts zurückbekommen.«

»Ich auch nicht. Außer wenn Kučera die Fabrik zurückbekommt, die sein Vater hatte«, fügte sie wie nebenbei hinzu. Aber offensichtlich beschäftigte sie diese Möglichkeit.

Das Telefon klingelte.

Sie stand schnell auf und griff zum Hörer. Er konnte eine Männerstimme hören, die etwas fragte. Sie sah ihn unwillkürlich an und errötete. Er stand auf, aber ebensowenig wie in ihrer Wohnung wußte er hier, wohin er ausweichen sollte, es sei denn in den Laden, in dem jetzt niemand mehr war.

»Ruf mich morgen an«, unbewußt senkte sie die Stimme, »ich habe gerade Besuch.« Sie legte schnell auf. »Das war er, Kučera«, sagte sie. »Er wollte wegen Robin mit mir sprechen. Er möchte ihn zum Skifahren mitnehmen.«

»Warum habt ihr nichts verabredet?«

Sie zuckte mit den Schultern. »Ich muß noch darüber nachdenken.« Sie ging zum Schreibtisch, bückte sich und suchte etwas in der untersten Schublade.

Er konnte dabei ihre Brüste sehen, die er schon so viele Male berührt hatte. Er zog sie zu sich heran und küßte sie.

Sie sah ihn erstaunt an, ließ sich aber küssen. »Bist du verrückt geworden?« fragte sie, als er begann, sie zu streicheln. »Wir können doch hier nicht …«

»Du hast doch abgeschlossen.«

»Die Chefin hat die Schlüssel.«

»Glaubst du, sie könnte kommen?«

»Aber ich muß zur Post!«

Er streichelte ihre Brüste.

»Ich weiß nicht, ich weiß nicht.«

Aber sie sträubte sich nicht, als er sie zum Sessel führte.

Sie ließ sich von ihm auf diesem Sessel lieben, schnell, schweigend und passiv, vielleicht paßte ihr diese Umgebung nicht.

»Du schläfst mit mir, aber lieben tust du mich nicht«, sagte sie, als sie sich wieder anzog.

»Wie kommst du darauf?«

»Wann hast du mir das letzte Mal gesagt, daß du mich liebst?«

»Ich liebe dich.«

»Aber ein Kind willst du nicht mit mir haben!«

Er schwieg.

»Und heiraten willst du mich auch nicht!«

»Aber wir leben doch so zusammen, als ob wir verheiratet wären.«

»Ja. Weil du mich immer haben kannst. Im Laden auf einem Stuhl. Wenn du gerade Lust dazu hast. Aber alles andere interessiert dich nicht! Ich interessiere dich nicht, und Robin interessiert dich auch nicht. Du magst uns beide nicht!«

»Ich weiß nicht, warum du gerade jetzt darauf kommst.«

»Ich bin schon vor langer Zeit darauf gekommen, aber ich sage es dir erst jetzt. Du magst nur deine Mutter und vielleicht noch deine Kamera. Bei der paßt du wenigstens auf, daß ihr keiner weh tut.«

»Hat dir jemand weh getan?«

»Ja, du!«

»Jetzt, hier?«

»Hier und anderswo. Du hast mich niemals wirklich geliebt. Du denkst immer nur an dich.« Sie ging zum Tisch zurück und machte die Schublade zu. Dann zog sie einen Lippenstift aus der Handtasche und malte sich vor dem Spiegel sorgfältig die Lippen an. »Was glaubst du, wie lange ich noch Lust habe, darauf zu warten, bis du dich entscheidest, bei mir zu bleiben oder mit einer anderen loszuziehen?«

»Aber ich bleibe doch bei dir.«

»Aber du betrügst mich, glaubst du, ich weiß das nicht?«

»Ich betrüge dich nicht«, sagte er mechanisch.

Ihr Ausbruch hatte ihn überrascht. Bis jetzt hatte sie widerspruchslos diese Art des Zusammenlebens akzeptiert, die ihm entsprach. Etwas mußte geschehen sein. Sie war eine Geschäftsfrau, sie hatte das im Blut. Die Welt um sie herum teilte sich für sie in das, was ihr Gewinn brachte, das, was ihr Verlust brachte, und das, was aus diesen beiden Kategorien herausfiel und sie deshalb nicht interessierte.

Er hatte für sie bis zu diesem Zeitpunkt einen Gewinn bedeutet, er war eine bessere Partie, als sie sie sich jemals hätte träumen lassen. Vielleicht hatte sie jetzt festgestellt, daß er keinen Gewinn mehr brachte, oder es war jemand aufgetaucht, der mehr Vorteile versprach. Oder beides war geschehen, ohne daß er es bemerkt hatte.

Sie zog ihren Mantel an, sah noch einmal in den Spiegel und setzte ihren Hut auf. »Gehen wir?« fragte sie.

Auf dem Weg zum Auto und auf der Fahrt schwiegen sie. Als sie sich dem Haus schon näherten, fragte er: »Möchtest du mir etwas sagen?«

»Warum? Ich habe dir für jetzt schon alles gesagt.«

4.

Petr war an Halamas Stelle als Chef getreten. Pavel war sich nicht sicher, ob das gut oder schlecht für ihn war. An seinem Leben hatte sich, oberflächlich betrachtet, wenig geändert, aber die Sicherheit war verlorengegangen. Er brachte Aufnahmen von überall, wohin sie ihn schickten, die dann in irgendeinem Programm gesendet wurden, ohne daß jemand protestiert oder sie kontrolliert hätte. Er hätte mit seiner Stellung zufrieden sein können, die ihm Unabhängigkeit und Verantwortung gewährte, aber er empfand eine wachsende Unruhe und Unsicherheit.

Er konnte sich nicht einmal mehr auf das Tennismatch konzentrieren und verlor eines Morgens drei Sätze hintereinander gegen Sokol, und als Sokol unter der Dusche bemerkte, daß nun alles wieder von vorn anfange, fragte er nur, was er damit meine.

»Zuerst wechseln sie nur die Chefs aus, und die fangen dann an, ihre Untergebenen auszuwechseln, bis hinunter zu den Putzfrauen. Die können bleiben«, erklärte er. »Oder glaubst du, daß es diesmal anders ist?«

Er zuckte mit den Schultern.

»Man sagt, er hat jahrelang als Kastellan auf einem Schloß gearbeitet und er ist Katholik«, berichtete Sokol über Petr.

»Protestant«, korrigierte er ihn.

»Du kennst ihn?

»Flüchtig.«

»Was, glaubst du, wird er tun?«

»Ich habe keine Ahnung. Vielleicht weiß er es selbst nicht.«

»Wenn ihr euch kennt, wird er dich vielleicht um Rat fragen.«

»Das glaube ich nicht.«

»Oder du fliegst als erster?«

»Ich weiß es nicht, ehrlich, ich weiß es nicht.«

»Woher soll so ein Kastellan denn überhaupt wissen, wie ein Fernsehsender funktioniert?«

»Er war nicht immer Kastellan.«

»Und wenn schon! Das einzige, was man von ihm erwartet, ist, daß er uns ersetzt. Vielleicht sollten wir nicht so lange warten, wir verlieren nur Zeit, und Zeit ist jetzt kostbarer als Geld. Hast du noch einmal an das gedacht, was ich dir vorgeschlagen habe?« Als er merkte, daß sein Freund nicht wußte, was er meinte, fügte er noch hinzu: »Daran, eine Agentur für Werbefilme aufzumachen? Wir haben doch darüber gesprochen. Kannst du dir vorstellen, was man damit verdienen kann, wenn man nur schnell genug ist?«

Er zuckte mit den Schultern. »Ich verstehe nicht, warum du das unbedingt mit mir zusammen machen willst.« Er war schon fertig angezogen. Er hatte keine Lust, sich zu unterhalten oder Entscheidungen zu treffen. Nach dem Spiel war er müde und durstig. Sie hielten bei einer Imbißbude an und bestellten sich einen großen Grog.

»Es wird jetzt bald viele freie Gebäude geben«, Sokol kam wieder auf seinen Plan zurück, »wenn wir schnell genug sind, können wir etwas Passendes finden, das man zu einem Superstudio umbauen kann. Das wird natürlich etwas kosten, aber wenn sich ein paar von uns zusammentun ...«

»Warum sollte irgendwem daran gelegen sein, uns Räume zu schenken?«

»Sie geben sie dem, der am meisten bezahlt, soviel habe ich von ihren Spielregeln schon kapiert. Und wenn wir ihnen nicht gefallen, dann mieten wir die Räume eben unter einem anderen Namen.«

»Vielleicht. Aber warum?«

»Mein Gott«, Sokol seufzte auf, »wo lebst du eigentlich?« Verstehst du denn nicht, daß sich alles geändert hat? Da, wo wir sind, werden wir immer schwarze Schafe bleiben. Aber wenn wir unser eigenes Geschäft aufmachen, wird uns keiner nach unserer Vergangenheit fragen, sondern nur danach, was wir können und wie wir unsere Aufträge ausführen.«

»Meine Vorstellungen davon, was ich tun würde, wenn sich die Situation hier einmal ändert, sehen anders aus.«

»Wie sehen sie denn aus?«

Er zögerte einen Augenblick, dann sagte er: »Zum Beispiel eigene Filme zu drehen.«

Sokol sah ihn erstaunt an. »Eigene Filme. Aber worüber, wenn ich fragen darf.«

»Hast du dir das denn nie gewünscht?«

»Was meinst du?«

»Nach all den Jahren, in denen man Dinge machen mußte, die sie sich ausgedacht haben, auch einmal eigene Vorstellungen zu verwirklichen?«

»Aber ja«, er wedelte mit der Hand, »alle machen das jetzt so.«

»Wenn sie es noch können.«

»Und du kannst es noch?«

»Ich könnte es wenigstens versuchen.«

»Und was ist mit dem Geld? Wo nimmst du das her?«

»Das wird sich finden.«

»Warum nicht? Wir werden ein Studio haben, und da kannst du deinen großen Film drehen.« Dieser Gedanke gefiel ihm. »Ich sage dir, das wird der einzige Ort sein, wo du so etwas machen kannst.«

Als er schließlich zurückgekommen war (er kam nur drei Wochen später und hatte diese ganzen drei Wochen gearbeitet), war Alina schon nicht mehr als Patientin im Krankenhaus, sie arbeitete bereits wieder dort.

Er wartete auf sie vor dem Krankenhaustor. In einer Tasche hatte er Päckchen mit Geschenken für sie: eine Kette aus kleinen Türkisen, einen Pullover aus Alpakawolle und noch zwei kleine silberne Schmuckstücke. Aber in dem Augenblick, als er sie in der Ferne kommen sah, überwältigte ihn das Bewußtsein, daß auch die schönsten Geschenke nicht helfen würden.

Sie mußte ihn ebenfalls bemerkt haben, aber sie ging nicht schneller, und ihr Gesicht zeigte keine Spur von Freude.

»So, du bist also zurück?« fragte sie.

»Ich bin wieder bei dir«, antwortete er und wollte sie küssen.

Sie entzog sich ihm. »Wir sind nicht bei mir zu Hause, wir sind auf der Straße.«

Er wollte mit ihr zum Auto gehen, doch sie lehnte es ab.

»Aber wir müssen doch irgendwo hingehen«, sagte er.

»Wir müssen nirgendwo hingehen. Ich habe nicht mehr auf dich gewartet.«

»Du hast nicht auf mich gewartet?«

»Ich habe auf dich gewartet, ich habe sogar sehr auf dich gewartet. Aber das war vor einem Monat.«

Er wollte ihr erklären, warum er nicht hatte kommen können, daß er sie hatte anrufen wollen, aber nicht durchgekommen war. Sie sagte, er brauche ihr nichts zu erklären, es gebe nichts zu erklären, es sei seine Entscheidung gewesen, ob er kommen oder lieber in Mexiko bleiben wolle, und ebenso sei es ihre Entscheidung, ob sie bei ihm bleiben wolle oder nicht.

Dann setzte sie sich doch zu ihm ins Auto. Sie fragte ihn, wie es in Mexiko war und ob die Arbeit interessant gewesen sei.

Er versuchte von neuem ihr zu erklären, daß er nicht aufgehört habe, sie zu lieben, daß es jedoch unmöglich gewesen sei, sofort heimzukommen. Sie bestand aber darauf, daß er nichts erklären brauche, sie wisse nun, daß er immer wieder von ihr weggehen und eines Tages ganz fortbleiben werde, weil in ihm etwas sei oder eher weil ihm etwas fehle, und zwar so vollkommen, daß er es nicht einmal bemerke.

Er bat sie, ihm wenigstens zu sagen, was das denn sei.

Sie zögerte einen Moment, dann sagte sie, ihm fehle die Hoffnung.

Hoffnung worauf?

Die Hoffnung darauf, daß etwas im Leben einen wirklichen Sinn habe. Daß das Leben selbst einen Sinn habe.

Erstaunlicherweise sprach sie nicht von Liebe oder vom Glauben, sondern von Hoffnung. Auch wenn es das eine ohne das andere nicht geben kann.

Und welchen Sinn hatte das Leben dann?

Es bedeutete zum Beispiel, bei der Person, die man liebte, zu sein, wenn sie einen brauchte.

Sie wollte aussteigen, aber er überredete sie, noch zu bleiben. Sie saßen noch eine weitere Stunde im Auto, aber es war ihm unmöglich, etwas Wesentliches zu sagen. Er vergaß sogar die Geschenke, die er für sie mitgebracht hatte. Sie hätte sie ohnehin nicht angenommen, und er hätte das Gefühl gehabt, als versuche er, sie zu bestechen. Als sie ausstieg, bat sie ihn, sie nicht mehr anzurufen oder abzuholen.

Dennoch versuchte er einige Tage später, sie abzuholen, auch wenn er schon im voraus wußte, daß sie nicht mitkommen würde. Er wußte, daß sie nie mehr mitkommen würde.

Abends traf er auf dem Flur Halamas alte und Petrs neue

Sekretärin. Sie war erfreut, denn sie suchte ihn schon seit gestern. Ihr neuer Chef würde gern mit ihm sprechen.

»Wann?«

»Abends nach der Arbeit, hat er gesagt.«

»Das heißt, um welche Uhrzeit?«

»So gegen neun. Er bleibt jeden Tag so lang. Es ist schrecklich, Pavel, ich sitze jeden Abend mit ihm da, nicht weil ich müßte, sondern weil ich Angst habe, er könnte denken, ich sei nicht daran gewöhnt zu arbeiten. Und zu Hause schreien die Kinder nach dem Abendessen.«

»Das geht wieder vorbei.« Er ging in den Schneideraum, um dort die Aufnahmen abzuliefern, die er von der Entfernung des Stacheldrahts an der Grenze gemacht hatte. Er goß sich ein Glas Rotwein ein, trank es langsam aus und rauchte, während er sich die Aufnahmen auf dem Bildschirm ansah.

Minister und rangniedere Volksvertreter entfernten den Stacheldraht. Der Draht schien ganz weich zu sein, ein Schnitt mit dem Drahtschneider genügte, und er fiel auf die Erde. Hier ging etwas zu Ende, was ihn persönlich betraf. Er ließ den Film zurücklaufen. Er konnte sich nicht konzentrieren. Was konnte Petr von ihm wollen? Würde er sich triumphierend geben oder freundschaftlich? Die Minister auf dem Bildschirm gaben sich freundschaftlich, sogar menschlich, gar nicht wie Minister. Dies waren ganz andere Menschen, mit anderen Gesichtern als jene, an die man bis jetzt gewöhnt war. Wie lange würden sie wohl diese Gesichter, diesen Gesichtsausdruck behalten?

Entweder sie würden durch andere ersetzt werden, oder ihre Gesichter würden sich langsam ihrer Stellung anpassen. Bis zum Abend blieb noch viel Zeit, er fühlte sich immer unwohler.

Wieder ließ er den Film zurücklaufen. Er nahm einen Schluck aus dem Weinglas. Natürlich bedeutete das, was geschehen war, eine Genugtuung für Petr. Der hatte Linoleum verlegt, ein Schloß gehütet, war verhört worden, während er selbst konformistische Aufnahmen gemacht hatte, um die

Welt gereist war und in seinen Filmen für den Mann geworben hatte, der dieses Land so miserabel regierte. Für all das hatte er Prämien und Belohnungen erhalten, und von Zeit zu Zeit hatte er eine Flasche Wein gekauft und seine verbannten Freunde in ihrem Schloß besucht, und zum Schluß war er nur noch hingefahren, weil er Alice sehen wollte. Jetzt konnte Petr ihn zu sich rufen, ihn zu sich befehlen und ihm Privilegien, Verantwortung und Arbeit geben. Oder auch nicht. Diese Veränderungen hatten etwas Demütigendes. Sokol hatte wahrscheinlich recht: Es war besser, nicht zu warten.

Er hielt den Film an, legte die Füße auf den Schneidetisch und zündete sich eine Zigarette an. Weil er sich immer abseits gehalten hatte, hatte er nie viele Prämien bekommen, er hatte keine Veranlassung dazu gesehen, den Chefs so zu schmeicheln wie diejenigen, die nichts konnten. Lieber hatte er sich mit ihnen angelegt, indem er sich weigerte, das herauszuschneiden, was sie verlangten. Einmal hatte er, als bei einer der Freitagssitzungen mit den Chefredakteuren die Reihe an ihn kam, seine Bewertung der Wochenproduktion abzugeben, laut gesagt, was alle dachten, nämlich daß das, was sie produzierten, eine Mischung aus Geschmacklosigkeiten und Langeweile war. Er wollte noch hinzufügen »und aus Lügen«, aber als er den Gesichtsausdruck des Chefredakteurs sah, schluckte er dieses Wort lieber hinunter. Trotzdem hatten sie ihn dann zur Strafe Versammlungen unbedeutender Organisationen aufnehmen lassen oder die offiziellen Besuche der mit ihnen verbündeten Feinde, wo er sich wie ein Narr vorkam. All diese scheußlichen Sitzungen, an denen er teilnehmen und schweigend immer wieder das gleiche Gerede anhören mußte, jene sinnlosen Ratifikationsverhandlungen, wo das stets gleiche Geschwätz geäußert wurde, das manchmal in einer Minute seine Arbeit von Tagen zerstörte. Das Leben, das er führte, war weder wunderbar noch einfach. Manchmal war es sogar unerträglich gewesen. Er hatte sich nicht anders verhalten als die meisten Menschen in diesem Land: Er hatte seine Arbeit getan. Er gehörte eher zu denen, die täglich überrollt wurden, als zu denen, die andere unterdrückten. Was hätte er alles tun können, wenn sie ihm ein bißchen Freiheit gelassen hätten! Selbstmitleid überwältigte ihn. Er sah die Begeisterung derer, die den Stacheldraht durchschnitten, und derer, die ihnen zusahen, und merkte, daß er Tränen in den Augen hatte.

Ein trauriger Trinker, der nicht weiß, ob er vor Freude, Kummer oder Ärger weint, oder ob seine Augen zu tränen beginnen, weil er soviel getrunken hat.

Petr sah müde aus. Er saß in Halamas riesigem Arbeitszimmer, in dem sich nichts verändert hatte. Nur das Bild des früheren Präsidenten fehlte und die Bücher aus dem Bücherschrank, vielleicht hatte Halama sie mitgenommen, oder, was wahrscheinlicher war, er hatte sie weggeworfen, denn gelesen hatte er sie ohnehin nie. Einer der beiden Fernseher im Raum lief, der Ton war jedoch abgedreht.

Petr ging ihm entgegen. Während der Monate, die sie sich nicht gesehen hatten, war er noch älter geworden, und sein Gesicht hatte eine gelbliche Farbe angenommen.

»Ich hoffe, ich habe dich nicht zu lange warten lassen?«

»Du hast dich selbst auch warten lassen.« Sein Magen zog sich schmerzhaft zusammen, wie wenn man bei einer Prüfung die Frage zieht.

»Ich will eigentlich nichts Besonderes von dir, ich dachte nur, jetzt arbeiten wir unter demselben Dach und haben uns noch nicht ein einziges Mal gesehen.«

»Die Leute, die hier arbeiten, sehen sich oft einen ganzen Monat lang nicht.«

»Ich will dich nicht über die Leute hier ausfragen.«

»Ich würde dir sowieso nicht viel sagen. Ich achte auf das Licht und schaue durch die Kamera und nicht auf die Leute um mich herum.«

»Das klingt nicht sehr überzeugend«, sagte Petr, »aber darum geht es nicht. Ich weiß, daß die Leute sich Sorgen machen, was aus ihnen wird.«

»Das kommt ganz auf die Leute an.«

»Sie machen sich unnötige Sorgen.«

»Meinst du?«

»Ich habe den Eindruck, daß sie noch nicht verstanden haben, daß das, was geschehen ist, etwas anderes ist als die Veränderungen, die wir bisher erlebt haben. Es wird keine Säuberungen geben.«

»Einige hat man schon gefeuert.«

»Das ist etwas anderes. Das waren keine professionellen Fernsehleute, oder sie hatten keine journalistische Ethik. Du willst doch auch nicht, daß die Leute zuschauen, wie diejenigen, die noch vor ein paar Monaten für das alte Regime getrommelt haben, heute für die Demokratie trommeln. Oder daß die neuen Programme von den alten Zensoren gemacht werden.« Er sprach schon wieder ganz wie ein Priester.

»Die meisten Leute hier haben für niemand die Trommel gerührt, eher im Gegenteil. Und mit der Zensur haben wir uns herumgestritten, und nicht du.«

»Wir haben uns alle mit irgendwem herumgestritten. Und du, bist du zufrieden mit deiner Arbeit?«

Er zögerte einen Augenblick, dann sagte er: »Nein, das bin ich nicht. Ich kann mich nicht so konzentrieren, wie ich es möchte.«

»Warum?«

Er zuckte mit den Schultern. »Die Stimmung hier ist nicht besonders gut.«

»War sie vorher besser?«

»Nein, aber das war etwas anderes. Entschuldige. Du fragst mich, und ich antworte dir. Du hast selbst davon gesprochen, daß sich einige ethisch fragwürdig verhalten hätten. Wer entscheidet darüber und fällt den Urteilsspruch? Und was ist mit mir? Was werden sie über mich denken?«

»Ich habe dir schon oft genug gesagt, was ich über dich denke.«

»Das war nicht sehr anerkennend.«

»Du weißt sehr gut, daß ich mich nie zu deinem Richter aufgeschwungen habe. Dafür kenne ich dich viel zu gut.«

»Du brauchst dich nicht zu entschuldigen. Wenn du mich möglichst schnell hier weghaben willst, dann sag es einfach.«

»Ich will dich nicht weghaben. Aber wenn du dich hier nicht wohl fühlst, werde ich dich nicht mit Gewalt zurückhalten.«

»Ich bin froh, daß du mich nicht um jeden Preis hierbehalten willst.« Er hätte aufstehen und gehen sollen, um dieses peinliche Gespräch zu beenden.

Aber Petr begann über sich selbst zu sprechen. Er habe es als seine Pflicht angesehen, hierherzukommen, aber nun fühle er sich wie ein Eindringling. Die einen beneideten ihn, die anderen krochen vor ihm, und wieder andere versuchten, ihn dadurch auf ihre Seite zu ziehen, daß sie ihm Dinge über ihre Kollegen zutrugen. Dabei wolle und könne er nicht den Richter spielen. Alle hätten sie in diesem Land gelebt, und alle seien sie von den Lebensbedingungen hier gezeichnet. Und wer könne überhaupt eine Grenze zwischen Schuld und Unschuld ziehen, wenn diese Grenze mitten durch jeden Menschen verlief und kaum wahrnehmbar sei? Wer könne schon bestehen, wenn man genau hinsah? Wenn man aber gar nicht nach ihr suche, dann könne es keine Gerechtigkeit geben. Die Menschen hätten das alte Regime doch gerade deshalb gestürzt, weil sie endlich Gerechtigkeit finden wollten. »Irgendwer wird sich schon finden, der diese Grenze zieht«, sagte Petr noch. »Aber ich werde es nicht sein. Wahrscheinlich wird jemand danach drängen, der so seine eigene Schuld verbergen will.«

Was war das – Gerechtigkeit?

Gerechtigkeit war Vergeltung, die sich in einen Mantel aus Edelmut und dehnbaren Gesetzen hüllte.

Auf dem Bildschirm zerschnitt der Minister gerade den Stacheldraht an der Grenze. Die Menschen hinter ihm jubelten tonlos. Petr sah für einen Augenblick auf das Bild: »Erinnerst du dich, wie wir zusammen geflüchtet sind?« Er stand auf.

»Das ist schon lange her«, sagte Pavel.

»Waren wir das überhaupt? Menschen treffen sich, gehen auseinander, treffen sich vielleicht wieder, aber das scheint ihnen nur so, denn inzwischen ist jeder ein anderer geworden.«

Er nickte. »Trotzdem können sie noch im selben Auto fahren. Das heißt, wenn du jetzt auch gehst.«

Als sie ins Auto stiegen, sagte er zu Petr: »Ich weiß nicht einmal, wo ihr jetzt wohnt.«

»Ich wohne im Moment bei meiner Schwester.«

»Und Alice und die Kinder?«

»Die sind auf dem Land geblieben. Ich dachte, du wüßtest das.« Er schwieg lange, als ob er zögerte, sich ihm anzuvertrauen. »Ich habe mich mit einer anderen Frau eingelassen, die Gedichte schreibt und singt. Das hat Alice sehr verletzt. Wir haben uns getrennt.«

»Das wußte ich nicht.«

Es war schon lange her, daß er den Film über Kinder, die ohne ihre Väter aufwuchsen, gemacht hatte.

»Das tut mir leid«, sagte er und verspürte nach vielen Tagen zum ersten Mal wieder so etwas wie Hoffnung.

5.
Filmerzählung

Der Empfang findet in dem kleinen Haus statt, das auch sein Privatwohnsitz ist. In fünf Zimmern stehen weißgedeckte Tische, und obwohl sogar im Garten Tische aufgebaut sind, erscheinen die Räume überfüllt. Er hat zu viele Schnorrer eingeladen, es wimmelt nur so vor pomadisierten Visagen, schwarzen Kerlen und schlitzäugigen Teufeln. Wohin man auch blickt, überall stehen diese Schmarotzer, verkleidete Attachés, aufgeputzte Kannibalen, ausgediente Admirale und erfolglose Generäle, diese Botschafter aus Gott weiß welchen Bananenrepubliken, und obendrein noch irgendwelche Künstler: Schauspieler, Musiker, Schreiberlinge und andere verdiente Kämpfer. Man hat ihm zwar die Gästeliste gezeigt, aber schon die erste Seite hat ihn ermüdet, und er hat sie unterschrieben, so wie er hundert andere Dokumente zuvor unterschrieben hat. Ihm ist klar, daß eine Menge Leute hier sind, deren Namen nicht auf der Liste standen. Mit einem Smoking oder dem Frack eines Kellners angetan, als Gärtner, Köche, Beleuchter, Kameramänner und barmherzige Schwestern verkleidet, umgeben sie ihn von allen Seiten und bilden einen undurchdringlichen Kreis um ihn.

Er sitzt in einem kleinen, abseits gelegenen Salon. Sie keilen ihn zwischen seinen schwarzen Ehrengästen ein, zwängen ihn in einen Rokokosessel und fahren Kaviar, verschiedene Salate, Krabben, gefüllte Artischocken, Hummercocktail und seine Lieblingsgetränke auf. Hinter ihm steht eine fürchterliche, bebrillte Dolmetscherin, die mit piepsender Stimme unablässig vor sich hin redet. Sobald die Kannibalin an seiner linken Seite ihre dicken, geschminkten Lippen dreimal bewegt und einige unverständliche Geräusche von sich gibt, geht ein solcher Wortschwall auf ihn nieder, daß er sich nicht mehr konzentrieren und keinen klaren Gedanken mehr fassen kann. Glücklicherweise haben sie ihn instruiert, wie er sich in solchen Situationen verhalten soll. Ab und zu sagt er lächelnd: »Sehr interessant!« Dann wendet er sich zu ihrem Gemahl, empfiehlt ihm, einen Schluck von seinem Lieblingsgetränk zu versuchen, und erhebt selbst das Glas, um einen Trinkspruch auf den Kampf gegen Kapitalismus, gegen Kolonialismus und Neokolonialismus, Zionismus, Rassismus, Apartheid, gegen Hunger und Armut, Analphabetismus, Korruption und Verbrechen, gegen Krankheit und die Ausbeutung des Menschen durch den Menschen auszusprechen. Und während sich sein riesiger Gast ganz selbstverständlich in einem Königssessel breitmacht, so als hätte er nicht noch vor kurzem an den Ufern des Nils, oder wie auch immer der Fluß heißen mochte, auf jeden Fall irgendwo zwischen Krokodilen und Nilpferden, herumgelungert, und wohlwollend nickt, um zu zeigen, daß ihm dieser Trinkspruch gefällt, leert der Präsident sein Glas und verkündet seinem Gast eine zusätzliche Attraktion, die nicht im Protokoll steht, die ihn aber aufgrund seiner juristischen Ausbildung interessieren könnte. Es handelt sich um den Fall eines Terroristen, der zusammen mit einem anderen Terroristen einen Autobus voller Kinder entführt hat. Er ist bereits verurteilt worden und hat natürlich die Höchststrafe erhalten. Dennoch wolle er, der Präsident, zur Beurteilung des Gnadengesuchs den Verbrecher noch einmal selbst anhören. Das sei eine Landestradition, schon vor tausend Jahren hätten seine Vorgänger dasselbe getan. Er habe sich den Entführer irgendwann in den nächsten Tagen vornehmen wollen, aber wegen seines hohen Besuches habe er sich entschieden, dies hier und heute zu tun.

Der schwarze Gast nickt, er gibt einige unverständliche Laute von sich, aus denen die Dolmetscherin zwar verständliche Wörter, aber vollkommen wirre Sätze bildet. Was macht das schon? Er ist doch nicht dazu da, um den Gedanken von jemand zu folgen, dessen Familie aus dem Dschungel kommt. Den Häftling wird er ihm zeigen, damit er sieht, daß dieses Gerede über die schreckliche Unfreiheit und die Abhängigkeit der Gerichte nichts anderes ist als böswillige, feindliche Verleumdung. Er wird ihm diesen zum Tode verurteilten gesellschaftlichen Außenseiter vorführen und mit ihm wie zu einem Menschen sprechen und ihn anhören. Er hat Verständnis für solche Leute, weil er selbst schon einmal nur einen Fingerbreit vom Galgen entfernt war. In welchem anderen zivilisierten Land findet sich ein solches Staatsoberhaupt? Er hat eigens einen Raum für diese Aktion vorbereiten lassen. Das heißt, wenn sie seine Befehle befolgt und den Sessel, in dem vor tausend Jahren seine Vorgänger saßen, dort hingebracht haben. Er selbst wird das Urteil fällen. Vielleicht wird er ihn sogar begnadigen. Warum sollte er ihn nicht begnadigen? Überall auf der Welt wird Gnade höher geschätzt als eine gerechte Strafe. Durch seine Gnade kann er vor jedem bestehen, der ihn verleumden will. Er macht nur Gebrauch von seinem Recht als Präsident. Außerdem hat derjenige, der Gnade walten läßt, wirklich Macht und Regierungsgewalt. Das wissen sie ganz genau, deshalb haben sie so finster dreingeblickt, als sie seine Absicht durchschauten.

Hervorragend hat er sich das ausgedacht, er darf mit sich zufrieden sein. In seinen Adern pulst heute die alte Entschlossenheit. Er ist ein guter Gastgeber, sein Trinkspruch war genau so, wie sie es ihm vorgeschrieben haben, da soll noch einer sagen, daß er das nicht kann, das soll noch einer wagen. »Fühlen Sie sich ganz wie zu Hause«, sagt er zu seinem schwarzen Gast, »ganz wie zu Hause. Das hier ... Auf daß die Freundschaft zwischen uns und unseren Völkern blühe – heute, morgen und für immer!« Während er dies sagt, blickt er in den Garten, wo über den Köpfen dieser herausgeputzten Vogelscheuchen Fontänen aus bunten Lichtern explodieren. »Nie mehr sollen Krieg, Kolonialismus und Knechtschaft uns schrecken!« Erfreut hört er zu, wie die Dolmetscherin seine treffenden und verständlichen Worte in einen Schwall von Schreien verwandelt, die keine Ähnlichkeit mit einer menschlichen Rede mehr haben. »Für eine freie Zukunft, gegen alle, die die Menschen ausbeuten und betrügen wollen«, fügt er erklärend hinzu, »nie wieder sollen Adlige oder Pfaffen herrschen ...«

Er sieht, daß der Kanzler, der in seiner Nähe sitzt, damit ihm auch nicht ein Wort des Gesprächs entgeht, ganz leicht den Kopf mit den großen Ohren wiegt. Was will er ihm damit sagen? Aha, dieser schwarze Usurpator ist wahrscheinlich auch noch Erzbischof, Schamane, am Ende sogar irgendein einheimischer Gott, und er soll aufpassen. Aber dies ist sein Haus, sein Land, warum soll er hier nicht sagen, was er denkt?

Er hebt den Pokal an den Mund (der Kanzler beobachtet ihn aufmerksam) und nimmt einen kleinen Schluck. Er sollte das Gespräch auf etwas anderes lenken, sonst wird sich dieser hinterlistige Zwerg aufregen. Am besten wäre es, wenn er eine seiner vielen unterhaltsamen Geschichten zum besten geben würde. Als sie ihn aus dem Gefängnis entließen und er in den Theaterwerkstätten arbeitete, hat er Hunderte davon gehört und noch mehr erzählt. Er könnte aber auch erzählen, wie sie ihn mit gezückter Pistole verhaftet haben wie einen Schwerverbrecher, aber so etwas ist bei diesen verkleideten Kannibalen vielleicht an der Tagesordnung. Wahrscheinlich verhaften sie die Leute nicht einmal, sondern erschießen sie gleich. So können sie wenigstens sicher sein, daß sie nicht mehr auftauchen. Dort wäre er selbst sicher auch schon unter der Erde.

Am besten erzählt er die Geschichte, wie er einmal die Requisiten für eine Räuberposse vorbereitet hat. In einer Szene kehrten die Räuber in die Berge zu ihrem Versteck zurück, und jeder von ihnen schlug seine Axt in einen Holzbalken. Dieser Balken war an seiner Vorderseite aus ganz weichem Holz, und außerdem legten sie ihn vor der Vorstellung immer ins Wasser, damit die Äxte sich leichter einschlagen ließen. Der Schauspieler, der den Räuberhauptmann spielte, war in Wirklichkeit ein Nichtsnutz, kein Räuber, sondern ein Spitzel und Denunziant, alle hatten Angst vor ihm. Und so baute der Präsident den Balken eines Abends verkehrt, mit der weichen Seite nach hinten auf, und als der Räuberhauptmann die Bühne betrat und wie immer ganz nachlässig ausholte, um die Axt in den Balken zu schlagen, prallte die Axt ab und fiel auf den Boden. Der Schauspieler hob sie auf und holte dieses Mal mit voller Kraft aus, dennoch blieb die Axt nicht im Balken stecken, und das ganze Theater brüllte vor Lachen.

Er beendet seine Geschichte, und der schwarze Potentat glotzt ihn an. Er grinst noch nicht einmal, sein beschränkter Verstand kapiert wahrscheinlich nur Geschichten über Menschenfresser. Auch der Kanzler macht ein seltsames Gesicht. Deshalb erhebt er lieber sein Glas, das ihm einer dieser verkleideten Verfolger unterdessen nachgefüllt hat, läßt sich von seiner Begeisterung hinreißen und stürzt es in einem Zug hinunter. Sein Gast trinkt ebenfalls aus und macht ein zufriedenes Gesicht. Offensichtlich hat dieser Wilde wenigstens vom Trinken eine Ahnung. Er sollte ihn fragen, was sie bei ihm zu Hause trinken, an den Ufern des Nils oder wo immer er herkommt. Er sollte ihn auch fragen, was er eigentlich gemacht hat, bevor er ein Kämpfer für Frieden und Menschenrechte wurde. Wahrscheinlich war er Offizier, hat sich mit ein paar anderen zusammengetan, sie haben eine Revolte angezettelt, die geglückt ist, und seitdem sind er und seine Kameraden Generäle. Zumindest haben sich seine Generale im Kampf bewährt, dachte er bitter, und seine Frau sieht gut aus, und keiner hat sie um die Ecke gebracht, vielleicht paßt er besser auf sie auf als ich auf meine. Vielleicht hat er auch mehrere Frauen, einen ganzen Harem, dann hätte es keinen Sinn, eine von ihnen irgendwo in den Tod zu stürzen, sie müßten sich etwas für alle ausdenken, was nicht so einfach ist.

Er denkt an seine arme Frau und daran, wie sie zu ihm kamen und ihm von dem Unfall berichteten, einem Unfall, den sie selbst so sorgfältig geplant und so tadellos durchgeführt hatten, daß sich nichts nachweisen ließ. Er war damals derart niedergeschlagen, daß er keine Nachforschungen anstellen ließ und niemand verurteilt wurde.

Er greift zu seinem Glas, aber sie haben vergessen ihm nachzuschenken, oder sie haben ihm absichtlich nicht nachgeschenkt, weil dieser ruchlose Zwerg, der ihn jetzt verschlagen ansieht, es befohlen hat. Ja, er gibt zu, er hat einen Fehler gemacht, er hat das letzte Glas hinuntergestürzt wie in alten Tagen, aber ein einziges Mal könnten sie ihm das doch verzeihen und ihn hier nicht so sitzen lassen wie einen Schiffbrüchigen. Er könnte selbst einen von den Jungen herbeiwinken, die hier als Kellner verkleidet herumlaufen, aber dann würden sie ihm morgen vorhalten, er habe sich nicht im Griff, was seine Gegner nur zu gerne gegen ihn verwenden würden.

Er blickt sich um, in der vergeblichen Hoffnung, daß ihm jemand zu Hilfe eilt. Doch wer sollte das sein? Und warum haben sie diesen Terroristen immer noch nicht zu ihm gebracht?

Haben sie überhaupt den Saal vorbereitet, wie er es angeordnet hat? Seinen Sessel in die Mitte und im Kreis um ihn herum zweiundzwanzig Sessel für die Gäste? Ob sie an die Robe gedacht haben? Er sollte sich sofort davon überzeugen, man konnte sich auf niemand verlassen. Er ist allein unter Feinden. Er erkennt sie sofort: die einen stolpern betrunken um ihn herum, die anderen stehen regungslos zwischen den chinesischen Vasen, während wieder andere sich hinter den schweren Vorhängen, hinter den Kamingittern oder Geheimtüren verbergen, alle sind sie perfekt verkleidet in Anzügen und weißen Hemden, aber ihre Körper bilden ein so enges Netz, daß nicht einmal ein Vogel hindurchkäme, und in ihren Hosenbeinen haben sie Haken versteckt. Wenn er diese durchtriebenen Gestalten mit seinem Röntgenblick betrachtet, dann ist er sich sicher, daß sie noch zahlreicher geworden sind. Er bemerkt auch, daß an der gegenüberliegenden Wand unter einem riesigen Gobelin, auf dem eine liederliche Szene mit einer unbekleideten Dame und einem Schwan dargestellt ist, zwei Paar schwarze Schuhe hervorschauen und daß eine kleine Tür in einem der überflüssigen Bücherregale leicht offensteht – die unheilverkündenden Augen, die in diesem Spalt zu sehen sind, fesseln ihn. Seine geschärften Sinne nehmen den beißenden Geruch der Hinterlist in der Luft wahr. Zweifellos haben sie sich wieder etwas ausgedacht und spinnen um ihn die Fäden irgendeines Verrats. Er muß jetzt besonders wachsam sein, er läßt sich nicht überrumpeln, aber er darf sich nicht anmerken lassen, daß er ihre Pläne durchschaut.

Wer Gnade walten läßt, hat auch das Recht zu strafen. Was wäre, wenn er den Entführer begnadigte und gleichzeitig einige von den Faulenzern hier, die sich gewissenlos als seine Freunde ausgaben, zur Warnung mit Strafen belegte?

Hoffentlich haben sie daran gedacht, das historische Banner aufzuhängen. Er steht auf, um sich davon zu überzeugen, kommt jedoch nur ein paar Schritte voran, dann hört er hinter sich ein metallisches Knirschen, so als ob sie heimlich die Messer wetzten. Er dreht sich schnell um und sieht, wie dieser

Spitzbube von Kanzler gerade mit dem Innenminister, seinem Hauptfeind, der nach seinem Posten schielt, den Kopf zu einem konspirativen Gespräch zusammensteckt. Die beiden springen sofort auseinander und lächeln heuchlerisch, aber er tut so, als hätte er sie nicht gesehen und kehrt auf seinen Platz zwischen den beiden Wilden zurück.

Noch bevor er sich hinsetzen kann, springt der verbrecherische Judas auf Hühnerbeinen herbei und macht zur Abwechslung ein betrübtes Gesicht. In dem Augenblick, in dem der Kanzler ihn anspricht, weiß er auch schon, daß ihm jetzt das neueste Erzeugnis ihrer Lügenfabrik präsentiert wird. »Herr Präsident, ich habe eben eine unerfreuliche Nachricht bekommen«, seine Stimme verbirgt seine heimliche Genugtuung mehr als sonst, »die Begnadigung muß verschoben werden.« Und bevor er noch fragen kann, warum sie seinen Plan vereiteln wollen, teilt dieser niederträchtige Mensch ihm mit, das Auto mit dem Entführer habe einen Unfall gehabt. Die Polizisten seien dabei umgekommen, der verletzte Terrorist halte sich irgendwo versteckt.

»Die Wachen sind tot?«

Der Kanzler nickt und fügt noch die Namen und einige Details hinzu. So also hatte ihr Plan ausgesehen. Natürlich ein Verkehrsunfall – das war ihr Lieblingstrick. Es hatte einmal geklappt, es würde wieder klappen, und sie würden es immer wieder tun. Immer neue Opfer. Und die bringen sie dann zu ihm, jede Minute konnten sie kommen. Dieses Mal hatten sie auch die Wachen umgebracht, und nun war es an ihm, sie postum zu befördern, ihren Witwen einen teilnahmsvollen Brief zu schreiben und ihre Pensionen festzusetzen. Und das alles nur, weil sie seine Absichten durchkreuzen wollten, weil sie ihn vor dem Wilden herabsetzen wollen, der ihm verschlagen zuzwinkert, so als ahne er, was sie ihm gerade erzählt haben. Und er kann sie nicht rechtlich belangen, denn wen sollte er rechtlich belangen? Die einen waren tot, und die anderen taten so, als ob sie trauerten. Er konnte nichts tun, nur warten, bis sie auch für ihn so einen Autounfall arrangierten.

»Das ist sehr unangenehm«, winselt der Kanzler, »aber die Sache darf keinesfalls einen Schatten auf die Stimmung unseres heutigen Abends werfen.« Und er schnipst mit den Fingern. Einer der Lakaien kommt sofort mit einem Tablett in der Hand. In den Gläsern duftet und leuchtet golden sein Lieblingsgetränk. Zumindest will ihn dieser Fuchs besänftigen. Er greift nach einem Glas. Auch wenn diese Menge der goldenen Flüssigkeit nicht ausreicht, seinen Durst zu stillen, so wirkt sie doch anregend, und plötzlich fällt ihm noch etwas ein. »Was ist mit dem anderen Mann?« Schadenfroh sieht er zu, wie der durchtriebene Zwerg sich vor Verlegenheit windet, wie er vergeblich nach einer Ausrede sucht.

»Ging es dabei auch um eine Begnadigung?« fragt er mit gepreßter Stimme.

»Ja, ganz richtig und um einen Film«, erinnert er sich, »einen Film über Schlangen.«

Die Augen des Kanzlers leuchten verstehend auf. Er schüttelt den Kopf wie ein Hund seinen Schwanz und schickt sich an, einen Schwall mit den üblichen Entschuldigungen über ihn zu ergießen. Aber diesmal hat er sich verrechnet, er hat ihn unterschätzt, hat nicht bemerkt, daß heute in seinen Adern die alte Entschlossenheit pulst. »Warum ist dieser Mann nicht hier? Wie konnten Sie es wagen?«

Der Zwerg duckt sich, er ist so klein, daß es genügen würde, den Fuß zu heben und ... Aber er tut es nicht. Noch ist der passende Augenblick nicht gekommen. »Bringen Sie ihn her!« befiehlt er. »Bringen Sie auch den her, der sich versteckt hält. Setzen Sie alle Hebel in Bewegung! Alle! Jetzt sofort!« Und er dreht ihm den Rücken zu. Endlich ist es ihm wieder einmal gelungen, ihre Pläne zu vereiteln.

6.
Filmerzählung

Es ist dunkel. Robert hockt im Gebüsch an der Mauer, durstig und hungrig wie ein Straßenköter. Noch dazu einer mit einer verletzten Pfote.

Es ist höchste Zeit, daß er ein Dach über den Kopf bekommt, ein Dach ganz in der Nähe, denn er kann nicht auf der Straße herumspazieren. Am besten wäre es, wenn er für die nächsten Tage irgendwo untertauchen könnte, in irgendeinem dieser Häuser gleich hinter der Mauer.

Er beobachtet die erleuchteten Fenster, eines davon sieht vielversprechend aus. Das zweite Fenster von links im dritten Stock im mittleren der Plattenbauten. Das Licht ist gerade angeschaltet worden, so daß er eine bunt angemalte Zimmerdecke erkennen kann. Die Wände sind von oben bis unten mit Farbfotos bedeckt. Dann erscheint ein blondes Mädchen im Fenster und schaut eine Weile in die Dunkelheit. Währenddessen wartet er, ob neben ihr irgendein Typ erscheint, aber nein, sie ist offensichtlich allein. Er beobachtet sie noch eine Weile, wie sie im Zimmer auf und ab geht.

Es wird spät, es ist Freitag abend. Die Werktätigen können ruhig in die Glotze schauen, aber er muß sich beeilen, bevor sie das Haus abschließen.

Er klettert also über das Mäuerchen auf die andere Seite. Hier führt ein Pfad zwischen den Büschen hindurch, den um diese Zeit hoffentlich niemand mehr benutzt. Im Mondlicht kann er die grauen Mauern des Plattenbaus, die Batterie von Mülleimern und die verlassenen Sandkästen vor sich gut sehen. Jetzt darf nichts schiefgehen. Er betrachtet die Fenster, die Höfe und das Ende des Weges, auf dem er steht. Es ist niemand zu sehen. Er muß unauffällig sein, er darf weder zu sehr hinken noch zu sehr gaffen.

Als er in die Nähe des Hofs kommt, versucht er das Bein nicht nachzuziehen. Es trennen ihn nur noch ein paar Schritte von der Tür, als im Nebenhaus die Tür aufgeht und Licht auf den Hof fällt. Er sieht eine großmäulige Visage, ein stumpfes, rotes und aufgedunsenes Soldatengesicht über einem Schweinenacken, der in einen grünlichen Kragen gezwängt ist.

Er nimmt den Mann für den Bruchteil einer Sekunde wahr, bevor er die Klinke der Haustür herunterdrückt. Zum Glück ist die Tür nicht abgeschlossen. Ein kalter, feuchter Flur nimmt ihn auf. Er hat keine Ahnung, ob dieser Idiot ihn bemerkt hat. Vielleicht nicht, wenn man aus dem Licht ins Dunkel tritt, kann man nichts erkennen. Er geht die schmutzige Treppe hinauf. Wahrscheinlich haben sie sein Bild im Fernsehen gezeigt, daher könnte der Typ neugierig werden, wenn ein Fremder durch die Hintertür ins Nachbarhaus schleicht. Er sollte seinen Plan ändern und von hier verschwinden, aber es ist sowieso egal, ob der Typ die Bullen nun ruft oder nicht, er kann sich einfach nicht mehr auf dem kranken Bein halten.

Dritter Stock, zweite Tür von links, unter der Klingel klebt ein handgeschriebener Zettel:

Valentová

Er klingelt zweimal und wartet einen Augenblick. Dann hört er eine gedämpfte Frauenstimme: »Einen Moment, bitte!« Eine Tür wird zugeschlagen, er hört eine Toilettenspülung.

Von unten kommt jemand die Treppe herauf. Wenn das dieser Uniformierte ist, wenn der ihm folgt, dann wird er nicht lange fackeln, mit so einem Typen wird er immer noch fertig, er hat nichts zu verlieren.

Hinter der Tür hört er leichte Schritte, einen Stock weiter unten dreht sich ein Schlüssel im Schloß. Irgend jemand wird ihn ohnehin hören; jetzt geht die Tür auf.

Sie ist kein junges Mädchen mehr, sie ist bestimmt älter als er, aber eine ganz hübsche Frau. An ihren Ohren baumeln Ohrringe. Sie hat sich in aller Eile einen abgetragenen Rock und einen Pullover mit kurzen Ärmeln übergezogen, an den nackten Füßen trägt sie Holzpantinen. Am Kleiderhaken sieht er eine blau-weiße Krankenschwesterntracht hängen.

»Guten Abend. Sind Sie Schwester Valentová?«

»Ja.« Sie starrt ihn an. Vielleicht erinnert sie sich daran, sein Gesicht schon einmal irgendwo gesehen zu haben.

»Ich habe eine Nachricht für Sie.«

»Von wem?« Sie ist nicht blond, wie er von weitem dachte, sie trägt nur ein gelbes Kopftuch und hat die gleiche Augenfarbe wie er: Dunkelblau.

»Ich bin den ganzen Tag mit dem Zug gefahren« – unten wird endlich die Tür zugeschlagen – »und vom Bahnhof direkt zu Ihnen gekommen.«

»Und was wollen Sie mir jetzt mitten in der Nacht mitteilen?«

»Das ist eine lange Geschichte. Zuerst wollte ich Sie um ein Glas Wasser bitten.« Er spricht langsam, ruhig, fast gewählt. Aber die Frau hat trotzdem Angst. »Ich kenne Sie nicht«, sagt sie, »und erwarte von niemand eine Nachricht. Wenn Sie etwas sagen wollen, dann sagen Sie es jetzt, aber hier an der Tür.«

Was helfen ihm schöne Reden, wenn sein Gesicht so zerschunden ist? Die Frau ist ganz verstört, gleich wird sie anfangen zu schreien. Er hat keine Zeit zu verlieren. Er hält ihr die Hand hin und sagt: »Ich bin Pavel!« Er greift nach ihrer Hand, stößt sie gleichzeitig in die Wohnung und schließt mit der anderen Hand die Tür.

»Sie ... Sie ... Verlassen Sie sofort meine Wohnung, oder ich fange an ...«

»Hab keine Angst«, sagt er schnell, »ich tu dir nichts. Und bring mir was zu trinken!«

»Sie haben überhaupt keine Nachricht für mich! Was wollen Sie hier?«

»Hast du nicht gehört, daß ich Durst habe? Gibst du mir kein Wasser?«

»Dort«, sie zeigt auf eine der Türen. »Wenn Sie Durst haben, trinken Sie etwas, und dann gehen Sie. Sonst fange ich an zu schreien.«

»Danke. Aber du kommst mit mir.«

»Nein, ich bleibe hier an der Tür.« Sie erhebt die Stimme. »Sie können etwas trinken, und dann müssen Sie gehen.«

»Paß auf, Alte«, sagt er leise, »wenn du wissen willst, woher ich komme … aus dem Knast.« Er stößt sie vor sich her in das Zimmer mit den Fotos und den Plakaten. »Ich muß erst einmal hierbleiben und du mit mir.«

»Sie sind verrückt geworden.«

»Wenn du vernünftig und schön ruhig bist, wird dir nichts passieren.« Er öffnet die Tür, das Badezimmer ist klein. In einem gelben Glas steht eine blaue Zahnbürste. »Falls du schreist …« Er nähert seine Hand ihrem Hals. Einen Augenblick blickt er in ihre vor Angst aufgerissenen Augen und schaut sie unverwandt an, während er das Wasserglas umdreht und die Zahnbürste leise auf den Boden fällt. Er dreht den Wasserhahn auf und hält das Glas darunter.

»Wer sind Sie?« Ihre Stimme zittert.

»Das kann dir doch egal sein.«

»Und was wollen Sie hier? Was wollen Sie von mir?«

»Nichts!« Er hält jetzt das volle Wasserglas in der Hand, »Ich muß nur eine Weile bei dir bleiben.« Dann trinkt er gierig die kühle Flüssigkeit.

»Sie können nicht hierbleiben! Gleich kommt jemand vorbei.«

Sie lügt, na klar, man sieht es ihr an, daß sie lügt. »Dummes Geschwätz!«

»Es kommt jemand.«

»Dann läßt du ihn nicht herein!«

»Er hat einen Schlüssel.«

»Wenn er reinkommt, dann ist das sein Pech.«

»Sie können nicht hierbleiben«, wiederholt sie starrsinnig.

»Seit dem Morgen habe ich nichts zu essen gekriegt, wo hast du was zu essen?«

»Werden Sie dann gehen, wenn ich Ihnen etwas zu essen gebe?«

»Ich mache mich aus dem Staub«, verspricht er. »Danach verschwinde ich!«

Sie zieht einen roten Vorhang zur Seite. Auf einem Regal steht ein Elektrokocher, daneben ein Brotkasten, eine Pfanne, ein flacher, grüner Topf, ein paar Konserven und ein Marmeladenglas. Sie öffnet einen winzigen Kühlschrank und nimmt ein Stück Speck und Eier heraus. »Ich habe nur noch zwei.«

»Das reicht.«

Sie schaltet den Kocher an und stellt die Pfanne darauf, dann schneidet sie den Speck und gibt ihn in die Pfanne.

Er atmet den Duft ein. »Wenn du mich nicht verpfeifst, dann passiert dir nichts, ehrlich.«

»Wann sind Sie geflüchtet?«

»Das geht dich nichts an.«

Sie zerschlägt die Eier über dem zerlaufenen Fett.

Er schluckt ungeduldig. »Schneid mir inzwischen eine Scheibe Brot ab.«

Sie öffnet folgsam den Deckel des Brotkastens und nimmt einen armseligen Kanten heraus.

»Mehr hast du nicht?«

»Mir reicht das.« Sie holt einen Plastikteller hinter dem Vorhang hervor und tut ihm den Inhalt der Pfanne auf. Dann legt sie im anderen Zimmer eine weiße Decke auf den Tisch. An einer Ecke hat sie einen rötlichen Fleck, wahrscheinlich einen Weinfleck. Das stört ihn, und er setzt sich so, daß er ihn nicht sieht. Er nimmt die Gabel sehr voll, aber das Essen ist so heiß, daß es ihm die Tränen in die Augen treibt, und das Brot ist hart wie im Heim. Jetzt ist er sich ganz sicher, daß sie gelogen hat, als sie sagte, daß sie auf jemand wartet.

Sie steht so weit von ihm entfernt, wie es nur geht. »Wenn Sie das gegessen haben, dann ... Sie können nicht hierbleiben, wirklich nicht, bitte.«

»Na klar, ich gehe. Aber vorher muß ich mich umziehen«, sagt er mit vollem Mund.

»Hier gibt es nichts, was Sie anziehen könnten.«

»Der Typ hat den Schlüssel und läßt keine Klamotten hier?«

»Außerdem muß ich ins Krankenhaus. Ich habe Dienst.«

»Wo arbeitest du?«

»In der Chirurgie.«

»Dann sieh dir wenigstens mein Bein an. Ich habe mir das Bein ein bißchen verletzt, als ich abgehauen bin.«

»Sie können nicht hierbleiben«, sagt sie, »und außerdem hören die Nachbarn uns. Die Wände sind hier aus Papier.«

»Wir werden flüstern«, sagt er leise und sieht sie so an, daß sie schnell nickt. Er darf sie nicht zu sehr ängstigen. Er muß sie beschwatzen, daß sie mit ihm geht, daß sie ihm hilft, aus dieser Stadt wegzukommen, von der er nicht einmal weiß, wie sie heißt, und ihm hilft, an ein Auto zu kommen, mit dem er zur Grenze fahren kann. »Du wirst mich nicht verpfeifen, oder?«

»Sie haben versprochen, daß Sie gehen!« Sie flüstert tatsächlich.

»Morgen früh bin ich verschwunden. Aber ich muß etwas anderes anziehen. In diesem Aufzug schnappen sie mich, bevor ich aus dem Haus bin.«

Auch der Schrank ist mit Plakaten beklebt. Es hängen einige Röcke darin, ein paar bunte Klamotten, noch eine Krankenschwesternuniform und eine Jeans. Auf einem Regal liegen Pullover und Unterwäsche ordentlich nebeneinander. Auf dem Boden stehen mehrere Kartons, wahrscheinlich für Schuhe.

Er nimmt die Jeans vom Kleiderbügel, es ist eine original Levi's. Da paßt er bestimmt rein, die gute Gefängnisküche macht's möglich, nur zu kurz werden sie sein. Er untersucht die Säume. Tatsächlich sind sie mindestens eine Handbreit umgenäht. »Mach mir die länger!«

»Das sind meine einzigen, neue kann ich mir nicht leisten.«

»Ich schick dir neue. Ich schick dir zwei Paar«, verspricht er großzügig. »Sofort, wenn ich hier raus bin.«

»Die kriegen Sie doch.«

»Nicht lebendig.« Er sollte vielleicht noch hinzufügen, daß auch sie dann nicht mehr leben würde, aber er will sie nicht erschrecken. Also wirft er ihr nur die Hose hin und sucht sich dann aus dem Stapel einen Pullover aus. Er nimmt den, der ihm am wenigsten nach einem Frauenpullover aussieht. Als er seine Jacke auszieht, sieht er, daß sie hinten ganz zerrissen und voll von getrocknetem Blut ist. Er zieht den Pullover an. Die Ärmel sind zu kurz, aber er krempelt sie hoch. Der Pullover geht, auch wenn er ihm kaum bis zum Nabel reicht.

Sie hält die Jeans in der Hand und schaut ihn an.

»Was glotzt du? Hab ich dir nicht gesagt, was du machen sollst?«

Sie steht folgsam auf, dann zieht sie unter dem Bett eine Schatulle mit Nähsachen hervor.

Schuhe könnte er auch noch gebrauchen, aber die wird er hier wohl kaum finden. Dennoch bückt er sich und öffnet einen der Kartons, die auf dem Boden des Schranks stehen, und schreit vor Freude fast auf. Das ist wirklich sein Glückstag, an so etwas hatte er nicht gedacht, es wäre ihm nicht eingefallen, danach zu fragen. Jetzt ist er überzeugt, ist sich ganz sicher, daß er hier rauskommen wird und sie ihn nicht erwischen.

»Sie ist aus echtem Haar«, hört er die Frau hinter sich sagen, »lassen Sie sie mir, ich muß sie tragen, ich habe meine Haare verloren.«

Aber er beachtet sie nicht. Er steht vor dem Spiegel und versucht, die Perücke aufzusetzen. Sie paßt genau und ist nur ein bißchen heller als seine Haare, aber das macht nichts, die Haare sind bloß zu lang, er braucht eine Schere. Jetzt kann er ihnen sogar auf der Straße begegnen. In diesen Klamotten, mit langen Haaren und dieser Tussi neben sich kann er sogar zu ihnen hingehen und sie fragen, wie er zum Bahnhof kommt. »Ich leih mir die Perücke nur aus. Ich schick sie dir dann mit Eilpost zurück.« Er sieht zu, wie sie mit einer Schere den Saum der Hose auftrennt, und ist ganz zuversichtlich. Er hat ein Dach über dem Kopf, sein Magen ist voll, da ist eine Frau, die er sich jederzeit schnappen kann und mit der er machen kann, was er will. Dabei könnte er schon am Galgen hängen, er könnte irgendwo liegen, schon ganz kalt, dort, wo jetzt seine Bewacher liegen. »Du hast was gut bei mir. Ich schick dir Sachen, du wirst staunen.«

»Ausgerechnet Sie ! Warum hat man Sie eigentlich eingesperrt?«

»Wegen einem Scheiß«, schnauzt er sie an. »Ich wollte nur über alle Berge.«

»War das alles?«

»Das hat gereicht.«

»Ich habe auch so jemand gekannt.« Sie stockt und fügt dann hinzu: »Er hat bei uns in der Abteilung gelegen, er hat auch versucht zu fliehen und hat zwei Jahre dafür bekommen …«

Dieses Gerede interessiert ihn nicht. »Hast du hier irgendwo Kippen?«

Sie zögert einen Augenblick, dann greift sie nach der Handtasche neben sich auf der Couch und gibt ihm ein Päckchen Zigaretten und Streichhölzer.

Er zündet sich eine an und inhaliert genießerisch, dann betrachtet er sie eine Weile. Sie sieht gut aus. Ein bißchen dünn, aber gute Titten. Mein Gott, wann hat er das letzte Mal eine Frau gehabt? Aber er darf ihr keine Angst machen. Vielleicht tut sie es freiwillig. Zum Schluß tun es alle freiwillig. Was ist, wenn sie jetzt zu schreien anfängt oder später, wenn er sie mitnimmt …? Er darf sie nicht beunruhigen. Frauen kann er danach haben, so viele er will.

Sie gibt ihm die Jeans. »So, und jetzt …« Sie will es nicht noch einmal sagen und zeigt nur zur Tür. »Ich meine es ernst, bitte.«

Er steht auf und zieht seine Hose aus, zieht diese Begräbnishose für immer aus. Sein linker Knöchel ist geschwollen und ganz blau, als ob er Tinte darübergegossen hätte.

Sie sieht das. »Damit sind Sie bis hier gekommen?«

»Na und? Hätte ich vielleicht ein Taxi nehmen sollen?«

»Sie brauchen wenigstens einen Stützverband!«

»Da scheiß ich drauf.« Er greift nach der Jeans.

»Warten Sie!« Sie holt aus dem Schrank einen Kasten, der genauso aussieht wie der, in dem die Perücke war. Sie nimmt ein Verbandspäckchen heraus und bewegt seinen Knöchel mehrmals mit der Hand. Das fühlt sich an, als würde sie ihm die Knochen brechen, aber er gibt keinen Mucks von sich und rührt sich nicht.

Sie hat geschickte Finger und wickelt die Bandage ab. »Sind Sie hinter Ihnen her?«

»Was hast du denn gedacht?«

»Und wenn sie Sie kriegen?«

»Dann hängen sie mich auf«, er berührt seinen Hals mit der Hand und streckt die Zunge ein bißchen heraus. »Aber sie kriegen mich nicht lebendig.«

»Das meinen Sie nicht ernst!«

Er schweigt.

»Oder aber Sie haben jemand ...?«

»Quatsch. Ich habe niemand umgebracht. Wenn ich jemand umgebracht hätte, dann hätten sie mich nicht erwischt, aber ich war einfach blöd.«

»Und was wollen Sie jetzt tun? Wohin wollen Sie von hier?«

»Das wird sich zeigen. Aber diesmal werde ich nicht so blöd sein, das sage ich dir, noch mal bin ich nicht so blöd.«

Sie wickelt die Bandage hinauf bis zum Knie. Ihr Kopf berührt dabei fast seine Hüfte, er kann sich nicht beherrschen und legt seine Hand auf ihre Schulter.

Sie springt auf, als hätte er sie verbrannt. »Nehmen Sie die Pfoten weg«, schreit sie.

»Verdammt noch mal, halt's Maul!« Er geht auf sie zu, aber er kann sein Bein kaum bewegen. »Schon gut, ich tu dir nichts ...« Er dreht sich wohlweislich um und zieht ihre Jeans an. Sie ist ein bißchen eng und er kriegt sie kaum über den verbundenen Knöchel, aber sonst ist sie perfekt. Er läßt Wasser in das Waschbecken und wäscht sein Gesicht. Die Beule auf seiner Stirn ist schon ein bißchen zurückgegangen, und die blutige Wunde, die sich über seine rechte Schläfe zieht, kann man durch die Perücke verbergen. Er holt sie und setzt sie sich noch einmal auf. »Die muß geschnitten werden«, sagt er.

»Was fällt Ihnen denn noch alles ein?«

»Gib mir die Schere!«

»Nein! Bitte!«

Er nimmt sich den Karton mit den Nähsachen und holt die Schere heraus, dann schneidet er die Haare ein bißchen kürzer und setzt die Perücke vor dem Spiegel wieder auf. Wie sollten sie ihn jetzt wiedererkennen? Die waren doch so blöd, daß sie sich nicht einmal selbst wiedererkennen würden, wenn ihnen jemand nachts die Haare abschneiden würde.

»So, und jetzt gehen Sie endlich«, hört er sie hinter sich sagen. »Seien Sie froh, daß man Sie bis jetzt noch nicht geschnappt hat.«

»Keine Sorge!« Aber sie hat recht. Er hat hier schon mehr gekriegt, als er hoffen konnte, und jetzt sollte er so schnell wie möglich verschwinden, bevor sie ihn hier aufstöbern, bevor dieser uniformierte Idiot darüber nachzudenken beginnt, was er gesehen hat, oder der Spitzel von unten, der ihn sicher gehört hat. Aber was ist mit dieser Frau? Ist sie wirklich so blöd, daß sie nicht kapiert, daß er sie nicht hierlassen kann, weil sie sonst zur nächsten Polizeistation läuft und dort alles erzählt? Er muß sie bequatschen, damit sie mitgeht. Und wenn er es nicht schafft? Oder wenn sie verspricht, mitzukommen, und dann auf der Straße zu schreien anfängt? Daran hat er noch gar nicht gedacht.

Er zündet sich noch eine Zigarette an und setzt sich ihr gegenüber. »Ich rauche noch eine.« Selbst wenn er sie hierläßt, wenn er sie knebelt und fesselt, sie werden sie doch hier finden, es sei denn, er macht sie ganz und gar fertig ... Aber das will er nicht, und helfen würde es auch nicht viel, sie würden sehen, was im Schrank fehlt und was er jetzt anhat, und ihn daraufhin sofort finden.

Die Frau will aufstehen, aber er hält sie zurück. »Warte, ich muß dir was sagen.«

Sie zündet sich ebenfalls eine Zigarette an, rückt den Stuhl ein wenig weg und setzt sich.

»Das ist ein Witz«, sagt er, »aber ich habe den Namen von eurer Weltstadt hier nicht mitbekommen. Wie weit ist es von hier und dort?«

»Zwischen hier und wo?«

»Wie weit ist es zum Stacheldraht«, erklärt er.

»Weit, bis dahin schaffen Sie es nie.«

»Eine Stunde?«

»Kommt darauf an, wie Sie sich fortbewegen.«

»Mit dem Auto.«

»Sie haben ein Auto?«

»Ich werde eins haben.«

»Dann dauert es ungefähr eine Stunde.«

»Gut. Wir können aufbrechen.«

»Wie meinen Sie das? Wir können ...«

»Du kommst mit mir.«

»Nein! Nein!« Sie springt auf, wahrscheinlich will sie raus aus der Wohnung, ins Treppenhaus, um dort loszuschreien. Er packt sie an der Schulter und legt ihr die Hand auf den Mund. »Setz dich!« befiehlt er ihr. Neben dem Brotkasten liegt das Messer, mit dem sie ihm vorhin das Brot geschnitten hat; er nimmt es, prüft seine Schärfe, es ist gar nicht so schlecht, dann steckt er das Messer in eine der Gesäßtaschen seiner Jeans. »Du kommst mit mir und tust so, als ob du zu mir gehörst. Das ist alles. Wenn du das machst, ist alles in Ordnung. Wenn nicht, dann nicht.« Er holt das Messer aus der Tasche und prüft von neuem mit dem Finger seine Schärfe. »Hast du verstanden?«

Sie sieht ihn an und wagt nicht einmal, sich zu bewegen. »Sie Schuft!« flüstert sie.

Er antwortet nicht, denn er hört von draußen Geräusche. Vorsichtig steht er auf und geht zum Fenster.

Das war unglaublich! Wie hatten sie ihn hier aufspüren können? Aber sie waren da. Zwei von ihnen hatten Hunde an der Leine. Er springt vom Fenster zurück.

»Was ist?« fragt sie und sieht auch nach draußen. »Sind die wegen Ihnen hier?«

Er hört jetzt ganz deutlich, wie die Hunde bellen. Er hat zuviel Zeit vertrödelt. Er hat nicht nachgedacht und hier wie in der Kneipe herumgelungert und geschwätzt.

»Verschwinden Sie!« sagt sie hinter ihm. »Worauf warten Sie? Wollen Sie, daß die Sie hier finden?«

»Halt's Maul!« Wohin jetzt und wie? Vielleicht auf den Speicher und dann übers Dach? Aber mit dem kaputten Bein wird er nicht weit kommen. Außerdem haben sie sowieso alles umstellt. Er hört sie vorfahren, er kann sie sich lebhaft vorstellen: jeder mit einer Pistole in der Hand und einer Granate in der Tasche. Aber sie werden ihn nicht so einfach kriegen, immerhin hat er noch diese Frau. Entweder sie können beide das Haus verlassen und man stellt ihnen ein Auto, oder sie werden sie beide im Sarg hier raustragen!

»Was ist?« schreit sie ihn an. »Was sehen Sie mich so an? Was haben Sie vor?«

»Halt's Maul!«

»So gehen Sie doch!« Sie faßt ihn an der Schulter und versucht ihn zur Tür zu drängen. »Hier können Sie nicht bleiben, Sie werden doch nicht warten, bis sie kommen.«

Er schlägt sie ins Gesicht. »Dahin! Los!« Er zeigt auf das Bett.

Sie hält sich die Hand vor das Gesicht und schluchzt.

Unten im Haus hört man Türenschlagen, dann Getrampel. Wie viele von ihnen sind draußen geblieben? Er darf sich nicht mehr am Fenster zeigen, er muß etwas unternehmen. Die Tür muß verbarrikadiert werden. »Komm her!«

Sie steht gehorsam auf. »Lassen Sie mich gehen, lassen Sie mich gehen«, jammert sie, »vielleicht werden sie schießen.«

»Sie werden nicht schießen, solange du hier bist. Hilf mir, das vor die Tür zu schieben!« Er stemmt sich gegen den Schrank mit den Fotos und schiebt ihn zur Eingangstür.

»Lassen Sie mich gehen, bitte, lassen Sie mich gehen. Ich habe Ihnen doch nichts getan ...«

Nur noch ein kleines Stück, dann läßt sich die Tür nicht mehr öffnen. Auf der Treppe sind Schritte zu hören.

»Sonst schreie ich.«

»Schrei nur«, sagt er, »du kannst ruhig schreien, sie sollen wissen, daß du bei mir bist.«

Der Schrank stößt jetzt gegen die Tür. So. Nun sind sie zusammen hier eingesperrt. Ob die Bullen so vorgehen werden wie damals? Damals waren sie zu allem entschlossen. Er erinnert sich an jenen Augenblick, das Pfeifen der Schüsse, das Stöhnen des Mannes hinter dem Lenkrad. Ihm steht der Schweiß auf der Stirn. »So schrei doch!« fordert er sie auf. »Warum schreist du nicht?«

Die Schritte machen vor der Tür halt. Es läutet. Die Hunde toben, als wollten sie die Tür aufbeißen. Es läutet wieder.

Sie klingeln, als kämen sie zu Besuch. In der Hand die Pistole, die Hunde bei Fuß, in der Tasche Granaten, und dann klingeln sie. Sie sind in einem fremden Haus und wollen kein Aufsehen erregen. Am liebsten hätten sie es, wenn er ihnen öffnen, sich verbeugen und dann die Hände hochnehmen würde. Aber das werden sie nicht erleben. Sie werden ihn finden, wie er tot hier liegt, aber er wird aufpassen, daß er nicht mit erhobenen Händen daliegt.

Er lehnt sich an die beklebte Schranktür, die Frau neben ihm zittert und schluchzt laut. Hoffentlich hören sie das, sie sollen wissen, daß sie hier bei ihm ist, bevor sie anfangen zu schießen. Von wo werden die Schüsse wohl kommen? Durch die Tür oder durch das Fenster? Aber den Fenstern gegenüber ist nichts, wo sie in Stellung gehen könnten, höchstens das Dach des Speichers, in dem er sich gestern versteckt hatte. Wahrscheinlich werden sie nicht schießen, sie werden die Tür aufbrechen, dann wird die ganze Rotte hereinstürmen, aber lebendig werden sie ihn nicht kriegen. Er faßt in seine Hose und tastet nach dem Messer. Das beruhigt ihn, diesmal werden sie ihn nicht beschwatzen, er wird überhaupt nicht mit ihnen reden. Nicht ein einziges Wort!

Plötzlich ist es still, das Klingeln hört auf, sogar die Hunde haben sich beruhigt, vielleicht hat man sie weggebracht. Neben ihm steht die Frau, ihre Schultern zucken. Sie flüstert: »Lassen Sie sie rein, das hat doch keinen Sinn, lassen Sie sie rein!«

»Frag sie, was sie wollen.«

»Sie wollen rein!«

»Dich hab ich nicht gefragt, blöde Kuh!«

Sie dreht den Kopf zum Schrank, macht den Mund auf und wieder zu.

»Los, frag sie!«

»Wer ist da?« sagt sie mit piepsiger Stimme.

»Lauter!«

»Wer ist da?«

Eine Männerstimme. Unbekannt und doch vertraut, eine Stimme, die gleiche Stimme, die ihn im Erziehungsheim, beim Militärdienst und im Gefängnis angeschrien hat. »Polizei. Öffnen Sie sofort die Tür!«

Sie dreht sich zu ihm um, sie ist bleich, und ihre Ohrringe zittern.

»Sag ihnen, daß du nicht aufmachen kannst. Daß du eine Geisel bist.«

Sie wiederholt seine Worte.

»Daß ich dich sonst umbringe.«

Stille.

»Daß ich dich umbringe, wenn sie uns kein Auto geben und uns nicht rauslassen!«

Stille.

»Warum redest du nicht, blöde Kuh?«

Sie schluchzt auf.

Eine Stimme von draußen: »Bartoš, wir wissen, daß Sie da drin sind. Machen Sie auf!«

»Sag es, du blöde Kuh, sonst bring ich dich um!«

»Er sagt, er bringt mich um, wenn Sie uns nicht gehen lassen.«

»Bartoš, der Präsident der Republik hat beschlossen, Sie zu begnadigen. Es ist in Ihrem Interesse, nichts zu tun, was seinen Beschluß rückgängig machen könnte.«

»Sag ihnen, daß sie Scheißlügner sind!«

Stille. Sie zittert am ganzen Körper und schluchzt. Sie wendet ihm ihr nasses Gesicht zu, es ist nach der Ohrfeige ein wenig geschwollen. »Lassen Sie mich! Lassen Sie mich raus!«

Er lacht. Er bricht in Gelächter aus. Sie haben ihn zum Galgen verurteilt, als er niemand etwas getan hatte, als er auf ihr Ehrenwort hin alle Kinder aus dem Bus freigelassen hatte. Jetzt, wo er ein ganzes Auto mit Bullen zur Hölle geschickt hat, wollen sie ihn begnadigen. Vielleicht glauben sie, das Auto sei von der nassen Fahrbahn abgekommen. Das bringt ihn noch mehr zum Lachen. Er lacht so sehr, daß die draußen ihn hören müssen. Sollen sie doch wissen, wie gut er sich amüsiert!

»Bartoš, wir geben Ihnen drei Minuten, um die Tür zu öffnen.«

Lachen.

»Dann brechen wir die Tür auf.«

»Sie haben den Schulbus entführt, nicht wahr?« Sie sieht ihn voller Entsetzen an. »Lassen Sie mich gehen, die Kinder haben sie auch gehen lassen.«

»Das genau war unser Fehler. Wenn sie die Tür aufbrechen ...« Er zieht das Messer, ihr Messer, und hält es ihr vor die Augen. »Erzähl ihnen, was dann passiert.«

»Bartoš, Sie haben noch zwei Minuten.«

Er nimmt das Messer wieder weg. »Sag es ihnen!«

»Um Gottes willen, ich bitte Sie, gehen Sie weg. Er bringt mich um.«

»Bartoš, wenn Sie die Frau da drin anrühren, kommen Sie hier nicht lebend raus.«

Lachen.

»Sag ihnen, sie sollen verschwinden. Ich will ein Auto für uns und freie Fahrt über die Grenze.«

»Sie haben noch eine Minute, Bartoš.«

»Lassen Sie mich gehen. Sie sind verrückt. Die werden ihnen kein Auto geben. Aber man will Sie begnadigen, Sie haben es doch gehört.«

Lachen. »Gnade?« Er lacht auch sie aus.

»Ich habe eine alte Mutter, sie ist allein und krank. Lassen Sie mich frei! Ich kann doch nichts dafür, was sie mit Ihnen ... Bitte. Ich habe Ihnen etwas zu essen gegeben. Ich habe Ihnen das Bein verbunden. Ich hätte um Hilfe rufen können, aber ich wollte Sie nicht verraten.«

Lachen.

»Sie tun mir leid. Es tut mir leid. Ich würde Ihnen gerne helfen, wenn ich könnte, aber ...«

»Halt endlich den Mund, du blöde Kuh!«

»Bartoš, Ihre Zeit ist um!«

Sie stochern mit irgend etwas im Schloß herum.

Er packt ihren Arm, dreht ihn um und versucht, sie mit sich zu ziehen.

»Um Gottes willen, er bringt mich um! Hilfe. Hilfe!«

Er hält ihr die Hand auf den Mund und will sie von der Tür wegschleifen.

Sie sträubt sich, sie versucht ihn zu treten und zu beißen. Er dreht ihr den Arm noch weiter um, jetzt schreit sie zum ersten Mal, sie schreit wirklich vor Angst. Noch eine Tür. Er schlägt sie und stößt sie in den Raum hinein, so daß sie fällt, dabei verliert sie ihr Kopftuch. Diese Frau hat fast keine Haare mehr, er dreht sich angeekelt weg und beeilt sich, die Tür zuzumachen und abzuschließen.

Im Vorraum hört er einen Knall. Sie sollen bloß nicht glauben, daß sie ihn wieder drankriegen werden, jetzt ist ihm alles egal. Wenn sie ihn wollen, sollen sie ihn haben. Er stürzt sich auf sie, packt ihren Hals, so als wäre es der Hals von einem von denen da draußen. Sie tritt nach ihm, schlägt ihm die Fäuste in den Bauch, zerkratzt ihm das Gesicht, aber er bemerkt es kaum, ihm ist alles egal, ihm ist jetzt alles egal. Er wirft sie zu Boden, kniet sich auf ihre Brust, umklammert diesen sonderbaren haarlosen Kopf und schlägt ihn auf die Erde. Der Körper unter ihm schüttelt sich, ächzt, das macht ihn noch wütender, und er schlägt wie verrückt auf sie ein. Schließlich hört sie auf sich zu wehren und ist still. Jetzt holt er das Messer hervor und hält es ihr an die Kehle. So wird er auf die da draußen warten, so wird er sie empfangen, sie sollen sehen, daß es nur einer Bewegung bedarf, und ...

Schon hämmern sie gegen die Tür, das Brummen einer Bohrmaschine ist zu hören.

Er betrachtet das leblose Gesicht der Frau, den bleichen

Schädel und die schweißnasse Stirn. Die Frau bewegt sich nicht. Wenn er es nur nicht zu weit getrieben hat! Was nützt ihm eine tote Geisel? Er beugt sich über sie, versucht ihren Atem zu hören, aber er kann nichts wahrnehmen wegen des höllischen Lärms, den der Bohrer macht.

Jetzt packt ihn die Angst. Er zittert vor Kälte. Sie haben ihn doch gekriegt, er ist ihnen nicht entwischt. Sprich, sag doch etwas. Er schüttelt ihren leblosen Kopf. Das hatte er nicht gewollt, er wollte nur raus, weg von hier, wo sich alle auf ihn ... wo sich nie jemals für ihn ... wo er immer ganz ... und jetzt auch: ganz allein war. Ich bin es nicht gewesen, sie waren es, du sollst nicht denken, daß ich ... Hinter ihm fällt der Schlüssel auf den Boden, noch ein paar Sekunden und sie haben ihn, irgendwo wartet schon der Galgen, aber lebend kriegen sie ihn nicht, sein Blick fällt auf das Messer, das wird ihn nicht retten, es sei denn, er tötet sich selbst damit, aber auf einmal hat er dazu nicht mehr die Kraft, und außerdem weiß er nicht genau, wo er hinstechen müßte. Glücklicherweise steht das Fenster offen, ihr könnt mich alle mal am Arsch lecken, ich scheiß auf eure Welt. Und so, als kletterte er nur auf eine niedrige Mauer, steigt er auf das Fensterbrett und schaut nicht einmal hinab, sondern blickt geradeaus, er sieht noch einmal das Dach der gegenüberliegenden Lagerhalle und den dunklen Himmel darüber, einen Himmel ohne Sterne, und macht einen Schritt. Einen ganz normalen Schritt, als hätte er festen Boden unter den Füßen, als würde er weiter fliehen, als würde er seinen törichten Wunsch, die unüberwindliche Linie zu überschreiten, nicht aufgeben.

7.
Filmerzählung

Fuka schläft in der Wohnung seiner Mutter, als ihn das Telefon weckt. Er greift nach dem Hörer. »Wer ist da?«

»Liebling, ich bin's, Ela, ich bin schrecklich froh, daß ich dich erwische. Stell dir vor, sie warten auf dich ...«

»Wer wartet? Bist du verrückt geworden, daß du mich in ihrer Gegenwart anrufst.«

»Nein, nicht die, die du meinst, sie wollen dich zu ihm bringen.«

»Zu wem?«

»Auf die Burg, zu ihm, ich hab's dir ja gesagt. Stell dir vor, er empfängt dich«, schreit Ela.

»Wann?«

»Jetzt, sofort.«

»Ich will nirgendwohin, ich will schlafen. Ich habe dich nicht darum gebeten, daß du ...«

»Liebling, wir kommen gleich zu dir, in ein paar Minuten sind wir da.«

Er spritzt sich ein wenig Wasser ins Gesicht. Es ist fast ein Uhr nachts, so ein Wahnsinn. Vielleicht hat er das alles nur geträumt, oder das Ganze ist ein dummer Scherz. Er weiß nicht, ob er sich wieder hinlegen oder seinen besten Anzug anziehen soll. Er geht zum Fenster und blickt auf die leere Straße hinaus. Er sieht die leere, feuchte Fahrbahn, die im Licht der Laternen glänzt. Dann tauchen in der Ferne Autoscheinwerfer auf, und unmittelbar darauf erkennt er eine schwarze Limousine, die rasch auf sein Haus zusteuert. Als sie anhält, springt ein Mann heraus und öffnet den hinteren Schlag. Er erkennt Ela, die ihm persönlich die gute Nachricht bringt.

Jetzt zieht er sich doch an.

Neben dem Auto warten zwei Männer auf ihn. Sie sehen genauso aus wie die beiden, die ihn vor kurzem angehalten und ihm den Film weggenommen haben, beide haben sie graue Gesichter und tragen schwarze Anzüge, nur daß sie diesmal die Zähne zu einem amtlich-freundlichen Lächeln fletschen. Höflich bitten sie ihn, Fuka, um seinen Ausweis und zeigen sich erfreut darüber, daß es sich wirklich um ihn handelt. Sie setzen ihn auf den Rücksitz und fahren los. Ela bleibt auf dem Bürgersteig stehen und winkt ihm hinterher. Bestimmt ist sie glücklich, denn es war ihre Idee, ihr Bekannter, und sie glaubt, daß sich sein Schicksal und folglich auch ihres jetzt zum Besseren wenden wird. Er wird Arbeit bekommen und damit viel Geld verdienen, für das sie sich dann ein Häuschen kaufen können, in dem sie gut leben werden und wo sie ihn dann endlich ganz für sich allein haben wird.

Er macht es sich so bequem wie möglich und betrachtet die vorbeirasenden Häuser. Wie lange sie fahren, weiß er nicht, auch nicht, was er dem Staatsoberhaupt sagen soll, wenn er denn wirklich sein Gehör finden wird, worum er ihn bitten soll. Auch wenn er es sich nicht eingestehen will, ist er doch aufgeregt. Es ist, als hätte der Teufel selbst ihn auf einen Berggipfel eingeladen, um ihm alle Schätze der Erde zu zeigen: Da bitte, bedien dich!

Ja, aber wie kann ich dir das je vergelten, Herrscher der Finsternis?

Darüber reden wir später!

Nein, ich muß es jetzt wissen. Verlangst du Treue? Meine Freiheit? Mein Leben? Meine Seele?

Das Auto biegt in einen engen Kiesweg ein und hält vor einem Tor, dann öffnet sich das Metallgitter, und sie fahren eine sandbestreute Tannenallee entlang und halten vor einem niedrigen, hellerleuchteten Gebäude. Sie bitten ihn, auszusteigen.

Überall parken Autos. In einigen von ihnen sitzen Chauffeure und dösen. Weiter hinten schwanken einige Gestalten vorüber. Aus den geöffneten Fenstern strömt Licht und Stimmengewirr. Da kommt auch schon ein junger Mann in einem makellos sitzenden Anzug auf ihn zu. Sein Schritt und seine Bewegungen sind leicht und sicher. Er bleibt vor ihm stehen. »Wie war die Fahrt, gnädiger Herr?«

Er bedankt sich für die Nachfrage, und der Mann gibt Fuka einen Wink, ihm zu folgen.

Dann findet er sich in einer Halle wieder, in deren Mitte einige lederne Klubsessel stehen. Die holzgetäfelten Wände sind leer. Da stehen nur einige Aquarien und gläserne, sandgefüllte Terrarien, aus denen gewundene Zweige und die Stengel exotischer Pflanzen ragen. Er stellt sich davor. »Würde es Ihnen etwas ausmachen, einen Augenblick hier Platz zu nehmen?«

In einem der gläsernen Quader erkennt er den schwarzbraunen Körper einer Schlange. Er steht auf, bekommt dann aber Angst, gegen irgendein Protokoll zu verstoßen, und setzt sich wieder hin. Wozu verpflichtet man sich, wenn man die Hilfe annimmt, die ein anderer freiwillig anbietet? Verzichtet man damit nicht auf seine Freiheit oder zumindest auf seine Unabhängigkeit? Welchen Preis, welchen Wert kann ein Werk haben, das durch den Verlust der Unabhängigkeit erkauft worden ist? Was vielen wie die Erfüllung eines lang gehegten Wunsches erscheinen mag, ist vielleicht nur das offene Tor zur eigentlichen Niederlage, zum eigentlichen Verderben.

Das Heulen von Polizeisirenen reißt ihn aus seinen Gedanken. Er steht auf und setzt sich gleich wieder hin. Draußen hört man Türenschlagen und Stimmen. Dann kommen zwei uniformierte Männer mit einer Bahre herein, und zwar auf demselben Weg, auf dem man ihn vorhin hierhingeleitet hat. Er sieht sie an, aber sie beachten ihn nicht, sie stellen die Trage auf den Boden und warten.

Der Mensch, der auf der Bahre liegt, bewegt sich nicht. Von ihm ist nichts zu sehen, denn er ist bis zum Mund mit einem Laken zugedeckt, trägt einen weißen Verband wie einen Turban um den Kopf, und seine Augen sind hinter dunklen Brillengläsern verborgen. Nur seine Nase ragt aus dem verhüllten Gesicht hervor. Er betrachtet dieses sonderbare Wesen, das aus einem Traum zu kommen scheint, und ihm wird bange.

Da erscheint der Mann, der hier den Zeremonienmeister macht, wieder. »Der Herr Präsident erwartet Sie!«

Er steht auf. Auch die beiden Uniformierten ergreifen wieder die Bahre. Sie durchqueren einige Säle, in denen offensichtlich vor kurzem ein Empfang stattgefunden hat. Auf den Tischen stapeln sich schmutzige Teller und Gläser. In den Schüsseln trocknen die Essensreste. Über den verstreuten Kaviarkügelchen, dem Schinken im zerfließenden Aspik, den zermatschten Pasteten, den angenagten Hühner- und Truthahnknochen kreisen Fliegen.

Das letzte Zimmer, in das sie kommen, ist voller Leute, die sich laut unterhalten. Zu seiner Verlegenheit brechen sie das Gespräch ab, als er den Raum betritt. Er sieht sich um. Stühle mit hohen Lehnen sind zu einem Viereck aufgebaut, in dessen Mitte ein großartiger Sessel steht, der einem Thron gleicht und überhaupt nicht in diesen Raum paßt. Der Sessel hat vergoldete Beine, und über der Lehne glänzt eine diamantengeschmückte, geschnitzte Krone. Darunter kauert ein Greis in einem schwarzen Talar.

Im ersten Augenblick zögert Fuka. Ist das wirklich der Präsident? Er hat ihn noch nie in diesem Aufzug gesehen: weder leibhaftig noch auf Fotos. Aber die mächtige Gestalt, die grauen Augen hinter den dicken Gläsern, die fleischigen Lippen gehören eindeutig dem ersten Mann im Land.

Warum haben sie ihn mitten in der Nacht hierher zu diesen betrunkenen Gästen gerufen? Einige von ihnen kennt er aus den Nachrichten. Er erkennt auch den riesigen Schwarzen, der würdevoll in einem Sessel neben dem Thron sitzt: er ist auf Staatsbesuch hier. Das Ganze wird immer geheimnisvoller. Was soll das eigentlich? Werden sie ihm gleich eine Kamera bringen und ihn bitten, irgendeine verrückte nächtliche Audienz aufzunehmen? Wessen Audienz sollte das sein?

Seine eigene.

In diesem Augenblick taucht wie aus dem Nichts ein kleiner Mann mit riesigen Ohren, die so weit oben an seinem Kopf sitzen, daß sie wie Hörner wirken, hinter dem Greis auf und teilt ihm mit leiser Stimme etwas mit. Fuka versteht nur einzelne Wörter, aber ihm scheint, als höre er seinen Namen und das Wort »Terrorist«. Im Gesicht des mächtigen Greises flackert so etwas wie Verständnis auf. Er öffnet den Mund wie zu einem Lächeln und nickt ihm zu: »Na endlich. Treten Sie näher!«

Weil die Worte offensichtlich an ihn gerichtet sind, geht er zum Thron, und die Männer mit der Bahre folgen ihm. Der Greis beobachtet sie. Als sie die Bahre zu seinen Füßen abstellen, bewegt sich etwas in seinem erstarrten Gesicht: eine kaum wahrnehmbare Grimasse oder sogar eine Andeutung von Befriedigung.

Fuka weiß nicht, ob er sprechen darf, solange er nicht angesprochen worden ist, und noch weniger weiß er, worüber er sprechen sollte. Deshalb verbeugt er sich nur. Der Schwarze betrachtet ihn voller Interesse.

»So, mein Junge«, sagt der alte Mann von seinem Thron herunter zu ihm, »du hast darum gebeten, und nun bist du hier. Mit einem Federstrich hätte ich dich an einen Ort schicken können, von dem du nie wiedergekehrt wärst, aber du bist hier, um uns alles zu erklären. Was sagst du dazu, wie willst du dich verteidigen? Der Greis versucht, ihn unverwandt anzusehen, aber es gelingt ihm nicht, sein Blick verschwimmt, versinkt und taucht aus der Tiefe wieder auf, seine Augen sind feucht, wie von Tränen. »Du schweigst. Aber als du deine Hand erhoben hast, was war da? Da hast du nicht gezögert und getötet.«

Fuka öffnet erschrocken den Mund und schüttelt dann nur den Kopf. Da springt der Zwerg mit den riesigen Ohren herbei und flüstert dem Greis etwas zu. Der Greis nickt, sein Blick ist jetzt ganz nach innen gewendet und in irgendwelche Tiefen gerichtet. Dann sagt er, vielleicht zu sich selbst, vielleicht zu dem Mann mit den großen Ohren, vielleicht auch zu allen anderen: »Das macht nichts, das macht gar nichts. Der mit den Schlangen, ich erinnere mich, ich erinnere mich. Du hast uns alle unterhalten. Hast du Kinder?«

Er schüttelt den Kopf.

»Und eine Frau?«

Auch die hat er eigentlich nicht.

»Warum also, für wen also tust du es«, fragt der Mann auf dem Thron, und jetzt sind alle anderen genauso verwirrt wie Fuka. Niemand gibt einen Laut von sich, nur die Dolmetscherin beugt sich zu dem schwarzen Staatsmann und flüstert ihm leise etwas zu.

»Ich weiß, was ihr alle wollt«, der mächtige Greis spricht jetzt zu den anderen, Fuka interessiert ihn schon nicht mehr. »Gnade, Freiheit und Macht. Aber wofür? Um euch vor euren Pflichten zu drücken. Um das Schiff zu verlassen, das ich mit letzter Kraft noch ... Was glaubt ihr eigentlich? Daß ich nicht weiß, nicht sehe, nicht höre, was ihr in euren Taschen habt, was ihr zwischen den Fingern haltet, was ihr flüstert? Wer wagt zu behaupten, dem sei nicht so? Pflichten!« ruft er, »Pflichten muß man erfüllen. So wie ich es tue, wie die armen Opfer es getan haben, die sich mit Klagen an mich wenden«, und sein Blick wandert unwillkürlich zu seinen eigenen Füßen, dahin, wo die Bahre steht, und wendet sich sofort wieder ab, nach innen, »es ist höchste Zeit, dem einmal Einhalt zu gebieten. Genug der Rücksichtnahme!«

Auf einmal senkt sich Stille über den Saal wie ein Vorhang.

»Ich bin derjenige, der Gnade gewähren kann«, kreischt er, »der einzige, der Bescheid weiß, der einzige, der seine Pflichten kennt. Und ich erfülle sie. Wer mich daran hindert, den werde ich mit einem Federstrich ... Er soll aufstehen, er soll sich zeigen.« Und der erste Mann im Staat steht auf, der schwarze Talar bauscht sich an seinen Schultern. »Wer wagt es? Gut. Noch einmal, alle sollen es sehen, alle sollen es hören, ein für allemal, in der Vergangenheit wie auch heute. Sie sollen bekommen, was Sie wünschen! Ich begnadige Sie. Der Henker kann gehen!« Er streckt seine Hand nach Fuka aus, als ob er ihn segnen wolle. Dann macht er einen großen Schritt um die Bahre herum, und während jemand im Saal Beifall klatscht, verschwindet er in einem der Nebenräume.

Alle springen von ihren Plätzen auf und stürzen hinter ihm her; die beiden Uniformierten gehen mit der Bahre und dem Mann, von dem nichts zu sehen ist, der vielleicht tot ist, hinaus.

Auch wenn sie den Toten hinaustragen, denkt Fuka, so wird der Tod immer hierbleiben, und er selbst wird von hier nichts anderes mitnehmen als die Berührung durch den Tod. Er weiß, daß er auch weggehen könnte, daß er weggehen sollte, aber er bleibt wie gebannt stehen. Er starrt auf die nackte Wand, er blickt wie berauscht, bis der Zeremonienmeister erscheint und ihm mitteilt: »Die Audienz ist zu Ende, ich gratuliere Ihnen, gnädiger Herr.«

Viertes Kapitel

1.

Das Straßenpflaster strahlte Hitze aus und schien unter Pavels Füßen zu schwanken. Das passierte ihm in letzter Zeit immer öfter. Vielleicht trank er zuviel, oder er vertrug weniger als früher, aber alle anderen um ihn herum tranken auch.

Er blieb vor einer kleinen Kneipe stehen. Von weitem hörte er eine Stimme, die über einen Lautsprecher eine Rede hielt, die Worte jedoch konnte er nicht verstehen. Vielleicht waren sie spanisch, und jeden Augenblick würde eine Kinderhand ihn berühren und ihm eine verwelkte Blume in die Hand drücken. Oder in der Kneipe würde eine dunkeläugige Mestizin ihm zuwinken, daß er ihr folgen solle. Er hatte Durst. Die Kneipentür war geöffnet, aber dort waren zu viele Leute, und er ging nicht hinein.

Als er sich dem unteren Ende des Platzes näherte, begann er einzelne Worte zu verstehen. Er hatte es nicht eilig zu sehen, wer dort sprach. Er wurde nicht länger zu Demonstrationen geschickt, um Aufnahmen zu machen. Er hatte das zu einer Zeit gemacht, als Demonstranten noch verprügelt wurden. Es würde sich nicht gut machen, wenn einer von denen, die damals verprügelt wurden, ihn heute wieder hinter der Kamera sähe.

Der unsichtbare Sprecher warnte vor den neuen Machthabern, die sich geschickt als Anhänger der früheren Opposition getarnt hatten, damit sie weiterhin die Macht behalten konnten. Wir alle wissen, sagte der Sprecher und versicherte sich damit der Zustimmung seiner Zuhörer, daß es ihnen schon lange nicht mehr um Ideale geht, sondern um die Macht. Die Menge in der Ferne applaudierte. Er hätte nicht geklatscht, alles war viel zu kompliziert, um es in einer Rede darzustellen, ganz abgesehen davon, daß sicherlich auch in der applaudierenden Menge viele waren, die von dieser Tarnung Gebrauch machten.

In letzter Zeit hatte er oft den Eindruck, ein Fremder zu sein, obwohl er das Land gar nicht verlassen hatte. Nicht, daß alle bekannten Gesichter verschwunden wären, aber hinter diesen Gesichtern zeigten sich nun andere Menschen. Schmetterlinge schlüpften aus ihren unansehnlichen Puppen, betrachteten voller Staunen ihr neues Aussehen und suchten einen Platz, wo sie sich niederlassen konnten.

Sogar in der Werbefirma, deren Mitinhaber er nun war, fühlte er sich, abgesehen von Sokol, von Fremden umgeben. Sie lächelten ihn an und sprachen über zukünftige gemeinsame Geschäfte. Sie brachten ihr Vertrauen in seine Fertigkeiten und seine Einfälle zum Ausdruck, obwohl sie wahrscheinlich nicht einen einzigen seiner Filme gesehen hatten. Sie vermuteten nur ein gutes Geschäft. Sogar die Lagerräume, die sie gekauft hatten, um dort ihr Atelier einzurichten, rochen nicht nur nach alten Fellen, sondern auch nach Fremde. Er ging durch den finsteren Raum und überlegte sich, wie man ihn am besten einteilen konnte, wo er die Scheinwerfer hinstellen sollte und was er unternehmen würde, um die Akustik zu verbessern. Er konnte sich jedoch zu nichts entschließen und ging lieber etwas trinken. Als er an diesem Abend zu Eva kam, schrie sie ihn an: Er sei ein widerlicher Trinker, der ein schlechtes Ende nehmen werde, und sie wolle nichts mehr mit ihm zu tun haben.

Er sagte, er verstehe sie. Er trinke, weil er selbst auch lieber nichts mehr mit sich zu tun haben wolle.

»Was redest du da für einen Unsinn?«

»Das wirst du nie verstehen!«

»Ich weiß, ich bin für dich nur eine dumme Gans, die nichts kapiert, aber wenigstens saufe ich nicht wie ein Vieh.«

Was hätte er ihr sagen sollen? Auch sie hatte sich verändert und hatte nichts mehr von der Frau, die zu ihm gekommen war, um mit ihm zu schlafen.

»Ich hatte gehofft, daß du wenigstens jetzt aufhören würdest zu trinken.«

»Warum gerade jetzt?«

»Weil ich früher gedacht habe, daß die Zustände dich quälen.«

»Was hätte mich quälen sollen?«

»Daß du nicht machen konntest, was du wolltest.«

»Und du glaubst, jetzt kann ich das?«

»Etwa nicht?«

Was hätte er ihr sagen sollen? Vielleicht würden sie ihn ja weiter arbeiten lassen, aber vermutlich waren seine Tage gezählt. Sie beobachteten ihn bestimmt. Kann jemand, der beobachtet wird, tun, was er will? Vielleicht wußte er einfach nicht, was er wollte, und war sich selbst das größte Hindernis.

»So wirst du deine Probleme nie lösen!«

Im Gegensatz zu ihm wußte sie eine Lösung, zumindest für sich selbst. Sie hatte sich dazu entschlossen, zu ihrem früheren Ehemann zurückzukehren. Ihm bedeutete sie wenigstens etwas, für ihn war sie nicht nur eine Frau, zu der er ging, um zweimal in der Woche mit ihr zu schlafen! Auch für Robin wäre es besser, Kučera sei doch schließlich sein Vater. Weinend erklärte sie ihm, sie wolle, daß er gehe. Sie weinte, weil er sie enttäuscht hatte, weil sie soviel Zeit mit ihm verloren hatte, weil sie von ihm vergebens Dankbarkeit erwartet hatte, weil sie nur dafür gut gewesen war, daß er zweimal in der Woche mit ihr schlief.

Sie weinte, obwohl ihr früherer Ehemann eine Fabrik geerbt hatte und ihr ganz bestimmt Geld geben würde, von dem sie einen Laden kaufen und sich dann vormachen konnte, sie sei glücklich.

Er sollte zu Albína zurückkehren. Wenn er nur könnte. Wenn sie da wäre. Er ging zu seiner Mutter, die ihn noch erkannte, auch wenn sie ihn manchmal mit dem Vater verwechselte.

Er war ein Fremder. Einer von den vielen, die jetzt auftauchten, um zu plündern, um ein Geschäft aufzumachen oder um als Zuschauer rasch den Zuschauerraum zu füllen. Sogar die Kamera, die er die meiste Zeit mit sich herumschleppte, war ein Zeichen dafür, daß er ein Fremder, ein Zuschauer war, der das Wesentliche nicht vom Unwesentlichen unterscheiden konnte und der sich eigentlich nie von etwas erregen ließ, auch wenn er manchmal das Bedürfnis hatte, Erregung vorzutäuschen. In letzter Zeit hatte er Ausstellungen, Theaterproben, Interviews mit Künstlern, Parlamentssitzungen und die Gesichter der neuen Politiker tatsächlich mit wachsender Kälte gefilmt. Einmal hatte er sogar eine Rede des neuen Präsidenten aufgenommen, der mit seinem Vorgänger, und somit auch mit ihm selbst, nur eines gemeinsam hatte: er war einige Jahre im Gefängnis gewesen. Die neuen Politiker hatten wenig mit den alten gemeinsam, zumindest im Augenblick. Es war jedoch nicht seine Aufgabe, herauszufinden, wie sie waren, er mußte nur ihr Äußeres, ihre Gesten und ihre Mimik einfangen. Manchmal konnte er sich einer gewissen Schadenfreude nicht erwehren, wenn er eine unwillkürliche Bewegung ihrer Finger aufnahm, die von Unsicherheit zeugte, oder eine Nachlässigkeit in ihrer Kleidung. Er wollte damit keine Meinung ausdrücken, sondern höchstens die Monotonie solcher Aufnahmen ein wenig unterbrechen, und im Unterschied zu früher machte ihm keiner diese Bilder zum Vorwurf oder schnitt sie heraus. Wollte er seinen neuen Chefs unbewußt einen Vorwand dafür liefern, ihn zu den alten Kräften zu zählen? Oder wollte er sich im Gegenteil immer wieder von neuem beweisen, daß so etwas möglich war, daß sie ihn trotz seiner früheren Aufnahmen behalten hatten?

Nach der Arbeit fuhr er in das noch nicht vollständig eingerichtete Studio und drehte mit hübschen Fotomodellen schwachsinnige Filme, in denen die Mädchen alles mögliche lobten – Waschmittel, die sie nicht benutzten, Zeitungen, die sie nicht lasen, und ausländische Autos, die sie vielleicht gerne gefahren hätten, die sie sich von ihrem Gehalt aber nicht leisten konnten. Aufträge hatten sie genug, und Mädchen auch.

Sokol war davon überzeugt, daß die Mädchen auch bei erotischeren Filmen als jenen, die sie gerade produzierten, gern mitmachen würden. Er jedoch hatte das Gefühl, schon tief genug gesunken zu sein und wollte nicht noch weiter sinken.

Sie hatten die Firma *Fusorek* genannt. Sokol behauptete, das klänge japanisch und somit attraktiv, ihm war es egal.

Schließlich sah er den Redner. Ein alter, sehr dünner Mann, der auf einem improvisierten Podest stand und leidenschaftlich davon erzählte, wie er aufgrund eines fiktiven Verbrechens mehr als zehn Jahre im Lager gelitten hatte. Der Richter, der damals das Urteil gefällt habe, sei bis heute im Amt. Was für eine Gerechtigkeit ist das, fragte er, die von denen geübt wird, die einst das Recht gebeugt haben? Welche Besserung kann man in einer Gesellschaft erwarten, in der die Mehrheit derer, die an den früheren Verbrechen beteiligt waren, ihre Stellen behalten haben? Die Revolution liegt nicht hinter uns, sie liegt vor uns und wird erst dann zu Ende sein, wenn die Gesellschaft jene Geschwüre aus ihrem Körper entfernt hat, die sie von innen her zerfressen.

Er sah den kleinen Ivens, der die Demonstration aufnahm. Er filmte die früheren Verbrecher, zu denen er selbst auch gehörte. Einen Bericht über ein Geschwür, das entfernt werden mußte. Er würde so perfekte Aufnahmen machen, daß er dafür den Beifall jener ernten würde, die das Skalpell in der Hand hielten, um mit dem Geschwür auch ihn zu entfernen.

2.

Die Mutter lag in ihren Kleidern auf dem Bett, nur die Schuhe hatte sie ausgezogen. Sie hörte nicht, wie er eintrat.

»Mama!«

»Wer ist da?«

»Ich bin's.«

»Du, Pavel? Wo warst du so lange?«

»Ich hatte zu tun.«

»Du hast immer zu tun.« Sie schloß die Augen wieder. »Und ich bin hier ganz allein.«

»Hast du geschlafen?«

»Ich? Ich habe nicht eine Sekunde geschlafen, mindestens seit einem Monat nicht. Oder seit einem Jahr. Ich kann mich gar nicht mehr daran erinnern, wann ich das letzte Mal geschlafen habe.«

Er stand in der Tür. Im Zimmer war lange nicht gelüftet worden, die Mutter hatte Angst vor frischer Luft.

»Setz dich doch wenigstens!«

»Hast du Hunger?« fragte er.

»Nein. Diese Person war hier. Gestern. Und hat mir zu essen gegeben.«

»Was hast du denn gegessen?«

»Ich weiß es nicht«, sagte die Mutter. »Ich erinnere mich nicht daran. Ich kann mich an gar nichts mehr erinnern. Setz dich doch. Aber nicht in diesen Sessel.«

»Warum?«

»Da sind Würmer drin.«

»Aber, Mama.«

»Ich habe sie gesehen.«

»Das hast du nur geträumt.«

»Nein, gestern, als dieser Junge hier war, dieser Wohltäter, er hat sie auch gesehen. Er hat gesagt, man muß den Sessel wegwerfen.«

»Ich setze mich auf den Stuhl.«

Sie griff nach dem Kamm, der auf dem Tisch lag, und kämmte sich die dünnen Haare. In letzter Zeit war dies das einzige, was sie noch selbst tat. Schritt für Schritt entschwand ihr die Wirklichkeit. Auch die Sprache ließ sie im Stich, und manchmal suchte sie vergeblich nach den einfachsten Worten. Sie legte den Kamm beiseite und schloß die Augen.

Er hatte sich zu spät dazu entschlossen, sich Alinas Adresse zu besorgen. Sie war in eine Kleinstadt in der Provinz gezogen und arbeitete dort in einem Altersheim. Es war eine Erleichterung für ihn zu wissen, wo er sie finden konnte, wenn er sich entschließen würde, sie zu besuchen, aber er fuhr nie zu ihr hin und schrieb ihr nicht.

Dann filmte er eine Versammlung in einer großen Waffenfabrik. Als er die Arbeit beendet hatte, fiel ihm ein, daß diese Stadt ganz in Alinas Nähe war, und daß er bei ihr vorbeifahren könnte, ohne einen Umweg zu machen.

Das Altersheim befand sich in einem Barockschlößchen am Rande der Stadt. Er hätte natürlich hineingehen und nach ihr fragen können, aber er konnte sich dazu nicht entschließen. Statt dessen ging er in dem öffentlichen Park spazieren, der an das Schlößchen grenzte.

Es war ein warmer und sonniger Herbsttag. Auf den Bänken saßen alte Frauen und Männer, die Trainingsanzüge und karierte Filzpantoffeln trugen und ihre Gesichter der niedrigstehenden Sonne entgegenhielten. Er fand eine freie Bank, zog eine Zeitung heraus und versuchte vergeblich zu lesen.

Er wußte nicht, ob Albína Dienst hatte, ob sie überhaupt noch hier arbeitete. Er hätte fragen sollen, einer der Alten hätte ihm sicher gern Auskunft gegeben, statt dessen aber saß er da und wartete.

Dann sah er sie, sie kam aus dem hinteren Tor des Schlosses und schob einen Rollstuhl mit einer alten Frau, die in eine bunte Decke eingehüllt war, vor sich her. Er erkannte ihre zierliche Gestalt sofort, auch wenn ihr Gesicht wegen der großen Entfernung nur undeutlich zu sehen war. Sie ging auf dem Pfad, der zu ihm führte. War das ein Wink des Schicksals? Sie hätte das sicher behauptet.

Er wurde unsicher, aufgeregt wie vor einem Rendezvous.

Dann kam sie doch nicht zu ihm. Sie setzte sich auf eine Bank, stellte den Rollstuhl neben sich und beugte sich zu der alten Frau, richtete ihre Decke und sagte offenbar etwas zu ihr. Die Entfernung war zu groß, als daß er ihre Stimme hätte hören können. Dann richtete sie sich wieder auf und schaute nach oben über das Dach des Schlosses hinweg, von dem gerade ein Schwarm Raben davonflog. In seine Richtung schaute sie nicht. War das ein Zeichen, spürte sie seine Anwesenheit nicht, zwang sie nichts, sich in die Richtung zu wenden, in der sie ihn hätte sehen können? Sie hätte das sicher behauptet.

Er hätte aufstehen, zu ihr gehen und sie ansprechen können: »Alina, ich kann dich nicht vergessen.« Er hätte ihr sagen können: »Du bist meine einzige Hoffnung.«

Aber er rührte sich nicht von der Stelle, er wartete. Er betrachtete sie, und schließlich erkannte er auch auf diese Entfernung ihre Züge, ihre unverändertes, ihr immer noch bezauberndes Gesicht. Ab und zu gingen alte Leute an ihr vorbei, die sie offenbar grüßten, denn sie nickte immer mit dem Kopf, und er war überzeugt, ihr Lächeln erkannt zu haben.

Er hätte nicht sagen können, wie lange sie so dasaßen, nur ein paar Schritte voneinander entfernt. Dann stand sie auf, drehte ihm den Rücken zu und schob den Rollstuhl in die andere Richtung, von ihm weg.

Er wartete auf seiner Bank, aber er wußte, daß er sie nie wiedersehen würde, daß sie nie zu ihm zurückkehren würde.

»Warum bist du immer so schweigsam?« hörte er unvermittelt die Stimme seiner Mutter. Sie griff nach dem Kamm und fuhr sich damit durchs Haar.

»Worüber sollte ich denn sprechen?«

»Ich weiß nicht, wie soll ich wissen, worüber du reden sollst?«

»Was würde dich interessieren?«

»Mich interessiert alles. Was du machst.«

»Ich habe mich von Eva getrennt.«

»Ist das die, die du im Wald gefunden hast?«

»Im Wald?«

»Als du beschlossen hattest, von deiner Mama wegzulaufen, bist du doch in den Wald gelaufen und hast dort eine Deutsche gefunden. Und mich hast du vergessen.«

Er schwieg.

»Aber dann bist du zurückgekommen und hast angefangen, wie nennt man das, Bilder zu machen?«

»Filme?«

»Ja, über den großen Wohltäter.«

»Über den Präsidenten?«

»Ja, und über diese Viecher, die herumkriechen. Lebt er noch?«

»Wer?«

»Dieser Mann. Dieser Wohltäter?«

»Er lebt noch, aber er ist nicht mehr Präsident.«

»Das verstehe ich nicht.«

»Ein anderer ist jetzt Präsident.«

»Ich verstehe nicht. Erst ist er Präsident und dann nicht mehr. Und was wirst du jetzt tun, wo er es nicht mehr ist?«

Was würde er tun? Er würde noch ein Weilchen bei dem bleiben, was er tat. Dann würden sie ihn rauswerfen, oder er würde von selbst gehen und nur noch Reklame für Waschmittel, Kaugummis und Katzenfutter machen. Das war zwar nicht die Arbeit, die er immer hatte machen wollen, aber es brachte Geld. Dann würde er vielleicht seinen eigenen Film drehen. Richtige Filme.

»Ich werde Filme machen.«

»Ich weiß nicht, ich weiß nicht, ob du das tun wirst, ich werde dich immer liebhaben, mein Pavel. Du bist mein … Was bist du eigentlich, mein?«

»Dein Sohn.«

»Ich dachte, du bist mein Wohltäter. Und noch früher warst du mein Mann. Oder nicht, was bin ich?«

»Du bist meine Mutter.«

»Ach komm«, sie lachte, »das ist doch schon so lange her.«

Die Mutter kämmte sich die Haare, dann schloß sie die Augen. »Ich würde gern etwas essen«, sagte sie, »ich habe schon seit einigen Tagen nichts mehr gegessen.«

»Ich mach dir einen Kartoffelbrei.«

»Du kochst mir Brei? Du rennst nicht weg in den Wald? Du bist brav, Pavel. Ich hab dich lieb.«

Er ging in die Küche und holte ein paar Kartoffeln aus der Speisekammer. In der Küche gab es verschiedene Dinge, die von den Werbefilmen übriggeblieben waren. Kaugummis, verschiedene Gemüsehobel und ein Satz Messer, die angeblich immer scharf blieben. Mit einem davon schälte er wirklich mühelos die Kartoffeln und stellte sie auf den Herd. Er hätte jetzt zu seiner Mutter zurückgehen können, aber die Gespräche mit ihr laugten ihn aus. Er saß lieber in der dunklen Küche und blickte auf die bläuliche Flamme.

Vor ein paar Tagen war Robin zu ihm in die Wohnung gekommen. Er hatte den Hund bei sich gehabt und eine große Tasche, in der einige ordentlich gebügelte Hemden und ein Pyjama waren. »Das schickt dir die Mami«, hatte der Junge gesagt. »Sie hat gemeint, du brauchst das vielleicht.«

»Danke.«

Argus war um ihn herumgeschwänzelt, dann hatte er sich auf die Hinterbeine gestellt, ihm die Vorderpfoten gegen die Brust gestemmt und ihm das Gesicht abgeleckt.

»Er hat Sehnsucht nach dir«, hatte Robin gesagt, »er wartet jeden Tag auf dich.«

Er hatte genickt. Mit Hunden war er immer besser ausgekommen als mit Menschen, oder sie kamen mit ihm besser aus als Menschen. Er sprach den Tieren keine menschlichen Eigenschaften zu, aber sie wollten die Menschen jedenfalls nicht besitzen oder dafür bestrafen, daß sie nicht perfekt waren.

Der Junge hatte einen Augenblick gezögert. »Sei nicht böse auf die Mami«, sagte er, »sie meint es gut, sie denkt, ich sollte bei meinem Vater sein.«

»Ich bin nicht böse auf sie.«

»Du warst immer sehr nett zu mir«, hatte der Junge gesagt. »Echt. Es tut mir leid, daß ich dich vielleicht nicht mehr sehe.«

»Du kannst mich immer besuchen, wenn du willst.«

»Danke. Aber damit würde ich ihr weh tun.«

»Wir sehen uns bestimmt irgendwann einmal wieder.« Er hatte das Gefühl gehabt, daß er dem Jungen etwas sagen müßte, aber dann hatte er nur gefragt: »In der Schule ist alles in Ordnung?«

»Es geht.« Plötzlich wurde Robin lebhaft. »Die Schule ist immer blöd, aber jetzt bringen sie uns andere Dinge bei als die, die in den alten Schulbüchern standen. Und wir müssen zu den Genossen nicht mehr ›Genosse‹ sagen!«

»Ist das besser?«

»Ich würde sagen, ja.«

Er hatte ihm übers Haar gestrichen, hatte ihm eine Handvoll Kaugummis gegeben, und der Junge war gegangen. Wahrscheinlich würde er ihn nie wiedersehen.

Einen eigenen Sohn hatte er nicht, und seinen uneigentlichen Sohn hatte er verloren. Um ihn herum waren nur noch Fremde und seine Mutter, die ihn kaum mehr erkannte.

Er goß die Kartoffeln ab, zerdrückte sie und goß Milch dazu. Dann machte er noch zwei Spiegeleier und gab sie auf einen Teller zum Kartoffelbrei.

Die Mutter schlief schon wieder, ihre eingefallenen Wangen waren gelbgrau und schwollen bei jedem Atemzug ein wenig an, aus dem offenen Mund drang ein schwaches Schnarchen.

Er stellte den Teller auf den Nachttisch. »Hier ist dein Essen, Mutter!«

Sie bewegte sich nicht.

Er wiederholte den Satz, diesmal lauter, dann berührte er ihre Schulter mit der Hand. »Mutter!«

Die Ärztin kam nach einer knappen halben Stunde. Sie fühlte der Mutter den Puls, maß den Blutdruck und sah ihr unter die Augenlider. Dann setzte sie sich an den Tisch, fragte nach den persönlichen Daten der Mutter und füllte schnell die nötigen Papiere aus. »Wir bringen Ihre Mutter ins Krankenhaus. Hier haben Sie den Berechtigungsschein für den Krankenwagen. Aber ich fürchte, da ist nichts mehr zu machen.«

»Gar nichts?«

»Sie ist achtzig Jahre alt.«

»In der letzten Zeit ging es ihr nicht gut«, sagte er. »Das Leben war für sie nur noch eine Qual.«

Die Ärztin ging. Er rief einen Krankenwagen, dann setzte er sich in den Sessel und betrachtete die Mutter. Sie atmete immer noch regelmäßig, ihr Kopf lag unbeweglich und etwas verdreht auf dem Kissen. Er stand auf, kämmte der Mutter ihr dünnes Haar und streichelte ihre Stirn.

Was war das – der Tod?

Man lebte so lange, wie man noch einen Sinn im Leben sah. Man konnte kürzer leben, aber nicht länger. Ob man noch atmete, war nicht ausschlaggebend.

Der Tod war der Augenblick, in dem man als Fremder unter Fremde kam, die einen wie klebrige, feuchte Erde umgaben.

Plötzlich legte sich die Einsamkeit der Mutter wie ein Gewicht auf ihn. Er hatte in den letzten Wochen und Monaten so wenig Zeit mit ihr verbracht, er war nicht bei ihr gewesen, auch wenn er sie besucht oder in ihrer Wohnung übernachtet hatte. Jetzt, in diesem Augenblick, hätte er das gern geändert, aber wie immer faßte er diesen Entschluß erst, als es zu spät war.

3.

Bevor er zum Schloß fuhr, hielt er noch bei dem Lebensmittelladen an, der nun privatisiert worden war und in dem er jetzt die Auswahl unter verschiedenen Wein- und Schokoladensorten hatte.

Im Schloß erfuhr er, daß Alice vor zwei Monaten fortgezogen war. Das hätte er sich auch denken können, daß sie nicht im Schloß bleiben würde, nachdem Petr gegangen war.

Glücklicherweise war sie nur in die nächste Stadt gezogen. Die Stadtverwaltung hatte ihr eine Wohnung besorgt, weil man dringend Krankenschwestern für das Gesundheitszentrum brauchte. »Die Krankenschwestern gehen jetzt alle über die Grenze«, teilte ihm der neue Kastellan mit, »dort verdienen sie fünfmal soviel wie hier.«

Es war schon Abend, als er das kleine Haus erreichte, in dem sie wohnte. Wie im Schloß öffnete sich auch hier zuerst im ersten Stock ein Fenster, als er klingelte. »Pavel, du bist das?« Sie kam heruntergerannt, umarmte ihn und hielt ihm das Gesicht zum Kuß hin. Vielleicht war sie wirklich froh, ihn zu sehen.

Die neue Wohnung war klein und nur spärlich eingerichtet.

»Ich habe gehört, du arbeitest wieder?«

»Ja. Die Kinder sind schon groß. Und wir müssen ja auch von etwas leben und brauchen eine Wohnung.«

»Macht es dir Spaß?«

»Ich habe viel Arbeit. Und das Leben ist jetzt interessant«, sie wich der Antwort aus. Sie führte ihn in ein kleines Zimmer, in dem sich nur eine Couch, ein Sessel, ein Tischchen und einige Regale befanden. Vor dem Fenster blühten in einem Kasten Pelargonien. »Und was machst du? Bist du immer noch beim Fernsehen?«

»Ich gehe weg vom Fernsehen«, sagte er. »Ich habe mich von Eva getrennt, und meine Mutter ist im vorigen Monat gestorben.«

»Das tut mir leid, daß deine Mutter gestorben ist.«

»Es war so besser für sie.«

»Das sind ziemlich viele Neuigkeiten auf einmal, erzähl mir später davon, wenn du es nicht eilig hast.«

»Nein, ich hatte es nur eilig, zu dir zu kommen.«

»Ich muß erst noch den Kleinen ins Bett bringen, die beiden anderen machen das schon allein, dann haben wir Zeit für uns.«

Er wäre gern dabeigewesen, aber wahrscheinlich wäre er nur im Wege gewesen.

Auf dem Regal standen einige Bücher. Ein kleines Medizinwörterbuch. Ein Lehrbuch für Krankenschwestern.

Haemorrhagia cerebri, Hirnblutung.

Respiratio agonalis, prämortale Atemstörung.

Da war auch ein Buch mit Liebesgedichten.

Die Pelargonien dufteten schwach.

Ihm war, als müßte er ersticken. Er stand auf und machte das Fenster weit auf, dann öffnete er die Tür und sah ihr zu, wie sie sich im Badezimmer über einen kleinen blonden Kopf beugte.

Ihre Figur war immer noch mädchenhaft, obwohl sie drei Kinder geboren hatte.

Sie merkte, daß er sie beobachtete. »Schau mich nicht an. Ich bin vollkommen zerzaust und habe die ältesten Klamotten an.«

»Du gefällst mir darin.«

Sie lachte, stellte den Jungen auf den Boden und machte die Tür zu.

Das vierte Kind, oder besser, das erste, sein Sohn, war nicht geboren worden.

Auf dem Tisch lag eine Zeitung. Er nahm sie in die Hand, aber er konnte sich nicht einmal auf die Titel konzentrieren. Er merkte, daß das Papier in seiner Hand zitterte. Er legte die Zeitung wieder weg und betrachtete seine Finger. Entweder trinke ich zuviel, oder der Gedanke, daß Petr nicht da ist, daß ich hier mit ihr allein bin, macht mich nervös.

Schließlich kam sie. Sie hatte sich umgezogen und trug jetzt ein blaues Kleid mit einem handgeklöppelten Kragen. »Den Kragen habe ich von meiner Großmutter«, sagte sie, als sie bemerkte, daß er sie anschaute.

»Ich sehe nicht den Kragen an, ich sehe dich an. Du hast dich kaum verändert, du bist noch hübscher als damals.«

»Danke. Du schmeichelst mir, aber es hat keinen Sinn, ich glaub dir doch nicht.«

Vielleicht schliefen die Kinder schon. Wenigstens machten sie sich nicht bemerkbar. Sie zog den Tisch heran und stellte eine Schüssel mit Äpfeln darauf, dann brachte sie belegte Brote und für sie beide eine Flasche Wein. Sie lächelte ihn an, schwieg aber, und auch er konnte sich auf einmal nicht zum Reden entschließen.

Schließlich fragte sie ihn: »Wie ist deine Mutter gestorben?«

»Im Schlaf. Sie ist eingeschlafen und nicht wieder aufgewacht. Ein Gehirnschlag.«

»Ein schöner Tod, wenn der Tod schön sein kann.«

»Als ich in Mexiko war«, erzählte er, »fragte ich einen Indianer, wie alt er sei. Er sagte: Bald sind es fünfundsechzig Jahre, daß ich begonnen habe zu sterben. Ich habe nicht verstanden, was er damit meinte. Er hat mir erklärt, daß man bei ihnen so sein Alter angibt. Der Mensch stirbt vom Augenblick seiner Geburt an.« Er hatte das Gefühl, seine Stimme klinge unnatürlich. Es gelang ihm nicht, seine Erregung zu unterdrücken. Er griff nach den Gläsern und schenkte ihr und sich ein.

»Eines Tages wirst du deine Mutter wiedersehen«, sagte sie.

»Glaubst du daran? Wo sollen denn all die hin, die sterben?«

»In so einen Apfel zum Beispiel. Die Seele braucht keinen Raum. Mit dem Tod kann doch nicht alles vorbei sein!« meinte sie.

Er wollte einwenden, daß das Leben nicht nur enden konnte, sondern enden mußte, sogar die Sterne verglühten einmal, nur die Zeit dauerte wahrscheinlich ewig, aber er war nicht gekommen, um mit ihr über die Ewigkeit zu streiten.

»Du warst ein bißchen verwöhnt, weil deine Mutter sich immer um dich gekümmert hat«, fuhr sie fort.

»Sie hat sich nie viel um mich gekümmert.«

»Einmal hast du mich abends angerufen und gesagt, du hättest Herzschmerzen. Aber dein Herz war ganz in Ordnung, du hattest nur zuviel gegessen.«

»Meine Mutter war damals zur Kur. Ich war traurig und wollte, daß du zu mir kommst, und so habe ich mir diese Schmerzen ausgedacht.«

»Du hast dann auch sehr schnell aufgehört, dich wie ein Kranker zu benehmen.« Sie lachte. All das war schon zu lange her, zwanzig Jahre. Er hätte das wissen müssen. »Und was ist mit dir?« fragte er. »Bist du nie traurig?«

Sie wurde förmlich. »Jeder ist manchmal traurig. Aber ich lebe. Ich wäre vollkommen glücklich, wenn ...« Sie zuckte mit den Schultern. »Wenn ich ein bißchen mehr Zeit hätte. Es passieren so viele Dinge, und ich habe das Gefühl, sie gehen völlig an mir vorbei. Weil meine Arbeit ... die Krankheiten, immer die gleichen sind. Aber das, was im Moment passiert, wird sich nie wiederholen.«

»Nichts kann sich je wiederholen.«

»Sicher. Aber früher kam es mir manchmal so vor, als ob sich ein Tag nicht vom anderen unterscheiden würde. Jetzt ist das anders.«

»Glaubst du wirklich, daß es jetzt grundlegend anders ist?«

»Hast du nicht den Eindruck?«

»Was wäre, wenn wir jetzt nur eine neue Art des alten Krieges erleben? Ein Krieg darum, wer sich halten kann und wer nicht. Und wer mehr an sich reißt.«

»Du bist immer noch der gleiche, Pavel. Du siehst von allem immer nur die schlechte Seite. Mir kommt es so vor, als hätten die Leute sich zum Besseren verändert. Zumindest hier, ich weiß nicht, wie es bei euch ist. Hast du mit jemand Ärger?«

»Nein. Ich habe mit niemand Ärger, nur mit mir selbst.«

»Den hast du schon dein ganzes Leben lang.«

»Wem gelingt es schon, so zu leben, wie er es will?«

»Du hast recht. Ich habe es ja auch nicht besser gemacht. Ich hatte nur gedacht, daß uns so etwas nicht passieren würde, schon wegen der Kinder, nicht meinetwegen.«

»Es war sicher nicht deine Schuld.«

»Ich weiß es nicht. Ich habe mir lange den Kopf darüber zerbrochen, wer schuld war. Dann habe ich mir gesagt, daß es nicht an mir ist, ein Urteil zu fällen, und daß es ohnehin nicht so wichtig ist. Wichtig ist, daß es geschehen ist. Etwas, womit ich nicht gerechnet habe. Ich denke, auch Petr hat nicht damit gerechnet. Man tut oft etwas, was man eigentlich gar nicht tun wollte. Beziehungsweise alles entwickelt sich anders, als man es sich gewünscht hat.«

»Vielleicht kommt er zurück.«

»Er kommt nicht zurück. Und selbst wenn er käme, ich würde nicht mehr mit ihm zusammenleben wollen.«

»Warum ist das passiert?«

Sie zuckte mit den Schultern. »Vielleicht waren die Zeiten daran schuld. Er hat darunter gelitten, daß er nicht tun konnte, was er wollte, daß er nicht leben konnte, wie er wollte. Oder es war einfach in ihm. Eine Unruhe. Vielleicht hatte er das Bedürfnis, das zu zerstören, woran ihm etwas lag. Vielleicht war ich nicht mehr interessant für ihn. Oder er hat sich einfach verliebt.« Sie stand auf und ging zum Fenster. Sie stand auf, weil sie ihm den Rücken zudrehen mußte, damit er nicht sah, daß sie Tränen in den Augen hatte.

»Ich kenne niemand, der interessanter wäre als du.«

»Er kommt manchmal her«, vielleicht hatte sie nicht gehört, was er gesagt hatte, »er kommt wegen der Kinder. Er erzählt mir natürlich, was er macht. Aber dich hat er nie erwähnt. Er hat mir nicht gesagt, daß du weggehst.«

»Ich mache das mit ehemaligen Kollegen zusammen. Wir haben gemeinsam ein Studio gegründet und werden selbst Filme produzieren. So haben wir eine größere Freiheit.«

»Du wirst wirklich deine eigenen Filme machen?«

Er stockte. Er sollte sie in diesem Glauben lassen, sollte ihr die Vorstellung lassen, er könnte jetzt frei entscheiden. Doch dann sagte er ihr doch die Wahrheit. »Im Augenblick mache ich nur Werbung.«

»Werbung? Das meinst du nicht ernst.« Sie ging zum Tisch zurück. Sichtlich erleichtert darüber, daß sie jetzt über ihn sprachen und nicht mehr über sie.

»Um einen Film drehen zu können, in den mir keiner reinredet, brauche ich Geld. Mit Werbung kann man Geld verdienen.«

»Ich verstehe das nicht. Ich habe immer gedacht, wenn die Zeit kommt und du die Möglichkeit dazu hast ... daß du dann etwas Außerordentliches machst.«

»Das hast du wirklich gedacht?«

»Hast du das denn nicht gedacht?«

»Fast jeder denkt das von sich selbst. Nichts ist leichter, als sich einzureden, daß man wirklich etwas zuwege bringen könnte, solange man weiß, daß man nie die Möglichkeit dazu haben wird. Sie haben dir nicht erlaubt, zu gewinnen, aber sie haben dich damit auch vor dem Verlieren bewahrt.«

»Du hast mir damals gesagt, du würdest an einem Drehbuch schreiben?«

»Ja.«

»Hast du es abgeschlossen?«

»Ja.«

»Wie heißt es?«

»Warten auf Dunkelheit, Warten auf Licht.«

»Warten auf Dunkelheit?« wiederholte sie.

»Genau.«

»Und Warten auf Licht. Worauf wartest du jetzt?«

»Damals, als es nicht ging, wäre es sinnvoll gewesen, den Film zu drehen. Heute nicht mehr.«

»Wenn du ein gutes Drehbuch geschrieben hast, warum sollte es dann keinen Sinn mehr haben?«

»Ich weiß nicht, ob es gut ist. Ich weiß nicht, ob es dir gefallen würde. Wahrscheinlich nicht. Es ist ziemlich verrückt.«

»Ich mag verrückte Sachen.«

»Ich habe es geschrieben, um mich abzureagieren. Es war eine Art Flucht.«

»Ja«, sagte sie, »du hast immer versucht zu fliehen. Erinnerst du dich, wie du mir versprochen hast, mit mir nach Mexiko zu fahren? Das war so, als würdest du mir eine Reise zum Mond versprechen. Und als du dann hingefahren bist, hast du mir nicht mal eine Postkarte geschrieben.«

»Aber ich habe an dich gedacht, als ich dort war.«

»Das soll ich dir glauben?«

»Ich habe damals auf einem großen, bunten Markt in der Nähe von Tula ein Türkisarmband gekauft, um es dir zu geben, wenn wir uns das nächste Mal sehen würden. Aber dann dachte ich, das schicke sich nicht. Ich habe es immer noch zu Hause.«

»Warum hast du es nicht Eva gegeben?«

»Es war für dich.«

»Warum hast du dich von Eva getrennt?« Sie überging seine Antwort.

»Bei uns war schon lange die Luft raus. Und es hat sie gestört, daß ich trinke.«

»Das wundert mich nicht.«

»Ich habe aber auch getrunken, weil ich einsam war.«

»Du findest immer eine Ausrede.«

»Wir waren beide in Not. Aber die Not hat ein Ende. Zumindest für sie, sie ist zu ihrem Ehemann zurückgekehrt.«

»Wenn ihr das gelingt.« In ihrer Stimme lag ein kaum wahrnehmbarer Mißmut, vielleicht ein Anflug von Eifersucht, und das munterte ihn auf.

»Hast du ihr wenigstens dein Drehbuch zu lesen gegeben? fragte sie schnell, als wollte sie das Thema Versöhnung möglichst rasch fallen lassen.

»Nein, ich habe es niemand zu lesen gegeben. Es erschien mir zu persönlich, um es jemand lesen zu lassen, gerade jemand, der mir nahesteht.«

»Persönlich? Wieso persönlich, ging es um sie?«

Er zuckte mit den Schultern.

»Oder um dich?«

»Einfach so.«

»Aber ich komme nicht darin vor, oder?«

Er schwieg.

»Wer wartet auf Dunkelheit und wer auf Licht?«

»Die Heldin wartet auf etwas, was ihr der Held nicht geben kann. Es geht aber auch noch um viele andere Dinge.«

»Du machst mich neugierig. Wie heißt die Heldin?«

»Darauf kommt es nicht an. Sie heißt Albína«, sagte er. »Es geht nicht um dich. Ich habe sie mir ausgedacht. Aber ich habe sie mir so ausgedacht, daß sie ein bißchen an dich erinnert.«

»Warum gerade an mich?«

»Ich glaube, das kannst du dir denken.«

»Das erstaunt mich, bei deinem Beruf. Du hast so viele

Frauen um dich herum. Und ich ... warum gerade ich? Oder hast du es wegen des Kindes geschrieben? Kommt das auch darin vor?«

»Es geht nicht um uns. Ich habe alles geändert.«

»Aber das kannst du nicht ändern.«

»Im Film kann man alles ändern.« Dann sagte er leise: »Auch das Kind kommt vor.«

»Bin ich in dem Film eine so schreckliche Mörderin, daß du dich davor fürchtest, mir davon zu erzählen, worüber du eigentlich einen Film drehen wolltest?«

»Im Gegenteil.«

»Was heißt das: im Gegenteil?«

»Du würdest daraus erfahren, daß du der letzte Mensch bist, an dem mir noch etwas liegt.«

»Jetzt wirst du wirklich sehr persönlich.«

»Deswegen bin ich gekommen.«

»Deine Mutter ist gestorben, von Eva hast du dich getrennt, und zu mir kommst du, um mir zu erzählen, daß ich der letzte Mensch bin, den du noch hast?«

»Ja.«

»Schade, daß du so spät darauf gekommen bist, Pavel. Ich habe inzwischen geheiratet und drei Kinder bekommen.«

»Ich habe keine, Alice.«

»Aber du könntest welche haben, zumindest eins.«

»Hast du mir das immer noch nicht vergeben?«

»Ich habe es dir schon lange vergeben. Es war ebensosehr meine Schuld wie deine.«

»Nein, ich habe dich dazu überredet. Ich habe geglaubt, ein Kind würde nicht in unsere Pläne passen. Du warst nicht einmal siebzehn, und ich ... Mir schien, daß ich noch so vieles nachholen müßte, bevor ich mir den Luxus erlauben könnte, Vater zu sein. Heute weiß ich, es war das Schlimmste, was ich je getan habe. Alles andere war dann eine Folge davon.«

»Was soll ich dazu sagen, Pavel?«

»Vielleicht, wie ich es wiedergutmachen könnte?«

»Das kann man nicht wiedergutmachen, Pavel. Du kannst

es nicht wieder zum Leben erwecken, es ist tot. Wir haben es umgebracht, noch bevor es geboren wurde.«

»Ich hätte gerne Kinder mit dir, Alice.«

»Dafür ist es zu spät, Pavel.«

»Ich habe gedacht … Erinnerst du dich, als wir uns das letzte Mal bei der großen Demonstration getroffen haben, da sind wir zusammen in eine Weinstube gegangen, wo der Fernseher lief …«

»Natürlich erinnere ich mich daran.«

»Du hast mich da plötzlich geküßt, und ich dachte … ich dachte, daß wir uns noch genauso nah sind wie damals vor all den Jahren.«

»Das war ein besonderer Augenblick, Pavel. Wir waren uns alle nah in diesen Tagen.«

»Dieser Augenblick ist vorbei?«

»So ein Augenblick kann nicht lange dauern!«

»Es ist also zu spät, Ali?«

»Ich kann nicht mit dir von vorne anfangen. Ich weiß nicht, ob ich noch einmal mit jemand zusammenleben kann, aber wir zwei können nicht von vorne anfangen. Du hast selbst gesagt, daß sich nichts wiederholt.«

»Genau, ich würde auch nichts wiederholen wollen.«

»Du möchtest noch einmal von vorne anfangen?«

Er nickte.

»Das geht nicht. Wir haben uns nicht völlig verändert. Du bist jetzt traurig. Sehr traurig. Und das tut mir leid, Pavel. Aber das reicht nicht.« Sie beugte sich zu ihm und strich ihm über das Haar. So streichelte sie wahrscheinlich auch ihre Kinder.

4.

Ihre gemeinsame Firma mit dem Namen, der einem Unbedarften vielleicht japanisch vorkommen mochte, gab es schon seit einem Jahr. Der Geschäftsführer des Unternehmens, der für ihn nur einer von vielen Fremden war, die sich jetzt in sein Leben drängten, hatte vorgeschlagen, daß sie dieses Ereignis mit einem Empfang feiern sollten, zu dem sie so viele Unternehmer, und damit potentielle Kunden, einladen sollten wie möglich. Der Empfang sollte selbstverständlich in einem der Luxushotels stattfinden.

Er hatte keine Einwände. In die finanziellen Angelegenheiten mischte er sich nicht ein, sie interessierten ihn nicht. Er versuchte, so gut er konnte, seine Arbeit zu machen, er ging sogar in die Archive und sah sich alte Werbefilme aus der Vorkriegszeit an, die ihm witziger erschienen als die zeitgenössischen. Aber er tat das aus professioneller Neugier. Die Arbeit befriedigte ihn nicht, und Freude machte sie ihm auch nicht. Aber wie sollte er sonst seine Zeit verbringen?

Wenn er ein bißchen zuviel trank, bekam er Kopfschmerzen, und immer öfter verspürte er einen unangenehmen Druck auf der Brust. Er hatte Angst vor der Einsamkeit und war doch immer öfter allein. In seinem Leben gab es immer mehr Lücken, die nicht zu füllen waren. Lücken, die seine Mutter, Albína, sogar Eva hinterlassen hatten, auch wenn er diese letzte Lücke jederzeit hätte füllen können, wenn er nur gewollt hätte. Er konnte sich durch die Arbeit an seinem Drehbuch beschäftigen, doch ihm fehlten bis zur Fertigstellung nur noch zwei oder drei abschließende Szenen. Er legte es beiseite: was sollte er tun, wenn er es beendet hätte? Wahrscheinlich würde er dann nur noch mit seinem neuen Sportwagen in der Gegend herumrasen.

Er hatte einen neuen Sportwagen von Mercedes gesehen, und obwohl er dafür einen Barocktisch aus seinem Wochenendhaus hatte verkaufen müssen, in das er aus Zeitmangel ohnehin nicht mehr fuhr, kaufte er sich das Auto und verärgerte dadurch seinen Kompagnon. Sokol betrachtete auch Pavels privates Geld als gemeinsames Eigentum der Firma. Sein Plan war es, bei einer der Auktionen zur Privatisierung von Staatseigentum einen gutgelegenen Laden zu kaufen, um dort einen Elektronikgroßhandel aufzumachen. Begriff Pavel denn nicht, daß nicht nur der Kaufpreis hoch sein würde, sondern daß sie darüber hinaus auch Geld brauchten, um die wichtigsten Mitbewerber zu bestechen, damit sie von einem Kauf absahen? Wo sollten sie das Geld dafür hernehmen, wenn er es so sinnlos verschwendete?

Pavel brauchte keinen Großhandel, er brauchte ein neues Auto.

»Wofür?«

»Zum Leben.«

»Du hast nichts verstanden. Entweder die Firma wächst, oder sie geht ein.«

»Ich gehe schon achtundvierzig Jahre lang ein.«

Das Auto war zinnoberrot, alles, was sich automatisch regeln ließ, war automatisch, und der Tachometer zeigte Geschwindigkeiten bis über dreihundert Kilometer an.

So spät wie möglich fuhr er mit seinem neuen Auto zu dem Empfang. Erstaunlicherweise sah er mehr bekannte Gesichter, als er erwartet hatte. Er erinnerte sich an diese Leute von verschiedenen Versammlungen und Sitzungen her, als sie Ministerien, Presseagenturen, Fabriken, Personalabteilungen, Fernsehsender geleitet und auch über ihn bestimmt hatten. Halama, dem jetzt ein privater Radiosender gehörte, war da. Nun sendete er die Schlager, die er selbst noch vor nicht allzu langer Zeit verboten hatte. Er sah auch den Nationaldichter, mit dem er vor der Wende den Film über volkstümliche Weihnachtskrippen gemacht hatte. Der Dichter hatte damals Verse geschrieben, in denen er seine Liebe zu den Frauen, zur Heimat und zur herrschenden Partei zum Ausdruck gebracht hatte. Jetzt erklärte er anonym seine Liebe zu scharfen Messern, Tomatenketchup und Kaugummi. Nach einem Augenblick der Unsicherheit erkannte Pavel auch die hübsche Rothaarige wieder, die zu ihm herübersah, wie ihm schien. Ihren Namen hatte er nie erfahren, aber vor Jahren hatte er einmal auf einer Party in der Nähe der Sprengstoffabrik mit ihr geschlafen. Ob sie sich wieder mit ihrem Mann versöhnt hatte, dem die Unterhändler von Scheichs oder vielleicht sogar Terroristen Schecks über für ihn unvorstellbare Summen in die Tasche gesteckt hatten? Auch der kleine Ivens war mit dem ganzen Stab da, um zu filmen, wie die neuen Unternehmen prosperierten. Ivens hatte also seine Stelle übernommen, aber er hatte keinen Grund, sich darüber zu ärgern, denn er hatte diese Stelle freiwillig geräumt.

Er hatte keine Lust, sich über wen auch immer zu ärgern.

Als er sich ein belegtes Brot von einer Platte nahm, erinnerte er sich an jenen Abend in der Schauspielschule. Der volle Raum, in dem er versucht hatte auf dem Boden zu schlafen, das fremde Mädchen, das ihm seine Decke angeboten hatte. Er erinnerte sich an das Gefühl der Nähe, das er für diese Studenten empfunden hatte, deren Namen er nicht kannte, die aber seine Kinder hätten sein können. Wie hießen die beiden, die damals mit ihnen gefahren waren? Er erinnerte sich nicht, er hatte ein schlechtes Namengedächtnis, aber ihre Gesichter würde er wiedererkennen, wenn er ihnen irgendwo begegnen würde. Hier würde er ihnen bestimmt nicht begegnen, denn er hatte nicht daran gedacht, den Jungen einzuladen, der Kameramann hatte werden wollen. Er hätte ihn auch gar nicht einladen können, weil er seinen Namen nicht mehr wußte.

Plötzlich fühlte er sich verunsichert, als hätte er einen Fehler gemacht und dies erst jetzt erkannt.

Er hätte diesen Jungen, der sein Sohn sein könnte, einladen sollen. Es wäre bestimmt nicht so kompliziert gewesen, seinen Namen herauszufinden. Doch wahrscheinlich hätte er sich vor ihm geschämt.

Er trank einen Cognac und hielt Ausschau nach Petr, dem

er eine Einladung geschickt hatte. Er fand ihn im Gespräch mit Halama.

Im Grunde genommen war das die Aufgabe der Söhne im Leben der Väter. Sie an das zu erinnern, wofür sie sich schämen sollten.

»Ich wußte gar nicht, daß ihr euch kennt«, sagte er erstaunt, als er Petr beiseite nahm.

»Aber ja. Vor Jahren hat er einmal versucht zu verhindern, daß ich als Kastellan arbeite.«

»Warum?«

»Er kannte mich aus der Universität und hielt mich für ein subversives Element.«

»Und jetzt unterhält er sich mit dir?«

»Warum nicht? Was war, ist vorbei, jetzt ist er ebenso dein Gast wie ich. Er hat mir eine Stelle bei sich in der Redaktion angeboten, weil er glaubt, daß ich nicht mehr lange beim Fernsehen bleiben werde.«

»So, glaubt er das? Dich wirft doch keiner raus.«

»Dich hat auch niemand rausgeworfen.«

»Aber ich hatte Gründe zu gehen.«

»Was für Gründe? Du hast immer behauptet, daß du auf die Freiheit wartest«, sagte Petr, »mir scheint, du könntest sie besser nutzen, als du es zur Zeit tust.«

»Möglich, ich habe auch nicht vor, das mein ganzes Leben lang zu machen.«

»Wenn das kein Selbstbetrug ist, gut. Schließlich ist es deine Sache, wie du dich entscheidest. Vielleicht hätte ich an deiner Stelle genauso gehandelt.«

Aber Petr hatte an seiner Stelle immer anders gehandelt. Nicht immer, aber meistens. Mit Alice war es schließlich bei ihnen beiden ähnlich ausgegangen. Sie sollten darauf trinken, sie sollten darauf trinken, daß sie wenigstens eines gemeinsam hatten.

»Niemand wirft mich raus«, sagte Petr, »aber lange werde ich wahrscheinlich trotzdem nicht mehr bleiben. Ich kenne kaum jemand, und niemand kennt mich. Ich war zu lange draußen. In ihren Augen verstehe ich nichts vom Geschäft. Ich bin einfach jemand, den man geschickt hat, um Ordnung zu schaffen.«

»Fühlst du dich verkannt?«

»Nein, ich fühle mich einsam.«

»Und würdest du zu ihm gehen? Zu Halama?«

Petr wurde lebhaft. »Niemals. Vielleicht gehe ich ins Schloß zurück und werde wieder Kastellan.«

»Zurück zu Alice?«

»Es gibt viele Schlösser. Einige sind ihren früheren Besitzern zurückgegeben worden. Vielleicht könnte ich mich mit einem von ihnen verständigen.«

»Wie meinst du das?«

»Sie waren auch so lange draußen wie ich.«

Er lachte. »Das meinst du doch alles nicht ernst!«

Die Musik begann zu spielen, und er holte sich noch ein Glas. Alle haben sich verändert, keiner ist der alte geblieben, dachte er. Nichts ist mehr, wie es war.

Da sprach ihn der kleine Ivens an. »Pavel, hast du keine Lust, vor der Kamera ein bißchen über eure Firma zu erzählen? So könnte ich alten Kameraden helfen, die Konkurrenz aus dem Feld zu schlagen«, er grinste ihn so freundlich an, wie er nur konnte.

»Wie geht es dir?« fragte Pavel.

»Gut, weißt du. Die Arbeit ist immer noch dieselbe. Ein bißchen mehr Freiraum, das versteht sich, wenn auch nicht viel. Man hat sich schon so daran gewöhnt aufzupassen, daß man von selbst nicht zu weit geht.«

»Aber du brauchst nicht mehr aufzupassen.«

»Kann sein«, gab der kleine Ivens zu, »aber wie ich gesagt habe, ich habe das schon verinnerlicht. Man versucht immer, denen entgegenzukommen, die über einen entscheiden. Ich glaube, das ist überall auf der Welt so.«

Vielleicht sind wir die alten geblieben, dachte er, während sich die Welt um uns herum verändert hat, und nun versuchen wir, sie in ihrer alten Form wiederherzustellen.

Und wieder sah er die rothaarige Frau. Es hätte ihn interessiert, wer sie eingeladen hatte und warum. Er verbeugte sich und bat sie um den nächsten Tanz. Sie nickte und sah ihn unsicher an. »Kennen wir uns von irgendwoher?«

»Ja. Sie haben mir einmal etwas über Ihren Mann erzählt. Über die vielen Reisen, die er macht.«

»Heutzutage kann jeder reisen.«

»Und Sie verreisen nicht mehr?«

Sie schüttelte den Kopf. »Mein Mann ist in die Politik gegangen. Jetzt arbeitet er in einem Ministerium.«

Vielleicht war sie deshalb hier. Er fragte weiter. »Außenhandel?«

»Nein, Privatisierung. Aber das ist auch Außenhandel.« Sie lachte und verlor kein Wort über die Schecks mit den unvorstellbaren Summen. Vielleicht hatte sie sich wieder mit ihrem Mann versöhnt, oder sie hatte noch nicht so viel getrunken wie das letzte Mal. Denn solche Schecks gab es immer noch.

»Sind Sie umgezogen?«

»Nein, ich arbeite da, wo wir damals gewohnt haben, als wir uns getroffen haben«, vielleicht war es ihr jetzt gelungen, ihn einzuordnen.

»Geschäfte?«

Sie sah ihn argwöhnisch an. »So etwas Ähnliches«, mehr erzählte sie nicht, als wollte sie sich ganz auf das Tanzen konzentrieren.

Der Tanz war kaum vorbei, da kam Sokol zu ihm und nahm ihn mit einer Entschuldigung beiseite. »Ich würde dir gern einen Typ vorstellen. Er glaubt auch, daß Erotik-Videos sich gut verkaufen würden. Er hat eine Menge Geld, und wenn wir Interesse hätten, dann würde er mitmachen.»

»Du weißt, daß ich Videos nicht ertragen kann, auch keine erotischen.«

»Man muß es ja nicht Video nennen. Du solltest unbedingt mit ihm sprechen. Es sieht nach einem hervorragenden Geschäft aus. Wenn wir nicht mitmachen, dann sucht er sich jemand anderen.«

»Das ist mir egal, ich will das nicht machen.«

»Ich wäre froh, wenn du mit ihm sprechen würdest.«

»Jetzt?«

»Jetzt ist der beste Augenblick. Es ist doch ganz unverbindlich.«

»Ich werde nicht mit ihm sprechen. Ich habe keine Lust und würde dir vielleicht unnötig das Geschäft verderben.«

»Du überläßt es also mir? Gut, aber ich hoffe, du wirst vernünftig sein, wenn ich mit ihm zu einer Vereinbarung komme.« Er ging wieder zu einem jungen Mann zurück. Offensichtlich war das der neue Partner. Er trug Ohrringe und ein lila Jackett, hatte einen blonden Pferdeschwanz und sah aus wie der Besitzer eines Massagesalons oder einer ähnlichen Firma.

Die Rothaarige hatte anscheinend auf ihn gewartet. Würde sie wieder mit ihm in ein leeres Zimmer gehen, um mit ihm zu schlafen? Es gab hier keinen solchen Raum, sie müßten dafür woanders hinfahren, er wußte nicht, ob sie überhaupt allein hier war.

Seine Atemprobleme fingen wieder an, und auch der Boden unter seinen Füßen schwankte schon wieder.

Er sollte besser gehen. Er betrachtete die Frau, deren Namen er immer noch nicht kannte und die sich unterdessen etwas zu trinken holte. Wahrscheinlich war sie allein hier. Natürlich hätte er sie fragen können, aber eigentlich wollte er es gar nicht wissen, er hatte keine Lust zu fragen, nicht danach und nicht nach anderen Dingen, er erwartete keine Antworten mehr, nicht von sich selbst und nicht von anderen.

Wenn er schon ginge, dann lieber allein, und zwar so weit weg wie möglich. Irgendwohin, wo ihn niemand kannte, wo die Fremden wirklich Fremde waren. Irgendwohin, wo überhaupt keine Menschen waren, wo es nur Felsen und Vögel gab.

5.
Filmerzählung

Fuka geht an den Eßtischen vorbei in Richtung Ausgang. Als er an einem Tisch vorbeikommt, auf dem Getränke aufgebaut sind, nimmt er sich eines der gefüllten Gläser und trinkt es mit einem Zug aus, dann setzt seinen Weg fort.

Draußen parken schwarze Diplomatenlimousinen für die Gäste, aber keine davon wartet auf ihn. Er läuft an ihnen vorbei und versucht sie zu ignorieren, er sieht nach oben, wo zwischen den Wipfeln die Sterne leuchten. Nachdem er durch das Tor gegangen ist und die Burgwache passiert hat, beginnt er zu laufen. Es gelingt ihm, ein Taxi anzuhalten, eigentlich sollte er zu Ela fahren, aber sie ist für ihn ein Teil dieser bizarren Welt, über die der verrückte Greis herrscht.

Als er in sein Atelier zurückkehrt, wird es über den Dächern bereits hell. Er setzt sich in einen Stuhl und starrt ins Leere. Vor sich sieht er den Greis und die Bahre.

Erst jetzt steht er auf, geht zum Telefon und wählt Elas Nummer. »Ich bin's«, sagt er. »Ich bin zurück.«

»Von wo rufst du an?«

»Von zu Hause.«

»Warum bist du nicht zu mir gekommen?«

»Ich wollte dich nicht wecken.«

»Und, was hat er zu dir gesagt?«

»Nichts. Er hat mich begnadigt.«

»Erzähl mir wenigstens, was passiert ist.«

»Nichts«, sagt er, »es ist überhaupt nichts passiert. Er wußte gar nicht, wer ich bin. Kann gut sein, daß er nicht einmal weiß, wer er selbst ist.«

»Das ist unmöglich! Was soll das heißen, er hat dich begnadigt?«

»Alles ist möglich, das ist das einzige, was ich gelernt habe, was ich verstanden habe. Alles ist möglich!« Er legt auf und zieht den Stecker des Telefons heraus. Dann geht er zum

Schrank, holt einen der Kartons heraus und wühlt so lange in den Fotos, bis er ein Porträt von Albína gefunden hat.

Ihr verträumtes Gesicht lächelt ein wenig, es lächelt ihn an, als wollte sie ihm etwas sagen, sie blickt ihn voller Liebe an. Doch vor ihr wird er keine Gnade finden.

Kurz darauf fährt er in seinem Sportwagen durch die menschenleeren Straßen und dann über die Dörfer. In einem kleinen Ort hält er bei einem Imbiß an und bestellt sich Kaffee und ein belegtes Brötchen, aber er verzehrt die Sachen nicht dort, er nimmt sie mit ins Auto, denn er hat es eilig. Er läßt die Stadt hinter sich, fährt an einem Barockschlößchen vorbei, das man in ein Refugium für alte Frauen und Männer umgewandelt hat, durch einen Park, an einem Krankenhaus und einer Bierbrauerei vorbei, biegt ab und parkt sein Auto an der Straßenecke. Dann steigt er aus, geht in eines der Häuser, betrachtet suchend die Namensschilder, bis er den Namen findet, den er sucht. Der Aufzug funktioniert nicht, er läuft in den dritten Stock hinauf und steht vor einer bekannten Tür, der Tür zu Albínas Wohnung. Er will gerade klingeln, als er das Siegel an der Tür sieht. Erstaunt betrachtet er es, dann klingelt er bei den Nachbarn. Die öffnen ihm sofort, vor ihm steht eine Frau in einem Morgenmantel, offensichtlich hat sie ihn durch den Spion beobachtet.

»Wollen Sie zu Albína?« fragt sie ihn.

Er nickt.

»Sind Sie ein Bekannter von ihr?«

»Was ist passiert?«

»Wissen Sie das denn nicht? Sie sind nicht von hier?«

»Nein. Was ist geschehen?«

»Dieser Mörder«, sagt sie, »dieser Schuft, der versucht hat, sich mit einem Autobus voller Kinder den Weg über die Grenze freizuschießen … Er hat sie umgebracht.« Die Frau berichtet ihm dies mit erstickter Stimme. »Gestern nacht ist es passiert. Ich sehe sie immer noch vor mir, wie man sie hinausgetragen hat. Niemand weiß, warum er es getan hat und wie er überhaupt hineingekommen ist. Sie waren ihm schon auf den Fersen. Mit Hunden. Sie können sich nicht vorstellen, was hier los war. Und dann ist er aus dem Fenster gesprungen, aber er war nicht tot. Sie haben ihn in einem Krankenwagen weggebracht.«

»Ist sie wirklich tot?« Aber er wartet nicht auf die Antwort, er will sie nicht hören, er will sich noch einen Funken Hoffnung bewahren. Er bedankt sich, verabschiedet sich und geht die Treppe hinunter.

Mittlerweile ist es Tag, und die Kinder gehen in die Schule.

Er setzt sich ins Auto, startet, schaltet den Motor wieder ab, legt den Kopf auf das Lenkrad, seine Schultern beginnen krampfhaft zu zucken.

Dann ist er wieder in seinem Sportwagen unterwegs, er weiß nicht, wie und wohin er fährt, vielleicht fährt er nicht selbst, das Auto fährt von allein, er hat sich in einen Schatten verwandelt. Wenn jetzt ein starker Wind ginge, er würde durch ihn hindurchwehen, wie durch eine Wohnung, in der Fenster und Türen offenstehen, glücklicherweise geht hier kein Wind, hier ist nichts, er fährt durch eine Leere, eine absolute Leere, durch eine weiße Leinwand, die nur in der Mitte durch die schwarze Linie des Horizonts geteilt wird.

Auf dem Armaturenbrett blinkt ein rotes Lämpchen, endlich gerät der Horizont in Bewegung, die Leinwand färbt sich gelb und löst sich auf in Grashalme, die sich im Wasser spiegeln.

Er fährt zum Rand des Teiches und hält an.

Die Sonne steht hoch, und über den steilen Berggipfeln schweben weiße Nebelfetzen.

Er läßt alles im Auto, nimmt weder seine Papiere noch die Tasche mit dem Fotoapparat mit. Statt des feierlichen Jacketts, das er immer noch trägt, zieht er einen alten schwarzen Pullover an, den er immer dabei hat. Dann schließt er sorgfältig die Autotür und wirft die Schlüssel ins Wasser.

Durch die hohen bräunlichen Gräser – vielleicht ist es Sargassogras – schlängelt sich ein schmaler Pfad.

Auf dem gegenüberliegenden Hügel erblickt er einige steile, gezackte Felsen. Dies ist ein anderes Land.

Die Sonne brennt.

Ein Schwarm Raben fliegt aus dem Gras auf, sie bilden ein schwarzes Kreuz, das in der Luft schwebt.

Die Felsen kommen nur unmerklich näher, aber darauf kommt es nicht an. Er hat es nicht eilig, dort hinzukommen, endlich hat er es nicht mehr eilig, irgendwo hinzukommen. Er wischt sich den Schweiß von der Stirn. Er hat Durst, deshalb reißt er ein paar Gräser ab und kaut sie langsam. Sie schmecken so bitter, daß er das Gesicht verzieht.

Dann kommt er zu einem seichten Bach, dessen Wasser ganz klar und sauber zu sein scheint. Nachdem er getrunken hat, setzt er seinen Weg bergauf fort, er geht den Bach entlang, der immer dünner und reißender wird, das Wasser drängt mit großem Getöse dahin und stürzt donnernd in die Tiefe.

Jetzt findet er unter einem Felsgipfel die Quelle des Bachs.

Er trinkt wieder, dann sucht er einen breiten, flachen Stein, zieht seinen Pullover aus, faltet ihn zu einem Kissen und legt ihn sich unter den Kopf.

Auf der anderen Seite des Gebirges kann er die Dächer eines weit entfernten Dorfes ausmachen, er sieht Rauch von einem nahe gelegenen Feuer, aber sie sind ihm unbekannt, er ist in der absoluten Fremde.

Über den tiefblauen Himmel ziehen weiße Wolken. Früher hatte er so etwas fotografiert. Hände und Wolken.

Er blickt nach oben in die Leere über sich.

Die Sonne brennt immer noch herab.

Neben ihm springt das Wasser über die Steine, und der Wind pfeift zwischen den Felsen. Und durch diese Geräusche, die nur die Stille dieses Ortes unterstreichen, dringt plötzlich aus der Tiefe eine Stimme, die seinen Namen ruft.

Er springt auf und sieht nach unten.

»Bist du das, Ali?« Auf einmal sieht er sie, sie läuft den schmalen Pfad hinauf, dann bleibt sie stehen und sieht zu ihm herauf.

»Soll ich zu dir kommen?« fragt er sie so leise, daß sie es eigentlich nicht hören kann, aber sie hört ihn doch, denn sie nickt und breitet die Arme aus. Und er steht am Abgrund und stellt sich vor, er sei ein Vogel, ein Rabe oder eher ein großer Raubvogel, ein Kondor, er macht einen Schritt über den Rand, breitet die Flügel aus und schwebt in großen Kreisen in die Tiefe hinab.

6.
Epilog

Für heute waren sie mit der Arbeit fertig. Das Licht ging langsam aus und das leicht beschwipste Modell, das mit einem Partner, den man ihr zugeteilt hatte, eine Nacktszene gespielt hatte, zog sich an. Sie hatte eine gute Figur, und auch ihr gleichmäßiges Gesicht war hübsch, solange man darin nicht nach Anzeichen von Intelligenz suchte. Als sie wieder angezogen war, fühlte Pavel bei ihrem Anblick eine leichte Erregung.

»Soll ich dich nach Hause bringen?« fragte er sie.

»Das wäre sehr nett von Ihnen.«

»Du kannst ruhig du zu mir sagen.«

Vor der Tür stand sein neuer Sportwagen. Er öffnete ihr den Schlag.

»Mein Gott, in so einem Ding habe ich noch nie gesessen.«

»Möchtest du mit mir zu Abend zu essen?«

»Wenn du mich einlädst.«

Er fuhr los. Es war noch früh, und er hatte Lust, eine kleine Spritztour zu unternehmen.

»Wie wäre es, wenn wir ein bißchen weiter weg fahren würden?«

»Warum nicht, ich habe Zeit, jetzt, wo wir fertig sind.«

»Hast du deinen Paß dabei?«

»Meinen Paß? Wofür?«

»Bis zur Grenze ist es nicht weit. Mit diesem Auto sind wir schnell da.«

»So weit willst du fahren?«

»Vielleicht. Wir werden sehen.«

»Ich müßte ihn zu Hause holen.«

»Als ich so alt war wie du«, sagte er, nachdem sie die Stadt hinter sich gelassen hatten, »wollte ich unbedingt über die Grenze.«

»Na klar, jeder will mal über die Grenze und sich umschauen«, sie verstand offensichtlich nicht, warum er ihr das erzählte.

»Aber damals war das unmöglich.«

»Ich kaufe schrecklich gern dort ein. Wenn ich es mir leisten kann.«

»Wenn wir morgen noch dort sind, wirst du es dir leisten können.«

Sie sah ihn an, dann beugte sie sich zu ihm und küßte ihn.

Durch das offene Fenster drang ein Schwall warmer Luft. Die Landschaft flog so schnell vorbei, daß man die einzelnen Gegenstände nur noch als verschwommene Flecken wahrnahm.

Sie legte ihren Kopf an seine Schulter und seufzte glücklich. Einen Augenblick später sagte sie: »Denk bitte nicht schlecht über mich. Ich mache diese Arbeit nur, weil sie mir für das nächste Mal eine größere Rolle versprochen haben. Ich wäre schrecklich gern Schauspielerin.«

»Vielleicht klappt es ja.«

»Ich wollte auf die Schauspielschule, aber sie haben mich nicht genommen, ich hatte keine Beziehungen. Und mein Vater war auch kein Schauspieler.«

»Viele berühmte Schauspielerinnen waren nie auf einer Schauspielschule.«

»Der Anfang ist am schwersten, bevor jemand auf einen aufmerksam wird.«

Wahrscheinlich hielt sie es für ihre große Chance, daß er sie entdeckt hatte.

Als sie sich der Grenze näherten, stieg die Straße an. Er bog von der Hauptstraße ab und hielt das Auto an. »Pause«, verkündete er. »Wollen wir einen kleinen Spaziergang machen?«

»Ich fahre lieber.« Aber sie stieg folgsam aus dem Auto. Er legte sein Sakko ab und zog sich den Pullover an, den er immer dabeihatte. Dann nahm er seinen Fotoapparat heraus, schloß sorgfältig die Autotüren und steckte den Schlüssel in die Hosentasche.

»Willst du mich fotografieren?«

Er schüttelte den Kopf. »Ich will nur nichts im Auto lassen.«

»Wo gehen wir hin?«

»Spazieren.«

Der schmale Pfad schlängelte sich bergauf. Im Wald war es schon dämmrig. Er legte seinen Arm um ihre Hüfte.

»Ich gehe nicht gern bergauf«, sagte sie schnaufend. »Laß uns zurückgehen oder hierbleiben, wenn du willst.«

Zwischen den Bäumen fand er ein Fleckchen Gras. Er zog seinen Pullover aus und legte ihn ins Gras.

»Gefällt es dir hier?« fragte sie.

»Du gefällst mir«, sagte er.

»Du mir auch.« Sie zog ihren Rock aus und legte ihn neben den Pullover. Als er sie umarmte, stöhnte sie gekonnt.

Inzwischen war es so dunkel geworden, daß er ihre Gesichtszüge fast nicht mehr erkennen konnte. Sonderbarerweise konnte er sich auch nicht an sie erinnern. Sie war ein fremdes Mädchen, sie war ihm einfach fremd, wenn sie sich in diesem Moment aus seiner Umarmung gelöst hätte und eine andere Frau an ihre Stelle getreten wäre, er hätte es nicht bemerkt.

Als sie über die Grenze fuhren, sagte sie: »Siehst du, jetzt bist du im Ausland!«

»Ja.« Vielleicht hätte er ihr erklären sollen, daß er schon lange unter Fremden war. Aber entweder würde sie es nicht verstehen, oder es würde sie nicht interessieren.

Sie aßen in einem kleinen Hotel gleich hinter der Grenze zu Abend und übernachteten dort auch. Sie war betrunken und schlief sofort ein, kaum daß sie zu Bett gegangen waren. Auch er war angetrunken, sein Magen war zu voll, und bei jedem Atemzug tat ihm die Brust weh.

Er lag neben einem fremden Menschen, blickte ins Leere und fühlte nur Beklemmung. Der Schlaf wollte nicht kommen, und er war überzeugt, er würde nie mehr kommen. Er mußte etwas unternehmen, irgendwohin gehen, etwas beginnen oder im Gegenteil etwas beenden. Er stand auf. Obwohl er wußte, daß es keinen Ort gab, an den er hätte fliehen können. Er zog den Vorhang beiseite und sah durchs Fenster. Auf dem spärlich beleuchteten Hof parkten viele Fahrzeuge. Auch sein roter Sportwagen stand dort und wirkte ganz fremd in diesem Licht. Er betrachtete ihn lächelnd. Dann zog er sich schnell an, trank ein Glas Wasser im Badezimmer und schlüpfte dann leise aus dem Zimmer. Die Nachtluft war frisch und duftete nach Jasmin. Am wolkenlosen Himmel leuchteten die Sterne, während hinter ihm eine rötliche Neonreklame glühte. Er war im Ausland, er war da, wo er immer hatte sein wollen, und mehr noch, er war in einem teuren Auto und mit einer Geliebten hier. Zumindest Genugtuung hätte er empfinden können, aber da waren nur der Schmerz in der Brust und die Leere über ihm.

Er stieg ins Auto. Aus der Bar drangen die Klänge einer Jazzgitarre zu ihm herüber. Er ließ das Auto an – am Morgen würde er zu dieser fremden Person zurückkehren – und verließ den Parkplatz durch das geöffnete Tor.

Hochzeitsgäste drängen sich durch ein offenes Tor. Der lange, dünne Fuka trägt einen etwas schäbigen schwarzen Anzug, und Albína drückt sich in einem hellblauen, mit weißer Spitze eingefaßten Kleid an ihn. Er küßt sie, dann hebt er sie hoch, so zärtlich er kann, und trägt sie über das Band, das ihre Freunde über den Boden gespannt haben, und geht durch das Spalier zu einer Kutsche, mit zwei fuchsroten Pferden. Aus der Gästeschar fliegen ihnen Blumen zu. Der

Kutscher lockert die Zügel, und die Kutsche setzt sich in Bewegung.

»Wo bringst du mich hin?« Albína drückt sich immer noch an ihn.

»Das ist egal, wo immer wir gemeinsam sind, da ist unser Zuhause.«

»Mein Gott«, lacht sie, »du mußt doch wissen, wo wir wohnen werden.«

»Ich habe nichts«, sagt er, »aber ich habe ein großes Zelt gekauft.«

»Und da werden wir leben?«

»Warum nicht?«

»Ja, warum nicht? Ich freue mich auf dein großes Zelt.«

Er dachte, dies könnte eventuell ein brauchbarer Anfang für sein neues Drehbuch sein.

Bis zur Autobahn war es nur noch ein Katzensprung, sie war zu dieser nächtlichen Zeit fast leer. Er jagte mit Höchstgeschwindigkeit durch die fremde Landschaft, denn je schneller er fuhr, um so größer war die Erleichterung, die er verspürte.

Plötzlich sah er ein riesiges Zelt vor sich, das sich in der Mitte der Straße erhob. Im Scheinwerferlicht erkannte er die rot-weiß gestreiften Zeltwände. Die Pferde wieherten ungeduldig. Er bremste ein wenig, und plötzlich saß seine Braut nicht mehr in einem hellblauen Kleid, sondern ganz in Weiß neben ihm. »Bist du es, Ali?«

Und seine Braut drückt sich an ihn, umarmt ihn und küßt ihn und küßt ihn.

Glücklicherweise steht der Eingang zu ihrem neuen Heim weit offen. Er fährt hinein, die Pferde bleiben nicht stehen, sie stürmen weiter in immer wilderem Galopp.

Plötzlich wird ihm angst, er greift mit der rechten Hand neben sich, aber seine Hand greift ins Leere. Seine Braut ist verschwunden, vielleicht hat sie der Wind davongetragen, auch die Landschaft ist verschwunden.

Nichts lenkt ihn jetzt mehr ab, fast kann er von der Erde

abheben. Sich über sein eigenes Leben erheben, als wäre es ein fremdes.

Was war das – das Leben?

Welches Leben war wirklich mein eigenes und welches war ein fremdes?

Ivan Klíma

Liebe und Müll

Roman. Aus dem Tschechischen
von Alexandra Baumrucker
1991. 226 Seiten

Endlich wieder ein Autor, der Phantasie hat und um originelle Einfälle nicht verlegen ist ... Der Vergleich ist unstatthaft, aber so ist es nun mal: schon nach wenigen Seiten erinnert Klímas glänzend geschriebener und welthaltiger Roman »Liebe und Müll« an seinen Landsmann Milan Kundera. Wer dessen Bücher schätzt, hat somit einen Hinweis auf Klímas literarische »Verwandtschaft«.
Mit dem 1931 in Prag geborenen Autor, der nach zwanzig Jahren Publikationsverbot erstmals bei uns vorgestellt wird, befindet sich der Leser in allerbester Gesellschaft; dies mit einem melancholischen wie ironischen und, nicht zu vergessen, sehr weisen Buch, das im Bücherherbst '91 zu den herausragenden literarischen Glanzlichtern gehört.

Verführung zum Lesen

Eine Liebesgeschichte. Möchten Sie mal wieder eine lesen, die so ist wie im richtigen Leben?! Hin und her und hoch und tief, verrückt, kompliziert, traurig und schön! Dann will ich Ihnen das Buch »Liebe und Müll« ans Herz legen ... Erfüllt vom Widerstreit der Gefühle und Gedanken, feinsinnig, wahrhaftig und mit poetischer Genauigkeit geschrieben. Auf der Suche nach der Lösung für einen unlösbaren Konflikt: Man kann zwei Menschen lieben. Ja, vielleicht. Aber für diese beiden Menschen wird das immer eine Qual sein.

NDR

»Liebe und Müll« ist ein Roman für die neunziger Jahre, in denen wir schon wieder Geschichte zudecken, Akten verschwinden lassen, Denkmäler hastig abreißen.

Die Zeit

Der große Roman über die jüngste tschechische Geschichte – in der Tradition von Kafka und Kundera – und eine mitreißende Liebesgeschichte.

ZDF, »Bücher im Gespräch«

Ivan Klíma

Liebende für einen Tag, Liebende für eine Nacht

Erzählungen. Aus dem Tschechischen von Alexandra Baumrucker

1993. 197 Seiten

Von der Liebe reden Ivan Klímas Bücher meist schon im Titel. Aber welche Schrecken entfalten sie im Innern! Es sind die Schrecken des erfolgreichen Liebhabers, der seinen Erfolg nicht zu bewirtschaften versteht. Es macht jedoch die überraschende Qualität der vorliegenden Erzählungen aus, daß sie neben der erotischen auch eine politische Lesart anbieten: die Geliebte als Allegorie des Sozialismus, beide gleichermaßen gefährlich für den unbedarften Draufgänger. Es sind Lehrstücke über die Fallen der Leidenschaft, über Erlösungssehnsucht und bleibende Unerlöstheit des Menschen.

FAZ

Die Geschichten Ivan Klímas haben etwas Märchenhaftes. Wie im Traum sind sie erzählt, wie im Traum sind sie zu lesen. Zeilen, mit denen sich fliehen läßt. Kleine Kunststücke. Eine Welt voller Phantasie und Wärme und bunten, schillernden, lockenden Farben, ganz vertraut und seltsam fern, unberührbar. Eine Kunst, die man schon verloren zu haben glaubte, endgültig. Ein Buch, das aus dem erstickenden Wust herausragt. Literatur, die Bestand haben wird.

Die Zeit

Erzählen kann er, und wie. Die acht kurzen, im Band versammelten Stücke enthalten alles, was den Reiz dieser schwierigen Form ausmacht: Spannung, überraschende Wendungen im Handlungsverlauf, dichte Stimmungen, Personen, in wenigen, einprägsamen Strichen gezeichnet. Darüber hinaus – und das bürgt schließlich für die Qualität – verfügt der Autor über die Fähigkeit, sein Fait divers, die Anekdote, mit der er anfängt, so zu vertiefen, daß Leserin und Leser über den Anlaß hinaus etwas zu beißen haben, etwas Bedenkenswertes oder Vertracktes vorgesetzt bekommen, das einem nicht so schnell aus dem Sinn will.

Tages-Anzeiger

Ivan Klímas Erzählungen lohnen auch eine unpolitische Lektüre. Daß die Texte des heute Zweiundsechzigjährigen losgelöst vom unmittelbaren Zeitbezug – den Jahren vor und nach dem zerschlagenen Prager Frühling – bestehen können, spricht für ihre Qualität ... In der unverkrampft freizügigen Darstellung des Sexuellen ist denn auch einer der Gründe für ihren nachhaltigen Erfolg beim erotisch kurzgehaltenen deutschsprachigen Lesepublikum zu suchen.

NZZ